HEYNE<

CARIN GERHARDSEN

VIER JAHRE

THRILLER

Aus dem Schwedischen
von Nike Karen Müller

WILHELM HEYNE VERLAG
MÜNCHEN

Die Originalausgabe DET SOM GÖMS I SNÖ
erschien 2018 bei Bookmark Förlag

Sollte diese Publikation Links auf Webseiten Dritter enthalten,
so übernehmen wir für deren Inhalte keine Haftung, da wir uns diese
nicht zu eigen machen, sondern lediglich auf deren Stand
zum Zeitpunkt der Erstveröffentlichung verweisen.

Verlagsgruppe Random House FSC® N001967

Deutsche Erstausgabe 11/2019
Copyright © 2018 by Carin Gerhardsen
Published by Arrangement with Nordin Agency
Copyright © 2019 der deutschsprachigen Ausgabe
by Wilhelm Heyne Verlag, München
in der Verlagsgruppe Random House GmbH,
Neumarkter Straße 28, 81673 München
Printed in Germany
Redaktion: Anita Hirtreiter
Umschlaggestaltung: Favoritbüro, München
unter Verwendung von GettyImages/ © coberschneider
Satz: GGP Media GmbH, Pößneck
Druck und Bindung: CPI books GmbH, Leck
ISBN: 978-3-453-43992-4

www.heyne.de

Eine Lüge ist wie ein Schneeball;
je länger man ihn rollt, desto größer wird er.

Martin Luther

41-Jähriger spurlos verschwunden

Am Dienstagabend ging bei der Polizei ein Notruf ein. Ein Mann war gegen acht Uhr morgens mit dem Auto zu seiner Arbeitsstelle in Visby gefahren. Nachdem er den Vormittag über in der Firma gewesen war, verließ er um die Mittagszeit sein Büro. Als er am Nachmittag nicht zu einem Termin erschien, kontaktierte ein Mitarbeiter die Ehefrau, die ihn im Laufe des Tages als vermisst meldete.

Die Polizei hat zusammen mit Verwandten und Betriebsangehörigen eine Liste mit möglichen Aufenthaltsorten des Vermissten erstellt. Die Umgebung wurde abgesucht, aber eine detailliertere Suche gestalte sich schwierig, da keine genauen Anhaltspunkte vorliegen, so die Polizei. Das Handy des Vermissten war zuletzt in der Nähe seiner Arbeitsstätte eingeloggt.

Zum Zeitpunkt seines Verschwindens war der 41-Jährige bekleidet mit einer dunklen Hose, einem hellen Hemd und einer schwarzen Jacke. Er ist von durchschnittlicher Statur, eins achtundsiebzig groß und hat kurze dunkle Haare und braune Augen.

Die Polizei bittet um sachdienliche Hinweise aus der Bevölkerung, um den Vermissten zu finden.

GOTLANDS ALLEHANDA

2014
Januar

I

Jeanette

Erst als sie die befahreneren Routen um Visby hinter sich gelassen hatten und auf der Landstraße waren, konnte sie aufatmen. Immer der gleiche Stress, die gleiche Angst, dass jemand sie wiedererkennen würde, wenn sie im falschen Auto saß, die falsche Person neben sich. Die Lügerei am Arbeitsplatz: eine Besorgung, die gemacht werden musste, ein Zahnarzttermin, ein spätes Mittagessen mit einer Freundin.

Man muss erfinderisch sein, wenn man sich der verbotenen Liebe hingibt, und gut Theater spielen können.

Jeanette besaß ihrer Ansicht nach keine dieser Eigenschaften. Und trotzdem saß sie hier mit klopfendem Herzen und roten Wangen und setzte ihre Ehe aufs Spiel.

Was machte sie da eigentlich? War es das überhaupt wert?

Sie beobachtete ihren Liebhaber verstohlen von der Seite. Wie er mit einer seiner großen Hände lenkte, den Daumen der anderen locker ins Steuer eingehakt hatte. Wie die Adern auf dem Handrücken hervortraten. Wie der wachsame Blick alles registrierte, was auf der Straße passierte und in der Umgebung. Wie der Brustkorb sich unter der aufgeknöpften Jacke mit jedem Atemzug hob.

»Wie war's?«, wollte er wissen. »Hat jemand nachgefragt?«

»Ich habe gesagt, dass ich neue Fliesen aussuchen muss. Fürs Bad.«

»Und da hat sich keiner gewundert?«

Sie schüttelte den Kopf.

»Wollt ihr euer Bad neu machen?«

»Keine Ahnung«, entgegnete sie. »Anscheinend.«

Wozu ein neues Badezimmer? Ihr Mann dachte, dass ein neues Bad alles besser machen würde, aber sie brauchte etwas ganz anderes. Offensichtlich. Denn sie saß hier und riskierte ihr komfortables Leben für ein Schäferstündchen mit dem Mann einer anderen.

»Ich lüge den anderen im Betrieb auch nicht gerne was vor«, sagte er. »Früher gehen unter einem Vorwand. Aber es ist, wie es ist.«

Ihr Verhältnis dauerte jetzt schon einen guten Monat. Nichts, was sich noch länger als Ausrutscher bezeichnen ließe. Jede Woche stahlen sie sich ein paar Mal auf diese Weise davon, und sie konnte an nichts anderes mehr denken.

Im Grunde genommen kannte sie ihn gar nicht besonders gut. Ihr Arbeitsplatz lag neben seinem, sie war in einem Möbelhaus tätig, und er betrieb eine Autowerkstatt. Sie zeigten sich nie zusammen, riefen sich nie an, tauschten keine geheimen Mitteilungen auf dem Parkplatz aus. Was es zu sagen gab, wurde in seinem Wagen verhandelt, stets tagsüber, und mit Überstunden an anderen Tagen kompensiert. Niemand dürfte einen Verdacht haben, also hatten sie auch nichts zu befürchten und konnten sich dem Verlangen des anderen hingeben, der Wärme im Körper danach und der Sehnsucht nach dem nächsten Treffen.

»Es ist, wie es ist«, wiederholte sie. »Soll das etwa so weitergehen?«

Er lächelte. »Was meinst du denn? Bist du mit deinem Leben zufrieden, oder hast du den Mut, noch mal neu anzufangen?«

Sie wusste nicht, was sie darauf antworten sollte. Traute er sich denn, diesen Schritt zu tun und seine Frau für sie zu verlassen? Ihre Antwort hing von seiner ab. Sie wollte ihm nicht die Genugtuung verschaffen, dass er genau wusste, woran er bei ihr war, wenn er ihr nichts gab, woran sie sich klammern konnte.

Ihre Beziehung zu ihm war voller Leidenschaft. Sie befand sich in einem Krankheitszustand, konnte weder nachts schlafen noch sich tagsüber konzentrieren. Aber würde dieser Zustand anhalten, wenn sie ihrem Ehemann gegenüber ehrlich wäre, die Scheidung einreichen und ihr gemeinsames Zuhause zur Kriegszone erklären würde? Würde dieses Hals-über-Kopf-Verliebtsein alldem standhalten? Und wie lange?

Vielleicht war es das, was sie brauchte, Bestätigung. Dass sie es wert war, geliebt zu werden, wert, Liebe zu machen. Nun hatte sie diese Bestätigung bekommen, und möglicherweise genügte das ja. Ihr Liebhaber hatte ihr so viel Energie und Lebensfreude gegeben, wodurch sie zu einem ganz neuen Menschen geworden war. Was jedoch nicht automatisch bedeutete, dass sie gleich ihren Mann verlassen und damit ihr Zuhause und ihre finanzielle Sicherheit aufgeben würde. Das war der Reiz des Neuen, dessen war sie sich bewusst. Sie konnte die Affäre einfach beenden und wieder in ihr altes Leben zurückkehren.

Das versuchte sie sich einzureden. Aber sie musste daran denken, wie der nackte Körper ihres Geliebten duftete, wie sein heißer Atem und die Laute der Lust bald das Auto erfüllen würden.

Dennoch war sie hin und her gerissen. Kam sich leicht pathetisch vor, wie sie so dasaß wie ein Schulmädchen und von einer Zukunft träumte, die es auf diese Weise mit Sicherheit nicht geben würde. Und sie fühlte sich schmutzig. Sie log und betrog, nur für ein paar kurze, vergängliche Stunden der Hingabe in der Woche. Ihr Liebhaber war das exakte Gegenteil. Er nahm das Leben, wie es kam, und hatte dabei immer ein Lächeln auf den Lippen. Würde sie ihn nicht länger treffen wollen, würde ihm das sicher nicht allzu viel ausmachen.

Sie näherten sich dem Platz für ihr Stelldichein, und im Wagen stieg der Puls. Er legte ihr eine Hand auf den Schenkel, und sie konnte kaum an sich halten. Wollte sich die Kleider vom Leib reißen und sich auf ihn stürzen, seine Lippen und seine Umarmung spüren, überwältigt von einer Wärme in ihrem Körper.

Der Himmel verdunkelte sich, und es begann leicht zu schneien. Der Wettervorhersage zufolge sollte es erst in den Nachtstunden frieren, aber die Straßen sahen schon jetzt glatt aus. Sie näherten sich dem alten Kalksteinbruch bei Madvar. Für einen Augenblick verloren die Reifen die Bodenhaftung, und der Wagen schlingerte bedenklich.

2

Sandra

Mit Einkäufen beladen stand sie vor dem XL-Bygg auf dem Parkplatz und ärgerte sich über ihre eigene Dummheit. Endlich war sie zum Baumarkt gefahren, um Weihnachtsschmuck und Außenbeleuchtung zu Schnäppchenpreisen zu shoppen. Natürlich ohne zu bedenken, dass sie wie immer viel zu viel kaufen würde, obwohl das Auto in der Werkstatt war und ihr Vater ihr nicht helfen konnte. Eigentlich wollte sie lediglich so viel kaufen, wie sie zur Bushaltestelle tragen konnte, aber nun war sie bepackt wie ein Esel.

Der Boden war nass und rutschig, und sie wollte ihre Papiertüten und Kartons nicht abstellen. Zu allem Übel hatte sie keine Handschuhe, denn als sie morgens aus dem Haus gegangen war, war es viel wärmer gewesen.

Zwei Mal hatte sie sich ein Taxi gerufen, und beide Male war ihr für die folgenden Minuten ein Wagen versprochen worden. Als sie jetzt ihre Einkäufe abstellte, um nochmals anzurufen, waren bereits vierzig Minuten vergangen.

»Das ergibt keinen Sinn«, sagte sie und versuchte verärgert zu klingen, obwohl sie einfach bloß müde war. »Ich wohne auf dem Land, und ich kann ja wohl schlecht zu Fuß bis nach Vejdhem laufen.«

»Merkwürdig«, entgegnete die Stimme am anderen Ende der Verbindung. »Da muss es sich um ein Missverständnis handeln. Ich schicke sofort ein Taxi los.«

Ja, das sollte man meinen, und Sandra hätte zu diesem Zeitpunkt eine ungehaltene Bemerkung machen können. Doch sie war nicht sonderlich schlagfertig, sondern eher wortkarg, sodass sie sich höflich bedankte und das Gespräch beendete. Sie seufzte schwer, warf einen resignierten Blick auf ihre Einkäufe und suchte im Handy mit vor Kälte klammen Daumen nach einem kurzweiligen YouTube-Clip, um sich damit die Wartezeit etwas zu verkürzen.

Ehe sie sich dem Clip zuwenden konnte, tauchte ein Mann vor ihr auf. Sie hatte ihn bereits vor einer Weile bemerkt, als er mit eiligen Schritten auf dem Weg vom Baumarkt zum Auto an ihr vorbeigegangen war. Offenbar hatte er es sich nun anders überlegt und war umgekehrt.

»Vejdhem«, sagte er. »Wollen Sie nicht dorthin?«

Er sah nett aus, erinnerte sie mit seinem dichten, dunklen Haar und den ergrauten Schläfen an eine jüngere Ausgabe ihres Vaters.

»Ja«, gab Sandra zurück. »Ich warte schon seit über einer halben Stunde auf mein Taxi, das wohl nicht mehr kommt.«

»Das kriegen wir hin«, meinte der Mann. »Ich muss in dieselbe Richtung, ich kann Sie also ein Stück mitnehmen.« Daraufhin bückte er sich und griff nach ihren Einkäufen, konnte sie alle auf ein Mal tragen und ging auf sein Auto zu.

»Danke«, sagte Sandra erleichtert und folgte dem Mann. »Das ist wirklich nett von Ihnen. Dann kann ich das Taxi ja wieder abbestellen.«

»Finden Sie, das haben die verdient?«, entgegnete er mit einem Grinsen.

Sandra erwiderte nichts, denn sie war dem Taxiunternehmen wirklich nichts schuldig.

Er lud ihre Einkäufe in den Kofferraum und hielt ihr die Beifahrertür auf. Sie stieg ein und versuchte, ihren kalten, kurzen Fingern Wärme einzuhauchen.

»Es ist richtig kalt geworden plötzlich«, bemerkte sie, als sie losfuhren.

»Das ist die sibirische Kälte, die kommt jetzt zu uns«, sagte er ironisch mit einem Seitenhieb auf die alarmierenden Schlagzeilen in den Abendzeitungen.

Er hatte Humor, das erleichterte jeden Small Talk. Sie würden nun ohnehin eine Zeit lang zusammen im Auto verbringen.

»Wohnen Sie in der Nähe von Vejdhem?«, fragte Sandra.

»Nein, aber ich muss etwas erledigen in Ihrer Gegend, es ist also nicht mal ein Umweg für mich.«

Die Unterhaltung verlief unangestrengt. Sandra kam kaum zu Wort, doch das wollte sie auch gar nicht. Sie hörte mit gewissem Interesse zu, wie der Mann von seinem Faible für die Geschichte der Insel Gotland erzählte, wie er die Tabellenplätze der Hockeyliga zusammenfasste, in der Gotland ebenfalls auftauchte, und wie er sein Engagement für Menschenrechte und Umweltschutz sowie gegen Hunger und Krieg erläuterte. Er sorgte dafür, dass im Auto nie peinliche Gesprächspausen entstanden, und Sandra war dankbar dafür.

Dennoch fand sie, dass er etwas zu nachlässig fuhr. Dass er nicht besonders aufmerksam war, wenn er andere Fahrzeuge überholte oder an Kreuzungen, und dass er sie, anstatt den Blick auf die Straße zu heften, oft ansah, wenn er mit ihr redete. Dann ging ihr auf, sowohl seine Gesprächigkeit als auch die fehlende Konzentration beim Fahren könnten damit zusammenhängen, dass er nicht ganz nüchtern war. Obwohl es nicht mal drei Uhr nachmittags war. Denn wenn man genauer darüber nachdachte, hing doch Alkoholdunst im Auto, oder? Aber zum Glück war nicht viel Verkehr auf den Straßen, und bald würde sie ja zu Hause sein.

Nun fuhren sie am alten Kalksteinbruch bei Madvar vorbei. Von einem Moment auf den anderen hatte sich die Fahrbahn in blankes Blitzeis verwandelt, und anstatt abzubremsen, gab der Mann in der Kurve Gas.

3
Jan

Er zog den Hosenschlitz zu, schloss Knopf und Gürtel. Beugte sich vor und küsste sie zärtlich auf Mund und Wangen. Sie verströmte eine intensive Wärme und duftete nach Frau. Shampoo, Hautcreme, Seife oder ein dezentes Parfum – irgendetwas Anziehendes, das ihn lockte, bei ihr in ihrer Wärme zu bleiben. Aber er beherrschte sich, und kurz darauf saß er auf dem Fahrersitz, trotz allem bester Laune.

Als er den Zündschlüssel ins Schloss schob, ging die Musik an. Er drehte die Lautstärke auf und legte einen Kavaliersstart hin. Auch wenn die Reifen heutzutage dabei nicht mehr quietschen, liebte er diesen abrupten Vorwärtsruck des Wagens und das Gefühl, in den Sitz gepresst zu werden. Im Takt mit den Bässen trommelte er auf das Lenkrad und bog auf die Landstraße.

Plötzlich war es da, wie aus dem Nichts. Als er die Kurve bei der Schlucht hinter sich gelassen hatte, geriet das Auto auf der Gegenfahrbahn in sein Blickfeld, kam bei Blitzeis mit hohem Tempo auf ihn zugerast.

In dem Augenblick, als er es registrierte, wusste er, dass das schiefging. Für einen von ihnen oder beide. Er hatte Friktionsreifen, ein Ausweichmanöver war undenkbar, und selbst wenn er die Bremse durchtrat, würde er nicht rechtzeitig zum Stehen kommen. Er wollte nur, dass es vorbei war. Schnell.

4

Jeanette

Mit zitternden Händen klopfte sie sich die Kleider ab. Erde, Lehm, Zweige, Laub. Überall lag gesplittertes Glas. Es sah unwirklich aus, das übel zugerichtete Blech und die Glassplitter in der Natur verstreut. Sie war so erschüttert, dass ihr Körper ihr nicht mehr gehorchte und sie mit den Zähnen klapperte. Trotzdem war sie geistesgegenwärtig genug, ihr Handy herauszuholen. Um dieses völlig irreale Bild festzuhalten.

Im Innenraum war überall Blut. Der Mann auf dem Fahrersitz war eingeklemmt, in seinem Hals steckte eine große Glasscherbe.

Erneut stellte sie fest, dass er vermutlich bereits tot war. Die Scherbe saß wie eine Messerklinge zwischen Sehnen und Knorpel, sie musste das Atmen unmöglich machen. Er hatte eine Platzwunde auf der Stirn, und dem Winkel nach zu urteilen war das Genick sehr wahrscheinlich gebrochen.

Jeanette rang mit sich. Wozu sollte sie den Notruf wählen, wenn der Mann ohnehin schon tot war? Sie müsste ihren Namen nennen und in der polizeilichen Vernehmung sagen, was sie mitten im Winter an diesem unterkühlten Ort gewollt hatte. Alles würde herauskommen, ihr Mann würde alles erfahren und alle anderen auch. Sollte sie wirklich ihre Zukunft aufs Spiel setzen? Nein, man war selbst seines Glückes Schmied, und sie musste einen alles entscheidenden Entschluss fassen, hier und jetzt.

Das tat sie. Mühsam schleppte sie sich zum Kofferraum zurück, die Klappe stand nach dem Unfall offen. Sie griff nach ihrer

Schultertasche und hängte sie sich um. Warf einen sorgenvollen Blick auf das lädierte Auto und seinen Lenker. Aber ihr Entschluss stand fest. Sie begann, die Schlucht hinaufzuklettern.

Die Dunkelheit senkte sich herab, und das Schneetreiben wurde dichter.

5

Sandra

Zuerst war sie regelrecht paralysiert und wusste nicht, wohin mit sich. Ein Gefühl der Unwirklichkeit überwältigte sie, als würde sie selbst das alles gar nicht erleben. War das alles bloß ein böser Traum? Sie kannte die Antwort, konnte sie aber nicht verinnerlichen.

Sandra passierten solche Sachen einfach nicht. Sie war zu pompös oder zu trist, zu langweilig. Sie hatte eine behütete Kindheit gehabt: Da sie keine Geschwister hatte, wurde sie von ihren Eltern verhätschelt und musste nie selbst ein Problem lösen. Folglich verfügte sie nicht über die nötige Erfahrung, um vernünftig zu reagieren, wenn etwas Unvorhergesehenes geschah.

Sie sollte natürlich die Polizei verständigen. Verbrecher durften nicht frei herumlaufen, nur weil die Menschen keine Kraft hatten oder sich nicht trauten, sie anzuzeigen. Sie saß am Küchentisch, mit dem Telefon in der Hand, unfähig, einen Anruf zu tätigen. Sich weder bei der Polizei noch bei ihren Eltern oder sonst irgendjemandem zu melden.

Sie konnte keinen klaren Gedanken fassen, geschweige denn sich verständlich ausdrücken. Was sollte sie tun? Wie würde der morgige Tag aussehen, wenn sie aus dem heutigen nichts Brauchbares machte?

Ihr taten sämtliche Glieder weh, sollte sie da nicht wenigstens zum Arzt gehen?

Nein, nicht heute. Sie war körperlich und seelisch dazu nicht in der Lage. War nicht in der Verfassung, sich untersuchen oder verarzten zu lassen. Und schon gar nicht, sich für das zu rechtfertigen, was passiert war. Denn dann würde mit Sicherheit die Polizei eingeschaltet und sie zur Rechenschaft gezogen werden: Warum hatte sie nicht schon eher einen Notruf abgesetzt? Warum hatte sie nichts unternommen? Wie hatte sie das zulassen können? Der Alkoholgeruch im Auto war schließlich eindeutig genug.

Sandra wusste, dass sie nicht fähig war, kluge Entscheidungen zu treffen und ihr Leben selbst in die Hand zu nehmen. Nicht bloß heute, sondern jeden Tag. Wie sollte es ihr also gelingen, dies jetzt zu ändern, wo das Schicksal sich so grausam zeigte?

Inzwischen war es draußen dunkel geworden. Es schneite in dicken Flocken, und das Thermometer am Fenster war auf unter null gefallen. Ihr Blick zuckte zur Küchenbank und blieb an der Whiskyflasche hängen.

Schließlich überwand sie ihre Trägheit und stand auf. Stolperte zur Küchenbank, griff sich die Flasche und setzte sie an die Lippen. Dann trank sie mit gierigen Schlucken, wischte sich mit dem Handrücken über den Mund und trug die Flasche wieder in die Speisekammer zurück. Anschließend ging sie ins Bad und stellte sich unter die Dusche.

6

Jeanette

Unentwegt ging ihr derselbe Gedanke durch den Kopf: »Es hätte sowieso keinen Unterschied gemacht, er war ja schon tot.« Zwischendurch mit dem Zusatz: »Oder so gut wie.« Sie konnte schließlich nicht hundertprozentig sicher sein, in welchem Zustand er sich befunden hatte, als sie ihren Entschluss gefasst hatte. Ihren eigennützigen Entschluss, wohlgemerkt. Als sie entschieden hatte, ihn unten in der Schlucht zurückzulassen, in der Hoffnung, dass für sie nun eine neue Zeit anbrechen würde. Bestimmt würde jetzt alles besser werden.

Als sie nach Hause kam, gab sie vor, es wäre nichts passiert, was leichter gesagt war als getan mit einem Riss im Mantelstoff und matschigen Curling-Stiefeln. Doch ihr Mann hinterfragte ihre vage Erklärung, das Wetter sei umgeschlagen und die Bürgersteige seien rutschig gewesen, nicht, und sie plapperte ungebremst von der Badezimmerrenovierung, hauptsächlich deswegen, weil es in ihrer letzten normalen und alltäglichen Unterhaltung vor dem Unfall um die verdammten Fliesen gegangen war.

Vielleicht kam sie ihm außergewöhnlich aufgekratzt vor, mit einer unerwartet positiven Einstellung zu der Renovierung, für die sie sich bislang nicht sonderlich engagiert hatte. Aber er stellte keine Fragen, beteiligte sich am Gespräch und wirkte so ausgeglichen und mit sich im Reinen wie bereits seit Langem nicht mehr.

Seine Begeisterung beruhigte sie für den Moment, verscheuchte jedoch nicht ihre Gedanken, wenn es still wurde. Sie drehte und wendete das Geschehnis in dem kläglichen Versuch, ihre Schuldgefühle zu vertreiben. In ihrem Kopf entspann sich ein ständiger Dialog zwischen ihr selbst und einer Art moralischem Über-Ich:

Warum sollte mich ein toter Mann hinhängen?

Weil er vielleicht gar nicht tot ist.

Nach dem Aufprall und mit den Verletzungen muss er auf der Stelle tot gewesen sein, das Eintreffen des Krankenwagens hätte er auf keinen Fall noch erlebt.

Was weißt du schon davon? Hast du eine medizinische Ausbildung?

Jeder hätte erkennen können, dass er tot war, oder zumindest fast. Er hätte ohnehin kein lebenswertes Leben mehr gehabt, selbst wenn er gerettet worden wäre.

Wer bist du, dass du darüber urteilst, wer ein lebenswertes Leben hat und wer nicht?

Stimmt.

Selbst wenn er gerettet worden wäre, sagst du? Dann bestand also die minimale Chance, dass er hätte gerettet werden können?

Nein. Nein, so war das nicht. Nicht mal bei einer Chance von eins zu einer Million.

Trotzdem – ihn da einfach sitzen lassen? Bis er verblutet. Ohnmächtig. Ist das menschlich?

Da kann man nichts machen. Ein toter Mann durfte einfach keine Schande über mich bringen.

Du bist nicht die Erste, die eine Affäre hatte.

Und nicht die Letzte, die deswegen als Schlampe abgestempelt wird. Ich habe das Leben noch vor mir, er war tot oder lag bereits im Sterben. Was spielt das für eine Rolle?

Es spielt eine Rolle, für seine Frau, Kinder, Eltern und Geschwister, die ihn vermissen. Die ein Recht darauf haben, zu erfahren, was passiert ist.

Ich habe so reagiert, wie es am besten für mich war. Das meiste von dem, was ich tue, dient den anderen zum Vorteil, aber nun habe ich an mich selbst und meine Zukunft gedacht. Mein Verhalten war nachvollziehbar in der Situation.

Jeanette kämpfte mit ihren inneren Dämonen, rang darum, sich davon zu überzeugen, dass sie nur vernünftig gewesen war und ihr Handeln auf lange Sicht positive Auswirkungen haben würde. Aber das schlechte Gewissen nagte an ihr, fraß sich in ihre Gedanken und Träume.

Sie musste etwas unternehmen, damit ihre Schuldgefühle sie nicht erdrückten.

7

Sandra

»Du bist ja nur noch Haut und Knochen, Mädchen«, sagte ihr Vater und legte ihr eine Hand auf die Schulter.

Sandra fuhr zusammen, was sie mittlerweile bei jeder plötzlichen Berührung tat. Es war nicht das erste Mal, dass ihre Eltern – bei denen sie oft aß, sich ihnen ob der gegenwärtigen Lage allerdings nicht anvertraute – der Ansicht waren, sie habe abgenommen. Dass sie überhaupt keinen Appetit mehr hatte, war ein willkommener Nebeneffekt des schrecklichen Geschehnisses, das sie am liebsten vergessen wollte, jedoch nicht konnte.

»Oh, du hast mich aber erschreckt«, sagte Sandra und lachte auf, um ihre Reaktion herunterzuspielen.

Ihren Vater schien das nicht zu überzeugen. »Das wollte ich nicht«, sagte er mit einer Sorgenfalte zwischen den Brauen, »bitte entschuldige.«

Er und auch ihre Mutter merkten, dass irgendetwas nicht stimmte, doch sie hielten sich zurück und drängten sie nicht dazu, mit der Sprache herauszurücken. Unerwartete Geräusche mochte sie gar nicht. Leicht neurotisch warf sie immer wieder Blicke über die Schulter, um sicherzugehen, dass niemand sie aus der Ferne beobachtete. Abends konnte sie bloß mit Mühe und Not einschlafen, und es fiel ihr tagsüber schwer, sich auf ihre Arbeit zu konzentrieren. Sie war zwar intellektuell nicht besonders anspruchsvoll, aber sie musste den Erwartungen der Kunden nachkommen, ihnen ihre Wünsche von den Lippen ablesen, wenn sie zwischen den Waren herumirrten, und ihnen das Regal zeigen, das sie suchten. Und das Fernstudium, dem sie sich sonst abends widmete, lag zurzeit auf Eis. Sie war mit ihren Gedanken woanders.

Ihr Auto war fahrbereit, doch sie fand selbst, sie sei nicht fahrtüchtig. Sie hatte Angst vor der Kälte, vor eventueller Glätte, unvorhersehbaren Manövern der anderen Verkehrsteilnehmer und davor, bei Dunkelheit zu fahren. Sie war überspannt und niedergeschlagen – Welten entfernt von ihrem gewöhnlichen sonnigen Gemüt.

Der Gedanke, zur Polizei zu gehen, ließ sie nicht mehr los, und Sandra grübelte, ob sie sich dann besser fühlen oder die gegenteilige Wirkung erzielen würde, wenn sie Anzeige erstattete. Natürlich müsste sie ihrer Pflicht nachkommen wie jeder verantwortungsvolle Mitbürger. Dazu beitragen, dass dieser Mann gestoppt und bestraft wurde, damit nicht noch mehr Menschen Leid zugefügt wurde. Allerdings müsste sie – sollte die Polizei ihn wider Erwarten aufgrund ihrer vagen Beschreibung fassen – ihm von Angesicht zu Angesicht gegenübertreten. Das war eher abschreckend als verlockend, obwohl es genau umgekehrt sein sollte. Sie würde vor Gericht gegen ihn aussagen müssen, wenn die Ermittlungen nicht eingestellt werden würden, was wahrscheinlicher war. Denn sie wusste weder, wie er hieß, noch was für ein Auto er fuhr, wo er arbeitete oder wo er wohnte. Und es war fraglich, ob sie ihn bei einer Gegenüberstellung überhaupt wiedererkennen würde.

Wozu die Ressourcen der Polizei und das Geld der Steuerzahler verprassen, wenn der Fall sowieso zu den Akten gelegt werden würde?

Deshalb warf Sandra ihre Überlegungen allmählich über Bord und konzentrierte sich darauf, so gut es ging ihr normales Leben weiterzuführen. Und die Tage verstrichen.

8

Jeanette

Erst gute zwei Wochen später wurde der vermisste Mann namentlich samt Foto in der Lokalpresse erwähnt. Jeanette konnte ihren Augen nicht trauen, sie las den Artikel immer wieder, bevor sie die Zeitung aus der Hand legte und die Hände über dem Kopf zusammenschlug.

Verschwunden? Was sollte das heißen?

Dem Text zufolge hatten die Ermittlungen bislang nichts ergeben, es gab nicht mal eine Spur.

Das war einerseits gut, andererseits nicht.

»Kopfschmerzen?«, fragte ihr Mann von der anderen Seite des Frühstückstisches.

Derart durcheinander von dieser überraschenden Meldung hatte sie ganz vergessen, dass sie nicht allein in der Küche war. Sie antwortete mit Ja, entschuldigte sich und ging ins Bad, wo der Medizinschrank hing. Hastig spülte sie zwei Schmerztabletten runter, das Zweifache der im Beipackzettel vorgeschriebenen Dosis. Dann setzte sie sich auf den Toilettendeckel, stützte das Kinn in die Hand und versuchte ihre Gedanken zu ordnen.

Mit einem Schlag war ihr turbulentes Dasein auf den Kopf gestellt worden. Die Polizei bat die Bevölkerung um Hilfe, Familie und Freunde wussten nichts. Niemand wusste etwas.

Ausgenommen sie selbst. Jeanette kannte die Antworten auf alle Fragen, kannte die Lösung, damit sich das Rätsel auflöste und die trauernden Angehörigen Gewissheit hatten.

Doch zu welchem Preis?

Zu einem viel zu hohen Preis zweifelsohne. Sie hatte sich strafbar gemacht, das war ihr bewusst, obwohl sie keine Vorstellung davon hatte, wie schwer ihre Tat geahndet werden würde. Jeanette war nicht bereit, ihr Wohlergehen einer Handvoll fremder Menschen zu opfern. Sie war ihnen nichts schuldig, Punkt. Und selbst wenn ihre mentale Verfassung zurzeit zu wünschen übrig ließ, hatte sie dort unten in der Schlucht ihre Entscheidung getroffen, daran gab es nichts zu rütteln. Es war zu spät, das jetzt noch in Ordnung zu bringen. Sie wollte dafür nicht ins Gefängnis wandern, das würde sie nicht aushalten.

Keinem würde es besser gehen, wenn herauskäme, dass sie mit dem verschwundenen Mann ein Verhältnis gehabt hatte. Das würde nur Salz in die Wunde streuen. Außerdem war die Affäre jetzt vorbei, also brauchte niemand davon zu erfahren.

*

Jeanette schlief nachts fast gar nicht mehr. Obwohl alles in ihr förmlich nach Ruhe schrie, weigerte sich ihr Gehirn abzuschalten. Stattdessen malte ihre Fantasie Schreckensbilder, die für Herzrasen und Schweißausbrüche sorgten, welche die Laken durchnässten.

In fiebrigem Halbschlaf sah sie den Mann in dem Blechwrack tief unten in der Schlucht. Sein Gesicht war durch Blutergüsse und Schrammen bis zur Unkenntlichkeit entstellt. Die Glasscherbe steckte wie eine Harpune in seinem Hals, die aufgerissenen Augen flehten um Hilfe, die aber nicht kam. Der Brustkorb hob sich für einen einzigen rasselnden Atemzug, Blut rann aus der Platzwunde an der Stirn.

Fantasie und Wirklichkeit gingen ineinander über, sie wälzte sich Nacht für Nacht hin und her, ohne ihr schlechtes Gewissen zu besänftigen.

Nur tagsüber herrschte eine gewisse Vernunft, und ihre rationale innere Stimme fand Gehör. Doch die ruhelosen Nächte forderten ihren Tribut, und der Schlafmangel führte zu einem Zustand, der langsam, aber sicher einer Depression glich.

Die Tage verstrichen.

CHARLOTTE WRETBERG

* 7. März 2003 † 16. September 2009

Wir vermissen Dich!
**In unendlicher Liebe und Trauer
Mama und Papa
Oma, Omi und Opi
Angehörige und Freunde**

*Deine Wange kann ich
nicht mehr liebkosen,
Deine Hände nicht mehr drücken,
in einem anderen Land bist Du,
Dir kann nichts mehr geschehen.*

Der Aussegnungsgottesdienst findet in der Västerhejdekirche am Freitag, den 2. Oktober um 11 Uhr statt.

Nach dem Abschied in der Kirche ist die Trauerfeier beendet.

Statt Blumen bitten wir um eine Spende an die Kinderkrebsgesellschaft: Postgiro 902090-0, Bankgiro 902-0900

2018
Mai

9

Sandra

Es war ein frischer, aber angenehmer Frühlingsabend, und Amseln und Laubsänger zwitscherten im elterlichen Garten um die Wette. Seit einer ganzen Weile schon hatte es nicht mehr geregnet, sodass Erik und sein Großvater den Garten bewässerten. Sandra hörte, wie ihr Vater seinem Enkel ausführlich erklärte, warum es so wichtig war, am Abend zu gießen. Erik hörte mit großem Interesse allem zu, was sein Opa sagte. Er vergötterte seine Großeltern, und diese Liebe beruhte fraglos auf Gegenseitigkeit. Erik war mindestens genauso verwöhnt, wie sie selbst in ihrer Kindheit es gewesen war. Doch man konnte schließlich gar nicht genug geliebt werden, sagte sie sich.

Sie hatten gemeinsam gegessen, und nun half Sandra ihrer Mutter beim Abräumen. Eigentlich wollte sie ihre Hilfe nicht, aber Sandra fand, dass sie ihre Eltern bereits oft genug in Anspruch nahm, und wollte wenigstens einen kleinen Teil wieder zurückgeben. Mehrmals in der Woche zum Abendessen herzukommen kam ihr irgendwie unreif vor, doch die übrigen Beteiligten wollten es so haben. Und sie wollte ihnen diese Freude nicht verderben, auch wenn es nicht gerade dazu beitrug, endlich erwachsen zu werden.

»Machst du heute Abend wieder diese Freiwilligenarbeit?«, fragte ihre Mutter.

»Klar, wenn ich nichts Besseres vorhabe, mache ich das.«

»Ist das nicht zu anstrengend? Leidet denn dein richtiger Job nicht darunter? Du musst dich auch mal erholen, so wie alle anderen.«

»So anstrengend ist das gar nicht«, versicherte Sandra ihr. »Ich kann etwas bewirken, und das ist mir wichtig. Fast schon eine Beschäftigungstherapie.«

»Wenn du eine Therapie brauchst, kannst du immer zu mir kommen, meine Kleine.«

»Ich weiß, Mama, und ihr gebt mir allen Halt, den ich brauche. Aber es ist schön, anderen zu helfen. Sie zu trösten und zu unterstützen.«

»Rufen da nicht lauter Widerlinge an?«

»Widerlinge?« Sandra lachte und stellte die Bratpfanne in die Spüle. »Nein, wirklich nicht. Meistens rufen traurige Menschen an. Einsame und vielleicht ängstliche Menschen, die denken, dass sie niemanden haben, dem sie ihren Kummer und ihre Sorgen anvertrauen können.«

»Das muss doch absolut kraftraubend sein, den Seelenklempner zu spielen.«

»Im Gegenteil, Mama, im Gegenteil. Die eigenen Probleme kommen einem oft nichtig vor, wenn man von den Schwierigkeiten der anderen erfährt.«

»Probleme?«, sagte ihre Mutter mit einem Stirnrunzeln. »Macht dir das alles sehr zu schaffen?«

»Schon«, sagte Sandra wahrheitsgemäß, »aber es wird von Tag zu Tag besser. Ich habe doch euch, und ich habe auch mal Erik. Ich habe einen interessanten Job und dazu Kollegen, mit denen ich gut auskomme. Mehr kann man sich doch nicht wünschen, oder?«

»Ja, wenn du meinst«, seufzte ihre Mutter und klang dabei nicht sehr überzeugt.

Bald würde die Frage kommen, ob Erik bei den Großeltern übernachten könnte. Sandra stellte das restliche Geschirr in die Spülmaschine und wischte die Arbeitsfläche sauber.

»Du weißt schon, dass wir Erik liebend gerne über Nacht hierbehalten? Dann hättest du mal ein bisschen Zeit für dich.«

Sandra hatte eine vage Vorstellung davon, dass »Zeit für sich« etwas mit Kerlen und über kurz oder lang auch etwas mit einer Heirat zu tun hatte. Auf die Dauer begann diese Art von Druck etwas zu nerven, doch das war nichts, was sie nicht aushalten konnte.

»Ich weiß, Mama«, gab sie zurück. »Aber ich liebe es auch, Zeit mit Erik zu verbringen. Ich bade ihn, putze ihm die Zähne und lese ihm eine Gutenachtgeschichte vor. Ich will ihn in seinem Zimmer schlafen hören, wenn ich Erwachsenensachen erledige. Danke, aber heute Abend nicht.«

Den Auftakt des Abends am Sorgentelefon machte ein älterer Mann, dessen Hund überfahren worden war. Es fiel ihm leicht, darüber zu sprechen, und es machte ihm nichts aus, seine Gefühle zu offenbaren. Er brauchte nur jemanden, der ihm zuhörte, und genau das tat Sandra. Gelegentlich warf sie eine kurze, aufmunternde Bemerkung ein, und nach etwa zwanzig Minuten hatte er sich seinen Kummer von der Seele geredet.

Danach rief eine junge Frau namens Ellen an, die sich fast jeden Abend meldete, wenn Sandra Dienst hatte. Sie war geistig beeinträchtigt und wirkte unbekümmert, wollte bloß jemandem mitteilen, wie ihr Tag gewesen war. Sandra stellte interessiert Fragen und bekam unterhaltsame Antworten. Auf diese Weise die

Vertraute eines anderen Menschen zu sein und den Alltag mit diesem zu teilen, von dem sie andernfalls nichts erfahren würde, war eine Anerkennung.

Anschließend führte sie ein recht kurzes Telefonat mit einer unglücklichen Mutter, die mit ihrem Kind Probleme hatte, das in schlechte Kreise geraten war.

Dann rief niemand mehr an, und Sandra machte sich für die Nacht fertig. Doch gerade als sie das Telefon auf Flugmodus stellen wollte, weil um Mitternacht ihr Dienst sowieso zu Ende war, klingelte es wieder.

Das Gespräch begann sehr zögerlich.

»Kerstin«, entgegnete die Frau nach einer Weile auf Sandras Frage. »Ich heiße Kerstin.«

Ihre Stimme war ziemlich rau, vielleicht hatte das Leben ihr mitunter übel mitgespielt. Aber es konnte genauso gut sein, dass sie mehr rauchte, als für ihre Stimme gut war, oder dass sie noch eine Erkältung auskurierte.

»Ich bin froh, dass Sie sich an das Sorgentelefon wenden, Kerstin. Bevor wir anfangen, möchte ich Sie darauf hinweisen, dass ich gezwungen bin, die Polizei zu verständigen, wenn Sie etwas sagen, was den Verdacht erweckt, dass Sie oder eine andere Person eine Straftat begangen haben oder begehen wollen. Ist das für Sie in Ordnung?«

»Natürlich.«

»Darüber hinaus können Sie ganz beruhigt sein: Alles, was gesagt wird, bleibt unter uns. Klingt das gut, was meinen Sie?«

»Ja, tut es.«

»Wunderbar. Möchten Sie mir irgendwas Bestimmtes erzählen?«

»Was Bestimmtes? Nein, ich weiß nicht …«

»Wir können über alles reden. Ich höre Ihnen zu, und Sie bestimmen, in welche Richtung das Gespräch geht.«

»Ich bin eigentlich auch eher eine gute Zuhörerin«, sagte Kerstin.

Dann verstummte sie, und Sandra konnte nur mit Mühe und Not die Unterhaltung in Gang halten. Es war ungewöhnlich, dass ein Anrufer kein konkretes Gesprächsthema hatte.

»Sie sind quasi die stumme Beobachterin? Oder kommen die Menschen mit ihren Problemen zu Ihnen?«

»Beides«, gab Kerstin zurück, ohne genauer zu werden.

»Fällt Ihnen das schwer?«, fragte Sandra nach.

»Nein, nein, gar nicht.«

»Es ist sicher auch manchmal eine Belastung, diejenige zu sein, bei der sich alle ausweinen wollen.«

»Für Sie offenbar nicht.«

»Sie und ich, wir bleiben anonym«, sagte Sandra. »Das ist der Unterschied. Ich kann Ihnen bloß helfen, indem ich Ihnen zuhöre und versuche, Ihnen gute Ratschläge zu geben. Wenn man der Person direkt gegenübersitzt, ist das was ganz anderes. Ich will damit nur sagen, dass es auch anstrengend sein kann, die Vertrauensperson zu sein, wenn es den Menschen im eigenen Umfeld schlecht geht.«

»Nein, nein, das ist wirklich nicht schlimm«, sagte Kerstin wieder.

Sandra wusste nicht so recht, wie sie das Gespräch am Laufen halten sollte. »Dann sind Sie also eine gute Zuhörerin. Heißt das auch, Sie sind nicht so redselig?«

»Genau.«

»Woher, meinen Sie, kommt das? Sind Sie vielleicht eher schüchtern?«

»Nein, das würde ich nicht sagen. Es gibt einfach nichts, worüber ich reden könnte.«

Die Unterhaltung verlief schleppend, ohne dass wirklich irgendetwas gesagt wurde. Lange Strecken blieb es still in der Leitung. Aber irgendwie weckte diese Frau Sandras Interesse mehr als die anderen Anrufer. Es war dieser traurige, zurückhaltende Ton in ihrer Stimme. Ihr Widerwille zu sprechen und die Überwindung, die es gekostet haben muss, es dennoch zu tun.

»Ich spüre, dass es Ihnen schwerfällt, über sich selbst zu sprechen«, meinte Sandra. »Es ist wirklich sehr mutig, dass Sie das trotzdem machen.«

»Ich habe ja kaum was gesagt«, erwiderte Kerstin mit einem kurzen Lacher.

»Das wird schon«, sagte Sandra aufmunternd. »Wir lernen uns schließlich gerade erst kennen. Bauen Vertrauen zueinander auf. Das braucht eben seine Zeit. Wenn Sie das nächste Mal anrufen, ist es bestimmt leichter.«

»Sie denken, ich sollte wieder anrufen?«

»Das finde ich auf jeden Fall. Manchmal muss man einfach im Mittelpunkt stehen. Vor allem wenn es um das eigene Leben geht. Wenn Sie lieber mit jemand anderem reden wollen, können Sie das gerne sagen, das ist kein Problem.«

»Schon in Ordnung, ich rufe vielleicht wieder an.«

»Tun Sie das. Alles Gute bis dahin.«

»Danke für das Gespräch.«

Damit war das Telefonat beendet. Es war nicht einfach gewesen, weil Sandra nicht sonderlich erfinderisch war, wenn es darum ging, ein Gesprächsthema zu finden. Meistens musste sie das aber auch gar nicht. Genau genommen hatten sie über rein gar nichts geredet, und dennoch wünschte sich Sandra merkwürdigerweise, es würde ein nächstes Mal geben. Sie vermutete, dass hinter der Niedergeschlagenheit in Kerstins Stimme eine Trauer lag, etwas, das sie belastete und nach und nach an die Oberfläche dringen würde. Das machte Sandra neugierig, und sie hoffte, dann dabei zu sein.

10

Jeanette

Es war ein turbulenter Nachmittag am Österport, dem östlichen Tor der alten Ringmauer. Ein paar von den Burschen waren laut geworden, und die Polizei war mehrmals angerückt, um ihnen ins Gewissen zu reden. Sie nahm selten jemanden mit, denn die Clique, die auf und vor den Bänken herumlungerte, war eigentlich harmlos. Aber manchmal kippte die Stimmung, und dies war jetzt der Fall.

Jeanette hatte einen ihrer schlechteren Tage. Ihr lag die Angst wie ein Krebsgeschwür im Magen, gedankenlos hatte sie Beruhigungsmittel mit Alkohol gemischt, das war ihr durchaus klar. Nun war ihr schwindelig und übel, sie saß schwankend auf der Bank und hielt sich die Ohren zu. Hoffte, dass der Lärm aufhörte, damit sie alle die Ruhe in der Frühlingssonne genießen konnten.

Die beiden anderen, die sich in den Haaren lagen – wie fast immer ging es um einen überschaubaren Geldbetrag –, hatten hingegen die Fäuste geballt, bereit, jeden Moment zuzuschlagen. Die restlichen – zwei Frauen und eine Handvoll Männer – versuchten, sie zu beruhigen und auseinanderzubringen. Jeanette hielt sich da raus, sie hatte keine Kraft sich einzumischen und fand, sie gehöre da auch gar nicht richtig dazu.

Dennoch war sie hier gelandet, und hier verbrachte sie einen großen Teil ihrer langen, sinnleeren Tage. Sie war tief gesunken, und das war schnell gegangen. Nach einem geordneten, finanziell abgesicherten Leben hatte sie von einem auf den anderen Tag alles hingeworfen und sich verschiedenen Formen von chemischen Substanzen zugewandt. So hatte eins zum anderen geführt, bis ihr die Bänke der randständigen Alkoholiker an der Österport ein besserer Ort zu sein schienen, als ihr Leben an die Einsamkeit ihrer Zweizimmerwohnung in Gråbo zu verschwenden.

Jetzt hing die Schlägerei in der Luft, es hagelte Flüche. Alle waren irgendwie beteiligt, ausgenommen Jeanette. Passanten blieben neugierig stehen, um zu erfahren, was passieren würde, doch die Polizei glänzte durch Abwesenheit, wo sie am allermeisten gebraucht wurde. Der Lärm türmte sich unerbittlich auf, und Jeanette beschloss zu gehen. Nicht weit weg, nur rüber zur Sparbössa und zum Dalmansporten, wo sie sich auf den Rasen legen konnte, bis sich die Situation wieder beruhigt hatte. Gerade als sie sich erheben wollte, wurde sie von einem Ellenbogen umgestoßen, der ihr zufällig in den Weg geriet. Als sie wieder zu sich kam, lag sie rücklings auf dem Asphalt, mit blutender Nase. Die Wogen hatten sich inzwischen geglättet, und alle richteten ihre Aufmerksamkeit auf Jeanette.

Die beiden Rabauken zeigten sich reumütig und halfen ihr auf, damit sie halbwegs auf der Bank sitzen konnte. Einer von ihnen, Lubbe, setzte sich neben sie, legte ihr den Arm um den Nacken und neigte ihren Kopf zurück.

»Muttern holt Eis beim Inder um die Ecke«, sagte er. »Entschuldige. Das wollte ich wirklich nicht.«

»Ich weiß«, entgegnete Jeanette. »Aber es war total unnötig, so über die Stränge zu schlagen.«

»Willst du einen kleinen Schluck?«, fragte Lubbe in dem plumpen Versuch abzulenken.

»Stehen hier nicht lauter Leute rum und gaffen?«

»Wen stört das? Aber die sind jetzt weg. Der Krankenwagen ist unterwegs.«

»Machst du Witze?«

»Ich mache Witze«, grölte Lubbe. »Hier.«

Dann hielt er ihr vorsichtig den Kopf und ließ sie aus der Wodkaflasche trinken. Das war vielleicht nicht gerade das, was sie brauchte, aber sie lehnte nicht ab. Es war schön, so umsorgt zu werden und ein einziges Mal im Mittelpunkt zu stehen. Sie lehnte sich wieder zurück, um den Blutfluss zu stoppen.

»Hier kommt sie, unsere Barbamama«, sagte Lubbe.

Muttern setzte sich ans andere Ende der Bank. Sie hatte einen Plastikbeutel mit Eis auftreiben können, den sie Jeanette nun auf die Nase drückte.

»Wie ist es?«, fragte sie. »Tut's weh?«

»Geht schon«, gab Jeanette zurück.

»Danke, dass du die Streithähne auseinandergebracht hast.«

»Hab ich das?«

»Das weißt du doch«, sagte Muttern mit einem Seitenblick auf Lubbe. »Im Augenblick sind sie ja die reinsten Unschuldslämmer.«

Wieder setzte dröhnendes Gelächter von Lubbe ein. Jeanette musste auch lachen und setzte sich gerade hin.

»Ich glaube, es blutet nicht mehr«, meinte sie und legte den Eisbeutel auf die Erde.

Sie sah sich um. Alles war wieder normal. Auf den anderen Bänken wurde verstohlen getrunken und schwadroniert. Die Frühlingsblumen in den Beeten zwischen den Bänken leuchteten im Sonnenlicht. Die Vögel zwitscherten, und die Luft war warm. Die perfekten Voraussetzungen für ihren jetzigen Lifestyle.

Passanten spazierten mit zielgerichteten Schritten und wichtigen Mienen vorbei. Vor wenigen Jahren war sie noch eine von ihnen gewesen, eine, die jeden Morgen zur Arbeit ging und abends mit einer Tüte Lebensmittel nach Hause kam. Eine, die ins Fitnessstudio und zum Yoga ging, der ihre Gesundheit wichtig war, ihr Aussehen und Äußerlichkeiten wie Schminke und Accessoires. Und Badezimmerfliesen.

Die Panik, die zwischenzeitlich bedingt durch den Schlag auf die Nase von ihr abgefallen war, war wieder da. Es gab kein Heilmittel, aber zwei Arten der Linderung: Tabletten und Alkohol. Beides war auf lange Sicht verheerend. Alles drehte sich vor ihren Augen, ihr Magen rebellierte. Mehr vertrug sie im Moment nicht, sie musste die Schmerzen irgendwie aushalten.

»Wie geht's dir, Kleine?«, wollte Lubbe wissen und legte ihr eine Hand aufs Knie. »Du bist kreideweiß.«

»Geht schon«, log Jeanette.

»Hätten wir nicht besser den Notarzt rufen sollen? Vielleicht hast du eine Gehirnerschütterung.«

»Nein, bestimmt nicht. Ich habe einfach bloß einen richtig beschissenen Tag heute. Hier drinnen«, fügte sie mit einer Geste Richtung Kopf hinzu.

Und nun konnte sie die Tränen nicht länger zurückhalten. Sie kam sich lächerlich vor, weil sie vor den anderen weinte, für die das auch nicht komisch war. Aber der Kloß in ihrem Hals wurde immer größer. Sie weinte ohne große Gebärden; keine

Schluchzer, nur ein stiller Strom Tränen rann ihr über die Wangen.

Lubbe bemerkte das, er legte den Arm um Jeanette und zog sie an sich. »Was bedrückt dich denn so sehr?«, fragte er feierlich, um den Ernst der Situation herunterzuspielen.

»Ich will wieder nach Hause«, sagte Jeanette. »Zurück zu allem, was ich früher hatte, bevor ich so geworden bin wie jetzt.«

»So wie jetzt?«, wiederholte Lubbe. »Du bist ein feines Mädel, Nettan. Da gibt es nichts, was du ändern musst.«

»Ich habe Sehnsucht nach meiner Tochter und meinem Mann und unserem Haus mit all unseren Sachen. Nach meinem Job allerdings eher weniger …«

»Tochter?« Sie wurde von Muttern unterbrochen. »Du hast eine Tochter?«

»Das hast du uns nie erzählt«, pflichtete Lubbe ihr bei.

»Hatte«, entgegnete Jeanette bedrückt. »Sie ist gestorben.«

»Verdammt«, sagte Muttern und griff nach Jeanettes Hand.

»Mein Beileid«, murmelte Lubbe. Er schwieg eine Weile, ehe er den Faden wieder aufnahm. »Ich will ja alte Wunden nicht wieder aufreißen, aber wenn du reden willst, dann habe ich immer ein offenes Ohr für dich.«

Jeanette wollte darüber sprechen, doch sie hatte ihre Gefühle so lange verdrängt und wusste nicht recht, wie sie anfangen sollte.

»Sie hieß Charlotte«, begann sie dann.

»Schöner Name«, sagte Muttern.

»Wie alt – ist sie geworden?«, wollte Lubbe wissen.

»Sie war vier, als wir die Diagnose erhalten haben«, sagte Jeanette und wischte sich mit dem Ärmel die Nase ab. »Akute myeloische Leukämie.«

»Leukämie«, wiederholte Lubbe. »Verflucht.«

»Sie hatte Schmerzen, hatte Blutergüsse am ganzen Körper, hat Infektionen bekommen, die nicht mehr kuriert werden konnten, und sie war andauernd müde. Sie war beinahe zwei Jahre lang in Behandlung. Lauter Chemotherapien. Und dann hat sie eine Knochenmarktransplantation bekommen. Nichts hat geholfen, die Nieren haben nicht mehr mitgemacht, und am Ende hatte sie keine Kraft mehr. Sie war sechs, als sie aufgegeben hat. Das ist fast neun Jahre her. Dieses Jahr wäre sie fünfzehn geworden.«

Keiner sagte etwas. Lubbe drückte sie fest an sich, und Muttern hielt ihre Hand. Jetzt, wo jemand Anteil nahm, fühlte sie sich ein bisschen besser. Es änderte nichts an dem, was gewesen war, aber für den Moment spürte sie eine Warmherzigkeit, die von diesen Menschen kam, die nur noch selten anzutreffen war.

»Sie hat sich in den letzten Jahren sehr gequält«, erklärte Jeanette, als sie sich wieder gefasst hatte. »Und wir haben mitgelitten, mein Mann und ich. Es war schrecklich, tatenlos zusehen zu müssen und Charlotte nicht helfen zu können. Und dann von seinem eigenen Kind Abschied nehmen und es beerdigen zu müssen … Das war unbeschreiblich.«

»Wie hat er das aufgenommen?«, fragte Muttern. »Dein Mann?«

»Als Charlotte noch am Leben war, da waren wir drei gemeinsam stark. Unfassbar stark, wenn ich so darüber nachdenke. Einer von uns oder wir beide waren ständig bei ihr. Wir haben zusammengehalten gegen gleichgültiges Pflegepersonal, verständnislose Behörden, ja, gegen den Rest der Welt. Aber als Charlotte nicht mehr da war, verschwand all das, was uns zusammengeschweißt hatte.«

»Habt ihr euch scheiden lassen?«, fragte Lubbe.

»Nicht sofort. Fünf Jahre lang haben wir uns noch was vorgemacht. Er hat gekämpft und sich eingeredet, alles wäre wie immer. Ich stumpfte immer mehr ab, und unser leeres Leben und all die uninteressanten Gespräche langweilten mich. Danach sehne ich mich jetzt zurück. Doch wir teilten immerhin die Trauer um Charlotte miteinander. Wir hätten darüber reden können. Ich wollte das, aber er hat alles abgeblockt, was anstrengend war. Er wollte wieder leben, nach vorne schauen. Das hat er gesagt, und er hatte sicher recht. Ich bin ein schwacher Mensch.« Sie weinte bitterlich, schluchzte dann und trocknete die Tränen mit ihrem Jackenärmel.

Lubbe und Muttern schwiegen und warteten, dass Jeanette fortfuhr.

»Ich habe einen Mann kennengelernt. Über meine Arbeit«, fuhr Jeanette fort. »Er war verheiratet und hatte zwei Kinder, und wir haben eine Affäre miteinander angefangen. Wir sind nachmittags heimlich mit seinem Auto weggefahren. Für ein Schäferstündchen. Das kam mir schmutzig und unmoralisch vor, aber irgendwo muss man ja anfangen. Man kann die alte Beziehung schließlich nicht Hals über Kopf beenden, ehe man wenigstens die neue etwas ausgetestet hat.«

Lubbe machte ein Dosenbier auf und reichte es Jeanette. Sie sollte zwar besser nicht trinken, nahm aber trotzdem einen Schluck. Danach hielt sie Muttern die Dose entgegen, die jedoch ablehnte. Also gab sie Lubbe das Bier zurück und erzählte weiter.

»Wir haben über eine gemeinsame Zukunft gesprochen. Ich war bis über beide Ohren verliebt in ihn und bereit, alles aufzugeben, was ich noch hatte. Das war nicht viel, habe ich gedacht, aber wenn ich jetzt daran zurückdenke ... Das mit dem anderen Mann ist nichts geworden. Ging total nach hinten los. Ich bekam Depressionen und Panikattacken. Habe mich krankschreiben und mir Beruhigungstabletten verschreiben lassen. Wein aus dem Tetrapack getrunken. Ich bin nicht mehr zum Sport gegangen, habe mich nicht mehr mit meinen Freunden getroffen und nicht mehr mit meinem Mann geredet. Von meiner Untreue wusste er nichts, aber ein halbes Jahr später hatte er genug von mir und meiner jämmerlichen Verfassung. Das war nur verständlich, doch mir war das egal. Zuerst. Bis die Wirklichkeit mich einholte und ich dieser fertigen, abgemagerten Trinkerin im Badezimmerspiegel ins Gesicht sah. Das machte es auch nicht einfacher, wieder an meinen Arbeitsplatz zurückzukehren und ein geregeltes Leben zu führen.«

Muttern und Lubbe schlugen die Augen nieder, vermutlich weil sie an ihre eigenen jämmerlichen Gestalten denken mussten und nicht an Jeanettes. Keiner von ihnen widersprach ihr, was ihr indirekte Bestätigung einbrachte.

»Und, was habe ich getan? Habe ich mich zusammengerissen und bin wieder abstinent geworden? Nein, ich habe mich noch mehr gehen lassen. Ich bin eine Versagerin, und mein Leben ist ein einziges Fiasko«, stellte Jeanette fest.

Damit war die Unterhaltung beendet. Die anderen kamen dazu, und die Stimmung war gebrochen. Vielleicht weil Jeanettes letzte Bemerkung auf jeden von ihnen zutreffen konnte. Lubbe und Muttern konnten vor ihrem eigenen Schiffbruch die Augen verschließen, warum also schleuderte Jeanette ihnen die Wahrheit ins Gesicht? Glaubte sie insgeheim, dass sie etwas Besseres war als die beiden?

Sie beschloss, sich in Zukunft anders auszudrücken. Keine Verunglimpfungen mehr von sich zu erzählen, die im Grunde auf die ganze armselige Bagage am Österport zutrafen.

11

Sandra

»Mama, warum willst du nicht, dass ich mich prügele?«

Sandra saß im Kinderzimmersessel und versuchte zu lesen, bis Erik eingeschlafen war. Nicht weil er Gesellschaft brauchte, weil er Angst vor der Dunkelheit hatte oder davor, allein zu sein, sondern um ihrer selbst willen. Bisweilen brauchte er eine Weile, um abzuschalten, und dann redeten sie. Über das Buch, das sie eben gelesen hatten, oder über etwas, was am Tag passiert war. Manchmal über große Fragen über das Weltall, die Weltmeere oder die Armut, oft über alltägliche, aber dennoch faszinierende Dinge wie Busse, Vogelscheuchen oder Elektrizität. Diesmal über Verbrechen und Strafe.

»Weil es verboten ist, anderen Menschen wehzutun«, antwortete Sandra. »Das ist eine Straftat, für die man ins Gefängnis kommt.«

»Igor ist aber nicht im Gefängnis«, wandte Erik ein.

»In Schweden kommen Kinder auch nicht ins Gefängnis.«

Es entstand eine Pause, dann ergriff Erik wieder das Wort.

»Ich würde es nicht traurig finden, im Gefängnis zu sitzen.«

»Nicht?«

»Ich würde Däumchen drehen und Schattenspiele machen.«

Sandra musste sich das Grinsen verkneifen. Däumchen drehen – woher hatte er das denn?

»Am besten, du vermeidest es einfach, im Gefängnis zu landen«, sagte sie lachend und kniff ihn liebevoll in die Wange. »Schlaf jetzt schön, mein Kleiner.«

Erik ging alles Mögliche durch den Kopf, und es fiel ihm nicht schwer, sich auszudrücken. Er war in mehrerlei Hinsicht seiner Entwicklung voraus: Schon mit neun Monaten konnte er laufen, und mit dreizehn Monaten hatte er angefangen zu sprechen. Er redete viel und gern, plapperte mit Begeisterung drauflos, um seinen Gedanken und Gefühlen Ausdruck zu verleihen.

Was für ein Glück, dass ich so einen Sohn habe, dachte Sandra oft. Besonnen und einfühlsam, offen und mitteilsam. Ziemlich weit von ihrem Charakter entfernt, zum Glück. Sie selbst war verschlossen und feige und machte nicht viel her: dick und ungeschickt, mit mattbraunem Haar und Überbiss. Die Jungs standen damals nicht gerade Schlange, was ihre Eltern nicht wahrhaben wollten, sie aber trotzdem enttäuschte.

Sie hatte nur ein paar Seiten zu lesen geschafft, denn die Gedanken wollten in der wirklichen Welt mit ihren vielen Schattenseiten, allerdings auch manchen Lichtblicken verweilen. Erik war der stärkste von ihnen allen, und ohne ihn wäre das Leben nicht lebenswert. Sie schlug das Buch zu und musterte ihn im Licht der Leselampe. Was hatte sie ihm gegeben? Außer Liebe und Geborgenheit? Äußerlich sah er ihr nicht ähnlich, und seine aufgeschlossene Art hatte er ebenso wenig von ihr. Aber er ist ein braver Junge, dachte sie, lässt alles auf sich zukommen. Und er will gut sein zu den Menschen.

Als Erik eingeschlafen war, löschte Sandra das Licht und ging aus dem Zimmer. Sie legte in der Diele und im Wohnzimmer ein paar Sachen an ihren Platz und räumte die Küche auf. Dann setzte sie sich mit einer Tasse Tee und der Zeitung an den Küchentisch und wartete darauf, dass ihr Handy klingelte.

Am Telefon war sie anders. Da konnte sie so tun, als wäre sie eine Person, die sie tatsächlich gar nicht war. Vor allen Dingen traute sie sich, laut zu denken und zu reden. Sie war zwar nicht besonders gut darin, die Unterhaltung in Gang zu halten, aber Gesprächspausen waren ja durchaus erlaubt. Fast allen bedeutete es am meisten, dass sie eine gute Zuhörerin war, geduldig war und einsilbige Kommentare gab. Keiner wusste, wer sie war oder wie sie aussah, sie versteckte sich hinter einer Stimme, die einfühlsam und erfahren zugleich klang. Oder es war genau anders herum, dass sie sich hinter ihrer Stimme gar nicht zu verstecken brauchte, weil es ihre eigene war.

Darüber dachte sie oft nach. Wenn sie sich anstrengte, könnte sie sich ihr Aussehen wegdenken und ihre Angst draußen unter Leuten überwinden und stattdessen die Rolle der Frau ausleben, die sich nicht unterkriegen ließ. Die tröstete und aufbaute, die Menschen, die das seelische Gleichgewicht verloren hatten, mit vorsichtigem Rat justierte.

Aber nein – niemand konnte seine Ängste und eingestandenen Schwächen bewusst verdrängen.

Nun vibrierte ihr Handy. Ellen war die Erste. Wunderbare, gut gelaunte Ellen, die das Leben meist positiv sah, so wie heute. Und das war ansteckend. Ein ausführlicher Bericht über einen Schwimmbadbesuch, gefolgt von der Bitte, Sandra möge von ihrem Tag erzählen. Das tat sie – stets auf ihre Integrität bedacht und darauf, keine Einzelheiten über ihre Arbeitsstätte und ihre Wohnadresse preiszugeben. Von Ellen brauchte sie nichts zu befürchten, doch früher oder später würde sie einen Verrückten am Telefon haben.

Dann zwei Anrufe von derselben Person im Abstand von einer guten Stunde. Aber derjenige stellte sich mit zwei verschiedenen Namen vor und schilderte zwei unterschiedliche Probleme. Sandra ließ sich nichts anmerken und ging auf jedes Anliegen einzeln ein.

Bei dem ersten ging es um eine Lebenskrise infolge einer Krebsdiagnose, bei dem zweiten handelte es sich um Angst wegen etwas, das er rein rechtlich als Misshandlung der Ehefrau bezeichnete, was tatsächlich allerdings nur eine unsanfte körperliche Berührung gewesen war.

Sandra fand, sie ging die ganze Sache recht gut an, besonders das zweite Telefonat, bei dem sie sich Mühe gab, nicht zu urteilen, sondern wollte, dass sich der Mann über seine Gefühle klar werden konnte. Gestärkt in ihrem Glauben an ihre objektiven therapeutischen Fähigkeiten, nahm sie kurz vor Mitternacht den zweiten Anruf von Kerstin entgegen.

»Ich bin froh, dass Sie sich wieder melden«, sagte Sandra. Das meinte sie wirklich so, sie hatte seit dem ersten Gespräch auf ein zweites gehofft.

Kerstin schwieg.

»Wie geht es Ihnen?«, fragte Sandra.

»Geht so«, entgegnete Kerstin zögerlich.

»Wissen Sie, warum?«

»Wie, warum?«

»Warum geht es Ihnen nicht so gut?«

»Ich habe Halsweh«, sagte Kerstin.

»Das klingt ziemlich übel. Aber das geht wieder vorüber.« Sandra glaubte nicht, dass Kerstin anrief, um über kleinere Wehwehchen zu diskutieren.

»Ich muss viel weinen«, sagte Kerstin unerwartet. »Mein Mann ist verstorben.«

»Das tut mir sehr leid. Ist das erst vor Kurzem passiert?«

»Nein, aber das kommt in Schüben. Mir wird bewusst, dass ich langsam alt werde und wie einsam es zu Hause ist und immer sein wird.«

Was sollte man darauf antworten? Die Einsamkeit hatten alle Anrufer beim Sorgentelefon gemeinsam. Aber Einsamkeit hatte so viele verschiedene Gesichter. Manche fühlten sich in einer unglücklichen Beziehung einsam, andere waren einsam am Arbeitsplatz oder in der Schule. Dann gab es jene, die in jeder Hinsicht einsam waren – weil sie niemanden hatten, mit dem sie ihr Leben teilten, keinen Job, der sie erfüllte, keine Kinder oder Enkel. Einige sagten, sie seien einsam, weil sie eine Blockade hatten, unfähig waren, sich zu öffnen und andere Menschen an ihrem Leben teilhaben zu lassen.

»Ich könnte jetzt irgendwas im Stil von *Die Zeit heilt alle Wunden* oder irgendeine andere Floskel sagen«, meinte Sandra, »aber ich weiß nichts über Sie. Vielleicht möchten Sie mir von Ihrem Mann erzählen? Wie war er?«

»Das würden Sie sowieso nicht verstehen«, erwiderte Kerstin.

»Wann ist er gestorben?«, fragte Sandra stattdessen.

»Vor vier Jahren. Ich habe auf ihn gewartet, aber er ist nicht gekommen. Ich wusste, dass er im Auto unterwegs ist, wusste, dass etwas passiert war. Kurz vor dem Unfall habe ich mit ihm gesprochen, er war schon auf dem Heimweg.«

»Ein Autounfall also. Das ist wirklich tragisch.«

Das war es ohne Zweifel. Doch Kerstin redete. Sie hatte von sich aus mehrere Sätze hintereinander gesagt und von ihrem schlimmsten Erlebnis erzählt. Wie Sandra vermutet hatte, lag hinter Kerstins gebrochener Stimme eine Tragik, eine Unfähigkeit, ihre Gedanken mitzuteilen. Kerstin war jedoch nicht die Einzige, die unter dramatischen Umständen einen Menschen verloren hatte, der ihr sehr nahestand. Sie war eine von vielen und könnte Beistand und Trost bei Menschen mit ähnlichen Erfahrungen finden. Aber sie wandte sich an Sandra – der nichts Vergleichbares widerfahren war. Sie fühlte sich absurderweise geehrt und wurde von einer unerklärlichen Empathie für diese Kerstin übermannt.

»Er wurde vier Tage lang vermisst«, sagte Kerstin. »Verstehen Sie – vier Tage!«

»Vermisst?«, hakte Sandra nach, weil sie nicht ganz folgen konnte.

»Es war Blitzeis, und das Auto ist einen Steilhang runtergesaust. Vier Tage war er da unten, bis er gefunden wurde.«

Sandra wusste nicht recht, was sie glauben sollte. Wenn Kerstin mit ihm kurz vor dem Unfall noch gesprochen hatte, hätte die Polizei ihn mit ihren Ressourcen doch finden können, oder?

»Stundenlang hat er mit dem Tod gerungen«, fuhr Kerstin fort, und Sandra hörte, wie ihr die Stimme versagte.

»Wie schrecklich«, brachte sie nur über die Lippen.

»Laut Polizei war er eingeklemmt, hatte eine Schädelfraktur und hat über zwei Stunden lang kaum noch Luft gekriegt. Und nach vier Tagen ist seine Leiche gefunden worden.«

»Trotz der Suchtrupps?« Bei der Vorstellung, wie dieser furchtbare Unfall abgelaufen sein musste, wurde Sandra übel.

Es entstand eine Pause, sie hörte bloß unterdrückte Schluchzer.

»Trotz der Suchtrupps?«, wiederholte Sandra, da sie aus diesen vier Tagen einfach nicht schlau wurde.

»Das Auto war so schnell eingeschneit«, erklärte Kerstin. »Es war von der Straße aus nicht zu sehen, erst als es vier Tage später wieder getaut hat.«

»Trotzdem«, beharrte Sandra. »Sie müssen doch ungefähr gewusst haben, wo er war, und die Polizei hat schließlich Spürhunde und Wärmebildkameras. Ich verstehe nicht, warum das vier Tage gedauert hat …«

Aber Kerstin war nicht mehr in der Leitung. Sandra ließ das Telefon sinken und blieb mit leerem Blick sitzen.

12

Jeanette

Ein neuer Tag, an dem doch wieder die üblichen Gefühle dominierten. Jeanette ging es besser, aber nicht gut – gut ging es ihr nie. Aber heute fühlte sie sich geborgen. Hier und jetzt war sie in Sicherheit, umgeben von Menschen, die ihr wohlgesonnen waren und denen sie das Beste wünschte, abgeschirmt von all denen, die vorbeihasteten, vage Umrisse mit abweisendem oder verächtlichem Blick.

An Tagen wie diesem waren sie ihr egal, die Menschen, die ein richtiges Leben hatten und zwischen dem Job, der Bank, dem Haus, dem Kindergarten und dem Elektrohandel Clas Ohlson, zwischen Leben und Tod hin und her hetzten. Ihre täglichen Verrichtungen interessierten sie nicht die Bohne, und obwohl sie bisweilen den einen oder anderen aus ihrem früheren Leben wiedererkannte, ließ sie sich nicht unterkriegen. Das Leben passierte hier und jetzt, mit denen, die Freud und Leid und ihren Alltag mit ihr teilten.

Sie zehrte noch immer von dem Faustschlag, der sie vor ein paar Tagen außer Gefecht gesetzt hatte, von dem Veilchen, das sich inzwischen gelb gefärbt hatte. Ihre Schwestern und Brüder fassten sie mit Samthandschuhen an und waren so nett zu ihr wie seit Langem nicht mehr. Sanfte Berührungen, aufmunternde Worte. Sie revanchierte sich mit spirituellen Bemerkungen und ansteckendem Lachen.

So konnte auch ein Tag auf der Bank aussehen, und genau das

hofften sie alle, jeden Tag. Dass die laute, aber freundschaftliche Atmosphäre die Oberhand behielt, während die unbarmherzige Wirklichkeit auf Abstand blieb und nicht zu hohe Ansprüche stellte.

In dieser Verfassung befand Jeanette sich, als unter den Passanten auf dem Gehsteig ein Mensch aus Fleisch und Blut Gestalt annahm. Unter ihrem benebelten Blick bekam diese Gestalt scharfe Umrisse, die Jeanette bekannt vorkamen. Es handelte sich um eine Frau in ihrem Alter, aber sie kannte sie weder aus der Schulzeit noch von ihrer Arbeitsstätte. Da ihr nicht gleich einfiel, wem dieses bekannte Gesicht gehörte, versuchte sie nicht mehr daran zu denken, doch das gelang ihr nicht.

Die Frau war groß und schlank, hatte das blonde Haar im Nacken zu einem Pferdeschwanz gebunden, der sich an ihren Hals schmiegte. Sie trug Rock und Bluse – Bürogarderobe also, allerdings mit bequemen Schuhen und nicht übertrieben elegant. Sie sah nett aus, dachte Jeanette mit ihrem alten und inzwischen kaum mehr gebrauchten Blick für Äußerlichkeiten.

Doch wer war sie? Aus irgendeinem Grund war die Frau, die gerade hinter einem Auto am Schultor verschwand, wichtig für Jeanette, das spürte sie. Aber wieso?

Nun tauchte sie kurz wieder auf, bog allerdings nach rechts ab, um durch das Tor in die Södra Murgatan zu gelangen, dann blieb sie verschwunden. Jeanette ließ ihren Blick auf der Stelle ruhen, an der die Frau verschwunden war, während sie fieberhaft überlegte, wer sie war.

»Jetzt bist du aber ganz woanders mit deinen Gedanken, Nettan«, sagte Lubbe, der sie seit dem Missgeschick vor ein paar Tagen nicht mehr aus den Augen ließ.

Und in dem Augenblick ging ihr auf, wer diese Frau war. Wie

hatte sie das bloß vergessen können? Sie war doch abgestumpfter, als sie dachte, was auch ihre verhältnismäßig gute Laune erklärte. Und die Tatsache, dass diese nicht verschwand, als sie wieder an all das dachte, was sie am liebsten vergessen wollte.

»Hast du ein bekanntes Gesicht gesehen?«, erkundigte sich Muttern, die hinter der Bank, auf der Jeanette, Lubbe und ihr Mitstreiter Micke saßen, auf und ab wankte.

»Nicht wirklich«, gab Jeanette zurück, ohne den Blick abzuwenden.

»Ein Ex-Lover vielleicht?«, schlug Lubbe vor.

Jeanette war schlagartig wieder in der beengten Wirklichkeit angekommen und registrierte, wie Muttern ihn knuffte und mit einem tadelnden Blick bedachte. Aber sie ignorierte Lubbes Frage. Verdruss ergriff nicht von ihr Besitz, und der Anblick der blonden Frau schmerzte ebenso wenig. Jeanette wollte ihre Ausgelassenheit festhalten, sie wollte der Mittelpunkt für die Aufmerksamkeit und die milden Blicke ihrer Freunde bleiben. Sie wollte ihrer eigenen Stimme zuhören.

Ja, genau so war es: Sie wollte reden und ernst genommen werden. So wie an dem Tag, als sie auf dem Gehsteig zusammengesackt war, weil ein spitzer Ellenbogen sie im Gesicht getroffen hatte. Als sie ihre bittersüßen Erinnerungen verloren und den gesammelten Beistand ihrer neuen Freunde gewonnen hatte. Deswegen antwortete sie wahrheitsgemäß auf Lubbes plumpe Frage: »Die Frau von meinem Ex-Lover.«

Vielleicht war es keine besonders gute Idee, in betrunkenem Zustand über diese alten Kamellen zu reden, aber eine innere Kraft strebte in die entgegengesetzte Richtung.

»Der, für den du alles – geopfert hast?«, fragte Lubbe mit einer eben noch nicht da gewesenen Behutsamkeit in der Stimme.

»Das weißt du noch?« Jeanette lächelte ihn an.

»Klar«, grinste Lubbe zurück. »Du hast ihn geliebt, und ich liebe die Liebe. Das war also seine Frau! Die du nur vom Sehen kennst?«

»Ja, ich habe sie wiedererkannt«, gab Jeanette zurück und angelte eine Flasche billigen süßlichen Wein aus dem Rucksack neben ihren Füßen.

»Und warum ist es aus zwischen euch?«, erkundigte sich Micke interessiert, der die Vorgeschichte vor ein paar Tagen verpasst hatte.

»Weil es in die Brüche gegangen ist, Micke«, warf Lubbe ein. »Wie so oft bei Affären.«

Daran gab es nichts zu rütteln, aber Jeanette wollte ihnen noch etwas sagen. »Er ist verschwunden«, sagte sie, schraubte die Flasche auf und setzte sie an die Lippen. »Eines Tages war er einfach weg.«

Die anderen wussten nicht, ob sie das wörtlich nehmen sollten oder ob sie damit das tragische Ende der Beziehung umschrieb, doch Kattis – eine der lautstärkeren Personen der Clique – drängte sich zwischen Micke und Lubbe auf die Bank und begann nachzubohren.

»Puff«, sagte sie und schnippte mit den Fingern. »Zauberei!«

»Du machst Witze, Kattis«, sagte Jeanette, die keine Lust auf einen Schlagabtausch hatte. »Aber er ist wirklich verschwunden. Das stand sogar mit fetter Überschrift in der Zeitung, und die Familie hat um Hilfe gebettelt.«

»Aber du nicht, weil du wusstest, wo er ist«, entgegnete Kattis lachend.

Wenn sie wüsste, wie recht sie hatte, doch Jeanette war nicht bereit, so viel von ihrer Geschichte preiszugeben.

»Du hast den Typen erschlagen und im Meer versenkt«, fuhr Kattis fort. »Bestimmt hat er's verdient!«

»Hör auf, Kleine«, mahnte Lubbe. »Lass Nettan erzählen, wir wollen die Fortsetzung hören.«

Jeanette reichte ihr die Flasche, und Kattis ließ sich nicht zweimal bitten.

»Es gibt keine Fortsetzung«, verkündete Jeanette. »Es gibt immer noch keine Spur von ihm.« Sie steckte sich eine Zigarette an und inhalierte den Rauch.

»Und die Braut, die vorhin hier vorbeigegangen ist«, sagte Lubbe, »die ist immer noch mit dem Kerl verheiratet, obwohl er seit – was hast du gesagt – fünf Jahren kein Lebenszeichen von sich gegeben hat?«

»Vier Jahre. Und vier Monate.«

»Die armen Kinder. Du hast doch gesagt, dass er auch Kinder hat, oder?«

»Ja, zwei.«

»Die er nicht aufwachsen sieht. Oder nicht aufwachsen sehen will. Was denkt die Polizei? Lebt er, oder ist er tot?«

»Die denken natürlich, dass er tot ist«, sagte Jeanette und blies den Rauch aus. »Er ist spurlos verschwunden. Eines Morgens ist er wie immer zur Arbeit gefahren und nicht mehr aus der Mittagspause zurückgekommen. Seither hat ihn niemand mehr gesehen.«

»Und was glaubst du?«, fragte Micke.

»Ich glaube gar nichts«, log Jeanette. »Das Leben geht weiter. Für mich und für die, die eben vorbeigegangen ist.«

»Aber dir setzt es offensichtlich mehr zu«, feixte Kattis und gab ihr die Flasche zurück. »Sonst würdest du nicht hier sitzen, mit einer verdammten Pulle Rotwein in der Hand.« Dann lachte sie ihr heiseres Lachen, dass ihr Bauch wackelte und die Bank vibrierte.

Aber Jeanette war nicht bereit, sich diese gemeinschaftliche Stimmung zerstören zu lassen. Dieser Schreihals würde ihr nicht den Tag kaputt machen, der so gut angefangen hatte.

»Sie hat ja ihre Kinder, für die sie weiterlebt«, sagte sie ernst. »Ich habe nichts.«

»Dann musst du dir eben Kinder anschaffen«, gluckste Kattis unbekümmert. »Noch ist es nicht zu spät.«

Worauf Lubbe wutentbrannt von der Bank aufsprang und die protestierende Kattis wegschleifte.

»So denkst du darüber?«, fragte Micke und rückte näher an Jeanette heran. »Dass das Leben vorbei ist, weil dieser Typ weg ist? Oder tot ist?«

»Davor hat Nettan ihre Tochter verloren«, stellte Muttern mit leiser Stimme hinter Jeanettes Rücken klar.

»Oh, verflucht«, sagte Micke. »Dann bin ich im Bilde. Das tut mir leid, Nettan, wirklich.«

»Danke«, erwiderte Jeanette, zog ein letztes Mal an der Zigarette und trat sie mit der Schuhspitze aus. »Manchmal denke ich so darüber, aber heute nicht. Das hängt davon ab, wie er sich im Kopf einnistet. Der Rausch, meine ich.« Sie trank noch einen Schluck aus der Weinflasche und ließ sie dann wieder im Rucksack verschwinden.

Lubbe kam zurück und schob Kattis vor sich her.

»Sorry, Nettan«, sagte sie kleinlaut und tippte Jeanette leicht auf die Schulter. »Ich wusste nicht, dass … Du weißt doch, ich hab's nicht böse gemeint.«

Jeanette nickte. »Schon gut«, versicherte sie ihr, woraufhin sich Kattis trollte und Lubbe sich wieder auf der Bank niederließ.

»Dein Kerl«, begann er und lehnte sich vor, die Hände zwischen den Knien, damit er ihr in die Augen sehen konnte. »Dein ehemaliger Mann, meine ich – habt ihr noch Kontakt?«

»Nein, das wäre zu viel gesagt. Wir schicken uns eine SMS an Charlottes Geburtstag, das ist alles. Und an ihrem Todestag«, fügte sie etwas leiser hinzu, obwohl sie eigentlich nicht daran denken wollte.

»Ihr wart immerhin verheiratet«, entgegnete Lubbe. »Ihr habt zusammen eine schwere Zeit durchgemacht. Ich begreife nicht, wie er dich einfach so fallen lassen konnte. Warum er nicht versucht hat, dir dabei zu helfen, dein Leben wieder in den Griff zu bekommen, wenn du weißt, was ich meine. Macht dich das traurig, wenn ich das so sage? Soll ich lieber still sein?«

Jeanette lächelte ihn an. Nein, das machte sie nicht traurig, und sie wollte nicht, dass Lubbe schwieg. Aber die Fragen, die er stellte, waren nicht gerade einfach zu beantworten.

»Wir haben beide entschieden, getrennte Wege zu gehen«, verteidigte sie ihren Mann. »Er hat es mit mir nicht länger ausgehalten – so schlecht wie ich beieinander war –, und ich mit mir auch nicht. Ich war diejenige, die ihn belogen und betrogen hat und nicht mehr in den Spiegel schauen konnte. Oder ihm in die Augen. Er hat nichts falsch gemacht.«

»Das kannst du nicht mit Sicherheit wissen«, sagte Lubbe neutral. »Vielleicht hat dein Mann ihn aus dem Weg geräumt. Deinen Lover, meine ich.«

Jeanette glaubte zuerst, er würde Spaß machen, doch seine ernsthafte Miene bewies das Gegenteil. Sie hatte Mühe, ihr Lachen zu unterdrücken, aber sie wollte Lubbe nicht wehtun, blickte auf ihre verschränkten Hände hinab und atmete ein paar Mal tief durch.

»Er ist ein guter Mensch, mein Exmann«, beharrte sie. »Ich wünsche mir wirklich, dass er glücklich ist. Ich habe ihn freigegeben, weil er das verdient hat, weil er eine neue Chance verdient hat.«

Lubbe reckte sich über Micke hinweg und legte ihr eine Hand aufs Knie. Seine Wärme drang durch den Jeansstoff in ihren unterkühlten Körper.

»Das hast du genauso verdient, Mädchen«, sagte er. »Gib dir noch eine Chance, anstatt in diesem Leben hier zu versumpfen. Geh zum Psychologen, tu irgendwas.«

Natürlich hätte sie all das tun können, aber der Verfall in ihr hatte ein Stadium erreicht, aus dem es kein Zurück mehr gab. Das Verfaulte, Verdorbene in ihrem Innern konnte weder Selbsthilfe noch Therapie kurieren.

13

Sandra

Erik schlief schon, und Sandra wäre auch am liebsten ins Bett gegangen. Es war ein langer Tag gewesen, und nach dem Entwicklungsgespräch im Kindergarten hätte sie am liebsten nur noch geweint. »Erik ist sicherlich verbal sehr weit, was allerdings nicht bedeutet, dass er mit den anderen Kindern umspringen kann, wie es ihm gerade passt. Klein-Igor, der entwicklungsmäßig nicht ganz so weit ist, fühlte sich zurückgesetzt und wollte jedoch genauso gehört und wahrgenommen werden. Zu beißen ist natürlich keine gute Art, Konflikte zu lösen, aber es geht auch gar nicht um Eriks Schikanen oder einen Bissabdruck hier oder da – was spielt das für eine Rolle, wenn ein mentaler Schlag mit Worten einen viel leichter tief verletzt? Blaue Flecke werden gelb und verschwinden; mit Klein-Igors Selbstbewusstsein ist das anders – an Eriks verbalem Terror hat er womöglich sein Leben lang zu knapsen. Eine physischere Gefühlsäußerung ist greifbar, hinterlässt sichtbare Spuren und ist deshalb ehrlicher. Die psychische Gewalt, die Erik ausübt, ist raffinierter, schwieriger zu entdecken und zu handhaben.«

Drangsalierung und psychische Gewalt? Erik war ein lieber Junge, der gerne redete. Er würde nie handgreiflich werden, aber wenn ihn jemand anging, schlug oder biss, war klar, dass er sich dagegen wehrte. Mit Worten. Sandra wusste, dass »Klein-Igor« Erik ständig belagerte und ihr Sohn sich zur Wehr zu setzen versuchte. Sie wusste außerdem, dass die Leiterin, die einen Enkel hatte, der Igor recht ähnlich war, nur mit Mühe und Not Eriks Art guthieß. Naseweis nannte sie ihn, wenn sie besserer Laune war, und meistens bezeichnete sie ihn als vorlaut, was abfällig klang, ohne ein Schimpfwort zu sein, wofür andere sie kritisieren könnten.

Igor war es gewohnt, dass andere ihm gehorchten, und wenn das nicht der Fall war, benutzte er seine Fäuste. Seine Eltern waren Idioten. (Wer nannte sein Kind schon Igor? Jemand, der mit Freude der gefürchteten russischen Invasion der Insel entgegensah?) Die Leiterin war ein manipulatives Miststück. Trotzdem – oder gerade deswegen – hatte Sandra wie gewohnt einfach dagesessen und ohne Einwände stumm zugehört. Ja, sie würde mit Erik sprechen, und ja, sie würde versuchen, seiner kecken Art entgegenzuwirken und ihm den Naseweis auszutreiben. Das war, was sie sagte, aber nicht zu tun gedachte. Erik war kein Tyrann, er war einfühlsam und verständnisvoll, und nie im Leben würde sie ihm die Eigenschaften aufzwingen, die sie an sich selbst am meisten verachtete.

Sie schämte sich. Sandra wollte keine schwache Mutter sein, die nicht fähig war, für ihr Kind einzustehen. Es wäre schön gewesen, sich mit jemandem die Erziehung zu teilen, doch diese Frage stellte sich nicht, und sie konnte schlecht ihren Vater zum Elternabend in den Kindergarten mitnehmen. Oder ihre Mutter, was auch nicht besser wäre, weil sie fast genauso defensiv war wie sie.

Sie zog die Hose aus, die trotz des Stretchmaterials so eng saß, dass sie tiefe Abdrücke auf den Hüften hinterlassen hatte. Dann zog sie die Tunika aus, die zwar nicht zwickte, aber einen Body verbarg, der bestenfalls die Fettröllchen etwas verteilte. Er war so eng, dass sie kaum tief durchatmen konnte, also musste er auch weg. Danach zog sie eine Schlabberhose und ein übergroßes T-Shirt an, in dem sie sich nicht eingezwängt fühlte. All das passierte vor dem Ganzkörperspiegel im Schlafzimmer, ohne dass sie auch nur einen einzigen Blick in den Spiegel warf. Das tat sie selten oder nie.

Danach ließ sie sich vor dem Fernseher aufs Sofa fallen. Sie schaffte es nicht mal mehr, sich einen Tee zu machen. Ziemlich lustlos ließ sie eine Sendung über Menschen mit begrenztem Überlebensinstinkt laufen – sie hatten ihr ganzes Erspartes oder mehr verspielt oder Limonade und Zigaretten dafür gekauft –, bis zur Werbepause, dann zappte sie durch die Kanäle, wo ebenfalls die Sendungen unterbrochen wurden, und blieb schließlich auf einem der Öffentlich-Rechtlichen bei einem halbwegs interessanten Dokumentarfilm über japanische Fetische hängen. Sie schickte zwei Freundinnen eine SMS, aber beide waren offenbar beschäftigt, und sie bekam keine Antwort. Immer dann dachte sie, dass sie den Kontakt mit ihr nur sporadisch hielten, weil sie nett sein wollten, und eigentlich keine Lust hatten, sie zu treffen.

Am Arbeitsplatz genoss sie den Respekt der Mitarbeiter und hatte eine verantwortungsvolle Position, für die sie sich durch Kompetenz und harte Arbeit qualifiziert hatte. Trotz ihrer schüchternen Art stellte niemand sie infrage. Aber sobald sie sich nicht hinter ihrem Beruf verstecken konnte, löste sich ihr Selbstvertrauen in Luft auf. Sozial gesehen war sie eine komplette Null. Diese Gedanken ziehen mich runter, dachte sie. Schick keine SMS, wenn du Angst hast, dass die Antwort ausbleibt. Schmeiß den Schlafzimmerspiegel raus, wenn er dich unglücklich macht. Geh aus und betrink dich. Such dir ein Hobby, und lerne neue Menschen kennen. Bau Buddelschiffe oder mal Aquarellbilder, nimm Tennisstunden, lern Tango oder Deutsch. Sitz nicht bloß hier rum und lass den Kopf hängen, sondern mach was Sinnvolles in deiner Freizeit.

Ihr Handy klingelte und erinnerte sie daran, dass sie trotz allem etwas Sinnvolles machte. Auch wenn sie begriffen hatte, dass sie das vor allem um ihrer selbst willen tat, damit sie abends jemanden zum Reden hatte.

Es war Kerstin, und Sandra spürte, wie sie zusammenzuckte. Wie so oft – aber leider nur, wenn etwas in ihrem Leben außergewöhnliche Maßnahmen erforderte.

»Ist alles in Ordnung?«, eröffnete sie die Unterhaltung.

»Na ja, es ist so wie immer.«

»Sind die Halsschmerzen besser geworden?«

»Mehr oder weniger. Haben Sie Kinder?«

Das war an sich keine seltsame Frage, aber wie sie gestellt wurde, völlig ohne Zusammenhang, war überraschend.

»Warum wollen Sie das wissen?«, hakte Sandra nach.

»Ich habe in den letzten Tagen viel nachgedacht. Ich glaube, dass ein Kind einen als Mensch total verändert. Man wird sozusagen ein anderer. Man ist Mutter, statt irgendeine beliebige Frau zu sein.«

»Für das Kind ist man natürlich etwas Besonderes, doch darüber hinaus interessiert sich kein Mensch dafür, ob man Kinder hat oder nicht«, sinnierte Sandra. »Denken Sie da an sich selbst oder an Ihre Mutter?«

Kerstin schwieg, dann antwortete sie mit einer Gegenfrage. »Sind Sie eine gute Mutter?«

Es war gegen ihre Prinzipien, ihr Privatleben zum Thema zu machen. Um Kerstin näherzukommen und ihr etwas zurückzugeben, entschied sie sich allerdings, diesmal eine Ausnahme zu machen. »Ich bin keine Löwenmutter«, gestand sie, »aber immerhin liebevoll und fürsorglich. So gesehen bin ich eine ziemlich gute Mutter, glaube ich. Ansonsten habe ich eigentlich keine speziellen Vorzüge.«

Das rutschte ihr so raus. Aber sah sie sich wirklich so? Vollkommen unfähig? So konnte sie nun wirklich nicht über sich denken, ohne etwas dagegen zu unternehmen. Sie sollte sich ihre beste Eigenschaft vornehmen und etwas daraus machen. Obwohl sie nicht gut war, musste sie daran arbeiten, um besser zu werden, sich entwickeln und an den Feinheiten feilen.

»Junge oder Mädchen?«, fragte Kerstin.

»Ein Junge, er ist dreieinhalb«, hörte Sandra sich sagen.

Doch das genügte jetzt auch. Keine weiteren Enthüllungen aus ihrem Privatleben mehr, die Unterhaltung sollte um Kerstin gehen. Sandra war neugierig, ob sie Kinder hatte, aber die Frage war zu heikel, und sie wollte das Thema wechseln.

»Was bringt denn Freude in Ihr Leben?«, fragte Sandra.

»Nichts mehr, seit mir mein Mann genommen wurde.«

Sandra hörte das typische Geräusch von Reibrad und Zündstein, gefolgt von einem tiefen Atemzug. Sie nutzte die Gelegenheit, um das Gespräch in die von ihr gewünschte Richtung zu lenken. »Er ist Ihnen genommen worden, sagen Sie? So wie Sie das formulieren, klingt das, als ob … Meinen Sie, dass er tot ist? Dass Gott ihn zu sich genommen hat?«

»Nein«, erwiderte Kerstin schroff. »Das ist nicht der Fall.«

Nun waren sie wieder an einem heiklen Punkt angelangt. Sandra war überzeugt, dass der Tod ihres Mannes und die damit verbundenen Umstände Kerstin mehr belasteten als alles andere, trotzdem rückte sie nicht mit der Sprache raus.

»Unser letztes Telefonat hat ja sehr plötzlich geendet«, wagte sich Sandra vor. »Wurde die Verbindung unterbrochen, oder hatten Sie keine Kraft mehr weiterzusprechen?«

»Das weiß ich nicht mehr«, sagte Kerstin tonlos.

Sandra hatte das Gefühl, dass das nicht stimmte. Rauch wurde inhaliert und ausgeblasen, und sie rechnete damit, dass das Gespräch jeden Moment unterbrochen wurde. Aber die Verbindung blieb, und etwas völlig Unerwartetes geschah. Nach einem weiteren Zug an der Zigarette ergriff Kerstin wieder das Wort, mit, wie Sandra meinte, unterdrückter Wut in der Stimme.

»Die Straße war die reinste Eisbahn«, sagte sie. »Es hatte gerade gefroren, und der Winterdienst war noch nicht ausgerückt. Ein Auto kam ihm entgegen und hat ihn von der Straße gedrängt. Verstehen Sie? Er ist gerammt worden. Die Leitplanke oberhalb des alten Kalksteinbruchs war aus irgendeinem Grund nicht vorhanden, und der andere Autofahrer hat nichts unternommen, um den Unfall zu vermeiden. Er hat die Kurve geschnitten, wobei er weder gebremst hat noch ausgewichen ist. Er ist direkt in das entgegenkommende Auto hineingerast. Und mein Mann ist von der Straße abgekommen und den Steilhang hinuntergestürzt.«

»Und nach vier Tagen wurde er erst gefunden«, ergänzte Sandra mit gedämpfter Stimme.

»Er lag da vier Tage. Die letzten Stunden hat er fürchterlich gelitten. Eingeklemmt, mit Schädelfraktur und akuter Atemnot. Fast erfroren, Prellungen am ganzen Körper. Ich wünschte, es wäre wenigstens schnell gegangen.«

Kerstin versagte die Stimme, und Sandra hörte, dass sie weinte. Sie dachte, das war nötig und wichtig, und hoffte, sie durch ihre Anwesenheit am Telefon wenigstens ein bisschen trösten zu können. Irgendwas an dieser Geschichte war allerdings komisch, fand Sandra, sie konnte es nur nicht in Worte fassen.

»Ich muss mich entschuldigen«, sagte Kerstin und schluckte. »Ich will damit niemanden belasten, auch Sie nicht.«

»Aber dafür bin ich doch da«, sagte Sandra mild. »Weinen Sie ruhig. Und ich halte Ihre Hand, wenn Sie wissen, was ich meine.«

»Danke«, erwiderte Kerstin. »Bitte entschuldigen Sie.«

»Sie müssen sich wirklich nicht entschuldigen«, sagte Sandra. »Ich verstehe, wie Sie sich fühlen, und leide mit Ihnen, falls Sie das tröstet.«

»Danke«, wiederholte Kerstin, und Sandra hörte, wie sie die Hand vor das Mikrofon legte, um sich mit der anderen die Nase zu putzen.

»Haben sie ihn geschnappt?«, fragte Sandra. »Den flüchtigen Fahrer?«

»Die Polizei hat das als Unfall ohne Unfallgegner abgetan, und nach der langen Zeit gibt es keine Spuren mehr, die das Gegenteil beweisen könnten.«

Und da war er wieder, der Gedanke, den sie zwar gefasst, allerdings nicht zu Ende gedacht hatte.

»Aber … Wie können Sie … Woher wissen Sie denn, dass es sich um einen Unfall mit Fahrerflucht handelt? Dass er von einem anderen von der Straße gedrängt wurde, der das Lenkrad nicht mehr unter Kontrolle hatte und der gesehen hat, wie er in den Abgrund gestürzt ist, und ihn dem Tod überlassen hat?«

Nach kurzem Nachdenken entgegnete Kerstin sorgenvoll: »Es gab Beweise. Aufnahmen.«

Zweifelnd, vor jeder Silbe ein Zögern, als würde sie jeden Moment ihre Meinung ändern und die Worte wieder in ihren Mund zurücksaugen. Doch das tat sie nicht. Stattdessen wiederholte sie sie, deutlicher und mit mehr Nachdruck diesmal.

»Es gab Beweise, Aufnahmen, verstehen Sie, Sandra. Die habe ich mit eigenen Augen gesehen.«

»Aber dann muss es für die Polizei doch alle Möglichkeiten gegeben haben, den flüchtigen Fahrer zu stellen«, wandte Sandra ein.

Diese Geschichte wurde ihr immer suspekter.

»Bei Ihnen klingt das alles so unkompliziert«, meinte Kerstin. »Aber so einfach ist das meistens nicht. Ich muss jetzt los.«

Dann wurde die Verbindung unterbrochen, und Kerstin war nicht mehr in der Leitung.

Sandra blieb auf dem Sofa sitzen, den Blick auf etwas geheftet, das sich weit hinter dem längst ausgeschalteten Fernseher befand. Warum haben Sie der Polizei gegenüber diese Beweise nicht erwähnt?, hatte sie fragen wollen. Und woher stammen diese Aufnahmen?

Es gab so viele Ungereimtheiten bei diesem Unfall, und sie wollte so gerne in irgendeiner Form behilflich sein. Kerstin unterstützen, damit sie wieder klar denken und endlich zur Ruhe kommen konnte und damit sie juristische Wiedergutmachung erfuhr.

Mit gebremster Motivation nahm sie die übrigen Anrufe an, aber sie gab sich die größte Mühe, sich das nicht anmerken zu lassen.

14

Jeanette

»Bloß nicht«, schlug Jeanette Lubbes Einladung aus, sich neben ihn auf die Bank zu setzen.

»Bist du heute auf Krawall gebürstet, Nettan?«

»Du bist dreckig«, zischte sie. »Ich halte den Gestank nicht aus.«

»Ach ja, danke«, sagte Lubbe und blickte tiefer in die Schnapsflasche.

»Bist wohl mit dem falschen Fuß aufgestanden, was?«, fragte Micke.

»Deine blöden Bemerkungen kannst du dir sparen.«

»Du solltest dich ein bisschen ausruhen, Kleine«, schlug Muttern vor. »Es geht dir nicht gut.«

»Du bist nicht meine Mutter.«

Die Sorge der Freunde war fehl am Platz, und so wie Schmerz noch mehr Schmerz hervorbrachte, erzeugte auch Wut mehr Wut.

Doch erst als Kattis den Mund aufmachte, ging alles schief. »Suffkopf«, gab sie von sich und suchte Blickkontakt mit den anderen. Kattis sagte das halblaut, sodass die anderen sie hören konnten, aber nicht so laut wie zu jemand Bestimmtem. Sie redete also nicht mit Jeanette, sondern über Jeanette, und genau das war der Funke, der bei Jeanette sämtliche Sicherungen durchbrennen ließ. Sie spuckte einen unverschämten Kommentar aus mit einer Ausdrucksweise, die sonst eigentlich nicht die ihre war. Warf sich in die Brust und machte eine brutale Geste in Kattis' Richtung, die reflexartig zurückwich.

Jeanette umrundete gehetzt die Bänke und murmelte ununterbrochen vor sich hin. Als würden die Gedanken, die ihr im Kopf herumspukten, erst zu Ende gedacht, wenn sie sie laut aussprach. Nicht, weil sie sonderlich sinnreich waren, das war ihr auch klar, doch irgendwie mussten diese Gedanken raus aus dem Kopf. Deshalb raunte und brabbelte sie pausenlos, jagte zwischen Bänken, Papierkörben und Blumenrabatten hin und her, stieß mit einem Passanten zusammen, der ohne Proteste auswich, und wütete weiter. Diese Aggressivität war ihr fremd, aber jetzt war sie einfach nicht in der Lage, ihren Wutausbruch zu bändigen.

Sie gingen ihr alle auf die Nerven: Micke, Lubbe, Muttern, ein junger und schüchterner Typ namens Jimmy, ein paar ältere träge Burschen und Kattis. Alle versuchten sie dazu zu bringen, sich hinzusetzen und erst mal runterzukommen, doch sie winkte ab, fuchtelte mit den Armen und stieß Flüche aus. Etwas oder jemand geriet ihr in den Weg, denn sie spürte, wie der Handrücken ein Gesicht traf, und sie hörte den Aufschrei. Aber sie stürmte weiter, versuchte, vor den unzähligen Gedanken davonzulaufen, die ihren Kopf zum Bersten brachten und in einem langen, zähen Strom aus ihrem Mund quollen.

Plötzlich war sie umringt von ihnen, aus allen Richtungen kamen sie näher, türmten sich bedrohlich auf und machten sie noch zorniger. Sie lallte und schimpfte, ruderte und torkelte in immer kleineren Kreisen, und dann packten sie sie und drehten ihr die Arme auf den Rücken, damit sie nicht mehr loskam.

Sie mussten das geplant haben, und sie hatte nichts davon mitbekommen, denn direkt neben ihr stand nun ein Taxi, die hinteren Türen geöffnet. Sie schrie und tobte, versuchte sich zu wehren, aber ohne Erfolg. Sie drückten sie auf die Rückbank – zu beiden Seiten ein hochgewachsenes Mannsbild –, dann wurden die Türen zugeschlagen, und der Wagen fuhr los.

Was anschließend passiert war, wusste sie nicht mehr, doch als sie wieder zu sich kam, lag sie auf ihrem Bett, komplett bekleidet. Jimmy saß am Fußende, Lubbe am Kopfende. Vorsichtig strich Letzterer ihr die Haare aus der Stirn und hielt ihr ein Glas Wasser hin. Sie nahm es und stellte zu ihrer Verzweiflung fest, dass all die bösen Gedanken, die sie verfolgt hatten, noch da waren. Sie hob den Kopf und versuchte zu trinken, ihre Hand zitterte allerdings so sehr, dass sie das meiste verschüttete.

Lubbe nahm das Glas und stellte es wieder ab, schob ihr einen Arm unter den Nacken und legte sich neben sie, hielt ihre Hand fest und versuchte sie zu beruhigen. Doch das war nicht möglich, sie atmete stoßweise und schnell, während die Worte wieder aus ihrem Mund sprudelten. Aber es waren keine Beschimpfungen, sondern es war ein Schwall von Gefühlen, die sie allzu gut kannte.

Es ging um das Glück, Mutter zu sein, um Kummer und Sorgen, wenn man sich um sein Kind kümmerte, um den Schmerz, sein Ein und Alles zu verlieren, um die endlose Trauer danach, um den Verrat an demjenigen, den zu lieben man gelobt hat, um die

Scham, sich hinzugeben und verlassen zu werden, um die Schuldgefühle, die übereilten und folgenschweren Entscheidungen, um das Leiden, mit allem, was passiert war und was man getan hatte, weiterzuleben, um die Tragik, dass sie nach wie vor am Leben war, obwohl sie das weder wollte noch verdiente.

Das alles stieß sie zusammenhanglos und schwer verständlich hervor, aber sie hörten ihr ohne Zwischenfragen zu. Jeanette wusste, dass es Dinge gab, über die sie lieber nicht reden und nicht einmal ansprechen sollte. Sie riss sich auch zusammen, doch es gelang ihr nicht immer. Den gesamten Monolog über lag sie gespannt wie eine Feder, und Lubbe hielt sie die ganze Zeit fest. Das wärmte sie, und sie musste nicht so stark zittern. Erst viel später – Stunden später – versiegten die Worte, und Jeanettes Anspannung ließ nach. Erst da bewegte Lubbe sich wieder, behielt sie jedoch weiterhin im Arm.

»Du riechst gut, Lubbe«, sagte sie, die Nase in seinem Haar. »Entschuldige.«

»Du erinnerst dich an alles?«, fragte Lubbe, und sie spürte, dass er lachen musste.

»Es tut mir leid«, erwiderte Jeanette.

»Das muss es nicht. Wir wissen doch alle, wie das ist, wenn man in Panik gerät und keinen Ausweg mehr sieht.«

»Ich weiß nicht, was passiert ist.«

»Suffkopp, hat Kattis dich zu Recht genannt.«

»Ich war unmöglich. Ich habe nichts so gemeint von dem, was ich gesagt habe.«

»Das denkt auch keiner.«

»Sicher?«

»Ganz sicher. Aber was du hier auf dem Bett gesagt hast, hast du vielleicht doch auch so gemeint, oder?«

»Ja«, gab Jeanette zu. »Aber das war ja nichts Neues für euch.«
»Manches war schon neu. Darf ich dich was fragen?«
»Klar«, gab Jeanette zurück, ohne überzeugt zu sein, dass sie dafür gewappnet war.
»Ich glaube, dass du dich für irgendetwas fürchterlich schämst. Bereust du irgendwas? Scham und Schuld sind die übelsten Gefühle, die man mit sich rumschleppen kann, schlimmer als Trauer, Hass, Wut oder wenn man unglücklich verliebt ist. Findest du nicht?«
Jeanette nickte zögernd und spürte, dass nun etwas Unschönes folgen würde.
»Das, was du erzählt hast«, fuhr Lubbe fort, »steht in keinem Verhältnis dazu, dass du dich so sehr verachtest.«
Jeanette sagte nichts und hielt den Atem an.
»Du darfst diese Schuldgefühle nicht länger mit dir rumtragen, das bringt dich ja um. Du sagst, du verdienst es nicht zu leben, und willst das auch gar nicht. So darfst du aber nicht denken. Dann sind all deine Freunde traurig und besorgt.«
Das waren wirklich nette Worte und eigentlich schon genug, Lubbe war allerdings noch nicht fertig.
»Du hast deinen Mann betrogen, weil du eine Affäre hattest. Das ist erlaubt, und das weißt du auch. Man darf durchaus untreu sein, ohne dafür ins Gefängnis zu kommen. Oder an den Pranger gestellt zu werden. Man fühlt sich nicht unbedingt toll dabei, aber das ist noch lange kein Grund, sich umzubringen.«
Jeanette atmete aus. Doch dann kam der Nachsatz, den sie die ganze Zeit bereits gefürchtet hatte.
»Daher glaube ich«, meinte Lubbe ernst, »dass es was Schlimmeres ist. Was auf gar keinen Fall rauskommen darf. Und ich wage zu behaupten, dass du genau aus diesem Grund jetzt hier

bist. Dass du deshalb nicht weiterleben willst und Panikattacken hast, so wie die von heute. Liege ich da richtig?«

Jeanette nickte. Widerstrebend, aber sie musste ihm recht geben.

»Dann schlage ich vor, du erzählst einfach, was dich so plagt. Egal was es ist, es geht dir besser, wenn du's dir von der Seele geredet hast. Und dir ist sicher klar, dass wir das für uns behalten.«

Jeanette hob den Kopf und warf Jimmy einen Blick zu, der noch immer am Fußende saß. Er schüttelte energisch den Kopf, und Jeanette legte sich wieder zurück und seufzte. »Okay«, sagte sie, »du hast ja recht. Mir wäre dann sicher leichter ums Herz. Aber ihr werdet mich dafür hassen.«

»Das glaube ich nicht«, beruhigte Lubbe sie. »Wir haben alle Dinge getan, die wir bereuen, für die wir uns schämen und über die wir nie reden wollen. Für die wir eigentlich sitzen sollten.«

»Ich hasse mich so.« Jeanette seufzte wieder. »Was ich getan habe, ist dermaßen schlecht, so egoistisch und zynisch und einfach total bescheuert. Unverzeihlich.« Dann holte sie tief Luft und begann zu erzählen. »Vor vier Jahren war das, im Winter. Als ich mich eine Zeit lang mit diesem Mann getroffen habe, den ich schon mal erwähnt habe. Der, der verschwunden ist.«

Weiter kam sie nicht, denn es klingelte an der Tür. Ein langes, resolutes Signal. Sie hatte keine Ahnung, wer das sein könnte, schloss die Augen und atmete aus. Dankbar, dass die Türglocke sie gerettet hatte.

Sie hörte Schritte in der Diele, die Wohnungstür, die geöffnet wurde, eine Stimme, die nach ihr fragte. Schritte in schweren Schuhen, die aufs Schlafzimmer zusteuerten. Sie schlug die Augen auf, und ihr Blick begegnete zwei Uniformierten.

»Jeanette Wretberg? Sie sind festgenommen aufgrund eines Streits, der sich heute Vormittag am Österport zugetragen hat.«

15

Sandra

Es hatte seit Langem nicht mehr geregnet, und Sandra ging mit der Gießkanne um ihr kleines Haus herum. Überall blühten die Blumen in ihrem Garten, die Schönheit der Natur war überwältigend in dem milden Licht. Das sprießende Grün in all seinen Facetten hatte eine beruhigende Wirkung auf alle Sinne, und das war ein schwerwiegender Grund dafür, dass sie lieber hier draußen in der Einöde wohnte als in Visby oder einer anderen geschlossenen Ortschaft.

Die selbst gewählte Einsamkeit hatte ihre Nachteile, aber das Sorgentelefon fungierte als Ausgleich, auch wenn es nicht all ihre sozialen Bedürfnisse befriedigte. Sie warf einen Blick auf die Uhr und stellte fest, dass es Zeit war reinzugehen, um sich auf die Telefonate am Abend vorzubereiten. Sie hoffte auf einen Anruf von Kerstin, doch es war beinahe eine Woche her seit ihrem letzten Gespräch, und Sandra hatte bereits die Hoffnung aufgegeben, dass sie noch mal anrufen würde.

Wie sie befürchtet hatte, hatte sie mit ihren neugierigen Fragen und ihrem Ehrgeiz, die Umstände dieses schrecklichen Unfalls mit Todesfolge zu verstehen, Kerstin verschreckt. Ihre Fragen würden also unbeantwortet bleiben, und Sandra versuchte selbst die Leerstellen zu füllen, um des lieben Friedens willen. Aber wie sie es auch drehte und wendete, sie konnte sich nicht erklären, warum Kerstin entschieden hatte, der Polizei nichts von den Beweisaufnahmen zu sagen, damit der flüchtige Fahrer gefasst werden konnte.

Hatte sie etwas zu verbergen? Oder ihr Mann? Es war sowieso rausgekommen, als die Leiche gefunden wurde, was spielte das also für eine Rolle?

Könnte es ein Tourist gewesen sein, der Kerstins Mann von der Straße gedrängt hatte? Und was machte das schon für einen Unterschied? Ein einsamer Polizist konnte nicht sämtliche Beweise verschwinden lassen, damit eine Ermittlung eingestellt wurde, und noch unwahrscheinlicher war es, dass er seine Einheit nach wie vor auf seiner Seite hatte, wenn er das getan hätte.

Die sogenannten Bildbeweise verlangten eine Erklärung. Gab es eine Kamera am Tatort – denn ein Verbrechen war es ja schließlich, wenn der andere Fahrer einfach weitergefahren war –, dann hätte die Polizei die Aufnahmen sicher ausgewertet, obwohl der Verdacht einer Straftat gar nicht bestanden hätte. Doch warum sollte die Straße genau dort videoüberwacht sein? Verkehrssünder wurden normalerweise nicht in den scharfen Kurven erwischt.

Folglich musste jemand anders die Aufnahmen am Unfallort gemacht und an Kerstin geschickt haben. Der klischeehafte Hundebesitzer? Der weder ein Handy zur Hand gehabt hatte noch sonst irgendwie in Kontakt zur Umwelt gestanden haben musste, da er weder gleich noch später einen Krankenwagen oder die Polizei gerufen hatte. Der Täter selbst, nachdem ihn das schlechte Gewissen eingeholt hatte? Ein dritter Autofahrer, der vorbeigekommen war, die Situation falsch eingeschätzt hatte und dann einfach weitergefahren war?

Wie auch immer, alle Theorien über diese Beweisaufnahmen liefen auf dasselbe hinaus: Kerstin hatte ganz bewusst die Ordnungshüter nicht informiert.

Sie konnte sich auch vorstellen, dass Kerstin selbst dort gewesen war. Eine abwegige Theorie, da sie dann wenigstens die

Sanitäter hätte rufen können. Wenn sie der Polizei so etwas wie Respekt entgegenbrachte. Diese Hypothese verwarf Sandra sofort wieder. Wie alle anderen auch. Die Sache war und blieb ihr ein Rätsel.

Sie registrierte, dass der Rasen gemäht werden musste, aber das hatte Zeit bis morgen. Erik schlief, und sie wollte den Frieden nicht stören. Es kam ihr so vor, als wäre es vor Kurzem bereits dunkel gewesen, wenn sie ihn vom Kindergarten abgeholt hatte, und jetzt ging er quasi bei helllichtem Tag ins Bett.

Sandra ließ ein bisschen Wasser auf die Blumenzwiebeln in den Töpfen auf der Veranda regnen, stellte die Kanne ab und ging ins Haus. Sie setzte Teewasser auf, und bis es kochte, ließ sie sich mit ihrem Handy aufs Wohnzimmersofa sinken, um nachzusehen, ob sie neue Nachrichten bekommen hatte.

Dann rief Kerstin an. Nach sechs Tagen Funkstille.

»Wie geht's Ihnen?«, fragte Sandra. »Fühlen Sie sich besser? Sie waren letztes Mal so niedergeschlagen.«

»Ich bin immer niedergeschlagen«, entgegnete Kerstin ohne Umschweife.

»Aber ich bin froh, dass Sie sich melden. Ich habe mir bereits Sorgen gemacht.«

»Da müssen Sie sich keine Sorgen machen, ich komme schon klar.«

»Ich habe befürchtet, Sie würden mich nicht mehr anrufen«, sagte Sandra wahrheitsgemäß. »Womöglich finden Sie, dass ich zu indiskret bin und zu persönliche Fragen stelle. Zu sensible Themen anspreche.«

Kerstin schwieg, dann sagte sie: »Das finde ich vielleicht tatsächlich.«

»Das hängt alles von Ihnen ab.«

»Aber ich bin zu dem Schluss gekommen, dass ich über diese Dinge reden muss«, entgegnete Kerstin. »Das tut mir gut.«

Sandra seufzte erleichtert. »Sie entscheiden, worüber Sie sprechen sollen. Wenn ich Fragen stelle, die Sie nicht beantworten wollen, dann sagen Sie das bitte, okay?«

»So machen wir's«, entschied Kerstin und verstummte.

Sandra wartete. Sie wollte nicht zu penetrant wirken und beschloss, sich auf langen Umwegen der Frage zu nähern, die ihr seit sechs Tagen auf den Nägeln brannte.

»Darf ich fragen, was Sie tagsüber machen, Kerstin?«

»Eigentlich nichts.«

»Arbeiten Sie gar nicht?«

»Nach dem Tod meines Mannes war ich lange krankgeschrieben. Ich hatte keinen Lebensmut mehr. Dann bin ich vorzeitig in den Ruhestand gegangen, aber manchmal springe ich als Vertretung in verschiedenen Kindergärten ein.«

»War das auch vorher Ihre Tätigkeit?«

»Ja, aber so ist es besser, seit ich das nicht mehr jede Woche machen muss.«

»Und wenn Sie nicht arbeiten, was machen Sie dann?«

»Ich lese viel.«

»Das freut mich zu hören«, sagte Sandra und meinte es auch so.

»Warum das?«

»Menschen, die lesen, haben ein erfüllteres Leben. Ihnen ist nie langweilig, und sie haben meistens ein gutes Einfühlungsvermögen.«

»Ich bin nicht sonderlich einfühlsam«, sagte Kerstin.

»Wie meinen Sie das?«

»Es gibt auch Menschen, die ich hasse.«

Kerstin hatte von ihrem Alltag mit matter, kraftloser Stimme berichtet, doch nun war ihrer Stimme eine gewisse Schärfe anzuhören, und das war neu.

»Es ist quälend, Hass in sich zu tragen. Es zehrt an den Kräften.«

»Ich bin auch wirklich erschöpft«, gestand Kerstin.

»Mit der Zeit verraucht Hass normalerweise«, entgegnete Sandra. »Ich glaube, Sie würden sich besser fühlen, wenn Sie den Hass loslassen, ihn freigeben.«

»Das habe ich nicht vor. Im Gegenteil: Ich nähre ihn sogar. Aus Respekt vor meinem verstorbenen Mann.«

»Sinnen Sie auf Rache?«, kam Sandra plötzlich in den Sinn. »Und wollen das Gesetz selbst in die Hand nehmen?«

Kerstin lachte auf, ein freudloses Lachen, so blechern, dass Sandras Ohr schmerzte. »Selbst wenn es so wäre, würde ich es Ihnen gegenüber nie zugeben, oder, Sandra? Wenn etwas, das ich sage, Sie vermuten lässt, dass ich vorhabe, ein Verbrechen zu begehen, dann rufen Sie doch die Polizei.«

»Und ob ich das tun würde«, murmelte Sandra.

Hauptsächlich zu sich selbst und ein bisschen in der Hoffnung, dass Kerstin es hörte. Oder war es eigentlich genau umgekehrt? Erneut hielt sie sich nicht an die wenigen Richtlinien, die sie beim Sorgentelefon hatte. Wieder war Kerstin es gewesen, die die Missachtung der Regeln heraufbeschworen hatte. Und aus irgendeinem merkwürdigen Grund machte diese Einsicht Sandra ein bisschen übermütig – sie ließ sich nicht zähmen, es gab kein »Muss«. Diese Einsicht verlieh ihr auch die Courage, eine der Fragen zu stellen, auf die sie unbedingt eine Antwort hören wollte.

»Es gibt Bildmaterial, Beweise, sagten Sie. Erzählen Sie mir von diesem Material.«

»Das habe ich aber gehört eben gerade«, sagte Kerstin amüsiert.

Sandra überhörte Kerstins Kommentar, musste aber trotzdem schmunzeln. Der schwermütigen Kerstin ein Lächeln abzuringen war schon ein Sieg an sich.

»Wieso wissen Sie mehr über den Unfall als die Polizei?«, überlegte Sandra.

Der übliche Ernst in Kerstins Stimme war sofort wieder da. »Ich habe einen Brief bekommen«, sagte sie. »Ein paar Tage, nachdem er gefunden worden war, habe ich einen Brief bekommen. Oder besser gesagt ein handschriftlich adressiertes Kuvert mit Fotos. Ohne Kommentar.«

»Und die Fotos zeigen – was?«

»Das Autowrack, schräg von oben, aus verschiedenen Perspektiven. Auf einem Bild sieht man den Oberkörper, durch die Seitenscheibe aufgenommen. Schreckliche Bilder.«

»Den Kopf auch?«, traute Sandra sich zu fragen. »Das Gesicht?«

»Ja, leider«, antwortete Kerstin bedrückt. »Mit Abstand und deshalb unscharf, aber mit der Lupe habe ich genug erkannt. Und ich kriege dieses Bild nicht mehr aus dem Kopf.«

»Ich weiß, wie sich das anfühlt«, sagte Sandra. »Aber so haben Sie wenigstens Klarheit. Sie wissen, in welchem Zustand er war, unter welchen Umständen er gestorben ist. Manchmal ist es besser, man weiß es, auch wenn dieses Wissen fast unerträglich ist.«

»Wahrscheinlich.«

»War er tot, als die Aufnahme gemacht wurde? Ihr Mann?«

»Schwer zu sagen, aber wahrscheinlich nicht.«

»Warum glauben Sie das?«

»Das dritte Bild. Es gab noch ein Foto in dem Umschlag.«

»Worauf was zu sehen ist?«

»Das Auto, das der flüchtige Fahrer gefahren ist. Ein blauer Audi.«

»Ja, klar«, sagte Sandra, der allmählich die Zusammenhänge dämmerten. »Aber wie kommen Sie darauf, dass es sich um einen Unfall mit Fahrerflucht handelte? Woher wissen Sie, dass Ihr Mann von der Straße gedrängt wurde?«

»Ich schätze, der Absender der Fotos meinte, ich hätte es verdient, die ganze Wahrheit zu erfahren. Das andere Auto stand oben bei der Schlucht auf der Straße. Auf der linken Seite, aber nicht im Straßengraben, sondern anscheinend unversehrt. Der Fahrer war unten am Wrack, stellte fest, dass ein Schwerverletzter im Auto saß, versäumte es allerdings, den Notruf abzusetzen.«

»Woher wollen Sie wissen, dass er unten in der Schlucht war?«, fragte Sandra.

»Auf einem der Fotos von dem Wrack ist neben dem Auto ein Schatten. Ein Schatten, der auf dem anderen Foto nicht zu sehen ist und sich deswegen bewegt haben muss. Mit ziemlich großer Sicherheit würde ich sagen, dass das die Umrisse einer Person sind.«

»Sie meinen, der Fotograf hat den flüchtigen Autofahrer mit seiner Kamera festgehalten, als er unten in der Schlucht war?«, fragte Sandra nachdenklich.

»Exakt.«

»Dann könnte das also ein Beifahrer gewesen sein? Jemand, der im Wagen des Unfallverursachers mitgefahren ist?«

»Genau«, sagte Kerstin. »Oder jemand, der zufällig vorbeigekommen ist.«

»Aber trotzdem nicht den Notarzt gerufen hat?«

»Das spricht natürlich eher für einen Beifahrer«, pflichtete Kerstin ihr bei. »Genau deswegen, ja.«

Sandra grübelte und ließ die Information sacken. »Und dieser Brief«, fuhr sie dann fort, »wo ist der abgestempelt worden?«

»In Visby.«

»Das bringt uns auch nicht wirklich weiter«, stellte Sandra fest.

»Aber der Fotograf war dort, als es passiert ist, und konnte klar genug denken, um den Unfall zu dokumentieren. Der Betreffende fühlte sich verpflichtet, Sie darüber zu informieren, was passiert war.«

»Aber ohne den Notarzt zu rufen«, ergänzte Kerstin bitter.

»Jemand mit einem Gewissen, aber ohne Rückgrat?«, kombinierte Sandra.

»Das Gewissen hat sich offenbar erst gemeldet, als es schon zu spät war«, sagte Kerstin.

»Wann haben Sie den Brief eigentlich erhalten?«

»Einen Tag nachdem die Todesanzeige erschienen war. Ich glaube, der Fotograf hat gelesen, dass ich die nächste Angehörige war, und gedacht, ich hätte ein Recht, die Wahrheit zu erfahren.«

Sandra dachte darüber nach. Bestimmt war es so gewesen. Aber sowohl derjenige, der die Aufnahmen gemacht hatte, als auch die Frau des Unfallopfers verfügten über entscheidende Beweise gegen den flüchtigen Autofahrer und hatten darauf verzichtet, die Polizei zu informieren. Das war ein Rätsel. Das Verhalten des Fotografen ließ sich vielleicht noch damit erklären, dass er dem Fahrer nahestand, aber Kerstins Passivität war und blieb ein Rätsel.

»Warum hat es eigentlich so lange gedauert, bis Ihr Mann gefunden wurde?«, wagte Sandra zu fragen. »Ich habe den Eindruck, dass die Polizei Ihre Vermisstenanzeige nicht ernst genug genommen hat …«

»Die Polizei wusste doch gar nichts«, unterbrach Kerstin sie.

»Was?«, rief Sandra aus. Sie dachte, sie hätte sich verhört.

»Ich habe ihn nie als vermisst gemeldet.«

Sandra schluckte die Fragen hinunter, die sich ihr aufdrängten. Kerstins Abneigung, die Polizei zu involvieren, war offensichtlich, doch ihre Beweggründe blieben im Dunkeln. Sie schwieg, und Sandra wollte sie nicht zu sehr unter Druck setzen.

»Wie Sie merken, vermeide ich es, die naheliegenden Folgefragen zu stellen.« Sandra wollte es ihr leicht machen.

»Stimmt«, antwortete Kerstin. »Aber es gibt andere, wichtigere Folgefragen zu stellen.«

»Helfen Sie mir auf die Sprünge.«

»Die Autokennzeichen des Täters sind auf den Fotos zu sehen. Mit einer Lupe konnte ich das Nummernschild erkennen und den Fahrer des Audis finden.«

»Und ...?«

»Hallin heißt er. Arbeitet als Umweltexperte bei einem internationalen Unternehmen mit Sitz in Visby. Er ist außerdem im Vorstand einer Menschenrechtsorganisation.«

Sandra kam der Name bekannt vor, aber bei der Erwähnung der Umwelt und der Menschenrechte schrillten ihre Alarmglocken.

»Wo und wann genau ist denn der Unfall passiert?« Sandra rang sich diese Frage ab, obwohl ihr Gefühl ihr sagte, dass sie die Antwort nicht hören wollte.

»Bei Madvar im Januar 2014«, antwortete Kerstin. »Am 23., um genau zu sein. Zwischen halb vier und vier Uhr nachmittags.«

Instinktiv hielt Sandra sich an der Sofalehne fest, ihr wurde schwindelig, und eine Woge von widerstreitenden Emotionen übermannte sie. Sie schlug ihr auf den Magen und breitete sich nach oben aus. Ihr Herz raste doppelt so schnell, ihre Wangen glühten. Ihr brach der Schweiß aus, am liebsten hätte sie das Gespräch weggedrückt, sich hingelegt und die Reaktion abgewartet.

»Der flüchtige Autofahrer hatte keinen Beifahrer, der Fotos gemacht hat«, hörte sie sich sagen. »Jemand anders muss diese Bilder gemacht haben.«

»Woher wollen Sie das wissen?«, fragte Kerstin verblüfft.

»Das tut nichts zur Sache, Kerstin, aber so ist es. Passen Sie auf sich auf, ich muss jetzt aufhören.«

Sie beendete die Verbindung und legte sich aufs Sofa. Der Schweiß lief ihr über das Gesicht und in die Haare, ihr Blut pulsierte so schnell durch den Körper, dass es lebensgefährlich war. Sie versuchte ruhiger und langsamer zu atmen, aber es gelang ihr nicht. Immer wieder formten ihre Lippen den Namen des Unfallflüchtigen, während ihr eine einzige Frage durch den Kopf ging:

Was sollte sie mit diesem Wissen anstellen?

Unfall bei Madvar: Verunglückter nach vier Tagen gefunden

Am Montagvormittag um kurz vor elf Uhr entdeckte ein Verkehrsteilnehmer auf der Bundesstraße 145 bei Vejdhem einen Pkw, der neben der Straße einen Steilhang hinuntergestürzt war. Feuerwehr, Polizei und Rettungssanitäter wurden zum Unfallort gerufen und entdeckten den Fahrer, der im Fahrzeug eingeklemmt worden war.

»Es war schwierig, den Mann freizubekommen, er war seinen Verletzungen bereits erlegen«, berichtete der Einsatzleiter der Feuerwehr Gotland.

Bei dem Verunglückten handelt es sich um einen 49-jährigen Mann, und der Unfall hat sich aller Wahrscheinlichkeit nach am Donnerstag vergangener Woche ereignet. Dichter Schneefall ist vermutlich der Grund für das späte Auffinden des Pkw.

Zeugen des Unfallhergangs gibt es bislang keine, und die näheren Umstände sind zum jetzigen Zeitpunkt ungeklärt. Sicher ist jedoch, dass Blitzeis herrschte, als der Unfall passierte.

Die Angehörigen des Opfers wurden informiert.

GOTLANDS ALLEHANDA

2014
Januar/Februar

16

Jan

Er hatte den ganzen Vormittag über Kundengespräche gehabt, was nichts Besonderes war. Die immer gleichen Fragen wurden wieder und wieder erörtert. Es ging um ökonomische und ökologische Nachhaltigkeit und grüne Energieeffizienz. Themen, die ihm sicherlich am Herzen lagen, aber die, obwohl sie in den Ohren des Kunden wie Modewörter klangen, für ihn gründlich abgegriffen waren. Als Mentor und Berater der nach wie vor recht unwissenden Allgemeinheit war er ihr stets einen Schritt voraus.

Allerdings freute er sich auf das ausgiebige Mittagessen im Anschluss, zu dem sie in das gehobene Restaurant Lindgården gingen. Diesmal übernahm er die Rechnung, denn man konnte nicht mehr erwarten, von den Kunden eingeladen zu werden, nicht einmal wenn es ein millionenschweres Unternehmen wie PayEx war.

Jetzt war der Lunch beendet, und nach drei Gängen, ein paar Bierchen und einem Digestif fühlte er sich leicht schläfrig. Dem hätte er leicht mit einen Power Nap im Ruheraum des Büros Abhilfe schaffen können, aber weil aller Wahrscheinlichkeit nach Britt-Inger aus der Personalabteilung dort lag und sich in ihren Migränebeschwerden erging, fand er es effizienter, kurz nach Hause zu düsen, um dort zwanzig Minuten die Augen zuzumachen, und dann wieder ins Büro zurückzufahren.

Also holte er sein Auto vom Stora torget und zirkelte es durch die engen Straßen, ohne den Lack und die Felgen anzuschrammen. Dann kam ihm die Idee, dass er genauso gut oben in Skarphäll beim Baumarkt XL-Bygg vorbeifahren konnte, um die Beschläge abzuholen, die er bestellt hatte, um daheim seinen Hobbyraum etwas aufzuwerten.

Gesagt, getan. Und als er die Tüte mit den Beschlägen auf den Rücksitz gestellt hatte, nahm er eine Frau in Nöten wahr, die nicht weit von ihm entfernt stand. Ein junger Hüpfer, und wie bei Frauen so üblich, hatte sie viel zu viel gekauft und versuchte nun verzweifelt, ein Taxi zu erwischen. Offensichtlich ohne Erfolg.

Er erkundigte sich, wohin sie wollte. Der Weg war recht weit, aber sie hatte schon lange in der Eiseskälte gewartet, und sie tat ihm leid. Außerdem meinte er, dass er nach einem Plausch mit einer jungen Dame genauso ausgeruht sein würde wie nach einem Power Nap zu Hause.

Sie freute sich sehr über sein Angebot. Fröhliche Menschen machten auch Jan fröhlich, also hatte er die richtige Entscheidung getroffen, obwohl er einen riesigen Umweg fahren musste, der ihn einiges kostete, sowohl Sprit als auch Verschleiß des Autos und Einkommensausfall. Aber sie war trotz allem irgendwie niedergeschlagen und bekam den Mund nicht auf. Jan redete umso mehr über das, was eine Frau Mitte, Ende zwanzig wohl gerne hören mochte, und das war nicht einfach nur irgendwas. Folglich ging er dazu über, davon zu erzählen, was ihn selbst interessierte, und das war eine ganze Menge.

Immer wieder suchte er Blickkontakt, um so etwas wie Bestätigung zu erhalten, dass er nicht allein im Auto saß, doch sie war eher schüchtern und schaute auf die Straße vor ihnen. Zudem war sie etwas überängstlich, denn trotz ihrer wortkargen und passiven Art funkte sie ständig dazwischen. Sie kommentierte zwar nicht seinen Fahrstil, aber er merkte, dass sie in Gedanken auf die Bremse trat und in den Kurven mitging. Ein paar Mal wies sie darauf hin, dass es glatt war und jemand von rechts kommen könnte, den er vielleicht nicht sah.

Jan ließ sich nicht so leicht aus der Ruhe bringen und sah es ihr nach. Er musterte sie verstohlen und stellte fest, dass sie gar nicht so übel aussah, obwohl sie einen Überbiss hatte und zu fett war. Letzteres waren im Übrigen mittlerweile fast alle jungen Leute, diese amerikanische Epidemie hatte sich bis hierher ausgebreitet. Doch die Frische der Jugend machte vieles wieder wett.

Obwohl die Beifahrerin so schweigsam war, war er wieder munter. Er bereute keine Sekunde, dass er für eine Fahrt nach Vejdhem auf sein Nickerchen verzichtet hatte. Er gab Gas, sodass das Auto in den Kurven ausscherte, und sah ihr belustigt zu, wie sie sich mit beiden Händen am Türgriff festklammerte.

17

Sandra

Er war ganz der Kavalier und ließ sie nichts selbst reintragen. Sandra ließ es geschehen, auch wenn sie lieber darauf verzichtet hätte, ihm einen Kaffee anzubieten, denn sie war etwas erschöpft von der halsbrecherischen Fahrt. Aber es war ja alles gut gegangen, und sie war wirklich dankbar, dass er einfach so als Retter in der Not aufgetaucht war.

»Tausend Dank für Ihre Hilfe«, sagte sie, als sie in die Diele traten. »Das wäre wirklich nicht nötig gewesen, Sie hätten mich auch an der Straße rauslassen können.«

»Mit dem ganzen Zeug?«, entgegnete er lachend mit einem Blick auf die vielen Papiertüten und Kartons.

Sie lächelte zurück und machte eine entschuldigende Geste.

»Ich möchte Ihnen wenigstens Ihre Unkosten erstatten«, sagte sie und nahm ihr Portemonnaie aus der Handtasche, obwohl sie überzeugt davon war, dass er ablehnen würde. Erwachsene nahmen selten Geld für einen Gefallen.

»Kommt nicht infrage«, sagte er erwartungsgemäß.

»Aber einen Kaffee kann ich Ihnen doch wenigstens machen, den nehmen Sie ja bestimmt noch bevor Sie fahren?«

»Ein Kaffee geht immer.«

Sandra hängte ihre Jacke an die Garderobe und seine an einen Wandhaken. Sie schlüpfte aus ihren Schuhen, wollte ihn aber nicht auch darum bitten. Das wäre irgendwie zu pedantisch und kam einer Aufforderung an ihn gleich, sich wie zu Hause zu fühlen.

Sie setzte Kaffeewasser auf und nahm zwei Becher aus dem Schrank. So weit kam sie, dann änderte er seine Meinung.

»Hätten Sie vielleicht auch einen Whisky?«, fragte er leichthin.

Sie sah ihm in die Augen. »Sie müssen doch noch fahren«, erwiderte sie zögernd.

»Ein kleiner Whisky schadet doch nicht«, sagte er mit einem breiten Grinsen.

So als müsste sie wissen, dass große starke Kerle sich einen Whisky hinter die Binde kippen, ehe sie sich ans Steuer setzen. Er verunsicherte sie – durfte sie ihm überhaupt Alkohol anbieten, wenn er danach noch fahren musste? Aber sie wollte nicht pingelig sein, und er wusste sicher, wie viel er vertrug. Also holte sie die kaum angefangene Flasche aus der Speisekammer, die seit mindestens einem Jahr dort stand.

Er nahm sie und wog sie in der Hand. Las das Etikett und nickte anerkennend. »Das dürfte reichen«, sagte er und schenkte sich den Kaffeebecher voll.

Sandra drehte ihm den Rücken zu und machte den Kaffee fertig. Hörte, wie er trank und dann den Schraubverschluss noch mal auf und zu drehte. Im Auto war ihr in den Sinn gekommen, dass er ja vielleicht blau war und deshalb so leichtsinnig gefahren war.

Das war nicht gut, sie konnte ihn schlecht so betrunken auf die Straße lassen. Es ging ja nicht nur um ihn. Sie nahm ihren ganzen Mut zusammen und drehte sich zu ihm um.

»Ist es recht so?«, fragte sie in aufgesetzt beiläufigem Ton und nahm, ohne die Antwort abzuwarten, die Flasche wieder an sich.

Dann ging sie die wenigen Schritte zur Speisekammer und stellte fest, dass er beide Male den Kaffeebecher fast bis zum Rand gefüllt haben musste, denn die Flasche war bloß noch zu zwei Dritteln voll.

»Nicht ganz«, sagte er mit einer Stimme, die nun nicht mehr so freundlich klang. »Du hast mir noch nicht genug Dankbarkeit gezeigt.«

Daraufhin spürte sie seine Hände auf ihren Hüften. Er zog sie an sich. Dass die Situation sich so entwickeln würde, wäre ihr im Traum nicht eingefallen, und ihr stand sofort der Schweiß auf der Stirn. Sie musste aus der Sache wieder rauskommen, ohne viel Aufhebens darum zu machen. Die Flasche hielt sie noch immer in der Hand; sie hätte ihn nicht provozieren sollen, indem sie seine Fahrtüchtigkeit infrage gestellt hatte.

»Möchten Sie vielleicht noch einen Whisky?«, fragte sie bemüht unbeschwert.

Sie wollte sich ihm zuwenden und hoffte, sich so aus seinen Händen zu winden. Sie wollte ihm ohne Worte und ohne ihn zu kränken zu verstehen geben, dass sie nicht interessiert war und er wieder nach Hause oder ins Büro oder sonst wohin zurückfahren sollte. Jetzt war es ihr völlig egal, ob er zu betrunken war, um zu fahren, er musste einfach nur weg hier. Sie würde die Polizei rufen, damit sie ihn unterwegs irgendwo stoppen konnte, was zwar kein großer Dank fürs Mitnehmen war, aber er war erwachsen und für sein Handeln selbst verantwortlich.

Doch sein Griff wurde fester, sie konnte sich nicht umdrehen, geschweige denn befreien. Wenn sie deutlicher wurde, würde er sich angegriffen fühlen und ärgerlich werden, und mit wütenden angetrunkenen Männern, die sich auf diese Art dreist »bedienten«, war nicht zu spaßen.

Sie stellte die Flasche ab, griff seine Hände und wollte sie wegschieben, um auf Abstand zu gehen. Aber das würde bloß funktionieren, wenn sie drastischere Maßnahmen anwandte. Das wollte sie jedoch unbedingt vermeiden.

»Das Fräulein ziert sich?«, sagte er, die Lippen an ihrem Hals unterhalb des Ohrs. Seine Stimme war nun tief und schleppend. Sein Atem war schwül, seine Lippen waren feucht, und wenn er redete, stieg ihr der Alkoholdunst in die Nase.

»Ein kleines Dankeschön wäre jetzt genau das Richtige.«

Eine große, schwitzige Hand schob sich unter ihren Pullover, die andere packte sie und hielt sie über dem Bauch fest. Sandra spürte Panik in sich aufsteigen, sie bekam es richtig mit der Angst zu tun, und ihr wurde klar, dass sie vielleicht nicht mehr heil davonkam. Sie versuchte sich zu befreien – stumm, aber energisch, um ihn nicht zu verärgern. Was nicht ausgesprochen wurde, passierte nicht, so hatte er die Chance, diese Situation noch einigermaßen rechtzeitig zu beenden.

Aber er lachte nur glucksend und legte den Kopf in den Nacken. Er schien den Gegenwind zu genießen.

»Jaja, Mädel«, feixte er kalt. »Entspann dich.«

Dann riss er seinen linken Arm abrupt nach oben, nahm den ihren und beugte ihn so, dass er ihr mit der Ellenbeuge den Hals zudrücken konnte. Anschließend rang er sie zu Boden und legte sich auf sie. Sie bekam fast keine Luft mehr. Er würde sie erwürgen, daran hatte sie keinerlei Zweifel.

Da begriff sie, dass es vorbei war. Sie konnte ihm nicht entkommen.

18

Jan

Er war richtig zufrieden mit sich selbst, geradezu übermütig, weil er helfen konnte. Die Dankbarkeit der jungen Frau war seine Belohnung, aber das war eigentlich gar nicht der Rede wert – sie hatte sich ja mit ihren ganzen Einkäufen auf dem Parkplatz den Hintern abgefroren.

Als sie am Ziel waren, trug er ihr sogar noch die Einkäufe rein, obwohl er schon spät dran war und wieder zur Arbeit zurück musste.

»Tausend Dank für Ihre Hilfe«, sagte sie. »Das wäre wirklich nicht nötig gewesen, Sie hätten mich auch an der Straße rauslassen können.«

»Mit dem ganzen Zeug?«, entgegnete er lachend mit einem Blick auf die vielen Waren.

Sie breitete die Arme aus und lächelte schuldbewusst. »Ich möchte Ihnen wenigstens Ihre Unkosten erstatten«, sagte sie und kramte nach ihrem Portemonnaie.

Dass sie ihm das Benzin zahlen wollte, war irgendwie süß, als müsste er für eine kleine Spritztour aufs Land, um einem Mitmenschen zu helfen, entlohnt werden. Er lehnte selbstverständlich ab.

»Aber einen Kaffee kann ich Ihnen doch wenigstens machen«, beharrte sie, »den nehmen Sie ja bestimmt noch, bevor Sie fahren?«

Jan gab nach – wenn sie das unbedingt wollte, dann tat er ihr den Gefallen eben.

»Ein Kaffee geht immer«, erwiderte er brav.

Kaffee war jetzt wirklich nicht schlecht, ehe er den ganzen Weg in die Stadt wieder zurückfahren musste. Doch als er in die liebevoll eingerichtete Küche trat, in der man es sich sofort gemütlich machen wollte, ritt ihn der Teufel. Manchmal packte es ihn einfach, mal war das gut, mal schlecht, aber der ganze Tag heute war irgendwie anders, festlich. Eigentlich musste er gar nicht mehr im Büro vorbeischauen, nur ein bestimmter Kollege pochte immer darauf.

»Hätten Sie vielleicht auch einen Whisky?«, fragte er.

Davon wurde er wieder munter, aber sie schien nicht sehr überzeugt zu sein.

»Sie müssen doch noch fahren«, wandte sie ein, aber er winkte ab.

»Ein kleiner Whisky schadet doch nicht«, sagte er grinsend.

Seine Verbrennung war ausgezeichnet, und Alkohol in Maßen schärfte seine Sinne, anstatt ihn zu ermüden und seine Konzentration zu strapazieren. Sie gab nach und holte die Flasche.

Während sie den Kaffee aufgoss, leerte er das erste Glas – oder den ersten Becher, besser gesagt. Und weil sie ihm den Rücken zudrehte und vermutlich nicht darauf achtete, was er tat, schenkte er sich noch einen ein. Zwei Kurze vor der Rückfahrt waren genau richtig, das weckte die Lebensgeister und minderte das Risiko, dass er hinter dem Steuer einschlief.

Aber er hatte sich geirrt, sie war gar nicht so verpeilt, wie er gedacht hatte, und plötzlich drehte sie sich um und nahm ihm die Flasche aus der Hand. Das spielte eigentlich keine Rolle, da er sowieso nicht mehr trinken wollte. Aber ihre ständigen Maßregelungen – was er tun durfte und lassen sollte – brachten ihn in Rage. Für wen hielt sie sich, diese kleine Göre, so mit ihm umzuspringen und einen erwachsenen Mann zurechtzuweisen? Nach allem, was er für sie getan hatte?

Das machte ihn heiß. Dieser arrogante Stil war wirklich nicht sein Ding, und sie sah nicht besonders einladend aus, wie sie mit ihrem üppigen Fahrgestell dastand und es in seine Richtung reckte. Er trat an sie heran, legte ihr die Hände auf die Hüften und küsste ihren Hals. Sie war widerspenstig, aber sie musste lernen, wer hier das Sagen hatte. Er war immer noch wütend, und sie duftete so gut, war so warm, weiblich und herrlich, und er konnte einfach nicht an sich halten.

In der Erregung zog er sie mit sich zu Boden. Nach kurzem Gerangel streckte sie die Waffen und ließ ihm Raum für Genuss.

Gegenseitiges Genießen. Und als sie es zum zweiten Mal trieben, war sie ganz entspannt und bot nicht die geringste Gegenwehr auf. Der kleine anfängliche Widerstand war lustvolles Vorspiel gewesen.

Danach lagen sie in Löffelstellung, er sog den Duft ihrer Haare ein, atmete in ihren Nacken und berührte sie zärtlich. Ihr gefiel das, davon war er überzeugt. Auch wenn sie zugegebenermaßen nicht in der Tür stand und ihm hinterherwinkte, als er wieder fuhr.

19

Sandra

Endlich war es vorbei. Sie lag auf der Seite, aber er stellte sich so, dass sie sehen konnte, wie er den Reißverschluss der Hose hochzog, den Knopf schloss und den Gürtel umlegte. Zuletzt beugte er sich hinunter und küsste sie auf den Mund und beide Wangen, ehe er ging. Sanft und gefühlvoll, als bedankte er sich für eine schöne Stunde. Als wäre sie seine Frau und er müsste jetzt zur Arbeit.

Als würde er bald wiederkommen.

Sie hörte, wie er die Musik im Auto anstellte und den Motor aufdrehte. Unbeschwert. Glücklich. Wie er schließlich losfuhr und sie in der Stille zurückließ, einsam, nur das Brummen des Kühlschranks, in Intervallen, direkt an ihrem Ohr.

Sie blieb liegen. Konnte nicht aufstehen, obwohl es zugig war auf dem Küchenboden und sie halb nackt war. Sie würde krank werden. Husten und Halsweh kriegen, das war alles, woran sie im Moment denken konnte.

Dann weinte sie still und leise vor sich hin, ohne dass ihr ein Grund dafür einfiel. Krümmte sich zusammen und schlang die Arme um ihren Leib.

Sie schlief ein und schreckte auf, als das Handy klingelte, doch sie konnte nicht aufstehen und mit niemandem reden. Sie weinte wieder – sinnlose Tränen, bis sie versiegten.

Dann war es genug. Sie rappelte sich auf und tastete im Dunkeln nach ihren Klamotten, die am Boden verstreut lagen. Mit vorsichtigen Bewegungen zog sie sich an, und der Schmerz schoss ihr im Takt mit dem Herzschlag in den Körper.

Dann machte sie die Lampe auf dem Fensterbrett an, setzte sich im Halbdunkel an den Küchentisch und ließ ihren Gedanken freien Lauf.

20

Jan

Er bremste moderat ab. Er konnte keine Vollbremsung hinlegen, denn dann hätte er die Kontrolle über sein Auto verloren. Aus demselben Grund konnte er auch nicht lenken. Auf der vereisten Straße wollte er nicht zu nah am Steilhang vorbeifahren, und er hielt sich in der Kurve ganz bewusst links. Wie hätte er auch vorhersehen sollen, dass es auf dieser kaum befahrenen Straße mitten im Wald Gegenverkehr gab? Das entgegenkommende Fahrzeug war außerdem viel zu schnell – das erklärte er sich damit, wie rasch es näher kam –, und dagegen konnte er nichts machen.

Also trat er leicht auf das Bremspedal, um den Aufprall abzumildern, ohne dass sich sein Auto drehte. Lieber einen Frontalzusammenstoß, als seitlich gerammt zu werden. Oder unten in der Schlucht zu landen.

Aber der Idiot in dem anderen Wagen wich aus. Er ging voll in die Eisen, anscheinend hatte er die Synapsen eines Kriechtiers. Statt der erwarteten Frontalkollision registrierte Jan zu seiner Bestürzung, dass das entgegenkommende Auto um Haaresbreite an seinem vorbeischoss, seitlich über die Fahrbahn rutschte und förmlich über die Böschung flog. Er sah auch noch, wie das Heck auf dem Abhang aufsetzte, dann verschwand es hinter der Kuppe, und er musste sich wieder aufs Fahren konzentrieren.

Dreißig Meter hinter dem Unfallort kam er zum Stehen und holte erst mal tief Luft. Dann fuhr er rückwärts zu der Stelle, an der das andere Auto verschwunden war, stellte die Musik ab und kletterte auf den Beifahrersitz, um eine bessere Sicht zu haben. Er war unsicher, ob er aussteigen oder sitzen bleiben sollte, er war vollkommen paralysiert und wusste überhaupt nichts mehr.

Es sah übel aus. Das Auto hatte sich einmal ganz überschlagen, war unten in der Schlucht aufgeschlagen und zeigte mit der Schnauze Richtung Straße. Rauch stieg auf, aber der Motor war verstummt. Nichts regte sich im Innenraum. Kein Lebenszeichen, weder vom Fahrer noch von eventuellen Beifahrern. Und so wie das Wrack aussah, hätte es ihn auch sehr gewundert, wenn jemand diesen Aufprall überlebt hätte.

Was sollte er tun?

Sollte er den Abhang runtersteigen und nachsehen, ob er oder sonst jemand etwas tun konnte? Bei der Glätte und Kälte, mit Halbschuhen in diesem unwegsamen Gelände? Wohl kaum.

Sollte er einen Notruf absetzen? Damit die Polizei herkam? Das war keine so gute Idee. Denn obwohl Jan sich nüchtern fühlte, würde ein Alkoholtest mit Sicherheit positiv ausfallen. Er würde sich verdächtig machen, und dieser Verdacht würde unangenehme Kreise ziehen, was ganz ungut wäre.

Letztendlich hatte er das doch regelrecht provoziert und war selbst schuld. Sollte ihn doch ein anderer finden und den Krankenwagen rufen. Wenn das überhaupt notwendig war, im Hinblick darauf, wie es da unten aussah. Und wie still es war.

Also kletterte Jan wieder auf den Fahrersitz und fuhr weiter. Über kleine Straßen, die nicht so stark befahren waren. Langsam und bedächtig, um keine unnötige Aufmerksamkeit zu erregen oder sonst in irgendetwas hineinzugeraten. Und ohne Musik jetzt, die Partystimmung war zu seinem Leidwesen wie weggeblasen.

21

Sandra

Nachdem sie die verdammte Whiskyflasche fast geleert und Argumente für und wider eine Anzeige bei der Polizei abgewogen hatte, schob sie ihre Entscheidung auf. Das endete so wie bei den vielen anderen vor ihr. Sie ging unter die Dusche, schrubbte sich, putzte, wischte und saugte Staub. Alles, was notwendig war, um jede Spur dieses widerwärtigen Mannes auszulöschen, auf ihrem Körper und im Haus. Bis nur noch der Ekel übrig war.

Sie wollte nie wieder an ihn denken müssen, nie wieder etwas sehen, was sie an ihn erinnerte. Sie warf die Klamotten, die sie an jenem Tag getragen hatte, in den Müll, ebenso wie die Becher, obwohl bloß der benutzt worden war, aus dem er getrunken hatte.

Sie ließ sich sogar eine neue Frisur schneiden, mit blonden Strähnchen, und kaufte ein anderes Brillengestell, damit er sie nicht wiedererkennen würde, wenn sie sich zufällig irgendwo begegneten. Gotland war trotz allem nicht sehr groß. Lediglich das Haus behielt sie, das konnte sie einfach nicht aufgeben. Sie liebte ihr kleines Landhäuschen, das ließ sie sich nicht von ihm wegnehmen, sie wollte nirgendwo sonst wohnen. Das bedeutete natürlich, dass er wiederauftauchen konnte – die Angst davor war ständig präsent. Andererseits konnte das überall passieren. So wie er sich für ihre Person interessiert hatte, wusste er sicher, wer sie war.

Mit größter Anstrengung passte Sandra sich an ihre neue Situation an, aber nach ein paar Wochen in völliger Isolation war sie bereit, der Welt wieder entgegenzutreten. Arbeitskollegen, Kunden, Freunde und Familie – sie ließ sich ihnen gegenüber nicht anmerken, dass die langwierige Grippe, die sie niedergestreckt hatte, tatsächlich etwas ganz anderes gewesen war.

Schließlich waren so viele Tage seit der Vergewaltigung vergangen, dass es lächerlich wäre, noch Anzeige zu erstatten. Zuerst sämtliche Spuren des Täters zu beseitigen, um dann von der Polizei eine seriöse Ermittlung zu verlangen – niemand würde sie ernst nehmen.

Allmählich gewöhnte sie sich an den Gedanken, dass er frei war. Dass er es vielleicht wieder tat, und wenn nicht, nährte er seine perversen Fantasien mit Sandra und seiner Gewalt gegen sie. Und dass es rein gar nichts gab, was sie dagegen tun konnte.

22

Jan

Nur ein paar Minuten, nachdem er den Unfallort verlassen hatte, begannen zuerst seine Hände zu zittern, dann die Arme. Fast die gesamte Rückfahrt über schlotterte er. Er befand sich in einer Art Schockzustand, vielleicht nicht aus medizinischer Sicht, aber er war richtig mitgenommen, und es ging ihm schlecht.

Genauso gut könnte er da unten sitzen und verbluten oder erfrieren oder was immer der Blödmann jetzt vorhatte. Schon bald würde es stockdunkel sein, und ein heftiges Schneetreiben würde einsetzen. Das Auto würde bald zugeschneit sein und erst gefunden werden, wenn der Schnee wieder schmolz, was der Wetterprognose zufolge frühestens in der nächsten Woche der Fall sein würde.

Gesetzt den Fall, dass er nicht den Notruf wählte. Aber wie er es auch drehte und wendete, war für ihn kein Vorteil darin erkennbar. Mit seinem Telefon konnte er nicht anrufen, denn der Anruf würde sich zurückverfolgen lassen. Telefonzellen gab es ja keine mehr. Und wenn er sich ein Handy ausliehe, würde der Besitzer sich daran erinnern und später eine Personenbeschreibung abgeben können. Außerdem wurden alle eingehenden Notrufe aufgenommen, und wenn der Fall zur Klärung in der Fernsehsendung »Efterlyst« präsentiert werden würde, würden an die vierhundert Leute anrufen, weil sie meinten, sie hätten seine Stimme wiedererkannt.

Es war zwar nicht sehr wahrscheinlich, dass sein Anruf bei »Efterlyst« landen würde, aber wenn die Polizei nicht ganz dumm war, würde es ihr komisch vorkommen, dass sich ein anonymer Anrufer bei einem Unfall ohne Fremdbeteiligung meldete.

Dann war ja da noch die andere Sache, dachte er, während auf wundersame Weise ein Kaninchen mit dem Leben davonkam, das ihm vors Auto ins Scheinwerferlicht hüpfte. Es bestand das minimale Risiko, dass die Schnalle – die er vor lauter Aufregung wegen des Unfalls fast vergessen hatte – sich einbildete, sie sei nicht hundertprozentig einverstanden gewesen mit dem Ganzen. Und sich deshalb bei der Polente gemeldet oder sich zumindest einer Freundin anvertraut hatte, die das für sie erledigt hatte. Sie könnte dann behaupten, Jan hätte in rauen Mengen Alkohol getrunken und sich um so und so viel Uhr auf den Rückweg gemacht und somit den Unfallort zu exakt demselben Zeitpunkt passiert, als sich der Unfall ereignet hatte, und damit würde er gar nicht gut dastehen bei der Polizei.

Er musste zugeben, dass er etwas maßlos gewesen war an jenem Nachmittag, nun, wo er sich dem Risiko ausgesetzt sah, für drei nicht ganz unwesentliche Straftaten angeklagt zu werden. Straftaten in den Augen des Rechtsstaates, nicht in seinen, wohlgemerkt. Bei der ersten Straftat handelte es sich mitnichten um eine solche, das war nur ein bisschen Gerammel, bei dem sie beide ihren Spaß hatten. Die zweite Tat war tatsächlich bloß ein Unfall, Jan fuhr defensiv, und seine Fahrweise war nicht beeinträchtigt durch die geringe Menge Alkohol, die er zu sich genommen hatte. Der andere hingegen war zu schnell gefahren und hatte auf spiegelglatter Straße schlecht durchdachte Manöver durchgeführt.

Was ihn richtig in Rage brachte, war jedoch, dass die Geschehnisse im Zusammenhang mit dem Autounfall erst dadurch zu einer Straftat wurden, weil er weitergefahren war, um sich den furchtbaren Anblick zu ersparen. Das machte ihn so wütend, dass er die Fäuste ballte und auf das Lenkrad niedersausen ließ, bis ihm stechende Schmerzen den Unterarm hinaufjagten.

Er sollte ins Büro fahren, damit er sagen konnte, dass er am Nachmittag an seinem Arbeitsplatz war. Falls es irgendjemanden gab, der das wissen wollte. Ihm war extrem übel, und er schob dermaßen Panik, dass ihm klar war, er würde nichts Vernünftiges mehr zustande bringen bis zum Feierabend. Aber es genügte schon, wenn er sich ein paar Mal bei seinen Kollegen blicken ließe, dann dachten sie, er wäre die ganze Zeit lang in der Abteilung. Die übrige Zeit würde er bei geschlossener Tür in seinem Büro am Schreibtisch sitzen.

So würde er es machen. Er parkte sein Auto auf dem Stora torget und ging mit schlotternden Knien ins Büro. Dichte Schneeflocken wirbelten durch die Luft, er setzte die Kapuze auf, damit seine Haare trocken blieben.

Am Empfang sagte er, er sei mit PayEx beim Mittagessen gewesen und danach zu Fuß zum Baumarkt gegangen, um Beschläge abzuholen. Dann schlüpfte er in sein Büro, ohne dass jemand etwas bemerkte. Dort starrte er den restlichen Tag lang vor sich hin, unterbrochen von wenigen Gängen, um sich Kaffee zu holen, wenn Stimmen aus dem Aufenthaltsraum drangen. Er war sehr darauf bedacht, auf Abstand zu bleiben und nicht zu stark auszuatmen, um zu verbergen, dass er Alkohol getrunken hatte. Er hustete in die Armbeuge, und Bedenken wurden laut, er habe sich eine Erkältung eingefangen.

*

Fast eine Woche war seit jenem schicksalsschwangeren Tag vergangen, als er am Frühstückstisch von dem Unfall in der Zeitung las. Es war von einem Unfall ohne Fremdverschulden die Rede, und das war eine große Erleichterung. Hätte die Polizei einen Verdacht gehabt, wäre das nicht so dagestanden – noch dazu in der Überschrift. Und der arme Teufel, der am Steuer gesessen hatte, war tatsächlich umgekommen, aber das war auch nicht anders zu erwarten gewesen. Offenbar war er nach vier Tagen erst gefunden worden, was natürlich tragisch war, auch wenn er bereits tot gewesen war. Das konnte gar nicht anders sein, im Hinblick auf den langen Flugweg durch die Luft und wie das Wrack zugerichtet war.

Genau dieser Gedanke lag ihm schwer im Magen. Dass der Fahrer des anderen Wagens vielleicht nicht sofort mit hundertprozentiger Sicherheit tot war. Seit fast einer Woche plagte Jan diese Unwissenheit nun. Aber er hätte nicht anders gehandelt, selbst dann nicht. Und ohne Zweifel war es in dem Augenblick aus gewesen für den Mann, als das Auto aufgeschlagen und zusammengestaucht worden war. Dass Jan mit seinen Slippern da herumgekraxelt wäre, hätte auch nichts geändert.

Das Leberwurstbrot schmeckte ihm nicht mehr. Er schluckte, legte das angebissene Brot zur Seite und legte eine Papierserviette darüber. Vielleicht war es das Glas mit Essiggurken, das zu lange geöffnet im Kühlschrank gestanden hatte, obwohl seine Frau gerne und oft davon aß. Gunilla – sie hatte nicht die leiseste Ahnung, dass sie vor ein paar Tagen beinahe Witwe geworden wäre.

Jan musste sich am Riemen reißen, damit er das alles nicht allzu schwarzsah. Dachte, dass es wirklich ein Glück war, dass der Fahrer allein unterwegs gewesen war. Und dass nicht noch ein Baby im Kindersitz auf der Rückbank gesessen hatte oder eine Frau auf dem Beifahrersitz. Das wäre richtig schlimm gewesen. Nun war es bloß der Fahrer, der sein Leben lassen musste, aber es konnte jeden treffen, der unaufmerksam im Straßenverkehr war.

Und die Frau, die das Glück hatte, dass sie nicht auch im Unfallwagen gesessen hatte, hatte der Lokalpresse zufolge dafür das Pech, dass sie ihren Mann verloren hatte. Damit hatte sie jedoch gewissermaßen rechnen müssen. Denn ihr Mann war ja nicht gerade der *King of the Road*.

23

Sandra

Die Tage vergingen und wurden länger. Sandra konnte sich nicht erklären, woher sie die Energie nahm, aber trotz des Albtraums, den sie durchlebt hatte, und den Ängsten, die daraus resultierten, war sie wieder auf dem Weg, am gesellschaftlichen Leben teilzuhaben.

Die Wochen nach dem Drama hatte sie niemandem aufgemacht und darauf bestanden, in Ruhe gelassen zu werden. In den darauffolgenden Wochen – seit sie wieder zur Arbeit ging – hatte sie sich geweigert, allein zu sein, und jede Nacht bei ihren Eltern geschlafen. Das war in der Erholungsphase nach der angeblichen Grippe gewesen. Sie hatten sich nichts lieber gewünscht als das, und sie wochenlang daheim umsorgt, ganz wie in guten alten Zeiten.

Auf den Tag genau fünf Wochen nach dem Übergriff kehrte Sandra wieder nach Hause zurück, stand mit ihrer Reisetasche auf der Schwelle und steckte den Schlüssel ins Schloss, während der Sturm um die Hausecken pfiff. Sie kam sich vor, als sei sie von einer langen Reise zurückgekehrt, was ja in gewisser Weise auch stimmte. Beim Eintreten überwältigte sie ein Glücksgefühl, weil sie wieder daheim war, weil sie einen Platz auf dieser Welt hatte, der nur ihr gehörte und wo sie ganz sie selbst sein und wo niemand sie behelligen konnte.

Diese Einstellung muss ich beibehalten, sagte sie sich, diese Haltung will ich pflegen. Ich werde mein Zuhause wieder in Besitz nehmen, mir die Herrschaft über mein Leben zurückerobern und die destruktiven Gedanken so gut es geht beiseiteschieben.

Als sie ausgepackt hatte, kochte sie sich etwas, aß, wusch ab und räumte die Küche auf. Dann zündete sie Kerzen an, legte sich mit einer Decke aufs Sofa und ruhte sich aus; die Vorhänge waren zwar zugezogen, aber immerhin schaffte sie es, allein zu sein. Dann arbeitete sie den Lernstoff durch, um in ihrem Weiterbildungskurs aufzuholen. Nun mit größeren Ambitionen als bisher, denn sie musste diese Weiterbildung einfach schaffen, um sich danach einen anspruchsvollen Job zu suchen. Auch wenn – nein, damit befasste sie sich morgen; die Herausforderung des Abends bestand darin, einzuschlafen, ohne dass andere Erwachsene im Haus waren.

Das dauerte mehrere Stunden, denn immer dann war jener grauenvolle Nachmittag wieder vollkommen gegenwärtig. Sie lauschte in die Dunkelheit und hörte alle möglichen Geräusche. Die Bodendielen knackten, Schnee rutschte vom Dach, Tiere liefen über die Fußroste hinter dem Haus. Sie wartete auf das Geräusch von splitterndem Glas, von einem Schloss, das aufgebrochen, oder einer Tür, die aufgestemmt wurde. Aber sie wurde nicht schwach, ließ diese Angst wider jede Vernunft nicht zu, die dieser widerliche Mann ihr aufgezwungen hatte. Das käme einer Kapitulation gleich, denn dann würde er gewinnen, und das stand für sie unter keinen Umständen zur Debatte.

Als Sandra am folgenden Morgen aufwachte, fühlte sie eine Zufriedenheit und Zielstrebigkeit, die sie von sich gar nicht kannte. Sie war nicht eingeknickt und stemmte ihren Alltag wieder. Hatte begonnen, ihre Routinen wieder aufzunehmen, und sie war selbst überrascht, wie rasch sie sich trotz allem aus ihrer verheerenden Lage befreit hatte. Gezeichnet, verunsichert und ängstlich, aber mit ungeahnten Kräften. Diese Seite von ihr war bislang nur selten zum Vorschein gekommen. Als sie vier Jahre alt und allein mit ihrem Vater zu Hause gewesen war, sackte er mit durchgebrochenem Blinddarm bewusstlos zusammen, und sie rief den Krankenwagen. Als sie in der Oberstufe Lucia-Mädchen gewesen war, fingen die Haare der Lucia Feuer, und Sandra nahm als Einzige ihren ganzen Mut zusammen, riss sich auf der Bühne vor dem gesamten Schulpublikum den Lucia-Umhang vom Leib, um damit das Feuer zu ersticken. Sonst war sie eher folgsam – richtiggehend phlegmatisch, aber wenn es darauf ankam, legte sie einen Extragang ein, und dann übernahm ein wesensfremdes Über-Ich das Kommando. Ungefähr so war das jetzt auch gerade.

Hoffte sie. Denn andere Dinge waren nun wichtiger als die Angst vor irgendeiner unkonkreten Bedrohung von außen. Sie musste sich nun um gewisse körperliche Umstände kümmern, und sie war sich nicht mehr so sicher, dass diese allein dem Stress und den seelischen Belastungen geschuldet waren.

Sandra atmete tief ein und setzte sich auf den Toilettendeckel. Sie war so nervös, dass ihre Hand zitterte, aber zugleich unerwartet gelassen in dieser Situation. Was passiert war, war nicht mehr rückgängig zu machen, und zunächst ging es erst einmal darum, den Stand der Dinge zu klären. Erst danach war es angebracht, über mögliche Konsequenzen nachzudenken.

In dem Moment, als der blaue Strich in dem Testfeld des weißen Plastikstabs sichtbar wurde, hörte sie auf zu zittern. Mit einem Seufzer warf sie das Stäbchen, das ihr Leben gerade auf den Kopf stellte, in den Papierkorb. Sie musste einen kühlen Kopf bewahren, sachlich und ehrlich zu sich selbst sein, und durfte nichts übers Knie brechen.

Sie machte sich eine Tasse Tee, setzte sich an den Küchentisch und spielte sämtliche denkbaren Alternativen durch. Stellte nüchtern fest, dass sie auf die dreißig zuging und sich nach einem Kind sehnte, dass sie nie eine längere Beziehung gehabt hatte und ihre Chancen auf dem freien Markt nicht gerade stiegen, je mehr Zeit verstrich. Dass der Vater von dem kleinen Knopf, der in ihr heranwuchs, gut aussah und ein gesundes Selbstvertrauen hatte. Dass er über Sozialkompetenz verfügte, kein Angsthase und intelligent, gebildet und neugierig war. Und er hatte ein Empfinden für richtig und falsch, was mit seiner Erziehung zusammenhing. Dass er kriminelle Handlungen beging, hatte er sich selbst zuzuschreiben. Dass ihm jegliche Empathie fehlte und er eventuell ein Psychopath war, war nicht genetisch bedingt.

Sandra fragte sich, wie das Leben eines Kindes aussehen mochte, das bei einer Vergewaltigung entstanden war, und kam zu dem Schluss, dass man sich nicht schlecht fühlen konnte wegen Dingen, von denen man nichts wusste. Und wenn die Wahrheit jemals herauskam, dann waren die Umstände der Zeugung Beweis genug dafür, dass das Kind willkommen und gewollt war.

Sandra hatte sich entschieden. Und in das überwältigende Glücksgefühl, das sie bei dem gefassten Entschluss überkam, mischte sich ein Quäntchen Schadenfreude. Dieser Mann würde der Vater ihres Kindes sein: eines ganz wunderbaren kleinen Menschen, auf den eine einzigartige Zukunft wartete. Und er würde nie davon erfahren. Er würde dieses Wunder verpassen, sich im Seerosenteich spiegeln, bis sein pathetisches liebloses Leben zu Ende war, ohne ein einziges Mal sein Kind gesehen zu haben.

So wollte sie ihm dafür danken, dass er sie mitgenommen hatte.

Mein geliebter Mann
und Freund

Karl-Erik Barbenius

* 14. August 1965
† 23. Januar 2014

**hat mich mit großer Trauer
über seinen Verlust
zurückgelassen.**

KERSTIN

Die Erinnerung bewahrt das Leben.
Der Verlust zeigt, was der Tod genommen.

Die Aussegnung findet in aller Stille statt.
Spenden an das Ärztliche Hilfswerk
Postgiro 90 00 21-7

2018
Mai

24

Sandra

»Wenn Sie etwas sagen, was bei mir den Verdacht erweckt, dass Sie oder eine andere Person eine Straftat begangen haben, werde ich die Polizei verständigen.« Dieser Satz hallte in ihrem Kopf nach und war brisanter denn je. Auf einmal besaß sie Informationen, die den Vergewaltiger hinter Schloss und Riegel bringen konnten. Einen Mann, den sie seit über vier Jahren hasste.

Zweifelsohne hatte er ihr das schönste Geschenk gemacht: Erik, der in vielerlei Hinsicht in positiver Weise an seinen unaussprechlichen Vater erinnerte. Doch das war ja nicht mit Absicht geschehen, er hatte ihr körperliche Schmerzen zugefügt, und sie litt unter der daraus resultierenden Trauer, der Schlaflosigkeit, den Angstzuständen und einer Wachsamkeit, die ihr gar nicht gefiel.

Hallin war nicht nur ein Vergewaltiger, sondern auch einer, der mit Alkohol am Steuer Fahrerflucht beging. Den Tod eines anderen verursacht hatte. Natürlich musste er dafür bestraft werden, die Frage war nur, wie.

Wenn Sandra jetzt zur Polizei ging, würde sie nicht allzu glaubwürdig rüberkommen. Die Vaterschaft ließe sich leicht feststellen, aber zu beweisen, dass sie vor vier Jahren vergewaltigt worden war, war nahezu unmöglich. Aussage würde gegen Aussage stehen, und das war's dann. Mit dem Ergebnis, dass Erik in den Augen der anderen als Kind eines Vergewaltigers abgestempelt werden würde, während der Täter das Ganze leichtfertig abtun würde, ohne rechtliche oder soziale Folgen.

Wenn allerdings Beweise dafür vorgelegt werden würden, dass er am Unfallort gewesen war – was darauf hindeuten konnte, dass er beteiligt war –, aber weder Polizei noch Krankenwagen gerufen hatte, würde das den Fall in einem ganz anderen Licht erscheinen lassen. Dann würde Sandras Aussage wegen Vergewaltigung nach Alkoholkonsum in den Minuten zuvor und nur wenige hundert Meter vom Unfallort entfernt weitaus ernster genommen werden.

Dass Kerstin sich weigerte, mit der Polizei Kontakt aufzunehmen, und Sandra ihr versprochen hatte stillzuschweigen, war der Haken an der Sache. Mit gewissen Vorbehalten zwar, doch ihre Loyalität Kerstin gegenüber wog schwerer, und Kerstin war letztendlich hier das Opfer.

Eines der Opfer. Darüber wird man noch nachdenken müssen.

*

»Entschuldigen Sie, dass ich letztes Mal so abrupt aufgelegt habe«, sagte Sandra, als Kerstin wieder anrief. »Mir ging es nicht so gut.«

Das stimmte zwar, aber ihr Gewissen war trotzdem nicht ganz rein, da Kerstin nichts davon wusste, dass Sandra sich von jetzt an genauso sehr – oder noch mehr – um ihrer selbst willen wie um Kerstins willen ihrer annahm. Andererseits musste Sandra keine Vertrauensbeweise liefern, da gab es keinerlei Abmachung. Ihre nächtliche Verbindung war enger geworden, das Gespräch, zunächst unsicher und stockend, war immer offenherziger verlaufen. Mit viel Engagement hatte sie Kerstin in die richtige Richtung geschoben, ihr geholfen, wenigstens über ihren Kummer zu sprechen, was ja von Anfang an das Ziel gewesen war.

»Kein Problem«, sagte Kerstin, die sich eigentlich fragen sollte, woher Sandra wusste, dass Hallin keinen Beifahrer gehabt hatte.

»Können wir da weitermachen, wo wir aufgehört haben?«, kam Sandra ihr zuvor.

Das schien genau das zu sein, was Kerstin sich erhofft hatte.

»Sie sind mit den Fotos nicht zur Polizei gegangen, so viel weiß ich«, sagte Sandra. »Hat es Ihnen gereicht zu wissen, wer den Unfall verursacht hat? Haben Sie sich dadurch besser gefühlt?«

»Nein«, entgegnete Kerstin.

»Sie haben sich nicht besser gefühlt?«

»Nein, und es hat mir auch nicht gereicht.«

»Das klingt ja ganz nach einer Fortsetzung …«

»Ich konzentriere mich und versuche mich an so viel wie möglich zu erinnern«, sagte Kerstin. »Und Sie zeigen mich nicht an?«

Sandra fragte sich, was jetzt kommen würde, und überlegte kurz.

»Nein«, antwortete sie schließlich, »das habe ich nicht vor. Was immer Sie auch getan haben, ich werde keine rechtlichen Schritte gegen Sie einleiten. Das verspreche ich Ihnen.«

»Danke«, sagte Kerstin.

»Erzählen Sie. Was haben Sie mit der Information gemacht?«

Kerstin zündete sich eine Zigarette an und inhalierte den Rauch. »Ich habe ihn erpresst«, sagte sie dann.

»Sie haben ihn erpresst?«, wiederholte Sandra perplex.

Darauf wäre sie nie gekommen. Erpressung war eine Straftat, die selten Erfolg und ferner das Verfallsdatum überschritten hatte.

»Genau das habe ich getan«, fuhr Kerstin tonlos fort. »Ich hielt das für eine gute Idee.«

»Und wie? Womit haben Sie gedroht?«

»Ich habe ihm die Bilder geschickt.«

»Ich verstehe, aber was wollten Sie dafür haben? Sie wollten, dass er sich selbst anzeigt, nehme ich an?«

»Nein«, erwiderte Kerstin und blies eine Rauchwolke aus. »Das hätte er natürlich gerne machen können, aber das habe ich gar nicht von ihm verlangt. Ich habe auch noch den Schlüssel für ein Schließfach am Fährhafen in das Kuvert gelegt. Zusammen mit einer kurzen Beschreibung.«

»Sie wollten Geld?«, fragte Sandra misstrauisch.

Es fiel ihr schwer, in dieser kummervollen gefassten Person eine Erpresserin in klassischem Stil zu sehen.

»Ja«, sagte Kerstin und holte gleichzeitig Luft.

»Wie viel?«

»Sechs Millionen.«

»Sechs Millionen?! Warum haben Sie geglaubt, er könnte so viel Geld auftreiben?«

Kerstin zögerte mit ihrer Antwort, fand vielleicht selbst, das sei naiv.

»Er hat ein teures Auto und ein schickes Haus«, sagte sie dann. »Einen gutbezahlten Job und eine elegante Frau mit teuren Diamantohrringen. Ich dachte, er würde das schon irgendwie hinkriegen.«

»Sonst – was?«

»Es war ja klar, dass ich zur Polizei gehen würde mit den Fotos, wenn er auf meine Forderung nicht einging.«

»Und, ist er darauf eingegangen?«

»Nein«, seufzte Kerstin. »Ist er nicht.«

»Und ich nehme an, Sie haben Ihre Drohung auch nicht wahr gemacht?«

»Nein«, gab Kerstin zu und zog wieder an ihrer Zigarette. »Ich konnte ihn einfach nicht noch mal unter Druck setzen.«

»Warum sind Sie denn dann nicht zur Polizei gegangen?«, fragte Sandra beharrlich.

»Ich hatte meine Chance vertan, begreifen Sie das nicht? Wäre ich zur Polizei gegangen, hätte er mich wegen Erpressung drangekriegt. Das hätte so enden können, dass ich ins Gefängnis gewandert und er aus Mangel an Beweisen ein freier Mann geblieben wäre. Ich konnte ja nicht wissen und weiß noch immer nicht, ob diese Aufnahmen wirklich stichhaltige Beweise sind. Aber eines weiß ich genau – dass ich absolut keine Lust darauf habe, im Gefängnis zu sitzen.«

»Verstehe«, sagte Sandra. »Aber Ihnen ist schon klar, wie gefährlich das ist, sich mit so einem Typen einzulassen? Ihm zu drohen? Er hätte das Schließfach beobachten können, um Sie abzupassen, und dann … Den Rest können Sie sich auch selbst ausrechnen. Für ihn ist ein Menschenleben ja nicht besonders viel wert.«

»Ja, das habe ich dann auch überrissen. Aber da war's bereits geschehen. Ich hatte nicht den Mut und auch nicht mehr die Energie, an der Erpressung dranzubleiben. Und das war wohl auch ganz gut so.«

»Status quo«, murmelte Sandra nachdenklich.

»Darf ich Sie noch etwas fragen?«, erkundigte Kerstin sich.

»Gerne, aber ich weiß nicht, ob ich ihre Frage auch beantworte«, gab Sandra zurück, denn sie konnte sich schon denken, worum es ging.

»Sie haben ja gesagt, dass es in Hallins Auto keinen Beifahrer gab – wie können Sie sich da so sicher sein?«

»Das verrate ich Ihnen vielleicht dann, wenn Sie mir erklären, warum Sie Ihren Mann nicht als vermisst gemeldet haben«, sagte Sandra berechnend.

Tatsächlich hatte sie gar nicht vor, Kerstin in ihre Geheimnisse einzuweihen. Bisher hatte sie niemandem Zutritt gewährt in diesen dunklen Raum, und für Kerstin, die genug mit ihren eigenen Problemen zu kämpfen hatte, würde sie kaum eine Ausnahme machen.

25

Jeanette

Lubbe hatte sich angestrengt, und das Ergebnis konnte sich wirklich sehen lassen. Er war geschniegelt und gestriegelt und nüchtern geblieben, um sowohl der Polizei, dem Sozialdienst als auch der älteren Dame, die von Jeanette im Gesicht getroffen worden war, den Sachverhalt zu schildern. Jeanette war auch dabei gewesen, hatte aber nur nicken und den Kopf schütteln können. Nach Lubbes Ausführungen über ihre schwere Depression aufgrund des Verlusts ihrer Tochter und der darauffolgenden Ehescheidung hatten sämtliche Beteiligte eingelenkt. Es war festgestellt worden, dass keine Schäden entstanden waren, und als Jeanette Reue zeigte und um Entschuldigung bat, hatte man sich im Guten geeinigt, woraufhin die Ermittlung eingestellt worden und Jeanette wieder auf freien Fuß gekommen war.

Von da an nahm Jeanette keine Tabletten mehr und begnügte

sich lediglich mit dem Rausch, den ihr der Alkohol verschaffte. Wie sie sich kannte, war dieser Zustand nur vorübergehender Natur, aber für den Augenblick absolut ausreichend. Mit gemischten Gefühlen registrierte sie, wie die anderen sie beobachteten, bereit, jeden Moment einzugreifen, um sie vor sich selbst zu schützen. Sie schätzte diese Fürsorge, doch sie fühlte sich auch permanent kontrolliert und dadurch unfrei.

Um niemanden zu beunruhigen, hielt sie den Ball flach und unterhielt sich bloß leise mit denen, die neben ihr saßen. Damit landete sie bei dem lauten und schroffen Umgang vor dem Österport oft auf einer der Bänke am Rand, zusammen mit Muttern.

Muttern war zwar eher eine Spaßbremse, aber sie war in Ordnung. Sie zog nicht über die anderen her wie die meisten, auch nicht über Jeanette. Das, was sie sagte, hatte jedoch Hand und Fuß. Jeanette war gerne in Mutterns Gesellschaft, auch wenn Lubbe mit seinem großen Herzen den wichtigsten Platz in ihrem Leben einnahm.

»Erzähl mir von deinem Liebhaber«, forderte Muttern sie eines Tages auf.

Hätte Lubbe das Thema angeschnitten, hätte er sich zehnmal dafür entschuldigt und Jeanette freigestellt, nichts zu sagen, wenn sie nicht drüber reden wollte. Wenn Muttern das tat, kam das einer Anweisung gleich, die, wie merkwürdig das auch klang, auch alles andere miteinschloss. Das lag im Tonfall, im Blick und in ihrer Körperhaltung. Jeanette wusste, dass sie dankend ablehnen konnte, dass Muttern sie nicht quälen und alte Wunden aufreißen wollte, dass sie ihr eine Schulter bot, um sich auszuweinen, obwohl Jeanette sich niemals dafür revanchieren können würde.

Nach reiflicher Überlegung entschloss sie sich, von ihm zu erzählen, selbst wenn es wehtat. Sie musste versuchen, die Erinnerungen an ihr früheres Leben und ihre Lebenserfahrung zu relativieren, auch wenn dadurch alte Gefühle wieder hochkamen und sie ihr Bestes tat, diese zu verdrängen. Das Timing schien zu stimmen. Die anderen lärmten im Hintergrund, und sie saßen allein auf der Bank.

Jeanette musste wieder daran denken, wie nahe sie der Sache, die niemand erfahren durfte, gekommen waren, als die Polizei an die Tür geklopft hatte. So weit wollte sie nicht noch mal gehen, es musste die Vorsehung einer höheren Macht gewesen sein, die sie damals gerettet hatte. Aber sie konnte etwas anderes erzählen.

»Wir haben uns beim Luciafest kennengelernt, in meiner Arbeit«, begann sie. »Es war noch früh, noch vor unseren Öffnungszeiten, wir hatten einen Grundschulchor eingeladen, und die Kinder haben für uns gesungen. Wir saßen auf provisorisch aufgestellten Bänken im Verkaufsraum und haben zugesehen. Mir traten Tränen in die Augen – das geht mir immer so bei Liedern, die ich mit meiner Kindheit verbinde. Und mit Charlottes. Ich denke, dass ich wegen Charlotte weinen musste.«

Muttern schwieg, nahm Jeanettes Hand in ihre und drückte sie.

»Er saß neben mir auf der Bank«, fuhr Jeanette fort. »Er hat nicht bei uns gearbeitet, sondern in der Werkstatt nebenan, aber er und seine Mitarbeiter waren auch eingeladen. Er hat genau das gemacht, was du jetzt tust – meine Hand gehalten. Viele hatten glänzende Augen, er muss allerdings gemerkt haben, dass es bei mir mehr war als das. Wir haben uns gar nicht wirklich gekannt, haben uns höchstens mal gegrüßt und ein paar Worte miteinander gewechselt. Aber es hat sich irgendwie gut angefühlt, natürlich. Dass ein Fremder einfach da ist und einen auffängt, wenn man fällt. Als die Kinder wieder gegangen waren und wieder Licht gemacht worden war, haben wir uns zugenickt und tschüss gesagt. Dann ist jeder seines Weges gegangen.«

Jeanette unterbrach sich und holte zwei Bier aus ihrem Rucksack. Eines reichte sie Muttern und machte das andere für sich auf. Muttern bot ihr als Dank eine Zigarette an.

»Und dann?«

»Zwei Tage vergingen. Er ist mir einfach nicht aus dem Kopf gegangen, ich habe beim Einschlafen an ihn gedacht, nach dem Aufwachen, in der Arbeit, beim Abendessen mit meinem Mann. Die Geste hat mich so tief berührt, dass ich noch mal seine Hand halten wollte. Dann sind wir uns auf dem Parkplatz zufällig wiederbegegnet. Er strahlte übers ganze Gesicht, als er mich entdeckte, und hat gefragt, ob er mich mitnehmen könnte. Ich habe Ja gesagt, obwohl ich auch mit dem Auto da war und nach Hause zurückfahren wollte. Also sind wir zusammen gefahren und haben geredet. Über alles Mögliche, außer über meine Reaktion beim Luciafest. Und über seine. Er war da sehr sensibel.«

Die beiden Frauen tranken eine Weile schweigend, rauchten. Um sie herum das immer gleiche Gekabbel, Lubbes Gelächter, das alle anderen übertönte. Die Sonne schien von einem strahlend blauen Himmel nieder, der Wind wehte stark, doch er war nicht kalt und drehte Flaggen an der Mauer gen Osten. Die Passanten hatten die Winterjacken und -mäntel in die Kleiderschränke verbannt und waren voller Hoffnung, denn vor ihnen lag ein langer, herrlicher Sommer.

»Wir wollten so viel voneinander wissen, der Gesprächsstoff ist uns gar nicht ausgegangen. Ich habe kaum bemerkt, dass wir Umwege gefahren sind und die Stadt längst verlassen hatten. Schließlich fuhr er von der Straße runter und stellte den Motor ab. Zuerst haben wir uns nur wortlos angeschaut, dann mussten wir laut loslachen. Mir war das plötzlich unangenehm, und ich wusste nicht, was ich sagen sollte. Er hat mich wieder so berührt, und ich ließ ihn gewähren. Wollte seine schützende, warme Hand noch mal spüren. Ich habe überlegt, wohin das führen würde, aber ich hatte keine Angst. Ich war irgendwie nicht ich selbst. Meine Abwehrmechanismen waren komplett außer Kraft gesetzt, und ich ließ es geschehen. Was dann passierte.«

Eine junge Mutter mit leerer Kinderkarre blieb auf dem Gehweg vor ihnen stehen. Ein kleines Mädchen machte die ersten Gehversuche, fiel um und stand wieder auf. Kam schnurstracks auf Jeanette zugewackelt, die sie mit ausgestreckten Armen auffing, damit sie nicht wieder stolperte. Das Mädchen lachte, und Jeanette auch, doch die Mutter sah nicht sehr begeistert aus. Unsanft nahm sie ihr Kind, setzte es in die Karre und eilte weiter. Das Mädchen protestierte lautstark, und Jeanette sah den beiden hinterher. Ein Stück entfernt an der Skolportsgatan kamen die Feuchttücher zum Einsatz – so tief war sie also schon gesunken, dass die Menschen, die sie anfasste, sich hinterher die Hände säubern mussten.

Sie trank einen Schluck Bier und zündete sich mit der alten Zigarette eine neue an. Dann nahm sie den Faden wieder auf.

»Wir haben angefangen, uns zu treffen, zwei oder drei Mal in der Woche. Die Zeit dazwischen war unerträglich. Für uns beide – das hat er mir jedenfalls signalisiert. Die Weihnachts- und Neujahrsfeiertage waren am schlimmsten, aber ich habe alle Brückentage gearbeitet, um ihn treffen zu können. Und er hat das genauso gemacht.«

Jeanette zog an ihrer Zigarette und musterte Muttern unauffällig, um festzustellen, ob sie das Interesse verloren hatte. Muttern ertappte sie dabei und lächelte sie an, was nur selten vorkam.

»Ich höre«, sagte sie und leerte die Bierdose.

»Okay.« Jeanette ergriff wieder das Wort. »Der Alltag hatte uns wieder. Es war Januar, alles Grau in Grau und trist. Ich wollte mir darüber klar werden, was ich von dem Verhältnis eigentlich wollte. Im Grunde musste ich gar nicht lange überlegen, denn ich war entschlossen, meinen Mann und all das, was, nach den zermürbenden Querelen und nach Charlotte von unserem Leben noch übrig war, hinter mir zu lassen. Aber ich wollte nicht diejenige sein, die den ersten Schritt macht, ich wollte hören, wie er – Peter war sein Name – diese Worte sagte. Das tat er auch, allerdings nicht direkt, sondern durch die Blume. Mit Fragen und Vermutungen, wie unser gemeinsames Leben aussehen könnte. Ich war jedoch auf der Hut, denn er hatte Frau und Kinder und ich konnte mir vorstellen, wie schwierig und aufreibend ein Ausbruch aus einem solchen Leben sein würde. Aber nicht, wie sich das auf unser gemeinsames Leben abfärben würde. Würde unsere Liebe all diese Hindernisse überwinden können, hasserfüllte Ex-Ehepartner und traurige und vielleicht abweisende Kinder? Keiner von uns beiden verdiente besonders viel Geld – würden unsere Mittel ausreichen, um einigermaßen annehmbar leben und wohnen zu können? Mit zwei Kindern, was mindestens ein zusätzliches Zimmer und Jahr für Jahr steigende Kosten bedeutete. War das, was zwischen uns gewachsen war, nur schön, solange es neu war, oder würde es den Rückschlägen und Enttäuschungen trotzen, die die Zukunft mit Sicherheit bringen würde? Aber wir zogen an einem Strang – davon war ich überzeugt. Obwohl ich ihn erst seit einem guten Monat kannte, war ich bereit, alles für ihn aufzugeben. Wenn er die richtigen Worte sagte. Zuerst.«

Jeanette unterbrach sich und überlegte, wie sie die folgenden

Klippen ihrer Geschichte am besten umschiffen sollte. Aber das war nicht nötig, dieses Mal zumindest nicht.

Kattis und Roffe, einer der älteren Mitstreiter, tauchten mit ein paar Einweggrills und einigen Tüten aus dem Coop auf.

»Lubbe hat Geburtstag«, grölte Kattis in ihrer typischen Art, sodass sich die Passanten auch beim Brotwagen am Östertorg noch umdrehten.

»Das feiern wir mit einem Grillfest in Gustavsvik unten! Getränke bringt jeder selbst mit«, fügte Roffe hinzu.

Das war eine nette Idee. Aber dass sie nicht von ihr gekommen war, wurmte Jeanette. Sie hatte Lubbes Geburtstag vollkommen vergessen. Völlig von sich selbst eingenommen, wie gewöhnlich, und ohne sich zu vergegenwärtigen, dass es auch noch andere Menschen gab, die ihre Bedürfnisse hatten und es verdienten, wahrgenommen zu werden.

Jeanette lächelte bemüht, während die übrigen treuen Gefährten sie unterhakten und sich Kattis und Roffe anschlossen.

26

Sandra

Erik hatte bei dem schönen, aber windigen Wetter den ganzen Tag draußen gespielt und war total erledigt. Bei der Gutenachtgeschichte war er eingeschlafen. Sandra blieb noch ein wenig auf seiner Bettkante sitzen, streichelte ihm über die Wange und sog den Duft seiner frisch gewaschenen Haare ein. Manchmal konnte sie gar nicht genug von diesem kleinen Erdenbürger bekommen, der so viel Platz in ihrem Leben einnahm.

Um diese Jahreszeit wuchs alles wie wild, und morgen sollte es Regen geben. Der Rasen musste noch davor gemäht werden, denn danach würde kein Rasen, sondern eine Wiese um das Haus herum wachsen, und das wollte sie nicht. Sie musste also jetzt tätig werden, weil schon bald die Anrufe vom Sorgentelefon auf ihrem Handy reinkommen würden. Sie verwuschelte mit einer Hand den Pony ihres Sohnes, deckte Erik richtig zu, verließ sein Zimmer und schloss die Tür.

Sie stieg in ihre Stiefel und trat in den ungewöhnlich warmen Frühlingsabend hinaus. Die Vögel zwitscherten im Garten, sonst war es still. Es fuhren kaum Autos hier vorbei. Es war ein Jammer, mit dem Rasenmähermotor die Ruhe zu stören, aber es ging nicht anders. Dafür konnte sie sich mit dem Geruch von frisch gemähtem Gras und der Genugtuung trösten, einer körperlichen Arbeit nachzugehen, während sie ihren Gedanken freien Lauf ließ.

Die neuen Erkenntnisse über den Vergewaltiger ließen ihr keine Ruhe. Obwohl sie nicht an Vorsehung glaubte, schien es einen bestimmten Grund zu geben, warum sie davon erfahren hatte. Ihr hatte sich eine Möglichkeit aufgetan, auf die Zukunft dieses Mannes einzuwirken – hoffentlich zum Schlechten –, und diese Chance wollte sie sich nicht entgehen lassen.

Falsche Gerüchte in die Welt zu setzen war eine altbewährte Methode, um den Ruf eines Menschen zu ruinieren, doch die Frage war, ob diese gemeinen Lästereien bei der Sorte Mensch, zu der Hallin zählte, überhaupt etwas nutzten. Sandras Netzwerk war nur klein, seines dagegen sicher riesig. Vermutlich würde es doppelt so schlimm auf sie zurückfallen, und er würde das Ganze unbeschadet überstehen.

Was die übrigen Straftaten betraf, die er begangen hatte, konnte sie nichts unternehmen. Sandra hatte keine Fotos, und was die Ordnungsmacht betraf, hatte es kein Verbrechen gegeben. Alkoholgehalt im Blut ließe sich niemals beweisen, ebenso wenig, dass Hallins Auto in den Unfall verwickelt gewesen war, da es keine Schramme abbekommen hatte. Es gab bloß das Bildmaterial, doch darauf hatte sie keinen Zugriff.

Heute bereute sie zutiefst, dass sie die Vergewaltigung nicht umgehend zur Anzeige gebracht hatte. Hätte sie nur zum Telefonhörer gegriffen, sähe alles anders aus. Eine Untersuchung des Tatorts hätte ergeben, dass Hallin da gewesen war, Whisky aus ihrer Tasse getrunken und sein Auto vor ihrem Haus auf dem Kies geparkt hatte. Bei der ärztlichen Untersuchung hätte man Spuren von Gewalt an Sandras Körper gefunden, Spuren unfreiwilliger sexueller Handlungen. Man hätte natürlich außerdem beweisen können, dass Hallin der Vater des Kindes war, das neun Monate später zur Welt gekommen war, und ihn zwingen können, Unterhalt zu zahlen.

Auch wenn Sandra während ihrer selbst gewählten Einsamkeit nach der Vergewaltigung keine Ahnung gehabt hatte, dass bloß wenige hundert Meter entfernt ein schwerer Autounfall passiert war, hätte aller Wahrscheinlichkeit nach die Polizei die Verbindung zwischen den beiden Ereignissen hergestellt. Sie hätte seine Beteiligung vielleicht nicht beweisen können, aber Hallin wäre kompromittiert gewesen. Man hätte sein Bewegungsmuster jenes Tages nachvollzogen und herausgefunden, was er wo getrunken hatte, ehe er zum Baumarkt gefahren war. Womöglich hätte das schon ausgereicht, um ihn wegen Alkohol am Steuer dranzukriegen, und er wäre eventuell zu Kreuze gekrochen und hätte alles gestanden. Diese Gedanken gingen Sandra durch den Kopf, als die Sonne im Westen hinter den Baumkronen verschwand und der Duft von frisch gemähtem Gras in der Luft hing. Nach getaner Arbeit verstaute sie den Mäher wieder im Schuppen, ließ ihren Blick über die Topfpflanzen schweifen und entfernte die verwelkten Blätter. Dachte, dass die Natur morgen selbst für die Bewässerung sorgen würde, und ging ins Haus, um ihre Stiefel abzustellen. Sie warf einen raschen Blick in Eriks Zimmer, schlich barfuß zu ihrem Sitzplatz draußen und legte die Füße auf den Tisch. Dann wartete sie auf den ersten Anruf und machte sich Vorwürfe wegen dem, was gewesen war.

Hätte Sandra nur ein bisschen die Initiative ergriffen, als es angebracht gewesen wäre, hätte das Leben eine andere Wendung genommen. Sie verfluchte ihre Feigheit von damals. Wegen Kerstin, aber auch um ihrer selbst willen. Sie hatten beide ihr Päckchen zu tragen, während dieses Schwein, das nun unverhofft einen Namen bekommen hatte, weiterlebte, als sei nichts geschehen. Letztendlich wäre es vielleicht besser gewesen, wenn sie gar nicht herausgefunden hätte, wer er war.

Darüber grübelte Sandra, als Kerstin sich bei ihr meldete, die erste Anruferin des Abends.

»Über eine Sache habe ich nach unserem letzten Gespräch nachgedacht«, sagte Kerstin. »Sie haben gesagt, dass Hallin mit Sicherheit allein im Auto gewesen ist.«

Sandra ließ sie zappeln.

»Oder?«, hakte Kerstin nach. »Bleiben Sie dabei?«

»Ja, ich bleibe dabei«, bestätigte Sandra, ohne näher darauf einzugehen.

»Okay«, erwiderte Kerstin belustigt. »Ich weiß, Sie wollen mich unter Druck setzen, aber das ist ja lachhaft.«

»Sie wären bestimmt anderer Meinung, wenn Sie die Gründe kennen würden«, sagte Sandra ernst. »Aber ich sage noch mal, er hat keinen Beifahrer gehabt.«

Kerstin ließ diese Information sacken, vielleicht schüchterte Sandras Tonfall sie ein. Doch sie ließ sich dann nichts davon anmerken.

»Wenn derjenige, der die Bilder gemacht hat, nichts mit Hallin zu tun hatte, war er – oder sie – genauso mitschuldig, dass mein Mann so lange leiden musste. Und dass er dann umgekommen ist. Er hätte womöglich noch gerettet werden können, wenn er rechtzeitig notärztlich versorgt worden wäre. Der Fotograf hat den Unfallort dokumentiert, aber nicht den Notruf gewählt.«

»Also noch einen zum Hassen«, stellte Sandra leise fest.

»Aber vielleicht war es ja ganz anders«, sagte Kerstin. »Es gibt noch eine andere Möglichkeit, nämlich die, dass der Fotograf an dem Unfall beteiligt war.«

»Warum sollte er dann den Unfall dokumentieren?«, hielt Sandra dagegen.

»Um den Verdacht von sich abzulenken? Vielleicht kam Hallin zufällig gerade dort vorbei und hat angehalten, um sich einen Überblick über die Lage zu verschaffen. Doch dann kam er zu dem Schluss, dass er nichts tun konnte und die Situation unter Kontrolle war. Er hat davon ausgehen können, dass jemand – also der Fotograf – bereits den Notruf abgesetzt hatte. Der Fotograf machte ein Bild von dem Audi oben am Hang und ließ auf diese Weise durchblicken, dass der Audi-Fahrer den Unfall verursacht und Fahrerflucht begangen hatte.«

»Dann hätte Hallin ja später, als die Zeitungen über den sogenannten Unfall ohne Fremdverschulden von vor vier Tagen berichteten, zur Polizei gehen können«, folgerte Sandra.

Sie wollte unbedingt, dass Hallin schuldig war. Allerdings war das Szenario, das Kerstin entworfen hatte, durchaus plausibel. Und dass Hallin sich nicht sofort bei der Polizei gemeldet hatte, war auch nicht verwunderlich: Er war betrunken Auto gefahren und hatte zuvor eine Frau vergewaltigt. Dass er das nicht später getan hatte, erklärte sich dadurch, dass er sich zu ebendiesem Zeitpunkt nicht dort befunden hätte, wenn die Frau – Sandra – die Vergewaltigung wider Erwarten angezeigt hätte.

»Er liest vielleicht keine Zeitung«, sagte Kerstin mit mäßiger Überzeugung.

»Könnte so gewesen sein«, sagte Sandra, war jedoch mit den Gedanken ganz woanders.

»Das könnte erklären, warum er die versuchte Erpressung nicht so ernst genommen hat«, meinte Kerstin. »Weil er mit dem Autounfall nichts zu tun hatte und deshalb die ganze Sache ignoriert hat.«

»Das stimmt«, sagte Sandra, obwohl sie wirklich nicht wollte, dass das der Fall war. »Aber dann wäre es doch naheliegend, dass er mit dem Erpressungsversuch zur Polizei gegangen wäre.«

»Das hat er wohl nur als Scherz abgetan«, sagte Kerstin und lachte auf. »Genau genommen ist die Forderung in Höhe von sechs Millionen Kronen ein Witz.«

Sandra musste grinsen. So weit war es also schon gekommen, dass sie über diesen Albtraum lachen konnten. Das war auch für Kerstin ein großer Fortschritt – für sie beide. Obwohl Kerstin nicht wusste, dass es mittlerweile um eine Therapie ging – für sie beide.

Nach dem Telefonat verfiel Sandra wieder ins Grübeln. Hallin konnte auch an diesem tragischen Unfall völlig unschuldig sein. Das störte sie gewaltig, doch es war denkbar. Denn was sonst sollte es für eine Erklärung dafür geben, dass der Fotograf der Witwe seine Beweisfotos geschickt hatte – ohne einen Notruf abzusetzen?

Keine. Hallin war zwar ein Vergewaltiger, aber es gab nichts, was darauf hindeutete, dass er Leben und Tod auf die leichte Schulter nahm. Er ließ Sandra am Leben, obwohl sie ihn hätte anzeigen können. Er machte sich nicht die Mühe, dem Erpresser zu drohen oder ihn zu bestrafen. Außerdem war es nicht strafbar, den Notarzt nicht zu rufen, wenn man an einem Unfallort vorbeikam, vor allem dann nicht, wenn man mit guten Absichten handelte.

Kerstin würde ihre unterschwellige Wut folglich in eine andere, unbekannte Richtung lenken, während Sandra mit ihren Aversionen gegen Hallin allein sein würde. Dessen einzige Straftat eine Vergewaltigung vor fast viereinhalb Jahren war, von der es keine einzige Spur mehr gab. Abgesehen von dem Sohn, von dem einzig Sandra wusste, dass er unter anderen Umständen als in gegenseitigem Einvernehmen entstanden war.

Ihr schauderte, als sie an jenen Nachmittag zurückdachte, an dieses Ekel, das ihren Körper und ihre Integrität wie ein Spielzeug zum Zeitvertreib behandelt hatte. Sie wollte ihn quälen, ihn vernichten – ein Gefühl, das den Widerwillen dagegen überwog, seine Stimme zu hören und ihm vielleicht gegenüberzutreten. Und dieses Gefühl war nicht da gewesen, als sie sich noch resigniert und gleichmütig abgestrampelt hatte, bevor sie gewusst hatte, wer er war.

Nun kam ihr die Idee, dass sie durchaus etwas gegen Hallin unternehmen konnte. Auch wenn das in keinem Verhältnis zu der Tat stand, die er begangen hatte. Sie konnte sein Leben durcheinanderwirbeln, einen Keil in seine Familienidylle treiben.

Sie konnte von ihm Unterhalt fordern.

Das müsste einfach und schmerzfrei durchzuführen sein. Alles, was er tun müsste, war, eine einmalige Summe aufzubringen, die die vergangenen Jahre abdeckte sowie die noch ausstehenden von Eriks Schulzeit. Ohne die Behörden da mithineinzuziehen, was sicher in seinem Sinne war, und in Sandras ebenso. Sie hatte keine anderen Absichten, außer das einzufordern, wozu sie ein Recht hatte. Das würde auch ihre recht überschaubaren Finanzen aufbessern und gleichzeitig ein Eingeständnis Hallins bedeuten. Und das war allemal besser als nichts.

Aber hatte sie auch den Mut dazu?

Sandra kam wieder in den Sinn, wie sie in einem früheren Telefonat Kerstin gerügt hatte, weil sie sich in Gefahr begeben hatte, indem sie einen Mann erpresst hatte, der dem menschlichen Leben nicht gerade viel Respekt entgegenbrachte. Doch nun deutete nichts mehr darauf hin, dass Hallin das Leben anderer auf die leichte Schulter nahm. Und einen Betrag zu verlangen, der den staatlich geregelten Unterhaltszahlungen entsprach, war keine Erpressung.

*

Sie hätte vor diesem Telefongespräch Betablocker brauchen können, so nervös war sie. Sie wusste nicht genau, was es war, vermutete aber, es handelte sich um ein verschreibungspflichtiges Medikament, das man nicht so ohne Weiteres bekam, es sei denn, man hatte Herzprobleme. Stattdessen kippte sie zwei Glas Rotwein hinunter, zur Beruhigung, was wenigstens ein bisschen half.

Das ist ein Telefongespräch, sagte Sandra sich. Deine größte Kompetenz. Denk daran. Er kann dich nicht sehen und dir deine Unsicherheit nicht anmerken.

Sie war perfekt vorbereitet, hatte sämtliche Punkte notiert, die abgehakt werden würden, und war ihre Liste mehrmals durchgegangen, bis sie sie auswendig konnte. Sie hatte den Tonfall, das Sprechtempo und ein paar Sätze eingeübt, aber trotzdem war sie total durch den Wind, als er sich meldete.

»Ich heiße Sandra«, begann sie. »Ich bin Mutter eines dreieinhalbjährigen Sohnes, der im Januar 2014 bei einer Vergewaltigung entstanden ist.«

Er schwieg ein paar Sekunden, dann sagte er: »Das war ja mal ein interessanter Gesprächsauftakt. Soll ich gratulieren oder kondolieren? Na ja – wie kann ich Ihnen denn helfen?«

»Die Sache ist die, dass Sie der Kindsvater sind. Erinnern Sie sich noch?«

Warum zur Hölle sagte sie das so? Mit dem Vergewaltiger in Erinnerungen zu schwelgen hatte sie eigentlich nicht vorgehabt. Nun folgte noch längeres Schweigen.

»Da irren Sie sich ganz bestimmt, Sandra«, sagte er schließlich. »Sie müssen sich verwählt haben.«

»Das ist ausgeschlossen«, gab Sandra zurück. »Und das wissen Sie.«

»Das war wirklich ein unterhaltsames Gespräch zur Abendstunde, das muss ich schon sagen. Sind Sie wirklich nüchtern?«

»Am besten, wir kommen gleich zum Punkt.«

»Oha, es gibt also auch einen Punkt. Spannend.«

Nicht die leiseste Beunruhigung in seiner Stimme. Sämtliche Kommentare, die er machte, waren herablassend und klangen belustigt. Was hatte sie eigentlich erwartet? Dass er einknicken und um Verzeihung bitten würde?

»Ich gebe Ihnen nur die Möglichkeit, zuzugeben, was Sie getan haben.«

»Darauf kann ich verzichten. Ich schlage vor, dass Sie mit dem Vater Ihres Kindes Kontakt aufnehmen, er kümmert sich bestimmt.«

»Da bin ich ja gerade dabei. Ich dachte, Sie wären eher dazu bereit, Ihrer Verantwortung nachzukommen, wenn wir das sozusagen unter uns ausmachen. Aber wenn Sie es vorziehen, die Behörden mit einzubeziehen, habe ich nichts dagegen.«

»Da bin ich der Falsche«, sagte Hallin, jetzt ohne den amüsierten Unterton, an den sie sich langsam zu gewöhnen begann.

Sandra war nicht sicher, ob das eine Drohung oder noch ein Versuch war, alles abzustreiten.

»Ich kann mich auch jederzeit an Ihre Frau wenden«, entgegnete sie. »Ich kann mir vorstellen, dass sie der gleichen Meinung ist wie ich und ebenfalls findet, Männer sollten für ihre Kinder Verantwortung übernehmen.«

»Ach, geben Sie sich keine Mühe. Meine Frau und ich haben keine Geheimnisse voreinander, die Nummer zieht also nicht.«

Oh doch. Es war äußerst unwahrscheinlich, dass Hallin erst eine junge Frau vergewaltigt hatte und dann sofort nach Hause gefahren war, um seiner Frau alles brühwarm zu erzählen.

»Dann heißt das also, dass es Ihnen lieber ist, wenn ich die Behörden einschalte?«, provozierte Sandra.

»Was zum Teufel wollen Sie überhaupt?«, knurrte Hallin mit verhaltener Wut.

»Mir schwebt da so etwas wie ein Paketangebot vor«, sagte Sandra. »Gegen die einmalige Zahlung einer fixen Summe werden Sie nie wieder von meinem Kind hören, kommen um die Behörden drum herum und sind mich los.«

»Und um welche Summe handelt es sich dabei?«, entgegnete er aggressiv. »Ich frage aus reiner Neugier und nicht, weil ich irgendwelche wie auch immer gearteten Pläne hätte, Ihr sogenanntes Angebot in Erwägung zu ziehen. Ich habe nämlich nicht die leiseste Ahnung, wovon Sie reden.«

»Eine Gedächtnislücke also? Das wundert mich gar nicht, so betrunken, wie Sie waren. Ich denke da an dreitausend Kronen im Monat über neunzehn Jahre. Also sechshundertvierundachtzigtausend Kronen insgesamt.«

»Sechshundertvierundachtzigtausend? Sie machen Witze.«

»Ich denke, das Angebot ist sehr großzügig. Sie brauchen zum Beispiel keine Weihnachts- und Geburtstagsgeschenke zu kaufen. Aber Sie können auch in Raten zahlen. Dann macht das dreitausendsiebenhundertsiebzehn Kronen im Monat bis einschließlich Dezember 2033, vorausgesetzt, Sie fangen sofort damit an.«

»Soso, die kleine Abenteurerin versucht sich als Erpresserin«, stellte Hallin mit kalter Stimme fest.

»Ich sehe darin eine bequeme Lösung für Sie, die Unannehmlichkeiten mit den Behörden zu umgehen. Polizei, Staatsanwalt, Jugendamt – Sie wissen ja. Und mein Sohn und ich werden nicht mit dem Abschaum in Verbindung gebracht, der zum Vergewaltiger werden musste, weil er es anders nicht zustande gekriegt hätte.«

»Lösung? Haha. Nennen Sie es, wie Sie wollen. Aber ich kann Sie darüber informieren, dass es nicht so gut gelaufen ist für denjenigen, der letztens erst versucht hat, mich zu erpressen. Erwarten Sie also nicht zu viel.«

»Ich schicke Ihnen meine Kontoverbindung per SMS«, gab Sandra kühl zurück. »Danke, dass Sie sich die Zeit genommen haben.«

»Blöde Kuh«, schnaubte Hallin und beendete die Verbindung.

27

Jeanette

Als Muttern und Jeanette wieder mal unter sich waren, hatte der Zufall sie zusammengeführt. Muttern hielt sich am Rande der Clique auf, bei der äußersten Bank Richtung Östertorg, und dort hatte Jeanette ihren Rucksack abgestellt. Nun musste sie ihre Regenkleidung rauskramen, weil sich im Nordwesten hinter der Mauer bedrohliche Wolkenbänke auftürmten. Muttern, die bereits umgezogen war, wartete mit übergestülpter Kapuze auf den Wolkenbruch. Der Wind frischte auf, und die Böen brachten die ersten Tropfen.

»Sie ist wieder vorbeigegangen«, sagte Muttern. »Vielleicht arbeitet sie in der Adelsgatan.«

Jeanette zog sich die Regenhose über die Jeans. Sie brauchte gar nicht zu fragen – aus irgendeinem Grund wusste sie auch so, wen Muttern meinte.

»Schade, dass ich sie nicht gesehen habe«, sagte Jeanette voller Verachtung. »Dann hätte ich ihr mal stecken können, wer immer die Laken in ihrem Schlafzimmer zerwühlt hat, während sie arbeiten war.«

Muttern warf ihr einen unergründlichen Blick zu.

»Du machst mir Vorhaltungen«, sagte Jeanette.

Sie schob die Unterlippe vor, obwohl sie wusste, dass solche billigen Tricks bei Muttern keine Wirkung zeigten. Diese trank einen Schluck aus einer PET-Flasche mit undefinierbarem Inhalt, ohne dabei den Blick von Jeanette abzuwenden.

»Ach, ich rede auch nur Müll«, sagte Jeanette. »Ich war natürlich nie bei ihr zu Hause.«

Kein Kommentar. Jeanette wurde übel, ihr war klar, dass sie sich respektlos benommen hatte. Als hätte diese Frau mit dem langen Pferdeschwanz das verdient, was ihr widerfahren war.

»Ich durfte ja nicht trauern«, sagte Jeanette. »Aber es war so jammerschade um diese Blondine und ihr süßes Kind.«

Muttern runzelte die Stirn und nahm noch einen Schluck.

»Es war wirklich schade um sie«, wiederholte Jeanette, nun milder gestimmt. »Aber du weißt ja … Ich bin auch bloß ein Mensch. Ich habe ebenfalls Trost gebraucht. Ihr Leben wäre sowieso zerstört worden, davon hat sie nur nichts gewusst. Er hätte sie nämlich für mich verlassen, wenn …« Sie unterbrach sich. Jetzt bewegte sie sich wieder auf dünnem Eis, und das wollte sie nicht. »Kann ich auch mal probieren?«, fragte sie, um vom Thema abzulenken.

Muttern gab ihr die Flasche, ließ sich aber nicht beirren. »Wenn was …?«, hakte sie nach.

»Wenn nicht was immer das nun war dazwischengekommen wäre«, gab Jeanette zurück und hoffte wenigstens auf ein Lächeln.

Aber das bekam sie nicht. Jeanette trank, der Alkohol brannte im Hals wie Hölle, und sie nahm rasch noch ein paar Schlucke, ehe sie die Flasche wieder zurückreichte.

»Also im Hotel oder …?«, fragte Muttern.

Jeanette begriff zuerst nicht, was sie meinte. Sie schnippte zwei Zigaretten aus dem Päckchen und bot Muttern eine an. Gab beiden Feuer. Dann fiel der Groschen.

»Ach so, nein. Dafür hatten wir kein Geld. Und es wäre auch zu riskant gewesen. Es hätte uns jemand wiedererkennen und unbequeme Schlüsse ziehen können.« Dann beugte sie sich vor und wölbte die Hand über den Mund, damit kein ungebetener Lauscher mithörte, den es ohnehin nicht gab. »Wir haben es im Kofferraum vom Auto getrieben«, raunte sie.

Muttern kniff den Mund zusammen und nickte. Blinzelte in den Regen, der stärker wurde.

Jeanette wartete auf weitere Nachfragen. Wenn sie schon ausnahmsweise hier mit Muttern saß, dann wollte sie auch reden. »In Peters Auto«, ergänzte sie, als spielte das irgendeine Rolle.

Aber es war eine herrliche Zeit, oder nicht? Wenn sie nun, ohne Wehmut, so darüber nachdachte. Sie angelte ihre eigene Flasche aus dem Rucksack, damit sie Muttern nichts mehr wegtrank.

»Wir sind aus der Stadt rausgefahren. Egal wohin, jedes Mal in eine andere Richtung. Hauptsache, weit genug vom Zentrum weg. Wir haben auf Fahrwegen gehalten, im Wald, die im Winter niemand benutzt hat. Auf Fahrspuren, da wuchs das Gras noch in der Mitte. Einmal auch in der Auffahrt zu einem verlassenen Sommerhäuschen, aber da kam ein alter Mann mit seiner Schrotflinte und hat an die Scheibe geklopft. Da haben wir aber Gas gegeben! Das war das einzige Mal, dass uns jemand entdeckt hat, meistens waren wir sehr diskret.«

Sie war gar nicht mehr zu bremsen. Heute war so ein Tag, und es war ein guter Tag. Muttern hatte ja damit angefangen, dann konnte Jeanette auch richtig ausholen. Offensichtlich interessierte sich ihre Banknachbarin dafür.

»Für Ausflüge lag eine Decke im Auto. Sie war voller Kletten, die nicht mehr abgingen, es waren sicher Hunderte. Also man konnte sie zwar abfummeln, aber wer wollte schon endlos viele Minikletten aus einer alten Decke sammeln? Wir haben uns in die Decke gehüllt, die Klettenseite nach außen, die Rückbank umgeklappt und Kuschelrock abgespielt. Nicht zu laut, damit wir hören würden, wenn ein Auto kam. Und dann hatten wir Sex, dass das Auto schaukelte.«

Jeanette grinste übers ganze Gesicht. Muttern konzentrierte sich auf ihre Zigarette, blies Ringe in die Luft, die der Nieselregen zersprengte. Jeanette hatte den Eindruck, sie hätte das Interesse verloren, und fragte sich, ob sie überhaupt noch zuhörte. Aber das machte nichts, Jeanette wollte trotzdem in Erinnerungen schwelgen.

»Er war ein fantastischer Mensch«, fuhr sie fort. »Viel cooler als ich. Er hat irgendwie alles positiv gesehen; wo ich Risiken sah, sah er Möglichkeiten. Aber ich war auch kein Angsthase. Ich habe mich entfaltet, mich getraut, noch mal jung zu sein und mich der Liebe hinzugeben. Denkst du, ich bin ein schlechter Mensch, Muttern? Findest du das?«

Muttern blies den Rauch durch einen Mundwinkel aus, schnippte die glimmende Kippe auf den nassen Asphalt und sah zu, wie der Regen sie löschte. Dann verschränkte sie die Arme vor der Brust, schob die Hände unter die Achseln und machte sich klein. Ohne Jeanette eines Blickes zu würdigen, schüttelte sie den Kopf.

»So denkst du ja selber schon, das reicht wirklich. Du gehst mit dir selbst viel zu hart ins Gericht.«

Jeanette wusste nicht recht, was sie damit meinte. »Wie meinst du das?«, fragte sie zögerlich.

»Du wolltest mir doch alles erzählen«, sagte Muttern. »Jetzt ist außer mir niemand hier. Über andere zu urteilen steht mir nicht zu.«

»Was wollte ich dir denn erzählen?«

»Bei dir daheim. Als die Polizei aufgetaucht ist.«

»Aber – du warst ja gar nicht dabei, wie …?«

»Ich war sehr wohl dabei. Ich lasse dich doch nicht mit zwei besoffenen Kerlen nach Hause!«

Der Regen prasselte auf die Kapuzen, und Pfützen bildeten sich zu ihren Füßen. Jeanette griff wieder nach ihrer Flasche, trank zwei große Schlucke und verbarg die Flasche unter ihrer Regenjacke. Natürlich konnte Muttern auch bei ihr daheim gewesen sein – Jeanettes Blickfeld hatte sich auf das Bett begrenzt, wo Lubbe und Jimmy gesessen hatten. Und wie Lubbe sie dazu überredet hatte, diese fürchterliche Geschichte auszupacken, würde sie mit Sicherheit niemals vergessen. Fast hätte sie sich gewünscht, sie hätte es bereits hinter sich; die anderen hätten sie dann sicher gehasst dafür, aber es wäre trotzdem besser gewesen, als das alles noch länger mit sich herumzuschleppen. Und nun saß sie hier mit Muttern zusammen, die nie etwas gegen sie sagen, sie niemals verurteilen oder verstoßen würde. Für Jeanette hatte sich eine Möglichkeit aufgetan, ihr Herz zu erleichtern, und vielleicht würde es ihr ja danach tatsächlich besser gehen – zumindest ein wenig.

Doch da meldete sich ihre Vernunft: Es wäre unter gar keinen Umständen eine gute Idee, diese Geschichte zu erzählen, niemandem. Beim letzten Mal hatte sie im letzten Moment ihren Kopf noch aus der Schlinge ziehen können, aber jetzt war keine Rettung in Sicht. Wusste sie wirklich, worauf sie sich da einließ?

Allerdings sollte sie auch auf ihr Herz hören: Sie war schon so weit gegangen, davon zu erzählen, wie sie in Peters Armen lag, und da wollte sie auch weitermachen. Sie war guter Dinge, redselig, benebelt und unsentimental. Nun bot sich die Gelegenheit, seelischen Ballast abzuwerfen, eine solche Chance kam vielleicht nie wieder, jedenfalls nicht unter so angenehmen Umständen.

»Du wirst mich dafür hassen«, meinte Jeanette.

»Hass ist ein großes Wort«, erwiderte Muttern.

Jeanette holte Luft, wollte sich eine Zigarette anstecken, ein recht hoffnungsloses Unterfangen bei dem Regenguss.

»Es war im Januar«, begann sie. »Da habe ich Peter zum letzten Mal gesehen, was ich da ja noch nicht wusste. Wir waren irgendwo im Wald unterwegs, wir wussten gar nicht genau, wo, aber das wussten wir nie. Wir haben über die Zukunft geredet, unsere gemeinsame. Haben um das Thema herumgeredet, ohne genauer zu werden. Waren wir bereit, alles, was wir uns aufgebaut hatten, für diese neue Liebe zu opfern, die vielleicht nur leidenschaftliche Verliebtheit war? Ich hing düsteren Gedanken nach. Fühlte mich schmutzig, weil ich einen Mann begehrte, der einer anderen gehörte. Falsch und verlogen meinem Ehemann gegenüber. Ich weiß, man darf und sollte sich diese großen Gefühle für einen anderen vielleicht erlauben und das tun, was ich getan habe. Aber diese Betrügerei … Und das war bloß die kleine Betrügerei in dem Zusammenhang.«

Muttern hörte schweigend zu, leicht nach vorn gebeugt, um das Gesicht vor dem Regen zu schützen. Jeanette beschloss dennoch, eine Zigarette zu rauchen, sie konnte den Glimmstängel ja mit den Händen vom Regen abschirmen.

»Dann gab es Glatteis, und wir wollten nicht weiter aus der Stadt raus. Wir haben an der erstbesten Stelle gehalten und standen also auf einem kleinen Seitenweg – für Forstmaschinen vielleicht –, nicht weit entfernt von dem breiten Fahrweg. Dreißig Meter etwa, aber gut geschützt durch die Bäume. Als er sich mir zuwandte, mich auszog, habe ich den Alltag und die Tristesse ausgeblendet. Alles, was ich an unserem Verhältnis infrage gestellt hatte, war vergessen. Ich war im Hier und Jetzt, in seinen Armen, und genau dafür habe ich gelebt. Ich war überzeugt davon, dass er genauso empfand. Peter.«

Jeanette reichte Muttern die Zigarette. Dachte, sie könnten sie sich teilen, denn bald würden sie nicht nur das miteinander teilen. Oder es war das letzte Mal, dass sie etwas miteinander teilten.

»Aber wir wurden gestört. Ein ohrenbetäubender Knall durchschnitt die Stille. Wir setzten uns auf, konnten aber nichts sehen. Ich schlüpfte in meine Hose, streifte mir meinen Pullover über und machte eine von den hinteren Türen auf. Schlüpfte in meine Curling-Stiefel, griff nach meinem Mantel und zog ihn mir an, während ich Richtung Straße lief. Der Lärm war verstummt, doch als ich hinter den Bäumen hervortrat, sah ich, was passiert war. Ein Auto war bei Glatteis von der Straße abgekommen und einen Steilhang hinabgestürzt. Vollkommen zusammengestaucht, fast wie ein in der Hand zusammengeknülltes Stück Papier. Der Motor lief nicht mehr, aber er rauchte noch. Ich dachte, dass keiner einen solchen Unfall überleben könnte. Ich sah nach oben und entdeckte ein zweites Auto, einen blauen Audi, der ein Stück entfernt an der Straße stand. Er setzte einige Meter zurück, um in die Schlucht hinabsehen zu können – zumindest habe ich das so gedeutet. Ich dachte noch, dass der Audi auch den Unfall verursacht haben könnte, nahm mein Handy aus der Manteltasche und machte ein Foto von dem Audi. Ich hatte wahrscheinlich sogar recht, denn nachdem der Wagen ein paar Minuten dort gestanden hatte, ohne dass der Fahrer die Tür aufgemacht hatte, fuhr er einfach weiter, ohne nachzusehen, was passiert war. Fahrerflucht also.«

Muttern nickte nachdenklich und zog ein letztes Mal an der Zigarette, ehe sie sie Jeanette wieder zurückreichte. Noch hatte sie die Hoffnung nicht aufgegeben, was Jeanette betraf. Aber vielleicht war das nur eine Frage der Zeit. Jeanette rauchte die Zigarette zu Ende, warf die Kippe in den Regen und holte tief Luft, um sich für den letzten und grauenerregendsten Teil der Geschichte zu stählen. Der Teil, der ihr nachts den Schlaf raubte und sie permanent quälte.

Der Teil von dem großen Vertrauensbruch. Von den beiden großen Vertrauensbrüchen, um genau zu sein.

28

Sandra

Eines Abends, nachdem Sandra zu Bett gegangen, aber noch nicht eingeschlafen war, hörte sie Schritte auf der Veranda. Das war keine Seltenheit, wenn man wie sie auf dem Land wohnte. Manchmal ertappte sie den Täter sogar auf frischer Tat, manchmal sah sie erst am nächsten Morgen die Verwüstung. Im Sommer kam das nicht vor, doch den Rest des Jahres über war sich das Wild nicht zu schade, Treppen zu steigen, wenn es dafür etwas Essbares ergattern konnte. Ein Topf mit welken Sommerpflanzen zum Beispiel oder wie in diesem Fall: verwelkte Frühlingsblumen.

Die Geräusche der unwillkommenen Gäste schreckten sie auf, und die helle Mainacht machte es ihr nicht gerade leichter einzuschlafen. Stattdessen drehten sich ihre Gedanken im Kreis, und im positiven wie im negativen Sinn nahm Hallin den größten Platz darin ein.

Nun war eine Woche verstrichen, ohne dass sie etwas von ihm gehört hatte. Sie fragte sich, wie er über die Sache dachte, versuchte, sich in ihn und in die für ihn äußerst unangenehme Situation hineinzuversetzen.

Sich selbst zu belügen kam für ihn sicher nicht infrage. Er erinnerte sich bestimmt an den Vorfall. Es sei denn, er hatte so viele Frauen vergewaltigt, dass er den Überblick verloren hatte, doch das war eher unwahrscheinlich, weil Sandra nichts davon gehört hatte, dass ein Serienvergewaltiger auf Gotland sein Unwesen trieb. Diese Überlegung schmerzte sie, weil das bedeuten würde, dass die anderen Opfer konsequenter reagiert und die Übergriffe zur Anzeige gebracht hätten.

Wie auch immer – Hallin brütete mit Sicherheit in diesem Augenblick darüber und spekulierte, wie der Schlamassel, in den er da hineingeraten war, ausgehen würde.

Am einfachsten wäre es natürlich, die Summe zu berappen, und damit wäre die Sache aus der Welt. Doch das konnte er nicht machen, ohne dass seine Frau Fragen stellen würde, und das wäre ein Szenario schlimmer als der Tod. Es konnte aber auch so sein, dass er gar kein Geld übrig hatte, so unwahrscheinlich das auch war für einen Mann in seinem Alter und seiner Position. Dreitausendsiebenhundert Kronen im Monat müsste er bei seinen Verhältnissen durchaus entbehren können.

Die zweite Möglichkeit lautete, dass Sandra sich ans Jugendamt wandte, woraufhin er nach dem Vaterschaftstest gezwungen wäre, Unterhalt zu zahlen, entsprechend Sandras moderater Forderung. Was wiederum seiner Frau ebenfalls nicht entgehen würde. Ferner bestand das Risiko, dass Sandra ihn wegen Vergewaltigung anzeigte – wovor er eine Heidenangst haben musste. Aber vielleicht dachte er, das Risiko wäre zu klein, dass Sandra nach so vielen Jahren die Kraft hätte, einen solchen Prozess in Gang zu setzen, und sie ihn, wenn sie es täte, verlieren würde. Möglicherweise hegte er ja auch einen Funken Hoffnung, dass er nicht der Vater des Kindes war, und dachte deshalb gar nicht daran, auch nur eine Öre auf ihr Konto zu überweisen, ehe sie das Gegenteil bewiesen hatte.

Die dritte Möglichkeit war die, den Kopf in den Sand zu stecken und darauf zu hoffen, dass das Problem von selbst wieder verschwand. Diese Taktik hatte er auch bei dem Erpressungsversuch vor vier Jahren angewandt, und es war gut gegangen.

Natürlich war noch ein weiteres Szenario denkbar, obwohl Sandra das als unrealistisch einstufte. Er konnte auch versuchen, die kleine Abenteurerin unter Druck zu setzen und so zum Schweigen zu bringen.

Am folgenden Morgen, als Sandra mit Erik zum Auto ging, entdeckte sie einen Strauß Blumen, der draußen vor der Haustür lag. Offensichtlich wurden sie nicht bei einem Floristen gekauft, da sie in Zeitungspapier eingewickelt waren.

Sie ließ Erik draußen warten, nahm die Blumen aus ihrer originellen Hülle und stellte sie in eine Vase auf den Küchentisch. Sie waren schön, aber nichts verriet, wer der Absender war – ein Kärtchen fehlte.

Die Zeit war morgens stets knapp bemessen, daher dachte Sandra nicht länger darüber nach. Sie setzte Erik im Kindergarten ab und fuhr zur Arbeit. Am Abend aßen sie gemeinsam bei ihren Eltern, und erst, nachdem sie zu Hause war und Erik ins Bett gebracht hatte, fiel ihr der Blumenstrauß wieder ein.

Einen Verehrer hatte sie nicht, soweit sie wusste. Zu feiern gab es auch nichts, keinen Geburtstag, keinen Lottogewinn, keine Gehaltserhöhung und auch keinen Namenstag. Oder nein – hatte Erik nicht irgendwann im Mai Namenstag? Genau genommen heute, fand sie mit einem Blick in den Kalender heraus. Aber das feierten sie eigentlich nie, und wer sollte einem Dreijährigen Blumen schenken? Ohne Glückwunschkarte noch dazu – worüber er sich vermutlich mehr gefreut hätte als über die Blumen selbst.

Botanik zählte nicht gerade zu Sandras Stärken, doch sie hielt die weißen Blumen für eine Lilienart mit ihren großen Staubblättern und dem dichten Blütenstaub, der schrecklich färbte, wie sie wusste. Die anderen Blumen hatte sie natürlich schon oft gesehen, aber sie wusste nicht, wie sie hießen. Mithilfe von Google stieß sie auf den Namen. Sie hießen Callas, das war ihr nicht neu, die Farbe hatte sie allerdings so noch nie gesehen. Sandra kannte vor allem rote Callas, aber auch andere Nuancen. Diese sehr dunkle violette Variante jedoch nicht, sie war fast schwarz.

Weiße Lilien und schwarze Callas, dachte sie mit leichtem Unbehagen. Es war nicht schwer zu erraten, was die Farben Weiß und Schwarz in bestimmten Zusammenhängen bedeuteten, doch die Blumen an sich – hatten sie nicht auch eine bestimmte Symbolik?

Gewiss, Lilien standen für Unschuld. Die Jungfrau Maria wurde oft mit einer Lilie dargestellt, erfuhr Sandra, was auf die unbefleckte Empfängnis anspielte. Einigen Quellen zufolge konnte die Lilie auch für Eitelkeit stehen. Die Calla schien keine symbolische Bedeutung zu haben, außer dass sie oft für Begräbnisse verwendet wurde, wie die Lilie.

Sandra sollte sich jetzt vielleicht fürchten, die Fenster zunageln und den Garten mit Minen versehen. Sie hätte den Strauß wegwerfen können, dann wäre er ihr nicht mehr unter die Augen gekommen.

Doch stattdessen wurde sie wütend, was wiederum Energie freisetzte. Und die Blumen waren wunderschön – sorgfältig von der Natur geformt in irgendeinem Regenwald auf der anderen

Seite der Erdkugel. Also ließ sie den Strauß in all seiner Pracht auf dem Esstisch stehen, in stummem Protest und als Erinnerung an die Verachtung, die sie gegenüber ebenjenem Mann empfand.

Hallins Einfall war im Grund kindisch: Andeutungen einer jungfräulichen Geburt und Eitelkeit, an Eriks Namenstag in Zeitungspapier eingewickelt geliefert, mit deutlichen Hinweisen auf Tod und Begräbnis. Offenbar mit dem Zweck, ihr Angst einzujagen. Sie einzuschüchtern, damit sie von ihren Ansprüchen zurücktrat und ihn in Frieden ließ.

Sonst was? Tod und Begräbnis?

Ein Blumenstrauß konnte vor dem Gesetz beim besten Willen nicht als Morddrohung aufgefasst werden, und die Polizei mit einzubeziehen käme einer Blamage gleich. Die Drohung nahm sie ohnehin nicht ernst. Sie war die letzte Handlung eines noch zuckenden Mannes, der seine Schlacht bereits verloren hatte.

Im Großen und Ganzen war es eine inspirierende Idee, Tod und Unschuld als Doppelpack in Zeitungspapier gewickelt. Ein Plan begann in ihrem Kopf Form anzunehmen. Die Hände zu Fäusten geballt, musterte sie die prächtigen Blumen, und ihr wurde bewusst, dass ihr Leben nie wieder dasselbe sein würde.

Noch immer keine Spur von dem verschwundenen 41-Jährigen

Vor über zwei Wochen verschwand der 41-jährige Peter im Zentrum von Visby. Trotz groß angelegter Suchaktionen, an der unter anderem auch der Katastrophenschutz beteiligt war, konnte der Mann bislang nicht gefunden werden.

Zuletzt wurde der Vermisste am 4. Februar gesehen. Er soll zur Mittagszeit seinen Arbeitsplatz verlassen haben, und seitdem fehlt von ihm jede Spur. Sein Auto wurde auf dem Parkplatz seiner Firma gefunden. Dort war auch sein Handy zuletzt eingeloggt. Die Suche wird nun mit reduzierten Ressourcen fortgesetzt.

Der Mann ist eins achtundsiebzig groß, wiegt sechsundsiebzig Kilogramm und hat kurze dunkle Haare und braune Augen. Zum Zeitpunkt seines Verschwindens trug er vermutlich eine dunkle Hose, ein helles Hemd und eine schwarze Jacke.

GOTLANDS ALLEHANDA

2014
Januar/Februar

29

Karl-Erik

Er hatte auf der Überfahrt vom Festland mit der Fähre geschlafen und war recht gut erholt, als er nun mit dem Auto nach Hause fuhr. Eisig kalt war es auf Gotland, das war gestern früh nicht der Fall gewesen, als er die Insel verlassen hatte. Das Thermometer war rasch gefallen, und jetzt war es um die null Grad. Er musste vorsichtig fahren, denn der Schneematsch auf den Straßen begann zu gefrieren.

Er hatte es nicht mehr weit. Bald würde er zu Hause in der warmen Stube sitzen, wo Kerstin hoffentlich mit einer kleinen Überraschung auf ihn wartete. Davon ging er nach den vielen Jahren des Wartens aus. Und in genau diesem Augenblick spürte er, dass es trotz allem die Sache wert gewesen war. Natürlich würde er im Nachhinein vieles ganz anders machen, doch von nun an hatten sie beide eine Zeit vor sich, die sie nicht hätten, wenn die dreißig letzten Jahre nicht gewesen wären, und die musste er wertschätzen. Denn er, ebenso wie Kerstin, waren es wert. Andernfalls wäre alles vergebens gewesen, und so wollte er nicht auf sein Leben zurückblicken.

Ihm fiel ein, dass er vergessen hatte, sie anzurufen; er hatte versprochen, sich zu melden, wenn er von Bord fuhr, damit sie alles für ihn vorbereiten konnte. Bei dem Gedanken daran musste er lächeln, denn Kerstin war immer zur Stelle und sorgte dafür, dass es ihm gut ging. Sie hielt es aus mit ihm, allein das. Und sie hatte die Geduld gehabt, all die Jahre auf ihn zu warten, anstatt sich einen neuen Kerl anzulachen. Was er ihr – schließlich wollte er nur das Beste für sie – zu einem recht frühen Zeitpunkt bereits vorgeschlagen hatte, obwohl er natürlich insgeheim hoffte, sie würde nicht darauf eingehen. Aber einen anderen Mann hatte es in ihrem Leben nie gegeben. Aus unerfindlichen Gründen liebte sie ihn offenbar.

»Mein Täubchen!«, rief er, als sie abnahm.

Sie lachte bloß, seine theatralischen Kosenamen war sie gewohnt.

»Ich habe ganz vergessen, dich anzurufen, entschuldige!«

»Das habe ich mir schon gedacht«, gab Kerstin zurück. »Aber ich weiß ja, wann die Fähre anlegt. Ist alles gut gegangen?«

»Ich bin auf Gotland, mit dem Benzin komme ich hin, der Reifendruck stimmt. Ich bin angeschnallt, im Rückspiegel ist alles frei, und ich sehe keine Straßensperren. Was soll da noch schiefgehen?«

»Beschrei es besser nicht. Wo bist du gerade?«

»Ich bin eben an der Kreuzung vorbei, an der links irgendwas mit Sarve und rechts was mit Lilla steht.«

»Du klingst wie ein Festlandsbewohner«, spottete Kerstin. »Havdsarve und Lilla Lärs. Das kann doch nicht so schwer sein!«

»Ich wohne erst seit zwei Jahren hier und du schon seit zehn! Auf dieser Insel haben ja alle Orte so komische Namen. Was gibt's denn?«

»Ich habe einen Whisky Sour vorbereitet, so viel kann ich schon mal verraten. Aber ich dachte, wir beginnen mit einem Glas Champagner.«

»Aha, sie lässt sich wirklich nicht lumpen, meine liebe Frau!«
»Warum sollte sie auch nicht?«
»Selbstverständlich. Das ist doch der erste Tag vom Rest unseres Lebens. Und was gibt's zu essen?«
»Da musst du dich in Geduld fassen. Fahr vorsichtig, ich glaube, es ist spiegelglatt.«
»Stimmt. *Love you, Baby!*«
»Ich liebe dich auch. Kuss.«

Wie weit mochte es noch sein? Fünfundzwanzig Kilometer vielleicht? Bei diesen Straßenverhältnissen also eine Dreiviertelstunde. Er fuhr übervorsichtig, es durfte nichts passieren. Diesmal nicht, denn es stand einfach zu viel auf dem Spiel. Als er bei dem alten Kalksteinbruch in die Kurve einfuhr, verlangsamte er nochmals das Tempo, dachte an den Pferdehof, den sie sich aufbauen wollten, an Kerstin in Gummistiefeln und Östermalmpersenning, wie man in Karl-Eriks Heimatstadt Stockholm zu den imprägnierten Jacken sagte. Dann registrierte er, dass die Leitplanke an der Schlucht abmontiert worden war, und hielt den Januar für einen ungewöhnlich schlechten Zeitpunkt, dies zu tun.

In dem Moment geriet ein entgegenkommender Wagen in sein Blickfeld, der in der nächsten Kurve auftauchte, auf der falschen Straßenseite und mit einer Geschwindigkeit, die an diesem Ort unter diesen Gegebenheiten vollkommen unangemessen war. Der Audi machte keinerlei Anstalten, eine Kollision abzuwehren, also musste Karl-Erik handeln, abbremsen und eventuell auf die linke Fahrbahn wechseln. Eventuell, denn der Audi könnte auch wieder auf die eigene Fahrbahn zurückscheren, langsamer werden und einen Frontalzusammenstoß abwenden. Aber der Audi fuhr weiter, hielt seine hohe Geschwindigkeit und dachte nicht daran, abzubremsen. Karl-Erik musste etwas tun, was er im letzten Moment auch tat, allerdings sofort bereute. Er merkte nämlich, dass die Reifen keine Haftung mehr auf der Fahrbahn hatten und sein Wagen fast seitlich ins Rutschen kam, wie er gleichsam über den Abgrund und durch die Luft schwebte, um dann in eine bizarre Schräglage zu geraten, die nie, niemals gut gehen würde.

Als er wieder zu sich kam, behielt er die Augen geschlossen und verweilte bei dem Gedanken an Kerstin in ihrer Barbourjacke, nun mit einem Whisky Sour in der Hand. Die Atemzüge waren aber zu mühsam, und er sackte erneut weg. Als er abermals bei Bewusstsein war, hatte er einen Mordskater, schreckliche Kopfschmerzen und einen trockenen Mund, schlimmer als ein Beduine im Sandsturm. Kerstin mixte einfach zu starke Drinks, immer schon. Beim dritten Mal sah er eine Frau, die er zuerst für Kerstin hielt, aber als ihm aufging, dass er sich geirrt hatte, machte er die Augen wieder zu, denn er würde sie nie verraten, nicht Kerstin. Er wollte die Augen auch gar nicht mehr aufmachen, denn nun sah er das, was er sehen wollte, und das waren bloß gute Menschen an schönen Plätzen, wo es Freiheit gab und Luft zum Atmen und keine Schmerzen.

30

Jeanette

Als der Audi verschwunden war, begann sie den Steilhang hinabzusteigen, ohne Rücksicht darauf zu nehmen, dass sie für derartige Eskapaden überhaupt nicht richtig gekleidet war. Es war zwar nicht weit, aber der Hang war steil und unwegsam. Sie kraxelte und kletterte, brachte Steine ins Rollen, sodass sie ein Stück rutschte, dafür in die Knie ging, doch das war ihr egal, sie stand wieder auf und kämpfte sich weiter voran. Sie musste so schnell wie möglich da runter, ob sie das einen zerrissenen Mantel oder einen verstauchten Fuß kostete, war einerlei.

Peter war hinter ihr, war allerdings schneller und holte sie ein, als sie fast unten war. Während Jeanette sich durch das Gestrüpp einen Weg bahnte, um zur Fahrerseite zu gelangen, hielt er inne.

»Ich glaube, ich packe das nicht«, sagte er. »Schau du zuerst nach.«

»Das sieht nicht gut aus«, gab Jeanette zurück, als sie am Auto war. »Das sieht sogar ganz schrecklich aus.«

Sie wollte schreien oder weinen. Der Anblick war grauenerregend: Der Wagen sah wie eine Ziehharmonika aus, der Fahrer war zwischen dem Lenkrad und dem Rest der gestauchten Karosserie eingeklemmt. Vermutlich war er tot, sein Gesicht war blutüberströmt, er hatte einen tiefen Schnitt auf der Stirn und eine große Glasscherbe steckte ihm wie ein Messer im Hals. Das alles war eine Horrorfilmszene, es konnte einfach nicht wahr sein.

»Lebt noch jemand im Auto?«, rief Peter. Er stand nun hinter dem Wagen.

»Ich glaube nicht«, sagte Jeanette. »Ich kann nur den Fahrer sehen, er scheint allein zu sein. Wir müssen versuchen, ihn zu befreien.«

Eigentlich war das zu viel für sie, sie glaubte jeden Moment in Ohnmacht zu fallen, aber sie musste sich zusammenreißen und jetzt da durch. Dann erst kam ihr der logische Gedanke: Sie mussten Hilfe rufen. Das hätten sie als Allererstes tun müssen, doch sie war völlig kopflos den Hang hinuntergestürzt.

»Wähl den Notruf, Peter«, sagte sie. »Ich mache die Tür auf und versuche ihn rauszuziehen.«

Würde sie es überhaupt schaffen, die Tür aufzubekommen? Vermutlich nicht, denn sie war so eingedrückt, dass sie eine Brechstange bräuchten, um sie aufzubekommen, wenn es nicht sogar ein Schweißgerät sein musste. Sie geriet in Panik, wollte sich übergeben, weinen, bewusstlos umfallen oder aus diesem Albtraum aus aufgeschürftem Fleisch, Blut sowie Glas und gepresstem Blech aufwachen. Was tat sie hier unten eigentlich? Es wäre besser gewesen, nur den Notruf abzusetzen, damit sich diejenigen darum kümmern konnten, die dafür zuständig waren.

»Jetzt ruf dort doch endlich an, Peter!«, brüllte sie nun – warum reagierte er denn nicht? Sie zog und zerrte an der Tür, aber sie klemmte.

»Komm mal kurz her«, sagte Peter schließlich.

»Wir müssen den Notarzt rufen, Peter, sofort!«

Sie versetzte der Tür einen schwungvollen Tritt, in der Hoffnung, dass sie sich bewegte, aber es tat sich nichts.

»Ich will dir zuerst noch was zeigen, komm mal«, meinte Peter.

Sie trat ein zweites Mal zu, rüttelte am Türgriff, aber ohne Erfolg. Als auch der dritte Tritt keine Wirkung zeigte, gab sie notgedrungen auf, wandte ihren Blick von dem Verunglückten, der noch immer kein Lebenszeichen von sich gegeben hatte, ab und kroch über Steine und durch Gestrüpp, bis sie hinter dem Wrack stand, wo Peter war.

»Sieh dir das an«, sagte er.

Die Kofferraumklappe war bei dem Aufprall aufgesprungen, das hatte sie von der Straße aus bereits gesehen. Was sie aber nicht hatte erkennen können, war, dass abgesehen von einem kleinen Weekender zwei Sporttaschen im Kofferraum lagen. Beide waren offen, sie vermutete, dass Peter die Reißverschlüsse aufgezogen hatte.

Jeanette kapierte zuerst überhaupt nichts. Sie begriff weder, welche Bedeutung der Inhalt der Taschen hier und jetzt mitten in dieser Verwüstung haben könnte, noch wie ein einzelner Mensch so viel Geld haben konnte.

»Lebt er noch?«, fragte Peter.

»Ich bin nicht sicher. Aber es sieht ganz schön übel aus. Er hat bestimmt einen Schädelbruch und einen ... Ich glaube, er atmet nicht mehr.«

»Mit diesem Geld können wir uns eine Zukunft aufbauen.«

Das war eine eigenartige Idee, schließlich gehörte das Geld nicht ihnen.

»Er ist doch tot, oder?«, hakte er nach.

»Vermutlich schon«, entgegnete Jeanette mit tränenerstickter Stimme. »Aber wir müssen trotzdem – Hilfe holen. Warum rufst du den Notarzt nicht an?«

»Woher kann er dieses Geld haben, was glaubst du, Jeanette? Das ist alles Bargeld, er hat das also kaum selbst verdient oder im Lotto gewonnen. Kein Mensch wird dieses Geld vermissen, glaub mir.«

»Irgendwem wird es bestimmt gehören«, wandte Jeanette ein, völlig überfordert mit der Situation.

»Der Mann ist irgendwie an das Geld gekommen. Illegal, so viel ist sicher. Er ist tot, und wir sind nun hier. Sind wir blöd, oder was?«

»Ich weiß nicht«, antwortete Jeanette zögernd. »Lass uns einfach den Notruf absetzen.«

»Das können wir doch jemand anderem überlassen. Es ist sowieso schon zu spät, und wir haben mit dem Tod von diesem Spaßvogel nichts zu tun. Das ist die Chance unseres Lebens. Du und ich, Jeanette, wir können uns eine schöne Wohnung kaufen, vielleicht ein Haus. Wir können unterwegs sein und reisen.«

Sie hörte, was er sagte, und er klang derart überzeugend und sah sie mit seinem sanften Blick so erwartungsvoll an. Sie wollte nicht länger hier unten stehen, sie war erschöpft, sowohl körperlich als auch seelisch, und hatte keine Kraft, Entscheidungen zu fällen. Sie wollte weg von dem zerschundenen Körper im Autowrack, weg von der Kälte und der Dunkelheit, die sich langsam herabsenkte, und nie wieder an diesen Tag denken.

»Wie viel Geld ist es denn?«, fragte Jeanette. Sie war hin und her gerissen.

»Das müssen mehrere Millionen Kronen sein, würde ich sagen.«

»Drei Millionen Kronen?«

»Oder mehr.«

»Ich weiß nicht ... Ich könnte nur noch heulen ... Das ist alles so furchtbar.«

»Lass uns jetzt nichts Unüberlegtes tun«, raunte er in ihr Haar. »So eine Chance kriegen wir nie wieder.«

Natürlich hatte er recht, das musste sie einsehen. Und es fühlte sich so gut an, dass sie jetzt zu zweit in dieser Situation steckten und von nun an auch alles andere gemeinsam erleben würden. Sie wollte ihn nicht aufhalten, wollte die Gelegenheit auf eine schöne Zukunft nicht vereiteln.

Also gab sie nach, wischte sich die Tränen ab und klopfte sich den Staub, die Tannennadeln und die Ästchen aus dem Mantel. Ging sicherheitshalber einmal um das Auto herum, um sicherzugehen, dass keine Hoffnung mehr bestand für den Mann, und der Entschluss, keinen Krankenwagen zu rufen, der richtige war. So musste es sein, der Mann hatte sich keinen Millimeter bewegt, seine Augen waren noch immer geschlossen, der Mund halb offen. Aus einem Impuls heraus, den sie sich nicht erklären konnte, zückte sie ihr Handy und machte ein Foto von dem Fahrer durch die Seitenscheibe. Dann trat sie wieder an den Kofferraum, warf sich eine der beiden Taschen über die Schulter und begann den Hang hinaufzuklettern. Blieb noch mal stehen, um das Wrack schräg von oben zu fotografieren. Stellte fest, dass Peter noch nicht den Aufstieg in Angriff genommen hatte.

»Was machst du da, Peter?«, rief sie. »Beeil dich, bevor es zu dunkel wird.«

»Ich habe mich geirrt«, rief er zurück. »Es muss doppelt so viel sein. Hörst du? Sechs verfluchte Mille!«

Sie wartete auf ihn. Er war schneller als sie und hatte sie rasch eingeholt. Als sie fast wieder oben waren, machte sie noch ein Bild von dem demolierten Wagen, warum auch immer. Vielleicht aus Respekt dem Toten gegenüber. Irgendjemand musste das Ende seines Lebens doch dokumentieren, alle verdienten schließlich einen Nachruf.

Als sie wieder weiterfuhren, schneite es. Es war schnell finster geworden, und die tanzenden Schneeflocken boten einen dramatischen Kontrast zu der wohligen Wärme im Auto. Nachdem sie lange schweigend und in Gedanken versunken gefahren waren, näherten sie sich dem heißen Eisen namens Zukunft.

»Was sollen wir denn jetzt mit dem ganzen Geld machen?« Jeanette wagte sich mit ihrer Frage vor.

»Villa, Volvo, Wauwau«, erwiderte Peter und lachte.

»Ich meine, jetzt sofort«, sagte Jeanette. »Wohin damit?«

»Ich finde eine Lösung. Erst mal liegt es im Kofferraum doch ganz gut. Das Auto fährt ohnehin keiner außer mir, und ein Wagen mit Firmenlogo wird nicht geklaut. Ich habe sogar schon eine Idee, wo wir das Geld vorläufig lagern können.«

»Aha«, sagte sie nur.

Peter hielt den Blick auf die Straße geheftet, warf ihr aber gelegentlich einen besorgten Blick zu. Schließlich legte er seine Hand auf ihre.

»Liebling«, sagte er sanft, »ich will nicht, dass wir das hier bereuen. Es ist, wie es ist, und wir haben das für uns getan. Wenn wir mit einem Schirmchendrink auf den Bahamas im Liegestuhl liegen, sind wir froh, dass wir alles genau so gemacht haben. Mach das jetzt nicht kaputt.«

»Ich habe nicht vor, irgendwem davon zu erzählen, wenn du dir deswegen Sorgen machst«, sagte Jeanette. »Ich bin alles andere als scharf darauf, in den Knast zu wandern.«

»Wir haben nichts verbrochen«, sagte Peter und verlieh dabei jeder einzelnen Silbe Nachdruck. Er machte eine Geste, die ihr verdeutlichen sollte, dass er das nicht zum ersten Mal erklärte.

»Wir haben Geld gestohlen«, gab Jeanette zu bedenken.

»Ja, aber wem gehört es? Irgendeine Bank hat einen Haufen Geld verloren, aber was macht das schon? Dann druckt sie eben neues, in Gottes Namen. Und wir haben sie nicht ausgeraubt.«

Jeanette hatte das untrügliche Gefühl, dass sie noch einen anderen – schlimmeren – Fehler begangen hatten, ließ das jedoch auf sich beruhen. Vor allem, weil sie den Gedanken nicht zu Ende denken vermochte, und auch weil sie das Band nicht beschädigen wollte, das sie beide nun fest miteinander verknüpfte. Und das dafür bürgte, dass eine gemeinsame Zukunft vor ihnen lag. Also kapitulierte sie.

»Du hast recht.« Sie streichelte seinen Handrücken mit ihrer freien Hand. »Ich will kein Spielverderber sein.«

»Das war ein erschütterndes Ereignis«, sagte Peter, »aber wir lassen das hinter uns und schauen stattdessen nach vorne, okay?«

»Das machen wir«, pflichtete Jeanette ihm bei und drückte seine Hand, ehe sie sie losließ.

Eine Weile fuhren sie schweigend weiter. Jeanette schaute nach vorne und dachte daran wie es sich dann anfühlen würde, wenn sie sich das nächste Mal sehen würden. Intimer? Entspannter? Fröhlicher?

Oder trauriger?

Nein, dazu durfte es nicht kommen, dann wäre alles, was sie durchgemacht hatten, vergebens. Alles stand und fiel mit Jeanette, das wurde ihr nun allmählich klar. Wenn sie sich einigelte, wie sie es zu Hause getan hatte, als alles den Bach runtergegangen war, wäre ihr Verhältnis vorbei, bevor es angefangen hatte, mit oder ohne Millionen. Sie nahm sich selbst das Versprechen ab, nicht so ängstlich zu sein, sich die gute Laune nicht verderben zu lassen und positiv zu denken, wie Peter es immer tat. Die Zukunft war rosig – wie hatte sie sich überhaupt etwas anderes vorstellen können?

»Ich liebe dich.« Das rutschte ihr so heraus.

»Endlich!«, rief Peter und strahlte übers ganze Gesicht. »Wie lange ich darauf gewartet habe!«

Jeanette hoffte, er würde weiterreden. Es entstand eine Pause, aber dann fuhr er fort.

»Beunruhigt?«, fragte er, ohne die Straße aus den Augen zu lassen.

Jeanette schwieg, doch sie bemerkte an der Verspieltheit in seinem Blick und um seine Mundwinkel, dass das noch nicht alles war.

»Ich wollte dich nur ein bisschen zappeln lassen«, zog er sie auf. »Ich liebe dich auch – das ist doch klar.«

Er strich ihr über die Wange, fuhr ihr mit den Fingern wie ein Kamm durchs Haar und kniff ihr leicht in den Nacken, ehe er die Hand wieder aufs Lenkrad legte.

»Das Schäferstündchen ist diesmal ausgefallen«, sagte er. »Und ich denke, wir sollten für eine Weile den Ball flach halten. Siehst du das auch so?«

Das tat Jeanette. Nicht, dass es einen Unterschied gemacht hätte, aber es schien ihr vernünftiger zu sein.

»Wir müssen verschlüsselte Nachrichten austauschen«, lächelte sie.

»Räubersprache?«

»Morsezeichen.«

»Nur bis sich die Aufregung wieder gelegt hat«, meinte Peter. »Zwei Wochen vielleicht.«

»Das kriege ich hin.«

»Wirklich?«

Jeanette seufzte. »Nur weil es sein muss«, gab sie zu.

»Das sehe ich auch so. Es hilft aber nichts, wir müssen das tun.«

Diesmal setzte er sie ein Stück weiter von ihrem Arbeitsplatz entfernt ab, in einem Mietshausviertel am Stadtrand, zu dem keiner von ihnen eine Verbindung hatte. Das bedeutete ein paar Kilometer zu Fuß, so riskierten sie jedoch nicht, zusammen gesehen zu werden, und ihre gleichzeitige Abwesenheit würde niemand miteinander in Verbindung bringen, das war heute wichtiger denn je.

Sie umarmten sich lange, küssten sich flüchtig und trennten sich. Jeanette blieb stehen und sah dem Wagen nach, bis er verschwunden war. Nun war sie allein mit den Erinnerungen an all das Furchtbare, was passiert war, und das machte alles bloß noch beängstigender. Sie wusste nicht, wie sie zwei lange Wochen ohne ihn überstehen sollte.

Und sie ahnte kaum, dass aus den Wochen Jahre werden sollten.

31

Kerstin

Nachdem sie das Gespräch beendet hatten, legte sie letzte Hand an die Schnittchen. Champagner und Kanapees gönnte sie sich normalerweise nicht, aber diesmal tischte sie ganz groß auf. Nach jahrelangem Warten kam die Belohnung. Wiedergutmachung für die schweren Folgen der illegalen und dummen Taten, für die Karl-Erik allein die Verantwortung übernommen hatte.

Die Überfälle auf kleine und mittelgroße Banken und Postämter in ländlichen Regionen hatten sie zu viert verübt und dabei viel Geld erbeutet. Karl-Erik wurde eingebuchtet, und die anderen blieben auf freiem Fuß. Acht Jahre hatte er in verschiedenen Anstalten abgesessen, und Kerstin war genauso lange allein gewesen. Als er in Haft kam, war sie nach Gotland gezogen. Sie hatte ihr altes Leben und den schlechten Umgang, der damit einherging, hinter sich lassen wollen. Hatte noch mal ganz neu angefangen, an einem Ort, wo niemand wusste, wer sie war, und Gotland war die ideale Insel dafür.

Vor zwei Jahren war Karl-Erik wieder freigekommen, und seitdem wohnten sie auf dem Land, weit weg vom Getümmel der Großstadt und dem alljährlichen Touristenansturm. Währenddessen hatte die Polizei zwar ein wachsames Auge auf sie gehabt, aber sie hatten geduldig auf den richtigen Zeitpunkt gewartet. Von der Beute in Höhe von insgesamt zwölf Millionen bekam Karl-Erik ungefähr die Hälfte, als Trostpflaster und als Dankbarkeitsbekundung der Komplizen. Das Geld war in den vergangenen zehn Jahren gewaschen worden, Karl-Erik hatte also nichts zu befürchten, solange er auf dem Teppich blieb und es nicht mit vollen Händen rauswarf.

Nun war der Tag, an dem das Geld heimkehren sollte. Und der Traum vom Pferdehof Wirklichkeit werden sollte. Deshalb auch das große Festessen.

Als eine Stunde seit dem Telefonat verstrichen war, schenkte sie sich ein Glas Wein ein. Alles war vorbereitet und parat, die Stearinkerzen waren angezündet, und das ganze Haus strahlte in festlichem Glanz. Es konnte sich nur noch um Minuten handeln, aber es war gut, dass er vorsichtig fuhr. Das Thermometer zeigte knapp unter null, es war stockfinster draußen, und es herrschte dichtes Schneetreiben. Kerstin tigerte an den Fenstern auf und ab und warf beunruhigte Blicke in den Hof.

Als das Weinglas zwanzig Minuten später ausgetrunken war, begann sie sich ernsthaft Sorgen zu machen. Sie schickte ihm eine SMS und rief ihn mehrmals an, aber es meldete sich nur die Mailbox. War der Akku von seinem Handy leer, ohne dass ihm das aufgefallen war? Hatte er eine Panne und wechselte bei der Kälte im Dunkeln den Reifen? Sie stellte das Brett mit den Schnittchen in den Kühlschrank, setzte sich auf die Sofakante und war unschlüssig, was sie tun sollte. Eine gute Stunde später saß sie noch immer so da, die Finger krampfhaft ineinander verflochten, verschiedene Schreckensszenarien vor Augen.

Keine Strecke war so lange im Funkloch, und derart lange dauerte es auch nicht, einen Reifen zu wechseln. Er hätte sich eigentlich melden müssen, wenn nichts Ernstes passiert war.

War ihm trotz allem die Polizei auf den Fersen gewesen? War es denkbar, dass sie nach dieser langen Zeit immer noch ein Auge auf ihn hatten und stets genau wussten, wo er – oder besser gesagt die Beute – war, und ihn hochgenommen hatten, den Kofferraum voller Geld? Noch dazu auf Gotland – warum nicht schon in Stockholm?

Oder hatten seine Komplizen sich gegen ihn verschworen? Waren sie gar nicht so solidarisch, wie sie vorgaben, und hatten ihn an einem einsamen finsteren Platz übermannt und umgebracht? Oder ihn gefesselt und in den Kofferraum geworfen? Was einem Mord gleichkam, denn es war alles andere als sicher, dass vor Tagesanbruch jemand das verlassene Auto entdeckte; er würde in der Nacht erfrieren. Oder hatten andere Verbrecher davon Wind bekommen und einen ganz ähnlichen Plan ausgeheckt?

Das Risiko bestand durchaus, aber Mord …? Die Wahrscheinlichkeit, dass das eingetroffen war – noch dazu so knapp vor Ende der Fahrt –, hielt Kerstin für äußerst gering.

Sie hatten nur ein Auto, sodass Kerstins Möglichkeiten, nach ihm zu suchen, begrenzt waren, was ohnehin ein zum Scheitern verurteiltes Unterfangen gewesen wäre. Vermutlich war er bei dem schlechten Wetter verunglückt und ins Krankenhaus gebracht worden.

Mit klopfendem Herzen rief sie im Krankenhaus in Visby in der Notaufnahme an. Allein das zu tun kostete sie schrecklich viel Überwindung. Aber die Auskunft, dass kein Patient eingeliefert worden war mit Karl-Eriks Namen oder auf den seine Beschreibung passte, hatte kaum eine beruhigende Wirkung auf sie.

Jeder halbwegs vernünftige Mensch hätte natürlich die Polizei angerufen. Kerstin wog Vor- und Nachteile gegeneinander ab und kam zu dem Schluss, dass sie dabei mehr zu verlieren hätte als zu gewinnen. Karl-Erik hatte vielleicht seine Gründe, von der Bildfläche zu verschwinden, und sei es wegen Kerstin. Was wusste sie schon, mit wem er in Kontakt gekommen war, seit sie zuletzt miteinander gesprochen hatten? Wenn sie ihm die Polizei auf den Hals schickte, würde das die Sache auch nicht besser machen. Im Gegenteil: Es könnte all das zunichtemachen, wofür sie so lange gekämpft hatten.

Es war noch nicht so spät, dass auf der Straße nichts mehr los war. Auch wenn die meisten bei dieser Witterung zu Hause blieben, hätte es in den vergangenen Stunden eine Meldung gegeben, wenn ein Unfall passiert wäre. Wenn die Polizei bereits vor Ort eingetroffen wäre und Karl-Erik aufgrund des Gepäcks im Kofferraum festgenommen hätte, wäre sie zeitnah darüber informiert worden.

Letztendlich konnte Kerstin nichts machen. Früher oder später würde es Antworten auf ihre Fragen geben, doch nun konnte sie nur abwarten und Tee trinken. Das redete sie sich zumindest ein, als sie die Kerzen ausblies, unter die Decke kroch und einzuschlafen versuchte.

In den darauffolgenden Tagen verlor sie immer mehr die Hoffnung, dass alles ein gutes Ende nahm. Kerstin ging es ausgesprochen schlecht, und sie konnte sich nur dazu aufraffen, hin und wieder den Bus zu nehmen, um an irgendeiner Haltestelle auszusteigen, die an Karl-Eriks Route lag. Dort machte sie lange und frustrierende Spaziergänge bei schneidendem Wind, ohne Erfolg. Um dann die Nächte in einem Zustand geistiger Umnachtung durchzustehen, die sie nie für möglich gehalten hatte. Vollkommen von ihrer Umwelt abgeschnitten und mit einem beträchtlichen Einsamkeitsgefühl, das sie während der acht langen Jahre des Wartens so nie empfunden hatte. Die Zeit schien stillzustehen; vier Tage Ungewissheit kamen ihr länger vor als die acht Jahre, die abzusehen gewesen waren.

Doch endlich kam die Sonne wieder heraus, und mit ihr kamen auch die Plusgrade, die den Schnee zum Schmelzen brachten. Was die beiden Polizeibeamten, die eines Nachmittags klingelten und mit ernsten Mienen und der Polizeimütze in der Hand darum baten, eintreten zu dürfen, auch als Erklärung dafür anführten, dass das schwer beschädigte Auto erst jetzt von der Straße aus entdeckt worden war.

»Der Wagen ist unten in der Schlucht bei Madvar gefunden worden«, sagte der gesprächigere von beiden, »er muss komplett eingeschneit gewesen sein. Wissen Sie, wo das ist?«

Das wusste Kerstin, denn Karl-Erik hatte sich kurz vor Madvar befunden, als er angerufen hatte, aber sie war nicht imstande, die Frage zu beantworten. Sie spürte, wie ihr schwindelig wurde, und ließ sich mehr zum Wohnzimmersofa tragen als führen. Als sie wieder einigermaßen ansprechbar war, wurden ihr ein paar Details genannt, damit sie sich ein Bild davon machen konnte, was passiert war. Blitzeis, Dunkelheit, Schneetreiben, Unfall ohne Fremdverschulden – Worte, die in keiner Weise die Bewältigung des Traumas leichter machten. Anschließend die zwangsläufigen Fragen, die sie nicht beantworten konnte.

»Wann haben Sie ihn denn zu Hause erwartet?«

»Ich weiß nicht.«

»Haben Sie nicht miteinander gesprochen?«

»Er wollte mich vielleicht überraschen.«

»Sie hatten also keine Ahnung, ob er am Donnerstag oder heute oder nächste Woche kommen wollte?«

Kerstin zuckte mit den Schultern und schüttelte den Kopf, stellte sich dümmer, als sie war.

»Wie kommt es, dass Sie ihn nicht als vermisst gemeldet haben?«

»Ich wusste ja nicht, dass er verschwunden war.«

Kerstin fuhr mit ausweichenden und seltsamen Antworten fort, die leicht mit Anruflisten entkräftet hätten werden können, hätte es bei Belanglosigkeiten einen Verdacht gegeben. Der allerdings offenbar nicht bestand, denn sämtliche persönlichen Gegenstände waren aus dem Autowrack geborgen worden und wurden Kerstin nun mit sachlicher Geste übergeben.

Eine Handgepäcktasche wurde vor ihr auf dem Sofatisch abgestellt. Sie sollte sie vor den Augen der Beamten öffnen, doch sie enthielt nichts außer Kleidung und Hygieneartikel. Sie gehörten Karl-Erik, und deshalb waren sie für Kerstin von Bedeutung. Nicht jedoch für die beiden Beamten, die auf eine Reaktion von ihr warteten, während sie die Tasche durchwühlte. Mit Tränen in den Augen sah sie von einem zum anderen, sie senkten den Blick und reichten ihr noch ein paar Werkzeuge, einen Verbandskasten und ein paar CDs, die den Unfall wie durch ein Wunder heil überstanden hatten.

»Das war alles«, sagte der eine.

Ganz ohne die Wachsamkeit, die angebracht gewesen wäre, wenn es noch etwas anderes im Auto gegeben hätte, etwas Interessanteres, von dem Kerstin vielleicht etwas wusste. Und sie fragte auch nicht danach – es war offensichtlich, dass sich jemand das Geld unter den Nagel gerissen hatte, ehe die Polizei den Unfallort mit Beschlag belegt hatte.

Ja, sogar noch ehe das Auto eingeschneit worden war, das stand am folgenden Tag fest. Zusammen mit einem Polizisten, der ihr die Todesnachricht überbracht hatte, identifizierte sie die Leiche.

»Ich würde auch gerne die Fotos sehen, die Sie vom Unfallort gemacht haben«, bat Kerstin anschließend.

Trotz der schrecklichen Nachricht, der Trauer und des Schmerzes, die sie erfüllten, wollte sie Klarheit und genau wissen, was passiert war, wie Karl-Erik seine letzten Stunden verbracht hatte.

»Das halte ich für keine besonders gute Idee«, entgegnete der Beamte. »Das sind wirklich aufwühlende Bilder.«

»Ich verstehe«, sagte Kerstin. »Aber ich muss sie sehen, egal wie schmerzhaft es ist. Nur so kann ich teilhaben.«

Widerstrebend ließ er sich überreden, sie auf seine Dienststelle mitzunehmen, um ihr dort die schrecklichen Bilder von dem Unfallort zu zeigen und ihr den Hergang des Vorfalls, der ihr Leben auf den Kopf gestellt hatte, genau zu schildern.

So erfuhr sie, dass es sich nicht um Sekunden, sondern um Stunden gehandelt hatte. Das übel zugerichtete Gesicht und die Wunde auf der Stirn waren schon schlimm genug, aber die Glasscherbe im Hals mit ihren qualvollen Konsequenzen setzte ihr am meisten zu. Er war auch dem Arzt zufolge, der die Leiche untersucht hatte, die Todesursache gewesen. Eine Obduktion war nicht vorgenommen worden, und dabei sollte es auch bleiben, es gab in dem Sinne nichts zu beweisen. Karl-Erik war tot, zum Tode verurteilt von Anfang an, denn den Unfall hatte er selbst verschuldet. Es war finster gewesen, und das Auto war rasch zugeschneit worden. Die kriminaltechnische Untersuchung des Ortes hatte ergeben, dass der Unfall unmittelbar vor oder nach Einsetzen des Schneegestöbers geschehen war, das mit hereinbrechender Dunkelheit begonnen hatte. Und die ganze Nacht angehalten hatte.

Auf einigen wenigen Fotos war der kleine Weekender im Kofferraum zu sehen, unter einer ebenso dicken Schneedecke wie der Boden, auf dem er lag – also dem Autodach. Von den Sporttaschen waren keine Abdrücke zu erkennen, die also vor dem Schneefall am Donnerstagabend entwendet worden sein mussten und nicht erst am Montag, als das Autowrack entdeckt worden war.

Das folgerte Kerstin, erwähnte dem entgegenkommenden Polizeibeamten gegenüber jedoch nichts. Ergo musste sich kurz vor dem Schneefall jemand in Karl-Eriks Nähe aufgehalten haben, also unmittelbar nach dem Unfall. Jemand, der die Geldtaschen an sich genommen hatte und geflohen war, ohne etwas zu tun, um Karl-Erik das Leben zu retten oder sein langes Leiden zu verkürzen.

Handelte es sich bei diesem Unfall ohne Fremdverschulden in Wahrheit um einen Unfall mit Fahrerflucht? Der Diebstahl an sich war gar nicht mal das Problem, weil das Geld ohnehin schon gestohlen war, doch der Zynismus und die Gefühlskälte, sechs Millionen Kronen an sich zu raffen, ohne die Rettungskräfte zu rufen, waren unverantwortlich.

Was sollte Kerstin tun?

Nichts, da es keine Beweise dafür gab, dass es kein Unfall ohne Fremdverschulden gewesen war. Da der Diebstahl von Diebesgut nicht zur Anzeige gebracht werden konnte, ohne dass dann ein schlechtes Licht auf sie fiel, weil sie offensichtlich von dem gestohlenen Geld wusste und auch vorhatte, es zu verwenden. Was natürlich eine Straftat war, wofür sie ebenfalls ins Gefängnis wandern konnte, und das war eine völlig undenkbare Zukunftsperspektive.

Also schwieg Kerstin.

32

Jeanette

Wie sie befürchtet hatte, schleppten sich die Tage des Wartens bis zum Wiedersehen mit Peter dahin. Tagsüber schlich sie wie ein Zombie herum, lechzte danach, dass es Feierabend wurde, obwohl die Nächte noch schlimmer waren. Dann wälzte sie sich im Bett hin und her, denn das schlechte Gewissen hatte sie gepackt und ließ sie nicht mehr los.

Sechs Millionen Kronen – war es das Geld wirklich wert? Sich wie sein eigener Schatten an den Wänden entlang zu ducken, Tag für Tag mit dunkleren Ringen unter den Augen, mit Angst vor sich selbst und dem, was sie imstande wäre zu tun, mit Angst vor ihrer unkontrollierten Reaktion, wenn sie mit ihrer verbotenen

Liebe, ihrem Spießgesellen zusammentreffen würde, vor dem Möbelhaus oder davor.

Das war es nicht wert. Nun wusste sie, dass es auch keine sechs Milliarden Kronen wert war. Wenn sie noch mal die Wahl hätte, würde sie die Zeit zurückdrehen, jenen folgenschweren Nachmittag noch einmal durchleben und anders handeln. Sie würde sich querstellen, Peter davon überzeugen, eine Konsequenz von unmoralischem Agieren bestünde darin, dass man sich nicht mehr ertragen konnte. Sie würde sofort die Polizei und den Notarzt alarmieren, am Unfallort auf die Rettungskräfte warten und das Geld keines Blickes würdigen.

Dafür war es jetzt allerdings zu spät, sie musste sachlich mit ihrem Verhalten umgehen. Nichts gegen Peter, er musste selbst für seine Entscheidungen einstehen, doch sie musste einfach etwas gegen ihre unhaltbare Situation unternehmen.

Aber was?

Zur Polizei konnte sie schlecht gehen, denn dann würde nicht nur ihre, sondern auch Peters und ihre gemeinsame Zukunft zerstört werden. Doch genau dafür hatte sie ja Opfer gebracht, so dachte sie jedenfalls inzwischen darüber, seit die unerträglichen Nebenwirkungen in ihrem Leben überhandgenommen hatten.

Sie war tatsächlich machtlos, ihr waren Hände und Füße gebunden, aufgrund ihrer Loyalität Peter gegenüber und den Versprechen, die sie ihm gegeben hatte. Durch das Verhältnis mit ihm war sie zu neuen Einsichten gelangt, hatte Hoffnung auf ein glückliches Leben auch nach Charlottes Tod geschöpft. Diese Zukunftsaussichten wollte sie nicht kaputt machen, auch wenn sie andererseits nach der Grausamkeit, die sie einem anderen Menschen angetan hatte, ihr Dasein rechtfertigen wollte. Sie musste das irgendwie ausgleichen.

Sie wusste nur nicht, wie. Das Einzige, was ihr Dasein ein wenig erhellte, war die Wärme in Peters Armen, der da draußen auf sie wartete. Mit seiner unbekümmerten Art und seinem unerschütterlichen Optimismus würde er sie auf andere Gedanken bringen, das Gift aus ihren Adern saugen und ihr dabei helfen, sich selbst zu verzeihen. Das war ihre ganze Hoffnung, und das war ja immerhin etwas. Aber es standen ihr noch viele leidvolle Tage bevor.

Etwa als der Artikel über den Autounfall in der Lokalpresse erschien, hieb die Angst ihre scharfen Klauen in ihr Fleisch, und nun war es nicht mehr bloß das schlechte Gewissen, das sich meldete. Etwas rein Physisches versetzte sie in einen Zustand des Schwindels, der sie fast vom Stuhl schleuderte. Ihr drehte sich der Magen um, sie stützte sich auf der Arbeitsfläche ab und torkelte zur Spüle, wo sie das bisschen erbrach, was sie gegessen hatte.

Vier Tage hatte er in der Schlucht gesessen – vier Tage eingeklemmt in ein Autowrack, das wegen der dichten Schneedecke von niemandem entdeckt worden war. Ob der Tod sofort eingetreten war, ging nicht aus dem Artikel hervor, aber das alles war auch so schon schrecklich genug. Für alle, die ihm nahestanden, mussten es vier Tage voll Ungewissheit und Leid gewesen sein, ohne einen einzigen Hinweis darauf, was passiert war – ob er lebte, Qualen litt oder aus ihrer Mitte gerissen worden war. Und dann, als es vorbei war, die Gewissheit, dass ein geliebter Mensch tagelang bei Kälte und in der Dunkelheit ohne Aussicht auf Rettung zugebracht hatte. Obwohl er sofort tot gewesen war, war es unwürdig und unmenschlich, selbst für einen Toten, tagelang in einem zugeschneiten Auto eingeklemmt zu sein.

Und Jeanette hätte ihr Leid lindern können. Jeanette hätte das Leben der Angehörigen leichter machen können, hätte womöglich sogar dafür sorgen können, dass er gerettet worden wäre. Besonders Letzteres wollte sie sich nicht eingestehen, doch der Gedanke war da. Sie fasste ihn in Worte, auch wenn sie ihn sich nicht merkte. Der Mann war tot, unrettbar. So musste es gewesen sein, das war der Strohhalm, an den sie sich klammerte, denn wäre es anders, wollte sie ebenfalls nicht mehr leben.

Es verstrichen weitere Tage ohne Helligkeit, mit noch schlimmeren Gewissensbissen. Sie fühlte sich unendlich einsam, dachte an Selbstmord. Sie konnte nicht mehr, ihre Hoffnung, dass sie selbst mit Peters Hilfe aus diesem Schlamassel wieder herauskam, schwand. Und eine Zukunft mit ihrem Liebhaber rückte in immer weitere Ferne, je mehr Tage vergingen. Sie sah ihn nie – war er überhaupt noch da? Oder war er ein obsoleter Traum, der niemals Wirklichkeit werden würde? Ein Fantasiegespinst, an dem sie sich festklammern konnte, bis sie unterging?

Eines Tages dann entdeckte sie die Traueranzeige in der Zeitung. Schlicht und ergreifend, erwähnt wird eine einzige Person: seine Frau. Jeanette wusste nicht, wie der Verunglückte hieß, aber sie hatte seit dem Unfall in jeder Lokalzeitung sämtliche Traueranzeigen gelesen, ohne jemanden im passenden Alter und mit dem entsprechenden Todestag zu finden. Doch nun war sie überzeugt, er musste es sein.

Keine Kinder, keine trauernden Eltern oder Geschwister, nur eine Lebensgefährtin. Sie konnte sich kaum vorstellen, wie sie diese vier Tage in Ungewissheit überstanden hatte – Kerstin hieß sie. Oder wie ihr Leben jetzt aussah, als Witwe in den besten Jahren.

Jeanette hatte etwas tun wollen für sie, um Verzeihung bitten und vielleicht irgendwie versuchen, das wiedergutzumachen, was sie angerichtet hatte. Aber die Frau konnte auch zur Polizei gehen, und egal um welche Straftat es sich dann handelte, Peter und sie wären dann übel dran. Die Affäre würde auffliegen, und alles wäre vergebens gewesen.

Sie hätte der Witwe wenigstens Geld geben können, anonym. Es vor die Haustür stellen, klingeln und weglaufen. Doch damit wäre Peter nie einverstanden gewesen. Sie hatte keine Ahnung, wo er es verwahrte, und wollte es auch gar nicht wissen – der Gedanke an das Geld regte sie bloß auf. Und die Witwe wusste davon ja auch gar nichts. Die Art von Verbrechen, die Millionenbeträge einbrachte, war offensichtlich ein Zeitvertreib für Männer. Sie hätte lediglich die Polizei gerufen, die sich dann um alles gekümmert hätte, und das hätte auch niemand glücklicher gemacht.

Aber es gab etwas, das Jeanette tun konnte. Anonym. Sie konnte der Witwe die Antworten geben, die sie brauchte, um ihre Trauer zu überwinden. Jeanette wusste aus Erfahrung, dass genau das wichtig war, wenn die Trauer am größten war, nämlich etwas zu erfahren über bislang Unbekanntes. Konkrete Fakten, zu denen man Stellung beziehen konnte und die dem Leben Struktur gaben.

Die Witwe wusste nicht, wie der Unfall passiert war, sie lebte in dem Irrglauben, dass ihr Mann unvorsichtig gewesen war und er sein furchtbares Schicksal selbst verschuldet hatte. Doch es gab einen Täter: ein anderer Verkehrsteilnehmer, der den Ort verlassen hatte, ohne zu prüfen, wie der Unfall ausgegangen war, oder den Notruf zu wählen. Fragte man sich, warum, konnte man vermuten, dass die Ursachen dafür, wenn nicht mit Alkohol, dann zumindest mit Nachlässigkeit zu tun hatten. Schlicht ein gleichgültiger, eigennütziger Fahrerflüchtiger.

Diese Informationen konnte Jeanette der trauernden Ehefrau zukommen lassen. Die Fotos, die sie am Unfallort gemacht hatte, waren noch in ihrem Handy gespeichert. Als respektvolle Geste dem Verstorbenen gegenüber hatte sie nicht nur den Unfallort, sondern auch das Auto des Fahrerflüchtigen fotografiert. Sowie Oberkörper und Gesicht des Toten, doch den Anblick befand sie als nicht hilfreich und wollte ihn der Witwe ersparen.

Also druckte sie drei Fotos aus und legte sie in ein Kuvert. Dann suchte sie die Adresse der Frau heraus, beschriftete und frankierte den Umschlag und gab ihn auf. Ohne Kommentar – die Bilder sprachen für sich, und wer war Jeanette überhaupt, dass sie über andere urteilte? Die Witwe sollte die Fotos selbst interpretieren und mit den Informationen machen, was sie wollte.

Das war nicht viel, aber irgendwie fühlte sich Jeanette nach dieser selbstlosen Tat besser. Jedenfalls für den Moment.

33

Jan

Einige Tage nachdem er die Traueranzeige von dem irren Fahrer in der Zeitung gelesen hatte, fiel ein mit der Hand adressiertes Kuvert in den Postkasten. Das war ungewöhnlich und konnte bedeuten, dass irgendeine Form von Festivität anstand. Eine kleine Aufmunterung, die er gerade dringend brauchen konnte. Dieser Autounfall hatte etwas gemacht mit Jan, und er konnte die Schwermut, die über ihn hereingebrochen war, einfach nicht vertreiben.

Der Mann in dem entgegenkommenden Auto hatte seine Ehefrau hinterlassen. Das hatte Jan mit einem Kloß im Hals registriert. Wohl wissend, dass es genauso gut seine eigene Traueranzeige hätte sein können mit Gunilla und den Kindern als Hinterbliebene. Nein, diese Konstellation wollte er nicht noch mal durchspielen, er sah das eher als Lehre. Was nichts daran änderte, dass er niedergeschlagen war und sich außerstande sah, etwas dagegen zu tun. Deshalb schlitzte er kurz vor dem Abendessen mit einem Fünkchen Hoffnung, etwas Ablenkung zu finden, den Umschlag in der Küche auf.

Aber nein. Er enthielt einen Schlüssel, wozu er allerdings passte, stand nicht dabei. Ferner enthielt das Kuvert drei eher unscharfe Fotos, deren Motiv er zunächst nicht erkannte. Aber noch bevor es ihm klar wurde, erschrak er. Vielleicht lag es am Licht, an den trüben Tagen, an dem Unausweichlichen dieser unglücklichen Situation. Es brauchte nur ein paar Sekunden, und schon war er wieder da. Am Unfallort.

Ihm brach der kalte Schweiß aus, und er ließ sich auf einen der Küchenstühle sinken. Gunilla warf ihm einen verwunderten Blick zu, fuhr jedoch mit den Essensvorbereitungen fort. Er hoffte, sie würde seiner Reaktion keine große Bedeutung beimessen, zumindest kommentierte sie sie nicht.

Wer zur Hölle hatte diese Bilder gemacht? Auf einem war das zerquetschte Auto von schräg oben zu sehen. Ein anderes – aufgenommen aus dem gleichen Winkel, aber aus größerer Nähe – zeigte das Wrack so, dass der Verunglückte deutlich zu sehen war. Das war ihm bisher erspart geblieben. Er hatte versucht, sich oben von der Straße aus ein Bild zu machen, es war allerdings zu dunkel gewesen, der Abstand zu groß und der Winkel zu steil. Ihm war bloß die Tatsache klar gewesen: Der Fahrer war tot, anders konnte es gar nicht sein. Jetzt hingegen wurde ihm das zwar körnige, aber dennoch makabre Bild des toten Mannes ins Gesicht geschleudert, und das war niederschmetternd.

Schlimmer noch: Das dritte Foto zeigte sein Auto. Da gab es nichts zu deuten, es war sein blauer Audi oberhalb des Wracks, in dem er nach dem Unfall gesessen und überlegt hatte, wie er mit dieser Situation umgehen sollte. Noch dazu auf der falschen Straßenseite, was die Sache noch heikler machte.

Nun sah er, dass in dem Umschlag auch eine handgeschriebene Notiz lag. Er trocknete sich den Schweiß von der Stirn und faltete den kleinen Zettel auf.

Deponiere sechs Millionen Kronen in das Schließfach mit der Nummer 67 unten am Fährhafen in Visby. Deadline ist der 10. Februar um zwölf Uhr mittags.

Die Zeilen machten ihn völlig perplex. Sechs Millionen Kronen – wo sollte er die hernehmen? Zehn Tage hatte er Zeit, und das war noch großzügig bemessen, aber sechs Millionen würde er auch nach zehn Monaten nicht einfach so aus dem Ärmel schütteln können, es sei denn, er würde sein gesamtes Hab und Gut verkaufen. Und das konnte er schließlich nicht machen.

Andererseits konnte er auch nicht ins Gefängnis wandern. Das würde ihn nämlich erwarten, wenn die Polizei davon erfuhr. Dass er sich vor dem Schneetreiben am Unfallort aufgehalten hatte, also unmittelbar nach dem Unfall. Dass er direkt hinter der Kurve auf der falschen Straßenseite gestanden hatte, was darauf hindeutete – wenn auch kein Beweis war –, dass er das Unglück verursacht hatte. Er war vor Ort gewesen, als sich der Unfall ereignete, ohne den Notarzt und die Polizei zu verständigen. Man würde sich nach dem Grund dafür fragen und alte Deckel mit der Zeche vom Lindgården herauskramen. Und vielleicht sogar eine alte Anzeige wegen Vergewaltigung ganz in der Nähe, falls eine solche existierte und die Ermittler auf Zack waren.

Verdammt!, wollte er rufen. Aber das verkniff er sich, denn Jan war ein Problemlöser und der Einzige, der einen kühlen Kopf bewahrte, wenn alle anderen wie panisch durch die Gegend rannten. Irgendwie musste er aus dieser Zwickmühle wieder rauskommen. Mit ein bisschen Fantasie und vielleicht etwas Glück ginge das schon.

Es blieb die Frage: Wer hatte die verfluchten Fotos gemacht?

Aufgrund des drohenden Schneegestöbers hatte auf dieser kleinen, abgelegenen Straße zum Zeitpunkt des Unfalls kaum Verkehr geherrscht. War außer dem Fahrer noch jemand in dem Wagen gesessen? Jemand, der aus dem Auto geschleudert worden war oder sich hatte befreien und den Hang hinaufretten können, bevor Jan sein Auto hatte stoppen und zurückfahren können?

Wohl kaum. Und falls doch, hätte derjenige den Notruf absetzen oder die Witwe kontaktieren können, damit die Leiche nicht vier Tage lang in Schockstarre dasitzen musste.

Es musste jemand anders aufgetaucht sein, ohne dass Jan etwas davon bemerkt hatte. Das war durchaus möglich, denn er war ganz und gar mit seinen eigenen Problemen beschäftigt gewesen und hatte nicht mal in den Rückspiegel geschaut. Wenn der Zeuge zu Fuß unterwegs gewesen war, hatte Jan ihn nicht mal hören können.

»Gleich gibt's Essen«, rief Gunilla hinter ihm her, als er aufstand und aus der Küche ging.

»Ich komme sofort«, entgegnete er und nahm die Fotos mit in sein Arbeitszimmer.

Er breitete sie vor sich auf dem Tisch aus, machte die Schreibtischlampe an und nahm aus einer der Schubladen eine Lupe zur Hand. Er konnte es sich nicht verkneifen, zuerst einen Blick auf den Toten zu werfen, was wirklich kein schöner Anblick war, obwohl die Aufnahme verschwommen war. Ein Schauer jagte ihm den Rücken hinunter, ihm wurde flau im Magen, und er musste mehrmals schlucken.

Dann bewegte er die Lupe über sein Auto und stellte fest, dass er selbst nicht auf dem Foto zu sehen war, das hintere Nummernschild hingegen sehr gut. Dass es sich um Jans Wagen handelte, war eindeutig. Aber aus welchem Winkel war das Bild gemacht worden? Nicht direkt von hinten, was der Fall gewesen wäre, wenn der Fotograf dieselbe Kurve genommen hätte wie er. Sondern von schräg rechts, als hätte der Zeuge auf der abschüssigen Seite aus dem Wald gespäht.

War da nicht ein Fahrweg für Forstmaschinen und Ähnliches?, kam ihm plötzlich der Gedanke. Ein Wirtschaftsweg mit bewachsenem Mittelstreifen? Das schien plausibel. Und nicht bloß das – aus seiner Umnachtung nach jenem katastrophalen Nachmittag nahm nun eine Erinnerung an den Verkehr der Gegenrichtung Formen an. Eine flüchtige Wahrnehmung, die er auf dem Heimweg zu der Frau mit den Schnäppcheneinkäufen gemacht hatte. Auf den letzten Kilometern hatte sie angefangen zu jammern – ängstlich, wie er leicht belustigt festgestellt hatte, denn es gab überhaupt keinen Grund dafür. Er hatte sich jedenfalls mehr auf seine Fahrweise und ihre Reaktionen konzentriert als auf das, was neben der Straße an ihm vorbeigesaust war. Aber genau dort oben im Wald auf der Forststraße hatte er aus den Augenwinkeln etwas registriert. Zwischen den kahlen Baumstämmen war ihm ein Auto aufgefallen, und er hatte sich gefragt, ob es vielleicht einen Motorschaden hätte. Aber dann hatte er darauf gepfiffen, denn er hatte den Wagen als Firmenwagen wiedererkannt, dessen Fahrer in derselben Jagdgesellschaft war wie er. Norling hieß er. Er war ein selbstgefälliger Idiot, und seine Probleme interessierten Jan nicht die Bohne.

Wie lange war er dann bei dem Mädel mit dem Whisky geblieben – eine halbe Stunde vielleicht? Wenn Norling tatsächlich eine Panne gehabt und auf Hilfe gewartet hatte, hätte er zum Zeitpunkt des Unfalls auch noch dort im Auto sitzen können.

Höchstwahrscheinlich steckte dieser Blödmann hinter der Erpressung. Ob er Geldprobleme hatte? Sechs Millionen waren kein Pappenstiel und tatsächlich ziemlich genau die Summe, die Jan zusammenkratzen konnte, wenn er alles verkaufte, was er hatte.

Was er aber sicher nicht vorhatte. Er musste eine andere Lösung finden, dachte er, während er die Fotos wieder in den Umschlag schob. Nun hörte er Schritte hinter sich und wandte sich mit aufgesetztem Lächeln zu seiner Frau um.

»Ich komme schon, Liebling«, sagte er, legte die unangenehme Post in die Schreibtischschublade und schloss sie.

34

Jeanette

Hier gab es vor allem Beton, Wellblech und von Schneematsch verschmutzte Autos. Trotzdem harrte sie in der Februarkälte bei Wind und Regen aus. Das Warten war ihr wie eine Ewigkeit vorgekommen, doch schließlich war die Zeit reif für das lang ersehnte Wiedersehen mit Peter.

Jeanette hatte eine SMS von einem unbekannten Anrufer bekommen, den sie nicht zurückverfolgen konnte. Vielleicht hatte er eine Geheimnummer oder er benutzte eine Prepaidkarte. Die Mitteilung war eindeutig: Er wollte Richtung Süden weiterfahren und sie vor Bilcity am Kreisel, der auf den Toftavägen führte, einsammeln. Zwei Wochen nach dem Unfall, auf den Tag genau.

Das legte Jeanette so aus, dass er ebenso ungeduldig war wie sie. In dieser schweren Phase hatte sie unter anderem befürchtet, dass er alles verzögern und die Karenzzeit um mehrere Wochen oder sogar Monate verlängern würde, um auf der sicheren Seite zu sein. Dass das Interesse seinerseits abflauen würde. Und dass sie schließlich selbst aufgeben würde, bevor sich eine Gelegenheit geboten hätte, mit ihm zu sprechen.

Als sie die SMS erhalten hatte, blieben ihr noch vier Tage bis zum Treffen. Vier endlos lange Tage mit den inzwischen wohlbekannten Beeinträchtigungen: Schlaflosigkeit, Schlafwandeln, Scham und Schuldgefühle, Nervosität, Appetitlosigkeit und schwindender Lebensmut – aber mit der Gewissheit, dass Peter sich schon bald um sie kümmern, sie berühren und ihr helfen würde, auf den rechten Weg zurückzufinden.

Nun stand sie hier unbehelligt von der tristen Umgebung, dem Mistwetter und dem schneidenden Wind. Nichts konnte schlimmer werden als das, was sie die letzten Wochen durchlebt hatte. Die Erinnerungen daran hatte sie so gut es ging verdrängt. Jetzt wartete der Anfang von dem, was noch kommen sollte auf sie, und das war im Augenblick das Wichtigste.

Aber es war inzwischen Viertel nach – hatte er nicht vier Uhr gesagt? Jeanette drehte eine Runde auf dem großen halb leeren Parkplatz, womöglich stand er ja irgendwo, wo sie ihn nicht gleich sah? Nein.

Es musste ein Problem gegeben haben, vielleicht am Arbeitsplatz, und er kam nicht weg. Doch sie konnte warten, schließlich hatte sie ohnehin nichts anderes vor. Es war schon halb fünf – wartete er an der Straße auf sie, obwohl er ausdrücklich den Parkplatz gemeint hatte? Auch das war nicht der Fall, stellte sie fest und ging wieder zum Parkplatz zurück. War er nach drinnen gegangen, um sich aufzuwärmen? Nein, und das Auto stand nicht auf dem Parkplatz, und so war er auch nicht. Es sei denn, er hatte das Auto getauscht, was allerdings eher unwahrscheinlich war, denn er war seit ihrem letzten Treffen wohl kaum aus der Firma ausgeschieden. Er konnte liegen geblieben sein mit seinem Fahrzeug, sodass er einen Mietwagen oder ein geliehenes Auto fuhr, aber dann hätte er sich erst recht zu erkennen gegeben.

Der TÜV fiel ihr ein. Er hatte Bilcity geschrieben, allerdings den TÜV direkt daneben gemeint. Da war er jedoch auch nicht, und jetzt war es bereits fünf Uhr. Wenn er vier geschrieben, aber fünf gemeint hatte, gab es noch eine Chance, dass er doch noch auftauchte.

Sie eilte wieder zum eigentlichen Treffpunkt vor dem Autohaus zurück, ging auf und ab und machte noch mal die Runde der letzten Stunde. Ohne Erfolg, er war nicht da und hatte ihr auch keine Nachricht auf ihr Handy geschickt.

Inzwischen war es dunkel geworden, und als sie kurz davor war aufzugeben, schickte sie eine SMS an die unbekannte Nummer.

Hatte sie da etwas missverstanden und es gab gar keine Verabredung? Sie bekam keine Antwort, wollte aber auch nicht weiter nachhaken. Entweder er meldete sich noch oder eben nicht. Er wusste ja, dass sie wartete und eine Absage besser war als gar keine Reaktion.

Es wurde sechs, dann sieben Uhr, aber sie hatte trotzdem noch nicht ganz aufgegeben. Er hatte sie sicher nicht herbestellt, um dann nicht zu erscheinen, so war er nicht. Konnte sie da allerdings so sicher sein – so gut kannten sie sich schließlich auch nicht. Doch, inzwischen schon, versuchte sie sich einzureden. Sie waren für ihr Leben lang miteinander verbunden, ob sie wollten oder nicht. Vor exakt zwei Wochen war etwas geschehen, was keiner von ihnen jemals vergessen würde und was vor allem Peter dazu bewogen hatte, ihre Beziehung auf einer freundschaftlichen Basis zu halten. Warum dann all diese Liebesbezeugungen in dieser einen Nachricht, wenn sie gar nicht so gemeint waren?

Um nicht zu frieren, schlenderte sie an den kahlen Baracken und den Flächen der Firmen vorbei und ließ sich von den Autofahrern nass spritzen, die auf den stark befahrenen Straßen in Kreiselnähe unterwegs waren, während sich der Uhrzeiger Minute um Minute, Stunde um Stunde vorschob.

Stunden später begriff sie, dass ihre ehrenwerte Ausdauer nichts mit Geduld und Stärke zu tun hatte, sondern mit Verzweiflung und Wahnsinn. Irgendwie musste sie wieder nach Hause kommen und ihrem Mann irgendeine Geschichte unterjubeln, wie sie den Abend verbracht hatte. Um dann im dunklen Schlafzimmer stumm zu weinen.

35

Jan

Die zehn Tage schienen gar nicht zu vergehen, und zehn weitere gesellten sich noch dazu. Erst als er drei Wochen lang nichts gehört hatte, begann Jan sich zu entspannen: Die Drohung würde nicht wahr gemacht werden. Das feierte er im Stillen, aber umgeben von Leuten auf einem Barhocker im Restaurant Gamla Masters nach seinem Feierabend. Weder hatte die Polizei bei ihm angeklopft noch ihm einer seiner Jagdfreunde verstohlene Blicke zugeworfen. Das war zweifelsohne ein Bier und einen Whisky wert.

Aufgrund von Norlings Verschwinden hatte es mehrere Artikel und Meldungen gegeben, nicht nur in der Lokalpresse, sondern auch in den überregionalen Medien. Die Polizei nahm den Fall offensichtlich sehr ernst, aber es hieß, sie hatten trotzdem keine Hinweise, wo er sich aus welchem Grund aufhalten könnte. Auch wenn das für die anderen ein Rätsel war, gab es immer jemanden, der wusste, wie der Stand der Dinge war, darauf konnte man Gift nehmen, grinste Jan in sich hinein und leerte sein Whiskyglas in einem Zug.

»Noch einen?«, fragte der aufmerksame Barkeeper.

Jan nickte. Das Auto würde er stehen lassen, er fuhr nach dem ersten Bier schon nicht mehr.

»Komische Geschichte, das mit Peter Norling«, sagte der Barkeeper und schenkte Whisky in ein Glas. »Er ist ja wie vom Erdboden verschluckt.«

Er wandte sich ausgerechnet an Jan, als hätte er seine Gedanken gelesen. Er musste sehr überrascht geschaut haben, denn der Barkeeper fühlte sich offenbar genötigt, seine Bemerkung zu erläutern.

»Sie sind zusammen in einer Jagdgesellschaft, wenn ich mich nicht irre?«

»Genau«, bestätigte Jan erleichtert. »Absolut, doch, das alles ist echt mysteriös.«

»Tragisch«, meinte der Barkeeper und stellte das Glas vor Jan hin. »Vor allem für die Familie, ganz egal, was passiert ist.«

Jan nickte. Er war natürlich weder betroffen noch gerührt. Stattdessen freute er sich, dass die äußerst unangenehme Erpressungsgeschichte aus der Welt war.

Theoretisch könnte es auch so sein, dass Jan alles in den falschen Hals gekriegt hatte und der Firmenwagen, in dem Norling herumkutschierte, schon vor dem Unfall nicht mehr da gewesen war. Darüber wusste Jan eigentlich nichts, weil er auf dem Rückweg von der falschen Seite gekommen war und nicht hatte ausmachen können, wie es auf dem schmalen Waldweg ausgesehen hatte. In dem Fall wäre er mit seinem Verdacht gegen Norling auf dem Holzweg gewesen. Er hätte in eine andere Richtung denken müssen, was unmöglich war, denn er hatte keine Menschenseele im Wald bei dem Steilhang gesehen. Er konnte ja schlecht raten, welcher der 57.000 Einwohner der Insel stummer Zeuge des Unfalls geworden war und zudem alles dokumentiert hatte.

Aber smarte Menschen haben Glück, stellte er mit einer Unbeschwertheit fest, die nach einem Monat Winterschlaf wieder durchschien. Jan hatte den Unfall mit seinen tragischen Konsequenzen fast verdrängt, bis die Fotos vom Unfallort ihre Schatten auf sein Leben geworfen hatten. Doch nun war Norling nicht mehr da, und die versuchte Erpressung war seither nicht mehr wiederholt, geschweige denn in die Tat umgesetzt worden. Damit war das Problem vom Tisch, und Jan konnte wieder nach vorn blicken.

»Prost!« Er lächelte den Barkeeper an.

Freundlich, aber nicht übertrieben fröhlich, da Norlings Verschwinden angeschnitten worden war. Dann leerte er seinen zweiten Whisky, kippte das Bier hinunter, zahlte und ging, leicht ums Herz wie schon lange nicht mehr.

36

Jeanette

Jeanette saß im Auto vor der Arbeitsstelle. Ihrer Arbeitsstelle – deswegen parkte sie hier. Aber es war auch Peters Arbeitsstelle, und deswegen saß sie hier. Die Zunge klebte ihr am Gaumen, sie hätte etwas zu trinken gebraucht, aber sie hatte nichts. Ihn am Arbeitsplatz aufzusuchen stand in komplettem Gegensatz zu allem, was sie vereinbart hatten, und das ging ihr gegen den Strich. Doch das war immerhin besser, als zu ihm nach Hause zu fahren, was völlig undenkbar war. Peter wäre strikt dagegen, und sie hielt nicht mal die Vorstellung aus, seine Frau und seine Kinder zu Gesicht zu bekommen. Ihr Selbstbewusstsein war wie weggeblasen, und um den unangenehmen, aber unausweichlichen Besuch vor sich her zu schieben, hielt sie sich die Situation noch einmal vor Augen.

Der lange Nachmittag und Abend gestern vor dem Autohaus hatten ihr die Augen geöffnet, und sie hatte eine neue Facette an sich entdeckt: mangelndes Selbstvertrauen. Allmählich wurde ihr klar, dass sie nicht länger geliebt werden konnte und das auch gar nicht verdiente.

Es hätte zwei vernünftige Vorgehensweisen gegeben, mit der Situation am Steilhang umzugehen: entweder das Geld nehmen und sich davonstehlen, sich über den glücklichen Zufall freuen und der Zukunft mit ungetrübtem Optimismus entgegenblicken, oder auf sein Gewissen hören und die ganze Idee erhobenen Hauptes in den Wind schießen.

Aber Jeanette hatte sich für den feigen Weg entschieden. War wankelmütig von einem Bein auf das andere getreten, hatte mit halbem Ohr auf die Stimme ihres Herzens gehört, während sie sich zu einer Sache überreden ließ, ohne sie kritisch zu hinterfragen, und die im Widerspruch zu allem stand, woran sie glaubte. Von jemandem, den sie kaum kannte.

Was für ein Waschlappen sie war, ein Weichei ohne eigene Meinung. Ein Fähnchen im Wind.

Egal wie sie sich verhalten hätte, es hätte funktioniert, wenn sie mit ausreichendem Selbstbewusstsein gehandelt hätte. Selbstsicherheit war der Weg zu Glück und Erfolg, Selbstachtung war attraktiv. Und als sie sich das vor Augen führte, war ihr auch klar, dass ein Taugenichts wie sie kaum anhaltendes Begehren bei einem verheirateten Mann weckte. Auf dem Weg vom Unfallort weg hatte er sich taub gestellt, hatte begriffen, woran er bei ihr war, dass sie kein Fels in irgendeiner Brandung war. Und dass sie ihm auch keine Stütze bei einer Flaute wäre.

Mit der Bürde dieser neuen Einsicht stieg sie aus dem Wagen und ging zum Showroom, der an die Autowerkstatt anschloss, die Peter gehörte. Sie nahm all ihren Mut zusammen und schob begleitet von einem Glockenklang die Tür auf.

»Ich war vor ungefähr einer Woche schon mal hier und habe mit einem Kollegen von Ihnen über das Problem mit meinem Auto gesprochen«, begann sie. »Ich weiß nicht mehr, wie er hieß, aber er hatte kurze dunkle Haare und …«

»Das ist doch kein Problem«, sagte der Mann hinter dem Tresen. »Vielleicht kann ich Ihnen ja weiterhelfen?«

Er war in den Dreißigern, groß, mit rotem Vollbart und kahl rasiertem Schädel und wechselte nun einen vielsagenden Blick mit seinem Kollegen, der ihnen eben noch den Rücken zugewandt und etwas in ein Regal geräumt hatte.

»Das ist nicht so einfach«, sagte Jeanette. »Ich glaube nicht, dass ich ihnen das alles noch mal erklären kann. Ist er nicht da heute, der Dunkelhaarige?«

Wieder wurden Blicke gewechselt – hatten sie einen Verdacht? Waren sie zusammen gesehen worden, oder hatte Peter im Vertrauen etwas erzählt, was er ihnen nicht erzählen durfte?

»Nein«, entgegnete der Mann und beugte sich vor, die Handflächen auf den Tresen gestützt.

Er wirkte geradezu bedrohlich, wie er so dastand und sie musterte, auf den nächsten Vorstoß zu warten schien, als wüsste er, dass sie sich nicht an die Wahrheit hielt.

»Wissen Sie, wann er zurückkommt?«, fuhr Jeanette beharrlich fort.

»Nein«, erwiderte der Mann, ohne den Blick abzuwenden.

Vielleicht war er ja pikiert, weil sie ihm nicht schilderte, was mit ihrem Auto los war?

»Er ist im Urlaub«, fügte ein älterer Mann hinzu, der allem Anschein nach bald in Rente gehen würde. »Er kommt erst in ein paar Wochen wieder.«

Ein weiterer rätselhafter Blick wurde zwischen den Männern gewechselt, und Jeanette hatte das Gefühl, dass kein einziges Wort von dieser seltsamen Unterhaltung wahr war.

»Okay, dann melde ich mich in ein paar Wochen noch mal«, sagte sie mit aufgesetztem Lächeln. »Bis dahin.«

Sie machte auf dem Absatz kehrt und ging. Hörte die Tür mit einem erneuten Pling von der Glocke hinter sich zuschlagen, die die Mitarbeiter auf neue Kunden aufmerksam machen sollte.

Offensichtlich unbeschwerten Schrittes ging sie am Fenster vorbei und zu ihrem Auto zurück. Dachte noch mal nach. Versuchte, die Situation zu deuten. Kam zu dem Ergebnis, dass Peter sich möglicherweise in der Werkstatt aufhielt, aber seine Mitarbeiter gebeten hatte, nichts zu sagen, wenn jemand nach ihm fragte. Beispielsweise eine Blondine in modischen Kleidern, die so tat, als kannte sie ihn nicht. Oder er war tatsächlich im Urlaub. Vielleicht zwei Wochen oder länger. Und hatte ihr nichts davon gesagt.

Wie auch immer, das bedeutete nichts Gutes. Er wollte wohl nichts mehr von ihr wissen.

*

Jeanette saß am Frühstückstisch und tat so, als blätterte sie in der Zeitung. Sie war zerstreut, schließlich war ihr Mann bei ihr. Wenn sie nicht las, erwartete er, dass sie mit ihm redete, doch sie hatte ihm immer weniger zu sagen. Die Nachrichten interessierten sie auch nicht mehr, denn was sich in ihrem Kopf abspielte, überschattete alles andere.

Seit dem verpatzten Treffen waren über zwei Wochen vergangen, und Jeanettes Probleme waren größer geworden. Nun wagte sie nicht länger auf ein Wiedersehen mit Peter zu hoffen. Nachdem sie den dramatischen Vorfall auf Strich und Faden geprüft hatte, war es immer wahrscheinlicher, dass er sie auf seinem Weg in eine strahlende Zukunft nicht länger dabeihaben wollte. Allerdings gab es ein paar Details, die ihr nicht gleichgültig waren und die ihre Hoffnung nährten, aber wie sie es auch drehte und wendete, wurde sie nicht schlau daraus, was er sich dabei gedacht hatte.

Wie konnte er so sicher sein, dass sie nicht einknicken und sich selbst anzeigen würde und damit letztendlich auch ihn? Das Risiko war von Anfang an in greifbarer Nähe gewesen, und er sollte sich deshalb ihrer Loyalität nicht allzu sicher sein. Dass er sie zudem noch anlog, ihr vorgaukelte, er wolle sie treffen, um sich dann ohne einen Mucks zu verdrücken, machte die Sache für ihn nicht besser. Er musste doch verstehen, dass es nicht länger um Loyalität ging, sondern schlicht um ihr eigenes Wohl. Jeanette war frei in ihren Entscheidungen, und wenn sie vor Selbstvorwürfen schier verging, würde nicht mehr viel fehlen, bis sie zur Polizei ging.

Und warum hatte er sie bis zum Schluss in dem Glauben gelassen, dass er sie liebte und sich nach ihr sehnte? Schöne Worte in der letzten SMS, natürlich, eine Supermethode, um sie sich warmzuhalten, aber anstatt ein Treffen vorzuschlagen, hätte er das auch alles aufschieben können. Sie Woche für Woche hinhalten können. Nur zu ihrer eigenen Sicherheit, damit ihre Entscheidung an jenem Januarnachmittag nie infrage gestellt werden würde, da ihr Verhältnis erst viel später begonnen hatte. So könnte er das geplant haben, und sie war in die Falle getappt. Bis es ihr eines Tages wie Schuppen von den Augen fallen würde, dass dieses Verhältnis nie zustande kommen würde. Aber dann wäre schon so viel Zeit vergangen, dass gar keine Maßnahmen mehr notwendig wären, alles im Sande und das Leben wieder in seinen normalen Bahnen verlief. Wenn das nicht ohnehin schon der Fall war.

Aber nun fiel ihr Blick auf einen groß aufgemachten Artikel, der von dem unerklärlichen Verschwinden eines 41-jährigen Mannes berichtete. Sie las ihn durch, studierte das Foto mit steigender Panik, las den Artikel nochmals, rannte dann ins Bad, um mit ihren unkontrollierten Zuckungen und ihrem rauchenden Kopf allein sein.

Ihre Hände zitterten. Sie warf ein paar Tabletten ein und spülte sie mit Wasser mehr schlecht als recht hinunter. Dann setzte sie sich auf den Toilettendeckel und versuchte, sich zu sammeln, bis ihre körperlichen Reaktionen wieder verebbt waren.

Verschwunden? Was hatte das zu bedeuten? Und ohne Auto?

Es war anzunehmen, dass etwas Ernstes passiert war, und zwar zwei Tage vor ihrem geplanten Treffen. Er war ja schon verschwunden gewesen, als sie bei der Kälte vor dem Autohaus durch den Schneematsch gestapft war. Das erklärte, warum er nicht auftauchte, warum er sich nicht meldete und auch die SMS nicht beantwortete. Außerdem erklärte das die Heimlichtuerei der beiden Automechaniker und auch ihre misstrauischen Blicke, als sie nach Peter gefragt hatte. Sie wussten natürlich, dass er gesucht wurde. Die Polizei war mit Sicherheit da gewesen und hatte sich umgehört, ihnen auferlegt zu schweigen, und sie hatten sich nach bestem Wissen daran zu halten versucht. Ohne zu viel zu verraten, während sie gleichzeitig erfahren wollten, warum so viele Leute nach Peter fragten. Wenn es denn wirklich so viele waren, vielleicht war es auch nur Jeanette.

Machte sie das interessant für die Ermittlungen? Das sollte es zweifelsohne tun. Doch sie hatte ihre Rolle gut gespielt, die ahnungslose, unbekümmerte Kundin, die nicht mal wusste, wie derjenige hieß, nach dem sie fragte. Was mit der Wahrheit nicht das Geringste zu tun hatte. Ihre Unwissenheit Peters Verschwinden betreffend war hingegen absolut echt. Zusammenfassend gab es für Peters Mitarbeiter anscheinend keinen Anlass, die Polizei von Jeanettes Besuch in Kenntnis zu setzen.

Was optimal war, denn sie wollte da wirklich nicht mit reingezogen werden. Wollte nicht, dass es zwischen Peter und ihr irgendwelche sichtbaren Berührungspunkte gab. Wenn er zurückkam, konnten sie noch mal bei null anfangen, niemand sollte einen Grund zu der Annahme haben, dass sie schon vor seiner Rückkehr ein Verhältnis miteinander hatten.

Falls er zurückkam, dachte sie plötzlich, und ihr zog sich der Magen zusammen. Laut Polizei konnte etwas passiert sein – was hatte das zu bedeuten? Ein Herzinfarkt an einem schwer zugänglichen Ort? Ein Unfall oder ein Tötungsdelikt? Was wusste sie eigentlich über Peter? Über seine Gesundheit oder Risikobereitschaft, sich Gefahren auszusetzen? Nichts. Sie hatte geglaubt, ihn besser zu kennen – bis die Katastrophe passiert ist. Vor der schrecklichen Sache mit dem Geld.

Das Geld. Die sechs Millionen, nach denen er so gegiert hatte, nachdem er – sie beide gemeinsam, korrigierte sie sich – beinahe buchstäblich über Leichen gegangen waren.

Jeanette spürte, wie sie wieder zu zittern begann, wie die Übelkeit erneut in ihr aufstieg. Sie wollte sich nicht übergeben, wollte die Tabletten im Magen behalten, damit sie wirken konnten, bevor sie aus ihrem Körper verschwanden. Sie streckte sich auf der BademaTte aus und legte ein Handtuch auf ihr Gesicht. Konnte sie nicht wenigstens schlafen, jetzt, wo sie so müde war? Einfach einschlafen und nie wieder aufwachen?

Aber sie konnte den Gedanken nicht abschütteln. Sie schlotterte so sehr, dass vor lauter Beben und Frieren ihre Zähne knirschten. Und nun konnte sie die Tränen nicht mehr länger zurückhalten. Sie weinte in das Handtuch, damit niemand sie hörte, konnte aber damit nicht aufhören. Nicht, nachdem ihr der große Verrat bewusst geworden war.

Peter hatte sie davon überzeugt, dass es richtig war, einen Mann seinem lebensbedrohlichen Schicksal zu überlassen, der zum Unfallopfer geworden war. Er hatte sie gegen ihren Willen überredet, das zu tun. Weil er zwei Taschen voller Geld mitgehen lassen wollte. Jeanette hatte kein Interesse an dem Geld gehabt und hatte auch jetzt keines. Aber sie hatte getan, was Peter ihr aufgetragen hatte, seinetwegen, der Liebe und ihrer gemeinsamen Zukunft wegen. Sie war seine Komplizin und ebenso schuldig, nur dass sie im Gegensatz zu ihm das schlechte Gewissen plagte. Sie fühlte sich schrecklich, bereute die Tat zutiefst und hatte jeglichen Lebenswillen verloren. Das Einzige, was sie noch bei der Stange hielt, war der Traum von Peter, der Traum von einem gemeinsamen Leben mit ihm.

Und nun war er weg. Mit dem ganzen Geld. Was ihr einerlei war, aber was genauso ihr gehörte. Peter hatte der Versuchung nicht widerstehen können – für ihn bedeutete Geld offensichtlich weit mehr als Liebe, und Jeanette war ihm bloß im Weg gewesen.

Er hatte sich samt der Klamotten und Schuhe, die er an jenem Tag getragen hatte, in Luft aufgelöst, hatte Reisepass, Zahnbürste, Reisetasche und Auto zu Hause gelassen – all das konnte mit Geld auch anderswo beschafft werden. Er hatte aus seinem Verschwinden ein unlösbares Rätsel gemacht, Herzen gebrochen und vaterlose Kinder zurückgelassen.

Er hatte sie mit seinem süßen Versprechen, sie bald wiederzusehen, bei der Stange gehalten. Denn er wusste, dass er zum Zeitpunkt des Treffens bereits über alle Berge sein würde und es danach keine Rolle mehr spielte, was Jeanette unternahm. Er pfiff auf ihre Loyalität. Sie konnte zur Polizei gehen und alles erzählen, wenn sie wollte, aber das konnte ihm nichts anhaben, nur ihr.

Zynisch, schonungslos – für seinen Verrat gab es keine Worte. Wie sollte es für sie noch ein Leben danach geben?

37

Kerstin

Jetzt war sie ganz allein. Sie hatte ihre Arbeit im Kindergarten in Fårösund und kam mit den Kleinen und ihren Kollegen gut aus, doch richtige Freunde waren nicht darunter. Und einsatzfähig war sie auch nicht auf absehbare Zeit, denn es fiel ihr schwer, regelmäßig zu essen und zu schlafen.

Direkte Nachbarn hatte sie ebenfalls nicht, aber zu den nächst gelegenen hatte sie ein höfliches, allerdings recht unpersönliches

Verhältnis. Eine Schar Hühner und ein paar Katzen waren die einzigen Lebewesen aus Fleisch und Blut, die ihr nah waren, jedenfalls solange sie krankgeschrieben war wegen Karl-Eriks Tod. Im Übrigen drehte sich ihr derzeitiger Umgang ausschließlich um fiktive Personen aus den Büchern, die sie las.

Also war Kerstin wirklich richtig einsam. Es war nicht leicht, das zu akzeptieren, doch so war es. Vielleicht wäre das sogar für immer der Fall. Während Karl-Eriks Haft hatte sie sich nicht so verlassen gefühlt; auch wenn ihr diese Zeit unendlich lang vorgekommen war, war es doch absehbar. Sie hatten mehrmals in der Woche miteinander telefoniert, und sie hatte ihn jeden Monat besucht. Dann kamen allmählich die Freigänge dazu, und der Zeitpunkt der Haftentlassung war in Sichtweite gerückt.

Nun gab es nichts mehr, woran sie sich klammern konnte. Sie hatten keine Kinder, Kerstins Vater war vor vielen Jahren schon an den Drogen zugrunde gegangen, und ihre Mutter wollte von Kerstin nichts wissen, seit sie in kriminellen Kreisen verkehrte. Diese hat sie zwar längst wieder verlassen, aber das änderte nichts an der Haltung ihrer Mutter. Sie hatte ihre schützende Hand von ihrem einzigen Kind genommen, ein für alle Mal.

Wieder nach Stockholm zu den alten Freunden zurückzuziehen kam nicht infrage, diese Zeit hatte sie hinter sich. Doch hier draußen auf dem Land konnte sie auch nicht wohnen bleiben. Dafür war kein Geld vorhanden, da sie nun ganz allein für alles aufkommen musste. Außerdem war die Gegend zu einsam und verlassen. Im Grunde war Kerstin ein geselliger Mensch, obwohl sie auf den ersten Blick nicht so wirkte. Sie war gern unter Leuten und würde schier eingehen in einer abgelegenen kleinen Hütte.

Deshalb entschied sie sich, nach Visby zu ziehen, wo sie in einer günstigen Mietwohnung leben konnte. Dort würde es ihr auch leichter fallen, Arbeit zu finden, und sie konnte sich in verschiedenen Vereinen und Kreisen engagieren, um Leute kennenzulernen. Welche Art von Vereinigungen und Leuten, wusste sie auch nicht, aber irgendetwas würde es schon geben, wofür sie sich interessierte. Ein paar Menschen würden sich doch bestimmt umgekehrt auch für sie interessieren, trotz ihrer Tätowierungen, die sie abstempelten und in eine ganz bestimmte Ecke stellten, oder?

Leiche in Waldstück gefunden

Im Süden von Gotland ist im Alskogen unweit des Steinhügelgrabs bei Digerrojr eine Leiche gefunden worden, nachdem am vergangenen Mittwoch ein Zivilist den Notruf abgesetzt hatte.

Es war bislang nicht möglich, Alter und Identität des Toten festzustellen, aber es handelt sich zweifellos um eine männliche Leiche, die relativ lange am Fundort gelegen haben muss, bevor sie gefunden wurde.

Die genaueren Todesumstände sind bislang ungeklärt, die Polizei hat die Ermittlungen aufgenommen.

»Ob es sich um ein Verbrechen handelt, ist derzeit noch ungeklärt«, sagt der leitende Ermittler, der meint, dass sich der Mann auch verirrt haben könnte, da seine Leiche in einem Gelände gefunden wurde, wo sich im Normalfall niemand aufhält.

Bisher gibt es keinen konkreten Verdacht, doch die Polizei hat den Fundort abgesperrt und die menschlichen Überreste in die Rechtsmedizin bringen lassen.

»Ob es sich um den 41-jährigen Mann handelt, der seit 2014 vermisst wird, können wir noch nicht sagen«, so der Leiter der Voruntersuchungen. »Die Leiche wird obduziert, um ihre Identität zu klären, aber wir haben die Angehörigen bereits informiert, dass es sich um den Vermissten handeln könnte. Wann die Identität feststehen wird, ist zurzeit noch unklar.«

GOTLANDS ALLEHANDA

2018
Juni

38

Sandra

Über ein Monat war inzwischen vergangen, seit Kerstin sich zuletzt gemeldet hatte. Sandra war beunruhigt, denn Kerstin wirkte ganz krank vor Kummer und vor lauter Einsamkeit, dass die realistische Gefahr bestand, sie würde sich etwas antun. Doch Sandra redete sich ein, Kerstin würde nie so weit gehen, ohne sie vorher über das Sorgentelefon zu kontaktieren. Es musste einfach so sein und nicht anders. Kerstin war ihr so wichtig geworden, und ihre Gespräche und die Detektivarbeit, die sie gemeinsam betrieben, inspirierten sie. Außerdem wollte sie auch selbst mit Kerstin reden. Die Telefonate waren für Sandra ebenfalls eine Therapie, und sie hatte Fragen, die ihr auf den Nägeln brannten.

Aber Kerstin war nicht die Einzige, die sich bedeckt hielt. Hallin hatte auch kein Lebenszeichen von sich gegeben, seit dieser unglückselige Blumenstrauß vor der Tür gelegen hatte. Vor allem waren die von ihr geforderten Unterhaltszahlungen bislang nicht auf ihrem Konto eingegangen, und das konnte sie so nicht hinnehmen.

Er hatte rund einen Monat Zeit gehabt, darüber nachzudenken und eine vernünftige Entscheidung zu treffen. Einen Drohbrief in Form dieses Blumenstraußes zu schicken und vor dem Problem einfach die Augen zu verschließen war nicht nur schlecht durchdacht, sondern auch völliger Blödsinn, da er auf diese Weise Gefahr lief, wegen Vergewaltigung angezeigt zu werden. Hallin musste begriffen haben, dass ihm genau das drohte, wenn er sich falsch entschied.

Sandra hatte nicht vor nachzugeben. Da sie nun wusste, wer er war, war es ausgeschlossen, ihn davonkommen zu lassen. Sandra wollte keine schwache Mutter mehr sein, die sich nicht für ihr Kind einsetzte. Und wenn Erik dadurch bald erfahren würde, dass er das Ergebnis einer Vergewaltigung war, würden er und seine Umwelt verstehen, dass ihn das zu einem Kind machte, das besonders willkommen war. Er war immer geborgen und brauchte nie daran zu zweifeln, wie sehr er geliebt wurde. Diesen Kampf wollte sie für ihren Sohn und für sich ausfechten. Aus finanziellen Gründen, aber auch um Hallin dazu zu bringen, dass er zu dem stand, was er getan hatte, und dafür zahlte. Die Warnungen, die sie ausgesprochen hatte, konnte sie ohne Weiteres in die Tat umsetzen. Wenn sie wollte, konnte sie die Vergewaltigung zur Anzeige bringen, obwohl sie nicht sicher war, ob sie die Kraft hatte, so weit zu gehen. Doch sie konnte garantiert einen Vaterschaftstest erwirken, woraufhin er ihr den rechtmäßigen Unterhalt zahlen musste. Ob das in aller Öffentlichkeit geschehen sollte oder nicht, lag bei ihm. Und die Zeit war reif, die Daumenschrauben noch etwas anzuziehen.

Sie kontrollierte, ob in ihrem Handy die Funktion »Nummer anzeigen« aktiviert war. Offenbar wusste er bereits, wer sie war und wo sie wohnte, aber seit der Vergewaltigung hatte sie eine Geheimnummer, um eventuellen Telefonterror zu umgehen. Diesmal war sie nicht besonders nervös, spürte eher das Adrenalin in ihrer Blutbahn. Sandra wusste, dass sie am Telefon besser war als in einer Unterhaltung von Angesicht zu Angesicht, dass ihre

Unsicherheit wie weggeblasen war, wenn ihr nicht besonders ansprechendes Äußeres verborgen war. Sie holte ein paar Mal tief Luft und gab die Nummer von Familie Hallins Festnetzanschluss ein.

»Hallin«, meldete sich eine männliche Stimme.

»Kann ich bitte mit Gunilla sprechen?«, fragte Sandra.

»Ja, natürlich. Wer ist denn dran?«

»Sandra, die Mutter Ihres Kindes. Sie wissen schon.«

Es wurde still am anderen Ende der Verbindung. Sandra stellte sich vor, wie ihre Worte sackten und die Anspannung stieg.

»Was zum Teufel soll das?«, zischte er wütend, aber mit gedämpfter Stimme.

Ein kleines Geheimnis hatte er also doch vor seiner Frau, auch wenn er das bei ihrem letzten Gespräch abgestritten hatte.

»Danke für die Blumen übrigens«, sagte Sandra. »Sie haben keine Angst, dass ich Sie bei der Polizei anzeige, oder?«

»Eigentlich nicht. Und Sie machen sich gar keine Sorgen, welche Konsequenzen diese Art von Erpressung für Sie haben kann?«

»Es geht überhaupt nicht um Erpressung, sondern um ein Gesuch zwecks gesetzlich geregelter Unterhaltszahlungen. Und als Antwort auf Ihre Frage: Die Konsequenz wird die sein, dass Sie dem Ersuchen nachkommen und den besagten Betrag auf mein Bankkonto überweisen. Das ist auch schon alles, und ich verstehe wirklich nicht, warum Sie da so unkooperativ sind.«

»Ach nein? Ich kann Ihnen sagen, woran das liegt. Ich bin nicht gerade davon begeistert, dass die kleine Abenteurerin einfach so in mein Leben stiefelt, um sich mein ganzes Geld unter den Nagel zu reißen.«

»Dann kann ich Ihnen sagen, dass das nicht mal die Hälfte von dem ist, was ich für den Jungen an Ausgaben habe«, konterte

Sandra unbeirrt. »Und ich habe nicht wirklich um die Schwangerschaft gebeten.«

»Ich auch nicht«, brummte Hallin. »Das Einfachste für alle Beteiligten wäre ein Abbruch gewesen.«

»Das Allereinfachste wäre gewesen, wenn Sie mit dem Kopf und nicht mit dem Schwanz gedacht hätten.«

»Sie sind wirklich nicht mehr ganz bei Trost.«

»Wirklich nicht?« Sandra lachte verächtlich. »*Ich* bin nicht bei Trost, wenn Sie rumlaufen und über Frauen herfallen?«

Es entstand eine Pause, ehe er den Faden wieder aufnahm, nun beherrschter.

»Dann sagen wir mal so: Das, was Sie gerade angesprochen haben, war wirklich nicht nötig, das gebe ich zu. Ich habe die Situation falsch eingeschätzt, und das tut mir leid. Aber Unterhalt? Ich habe absolut kein Interesse an irgendeinem Kind. Und Ihnen standen alle Optionen für einen Abbruch offen, nicht wahr? Vor allem, weil Sie sich gar kein Kind leisten können. Aber Sie haben sich dagegen entschieden. Ihre Entscheidung, die ich respektiere. Aber halten Sie mich da raus, ich wurde ja gar nicht gefragt.«

Hallins neuer Ton überraschte Sandra. Es war leichter, Verbitterung und Arroganz zu begegnen, das wurde ihr jetzt klar. Doch nur, weil er seine Empörung im Zaum hielt, musste sie das nicht ebenfalls tun.

»Ich bin auch nicht gefragt worden, ob ich Sex mit Ihnen wollte oder nicht«, hielt sie dagegen. »Und ich habe deutlich zu verstehen gegeben, dass ich nicht wollte. Da wäre es doch am einfachsten, Sie überweisen das Geld einfach, dann ist die Sache erledigt, und wir hören uns nie wieder. Und keiner erfährt etwas.«

»Es wird sowieso keiner etwas erfahren.«

»Wie meinen Sie das? Soll das eine Drohung sein?«

»Die sogenannte Vergewaltigung werden Sie nicht anzeigen. Das hätten Sie sonst schon längst getan. Und es gibt auch gar keine Beweise dafür.«

»Ein Vaterschaftstest kann so manches beweisen. Und eine Anzeige würde jede Menge Staub aufwirbeln, kann ich mir vorstellen.«

»Es steht Aussage gegen Aussage, und Beweise gibt es wie gesagt keine. Sie bringen mich nie hinter Gitter.«

»Gut möglich, aber Ihr Ruf nimmt Schaden, und das wollen Sie bestimmt gern vermeiden. Zahlen Sie, und die Sache ist aus der Welt. Sonst muss ich Maßnahmen ergreifen, die Ihnen vermutlich nicht gefallen.«

»Wollen Sie mir etwa drohen? Sie haben keine Ahnung, wen Sie hier vor sich haben.«

»Täuschen Sie sich da mal nicht«, entgegnete Sandra wahrheitsgemäß. »Ich weiß viel mehr über Sie, als Sie denken.«

»Ich denke, es ist Zeit, das Gespräch zu beenden«, sagte Hallin schroff. »Hören Sie auf damit, das ist mein wohlgemeinter Rat.«

»Vergessen Sie's«, schnappte Sandra kalt. »Kann ich jetzt bitte mit Ihrer werten Gattin sprechen?«

»Sie verdammte blöde fette Schlampe«, fluchte Hallin, und Sandra konnte förmlich hören, wie der Geifer spritzte, als er die Worte ausspie.

Dann legte er auf. Aber seiner Beschreibung nach zu urteilen erinnerte er sich offenbar an sie, stellte Sandra mit betrübtem Lächeln fest.

39

Jeanette

Alles war auf den Beinen an diesem warmen, sonnigen Tag, die Touristen strömten auf die Insel. Es ging auf Mittsommer zu, und es war offensichtlich, dass auch die feinen Stockholmer Schulen Ferien hatten.

Jeanette saß zwischen Lubbe und Kattis und beobachtete die Passanten. Sie waren alle in Eile, hatten nur wichtige Dinge zu erledigen. Die Hauptstädter nahmen ihren ganzen Stress mit nach Gotland, und erst mit der Mittelalterwoche begannen sie sich etwas zu entspannen, wenn die Ferien fast vorbei waren.

»Kleine Arbeiter, kleine Arbeiter sind lustig anzusehen«, sang Lubbe, und Kattis brach in Gelächter aus. Jeanette schmunzelte, aber sie kannte zumindest den Zusammenhang, wo Kattis passen musste, davon war sie überzeugt. Sie war zu jung, um Stefan Jarls alte Dokumentarfilme zu kennen.

Jeanette wurde flau im Magen bei dem Gedanken daran, dass sie sich nicht mehr abrackern musste, weil sie nicht mehr in Lohn und Brot stand, und jetzt stattdessen zu den sogenannten Mods gehörte. Sie fand, in dem Wort schwang eine gewisse Anerkennung mit, ein gewisses Maß an Respekt den Menschen gegenüber, die sich für den Lebensstil ihrer Subkultur Mod entschieden hatten. Auch wenn man sich das nicht aussuchen konnte, sondern da einfach hineingeriet, weil einem die Voraussetzungen fehlten, um durchdachte Entscheidungen zu treffen, die auf lange Sicht von Nutzen waren. Für den Moment zu leben machte einen kaputt, und Mods waren nichts anderes als arbeitslose Alkoholiker – Worte, die nicht besonders schön klangen.

»Die vom Festland kommen noch um vor Stress«, sagte Jeanette.

»Jetzt müssen noch Tausende Heringe eingelegt und unzählige Lachse gebeizt werden«, vermutete Lubbe, »und jede Menge Hochprozentiges beschafft werden. Prost.«

Dann setzte er die PET-Flasche an und trank ein paar große Schlucke von dem Selbstgebrannten, den er mit Cola verdünnt hatte. Jeanette wollte auch gerade ihre Flasche aus dem Rucksack nehmen, als sie die beiden Polizisten entdeckte, die auf sie zukamen.

»Die Bullen, Lubbe«, warnte sie ihn und griff stattdessen nach einer Zigarette und steckte sie an.

Lubbe ließ seine Flasche schnell verschwinden und wollte sich ebenfalls eine Zigarette anzünden, als er angesprochen wurde.

»Und du trinkst den verlängerten Stoff direkt aus der Flasche, Lubbe?«, fragte die Beamtin, eine freundliche Dame, mit strenger Miene.

Lubbe lehnte sich nonchalant zurück, die Zigarette im Mundwinkel.

»Was soll ich machen?«, gab er zurück und machte eine ausholende Geste. »Die Riedel-Gläser sind eben verdammt teuer. Habt ihr nichts Besseres zu tun, als hier herumzustreunen und Sonnenanbeter zu belästigen?«

»So wie's aussieht nicht«, erwiderte die Beamtin. »Pass auf, dass du dir keinen Sonnenbrand holst, Lubbe. Du bist schon leicht rot im Gesicht.«

»Danke für die Fürsorge«, sagte Lubbe und verschränkte die Arme vor der Brust. »Aber ihr solltet euch lieber mal um den Mord kümmern anstatt um meinen Sonnenschutzfaktor.«

Ihr männlicher Kollege grinste, die ernste Polizistin ließ sich allerdings nicht beirren.

»Seid doch etwas rücksichtsvoller. Ihr braucht das ja nicht so zur Schau stellen, was ihr hier macht. Und die Bänke gehören euch auch nicht, es gibt schließlich noch andere, die hier mal sitzen wollen.«

»Das sollten die mal versuchen«, sagte Lubbe mit gespielter Entrüstung.

»Genau, sie versuchen es ja gar nicht erst. Ihr könntet die Bänke auch mal wechseln. Oder euch auf einer Decke im Wald niederlassen.«

»Wir werden drüber nachdenken«, meinte Lubbe und blies den Rauch aus seinem anderen Mundwinkel aus.

Die beiden Polizisten gingen weiter, und Jeanette wollte wieder nach der Flasche in ihrem Rucksack greifen, hielt aber inne – es war nicht nötig, das Schicksal auf diese Weise herauszufordern.

»Die sind ganz schön nervig, die Bullen«, meinte Kattis.

»Die machen auch nur ihren Job«, erwiderte Lubbe.

»Was macht das schon, dass wir hier sitzen?« Wie immer fiel es Kattis schwer, zu begreifen, worum es ging.

»Es ist genau so, wie sie gesagt haben, wir sitzen den ganzen Tag hier rum, und kein anderer kann sich hier hinsetzen. Sie hätten uns schon oft vertreiben können, sie sehen, dass wir hier trinken, aber lassen uns in Ruhe, obwohl Alkoholkonsum auf öffentlichen Plätzen verboten ist. Sie hätten uns alle einsammeln und mitnehmen können, lassen uns allerdings in Ruhe, weil sie nett sind.«

»Ich finde trotzdem, das geht gar nicht. Sie verteilen Strafzettel und piesacken Sonnenanbeter, anstatt den Mörder zu fassen.«

»Kattis«, seufzte Lubbe und stieß dabei eine Rauchwolke aus. »dass sie Sonnenanbeter nerven, sollte ein Scherz sein. Sie weisen uns doch nur darauf hin, dass wir hier nicht in aller Öffentlichkeit sitzen und saufen sollen. Außerdem verteilt die Polente keine Strafzettel, das machen die Angestellten der Stadtverwaltung. Politessen – schon mal davon gehört? Das sind keine Polizistinnen. Außerdem gibt es verschiedene Polizeibeamte. Die Streifenbeamten sind nicht für Mordermittlungen zuständig. Das macht die Kriminalpolizei.«

Kattis verdrehte die Augen und machte eine mürrische Kopfbewegung, die suggerieren sollte, sie sei nur von Idioten umgeben. Dann machte sie eine Bierdose auf, die mit leisem Zischen nachgab.

»Über was für einen Mord redet ihr da eigentlich?«, erkundigte sich Jeanette.

»Du hast nichts davon gehört?«, sagte Kattis belustigt.

»Es ist doch gar nicht sicher, dass es überhaupt Mord war«, wandte Lubbe ein und trat die Zigarettenkippe mit der Schuhspitze aus. »Aber ein Verbrechen ist nicht auszuschließen, wie es immer so schön heißt. Wahrscheinlich hat sich jemand im Wald verlaufen, einen Herzanfall gekriegt oder so was.«

»In welchem Wald?«, fragte Jeanette.

»Irgendwo im Süden. In Garde.«

»Das ist aber schon eine ganze Weile her«, fügte Kattis hinzu.

»Eine ganze Weile her?«, wiederholte Jeanette, plötzlich beunruhigt. Sie suchte in Lubbes Blick nach einer Antwort, und auch ihr Blick musste sich verändert haben, denn seine Miene schlug um.

»Lassen wir das«, blockte er ab.

»Nein, wieso denn?«, beharrte Kattis, deren Fähigkeit, die Gemütsverfassung von anderen zu deuten, eher zu wünschen übrig ließ. »Ich finde das total spannend. Stell dir vor, er ist es.«

»Er?«, stieß Jeanette aus und schluckte. »Wissen sie denn, wer es ist?«

»Kattis, wir wechseln jetzt besser das Thema«, entschied Lubbe und warf Jeanette einen bedauernden Blick zu.

»Sie glauben, es ist irgend so ein Typ, der vor Jahren bereits verschwunden ist«, fuhr Kattis mit glühendem Blick fort. »Und er soll umgebracht worden sein.«

Nun griff Lubbe nach Jeanettes Hand und drückte sie fest.

»Nein, Kattis«, sagte er resolut. »In der Presse wird darüber spekuliert, ob das so war. Die Polizei hat sich dazu nicht geäußert, sie wartet darauf, dass die Rechtsmedizin die Identität des Mannes feststellt.«

Das war ein letzter verzweifelter Versuch, sie zum Schweigen zu bringen, aber es war schon geschehen. Jeanette wollte wissen, was Kattis zu berichten hatte, trotz ihrer Sensationslust und obwohl die Unterhaltung bei Jeanette Magenkrämpfe auslöste.

»Klar ist er das«, meinte Kattis. »Oder wird sonst jemand auf der Insel vermisst?«

»Wer denn?«, hakte Jeanette nach. Ihr versagte fast die Stimme.

Lubbe kniff die Augen zusammen und sah aus, als wollte er im Erdboden versinken. Doch er ließ Jeanettes Hand nicht los, damit sie sich wenigstens daran noch festklammern konnte.

»Der 41-Jährige«, verkündete Kattis triumphierend. »Weißt du nicht mehr? Er war in allen Zeitungen.«

»Weißt du was, Kattis?«, sagte Lubbe. »Nettan hat ihn gekannt, also wird sie sich nicht gerade freuen, wenn sie das nun von dir hört.«

»Das tut mir leid«, sagte Kattis und hob die Schultern. »Aber das steht ja alles in der Zeitung, ich habe mir das nicht ausgedacht.« Dann stand sie auf und trottete eingeschnappt von dannen.

Nun nahm Muttern ihren Platz ein, die hinter den Bänken aus dem Nichts aufgetaucht war. Lubbe zog Jeanette an sich und schob ihr eine Haarsträhne hinters Ohr. Ohne dass sie so recht wusste warum, traten ihr Tränen in die Augen.

»Verzeih, Nettan«, sagte er. »Ich hätte es dir sagen müssen, aber nicht so. Ich habe die Geschichte nicht mit deiner in Verbindung gebracht. Erst als es zu spät war – tut mir leid.«

Jeanette schwieg, hing ihren konfusen Gedanken nach, den Kopf an Lubbes Schulter gelehnt, und wusste nicht mehr weiter. Hatte keine Ahnung, wie sie auf die Nachricht reagieren sollte. Was sie damit machte – ob sie überhaupt etwas damit machte.

»Hast du das gehört, Muttern?«, fragte Lubbe betreten.

»Ja«, bestätigte Muttern und streichelte Jeanette über die Wange.

»Was bin ich nur für ein Idiot!«, stöhnte Lubbe.

»Wir brauchen ja nicht schon vorher zu jammern«, schlug Muttern vor. »Sagen wir doch einfach, wir beginnen erst dann mit der Trauerarbeit, wenn es auch wirklich was zu betrauern gibt.«

Das klang einigermaßen vernünftig, und der Aufschub bescherte Jeanette ein paar Tage Luft, um sich gegen das Schlimmste zu wappnen. Auch wenn ihre Hoffnungen schwanden und die Panik überhandnahm.

40

Sandra

Es war Mittsommer. Sandra und Erik hatten vor diesem Festtag bei ihren Eltern übernachtet, und nun war Erik mit seinen Großeltern damit beschäftigt, alles für die Gäste vorzubereiten. Sandra saß noch draußen und genoss es, in Ruhe zu frühstücken und die Zeitung von vorn bis hinten durchzulesen.

Sie hatte natürlich von dem Fall gehört, sich aber nicht sonderlich dafür interessiert. Erst jetzt verfolgte sie die Berichte über den Mann mittleren Alters, der seit über vier Jahren vermisst wurde. Nun war er nämlich von einem Zivilisten im Süden von Gotland gefunden worden. In einem Waldstück, in dem nur selten Spaziergänger unterwegs waren. Die Leiche war vergraben gewesen, und normalerweise tat man das nicht da, wo sie jederzeit entdeckt werden konnte.

Dass hinter dem Verschwinden ein Verbrechen steckte, stand außer Zweifel, da sich ein Toter nicht selbst vergraben konnte. Die Todesursache war stumpfe Gewalteinwirkung gegen den Schädel gewesen, die Tatwaffe lag neben der Leiche im Grab: der Spaten, mit dem vermutlich das Grab geschaufelt worden war.

Für Sandra sah das wie eine Hinrichtung aus – hatte sich der Tote sein eigenes Grab geschaufelt? Peter Norling war sein Name, und er war bis zu seinem Verschwinden »nie in den Fokus der Polizei geraten«, wie es hieß. Das fand Sandra nicht verwunderlich, denn der Mann wirkte sympathisch auf dem Foto.

Norling hatte eine Autowerkstatt. Sein eigenes Auto – ein Firmenwagen – stand auf dem Parkplatz von seinem Unternehmen; dort war er auch zuletzt gesehen worden. Es war auf einem der Fotos des Zeitungsartikels zu erkennen und sah verlassen aus, wie es im grauen Schneematsch dastand, mit großzügigem Abstand zu den anderen Autos und hinter dem Absperrband. Das Logo der Werkstatt war auf dem Foto nur verschwommen zu erkennen, beinahe unleserlich. Aber zu ihrer Verwunderung sah Sandra das Logo vor sich und wusste, wie die Werkstatt hieß. Warum?, fragte sie sich. Sie hatte mit dieser Werkstatt nie etwas zu tun gehabt und wusste nicht einmal, wo sie lag. Das wurde auch nicht in dem Artikel erwähnt.

Es war eine grauenvolle Geschichte. Nachdem er den Vormittag in der Werkstatt zugebracht hatte, war er zum Lunch verschwunden und seither nicht mehr gesehen worden. Hat Frau und Kinder hinterlassen, ein Haus mit Schulden, aber seine Lebensversicherung war nicht ausbezahlt worden, weil bislang nichts auf seinen Tod hingedeutet hatte. Oder darauf, dass er noch lebte, doch die Versicherungsgesellschaft war eher dazu geneigt, Ersteres zu berücksichtigen. Er war Anfang Februar 2014 verschwunden, sodass die Familie seit über vier Jahren in Ungewissheit darüber gelebt hatte, was ihrem Vater und Ehemann zugestoßen war.

Vier Jahre und vier Monate genauer gesagt. Fast genauso lange, wie sie in Unkenntnis darüber gelebt hatte, wer der Vater ihres Sohnes war. Aber das war ein äußerst ungerechter Vergleich. Ihr Leben war schöner geworden, Sandra war glücklicher geworden. Das Leben der Familie Norling lag in Scherben. Damals, als es passierte, und nun wieder. Das war unmenschlich – die Vergewaltigung hatte sie verarbeitet, bloß die Verachtung für den Täter war geblieben.

Wie so oft blieb sie in Gedanken wieder bei dem Audi hängen, in dem sie gesessen hatte. Bei der Stimme des Fahrers, die über dieses und jenes geredet hatte, bei dem Duft von teurem Auto und Leder gemischt mit abgestandener Alkoholfahne, bei der Fahrbahn, die sich in Blitzeis verwandelt hatte, und bei seiner Geschwindigkeit, die immer weiter zugenommen hatte, während ihre Fingerknöchel immer weißer geworden waren. Seine geradezu sadistische Fahrweise, die, wie sie wusste, aus ihrer Angst resultierte. Wie er statt abzubremsen in der Kurve vor dem Steilhang Gas gegeben hatte. Hätten sie da Gegenverkehr gehabt, hätte genauso gut Sandra vier Tage lang eingeklemmt in einem zugeschneiten Autowrack zubringen können. Doch so war es zum Glück nicht gekommen, ihnen war auf den letzten Kilometern ihrer halsbrecherischen Fahrt niemand entgegengekommen.

Oder doch … Kurz vor der Kurve hinter dem Steilhang – hatte da nicht ein Auto im Wald geparkt? Ja, sie erinnerte sich wieder: Da hatte ein Auto zwischen den Bäumen gestanden. Und hatte sie da nicht diese Frage gestreift: Was um alles in der Welt sollte das? Mitten im Winter und bei dem Wetter, dort fuhren nie Autos, der Weg führte nicht weiter. Aber sie hatte keine Zeit gehabt, darüber nachzudenken, so beschäftigt war sie damit gewesen, um ihr Leben zu bangen und zu fürchten, was sie in der nächsten Kurve erwartete. Und nun sah sie es ganz deutlich – es musste das unscharfe Foto in der Zeitung sein, das ihre Gedanken dorthin geführt hatte –, es war das Auto gewesen, der rot-schwarze Wagen der Werkstatt mit dem in der Zeitung unleserlichen, aber beim Steilhang komplett sichtbaren Logo. *PN Auto* stand da – dieses Bild hatte sie sich eingeprägt, damit sie es wieder hervorholen konnte, wenn sie es brauchte.

Jetzt.

War es so gewesen, als Kerstins Mann vor dem Abhang aus der Kurve getragen worden war? Hatte Peter Norling in seinem Firmenwagen genau in dem Moment beschlossen, auf die Hauptstraße zu biegen? War er unvorsichtig, ahnungslos gewesen, und hatte er vielleicht die Kontrolle über das Lenkrad verloren und das entgegenkommende Fahrzeug von der Straße und den Hang hinuntergedrängt? War er danach den Waldweg rückwärts wieder hochgefahren, um nicht gesehen zu werden, hatte den blauen Audi fotografiert, der kurz darauf vorbeigekommen war und angehalten hatte, um dann, nachdem er wieder weitergefahren war, zu dem Autowrack hinunterzuklettern, es zu fotografieren und sich wieder zu entfernen, ohne die Rettungskräfte zu verständigen? Woraufhin er Kerstin seine Fotos geschickt hatte, um den Verdacht gegen ihn zu zerstreuen.

So musste es gewesen sein. Hallin hatte mit dem Unfall nichts zu tun, und deshalb hatte er ohne Bedenken den Erpressungsversuch ignoriert. Peter Norling war derjenige, der das Unglück verursacht hatte.

Zwei Wochen später war er tot – ermordet. Die Frage war, warum, aber sicher gab es da einen Zusammenhang mit dem Unfall. Was wiederum dafür sprach, dass Kerstin etwas mit dem Mord zu tun hatte. Das war jedoch höchst unwahrscheinlich, da nichts in ihren nächtlichen Gesprächen darauf hindeutete, dass Kerstin zum Zeitpunkt von Norlings Verschwinden genug wusste, um zu solch drastischen Maßnahmen zu greifen. Wie hätte sie etwas über Peter Norlings Rolle in der ganzen Sache wissen können? Und Kerstin schien kein brutaler Mensch zu sein, eher das Gegenteil.

Der Mittsommerlunch wurde im elterlichen Garten gemeinsam mit Verwandten und Freunden der Familie eingenommen. Nachdem sie sich Heringe mit neuen Kartoffeln hatten schmecken lassen und die Erwachsenen dazu Bier und Schnaps getrunken hatten, fuhr man geschlossen mit dem Fahrrad nach Fridhem, wo die traditionelle Feier mit Tanz um die Mittsommerstange, lustigen Spielen und Angeln für die Kleinsten stattfand.

Die recht große Gesellschaft hatte ihre Decken im Anschluss an ein Gehölz ausgebreitet. Am späten Nachmittag, kurz bevor sie wieder zurückradelten, um das abendliche Grillen vorzubereiten, drehte Erik mit ein paar von den älteren Kindern noch eine Runde. Sebastian und Fredrika waren beide neun, und sie versprachen, ein Auge auf Erik zu haben.

Zwanzig Minuten später waren sie wieder da, jeder mit einem in kindlicher Hast gepflückten Blumenstrauß in der Hand. Widerspenstiges Unkraut erdrückte schier die Blüten, die den Strauß eigentlich ausmachten. Aber es waren dennoch sieben verschiedene Blumen dabei, um sie traditionsgemäß unters Kopfkissen zu legen. Damit einem dann im Traum die oder der Zukünftige erschien – was sowohl für einen Drei- als auch für einen Neunjährigen eher abwegig war. Aber die Kinder waren voller Eifer bei der Sache, und das war schließlich die Hauptsache.

Wie die anderen auch, zeigte Sandra nur mäßiges Interesse an den Sträußen der Kinder. Sie sah sie sich eigentlich gar nicht richtig an, denn sie unterhielt sich angeregt mit ihrem Cousin und dessen Frau. Erst als sie ein paar Minuten später aufbrechen wollten und die Picknickkörbe zusammenpackten, nahm sie Eriks Strauß richtig wahr. Und entdeckte, dass sich zwischen Disteln, Wegwarte und Löwenzahn eine weiße Lilie und eine schwarze Calla versteckten.

Sie fuhr herum und spähte über die Versammelten Richtung Waldrand. Weit und breit war niemand zu sehen, der Hallin hätte sein können, und hinter den Bäumen regte sich auch nichts. Dann ließ sie erneut ihren Blick über die Wiese schweifen. Wenn er hier war, versteckte er sich gut, vermutlich hatte er sich sofort wieder verdrückt, nachdem er seine Sache erledigt hatte.

Aber was sollte das überhaupt – ein Erwachsener, der sich wie ein verrückter Psychopath aus einem Horrorfilm benahm? Es konnte nur Zufall gewesen sein, ein Glückstreffer, dass Erik sich von den anderen entfernt und dabei Blumen gepflückt hatte. Aber wenn es heute nicht geklappt hätte, dann mit Sicherheit an einem anderen Tag in einem anderen Zusammenhang.

Sandra bekam es nicht mit der Angst zu tun, sondern wurde wütend. Doch sie blieb ruhig, fest entschlossen, sich gegenüber den anderen Eltern und Verwandten nichts anmerken zu lassen. Äußerlich unberührt ging sie vor Erik in die Hocke und sagte: »Du hast aber hübsche Blumen gepflückt, Erik. Wo hast du die denn gefunden?«

»Im Wald, da drüben«, erwiderte Erik und deutete in die Richtung.

»Die hier auch?«, fragte Sandra und berührte die eindeutig erkennbaren Schnittblumen im Strauß.

»Ja, ja klar.« Erik strahlte übers ganze Gesicht.

»Und die standen wirklich wie die anderen Blumen auch im Wald?«, versuchte Sandra sich vorzutasten.

»Ja, genau. Aber nicht so fest.«

»Nein, hier siehst du ja auch, dass jemand den Stängel abgeschnitten hat, und du hast auch gar kein Messer, oder?«

»Nein, ich habe kein Messer.« Erik setzte eine niedergeschlagene Miene auf und spürte Sandras Misstrauen.

»Hast du die vielleicht von jemandem bekommen?«

»Nein, die habe ich selbst gepflückt.«

»Das hast du gut gemacht, Erik, sie sind wirklich schön. Habt ihr jemanden getroffen im Wald oder warst du nur mit Sebastian und Fredrika unterwegs?«

»Da waren auch noch andere, aber wir haben mit keinem geredet.«

»Erinnerst du dich an jemand Bestimmten?«

»Nein, wir haben ja mit keinem geredet.«

»Okay«, sagte Sandra und verwuschelte sein Haar. »Du träumst bestimmt was Schönes heute Nacht.«

Erik lachte und hüpfte wieder zu den anderen Kindern.

Sandra sah ihm in Gedanken versunken nach. Ihr war klar, dass Hallin nicht besonders erpicht darauf war, rund eine halbe Million Unterhalt für ein Kind zu zahlen, das er nicht anerkannte. Das war ihr wirklich klar, es genügte, dass er das mit Worten sagte. Und auch ohne Worte verstand sie das. Aber das hier – was hatte das zu bedeuten? Eine indirekte Drohung in Form von Begräbnisblumen, das war einfallslos. Und zum zweiten Mal noch dazu, nachdem die ersten nicht zum gewünschten Erfolg geführt hatten.

Allerdings mit dem Unterschied, dass nun Erik persönlich involviert war. Lautete die unterschwellige Botschaft, dass ein Dreijähriger sterben und beerdigt werden sollte? Weil Hallin, obwohl er durchaus liquide war, keine Lust hatte, Unterhalt zu zahlen? Das war kaum zu glauben, der Kerl war jenseits von Gut und Böse.

Blumen schicken oder töten – dazwischen lagen Welten, und Sandra ließ sich nicht abschrecken, sie war überzeugter denn je: Jan Hallin steuerte mit Riesenschritten auf seinen Untergang zu. Und sie wollte ihm dabei auf die Sprünge helfen.

Doch die Zeit war knapp, sie musste sich in Ruhe an den Laptop setzen, ohne ihre Eltern oder die anderen damit zu behelligen. Denn die würden sich garantiert querstellen und das ganze Unterfangen vereiteln. Und sie musste wieder mit Kerstin Kontakt aufnehmen. Möglichst bald.

41

Jeanette

Anfangs hatte sie sich mit allen Kräften bemüht, Mutterns Empfehlung nachzukommen, und sich so gut sie konnte vorbereitet. Hatte sich auf Herz und Nieren geprüft, welche Meinung sie nach allem, was passiert war, von Peter hatte und wie sich diese ändern würde, wenn sich herausstellte, dass es seine Leiche war, die man im Alskogen gefunden hatte.

Aber in den alten Geschichten herumzustochern, die sie am liebsten vergessen wollte, und sie in eine Art Zukunftsperspektive umzudeuten, zehrte an ihren Kräften.

Wie üblich führte eins zum anderen. Der Unterstützung ihrer Freunde zum Trotz fühlte sie sich allein gelassen damit, und das einzige Mittel gegen die altbekannte Angst war der Alkohol. In rauen Mengen. Das stumpfte ab, und sie konnte die Probleme verdrängen, mit dem Ergebnis, dass sie überhaupt nicht darauf vorbereitet war, als sie die Nachricht erfuhr.

Das war am Mittsommerabend der Fall. Jeanette lag noch im Bett, als sie in den Online-News auf ihrem Handy davon las. Die

Leiche, die bei Digerrojr gefunden worden war, war tatsächlich der damals 41-Jährige, der seit dem 4. Februar 2014 vermisst worden war: Peter Norling. Er hinterließ eine Ehefrau und zwei Kinder.

Anstatt sofort zusammenzubrechen, womit sie beinahe schon gerechnet hatte, gelang es ihr auf wundersame Weise, alle Emotionen beiseitezuschieben, wodurch sie eine verhältnismäßig klare Analyse vornehmen konnte.

War Jeanette in Trauer? Dass niemand sie in dieser Rolle sah, war nicht weiter verwunderlich, aber sah sie sich selbst auch so?

Hätte sie diese Nachricht Anfang Februar 2014 erhalten, hätte sie sich, ohne zu zögern, als Trauernde bezeichnet. Zu dem Zeitpunkt hatte sie noch nicht das Ausmaß des vermutlichen Verrats überrissen, und hätte sie das, hätte sie in jedem Fall anders darüber gedacht. Sie hatte begriffen, dass sie alles in den falschen Hals gekriegt hatte und seine Gefühle für sie, wahrscheinlich – wie er gesagt hatte – echt gewesen waren. Peters Tod hätte ihr in ihrer geistigen Verfassung von damals den Rest gegeben, doch das hatte auch der vermeintliche Verrat getan, das machte keinen großen Unterschied.

Aber nun? Stand sie unter Schock, war sie tief getroffen von der Todesnachricht ihres Geliebten?

Er war schon seit Langem nicht mehr ihr Liebhaber gewesen. Er war allerdings genauso lange weder Vater noch Ehemann gewesen, doch sie trauerten – selbstredend taten sie das, egal was in der Zeitung stand. Also trauerte Jeanette ebenfalls. Als Peter zu Tode gekommen war, war Jeanette seine Geliebte gewesen. Er hatte sie geliebt, und sie hatte ihn geliebt, keine Frage. Vor dem Hintergrund war es nur natürlich, sich wieder in die Situation zurückzuversetzen, in der sie sich damals befunden hatte. All die falschen

Anschuldigungen zu vergessen, die sie ihm post mortem angehängt hatte, die vier Jahre voller Hass und Verbitterung zu vergessen und ihm zu verzeihen. Ganz einfach die Haltung von vorher wieder einnehmen. Trauer hin oder her – vielleicht war sie über ihn hinweg.

Ermordet, dachte sie dann. Peter war nicht einfach bloß gestorben, es hatte ihn jemand umgebracht. Ihn mit einem stumpfen harten Gegenstand erschlagen und seine Leiche tief im Wald vergraben.

Das war furchtbar. Eine andere Person hatte dem Mann, den sie liebte, so etwas angetan. Aber warum? Wie hatte er sich derart mit jemandem überwerfen können, dass das zum Tod geführt hatte? Peter? Das war unbegreiflich.

Konnte das etwas mit dem vielen Geld zu tun haben? Hatte er etwas ausgeplaudert oder sogar geprahlt? Nein, das war undenkbar. Er hatte ja seine gesamte Zukunft an diesen sechs Mille aufgehängt – ihre gemeinsame Zukunft. Er hätte durch Indiskretion niemals alles riskiert, am allerwenigsten seine Freiheit.

Jeanette hatte in den vier Jahren nie daran gedacht, dass Peter nicht mehr am Leben sein könnte. Sie war sich sicher, dass er sie im Stich gelassen hatte und mit dem Geld abgehauen war. Wie schlecht sie über ihn gedacht hatte, welche schlechten Eigenschaften sie ihm angedichtet hatte! Wie sie ihn gehasst und ihm die Pest an den Hals gewünscht hatte!

Grundlos hatte sie sein Andenken beschmutzt, und das machte ihr nun zu schaffen. Ihm war das Allerschlimmste zugestoßen, und anstatt dankbar zu sein für das Glück und die Freude, die er ihr geschenkt hatte, ihn respektvoll in Erinnerung zu behalten und um einen geachteten Menschen zu trauern, hatte sie sich selbst leidgetan und ihr Leben leichtfertig weggeworfen.

Mit dieser Einsicht überkam sie Trauer. Reine, unverstellte Trauer, die nichts mit Jeanette und ihren Unzulänglichkeiten zu tun hatte. Sie trauerte allein um Peter und die Lücke, die er hinterließ, und das war so viel aufrichtiger als all die Verachtung und Selbstverachtung, die sie so lange mit sich herumgetragen hatte.

Es war ein befreiendes Gefühl, das trotz der Tränen, die ihr in Strömen die Wangen hinunterrannen, Freude enthielt. Und es war sehr lange her, dass sie Freude empfunden hatte. Das ging Jeanette durch den Kopf, als sie aus dem Bett aufstand und zum Badezimmerschrank ging.

42

Sandra

Der verbleibende Mittsommerabend war ohne Zwischenfälle verlaufen, und Sandra und Erik hatten auch diese Nacht bei ihren Eltern geschlafen. Erik sollte die ganzen Feiertage dort verbringen – weil Sandra, wie sie vorgab, arbeiten musste. Sie hatte das damit begründet, dass viele Kollegen wegen Mittsommer Urlaub genommen hatten, was zum Teil stimmte, aber nicht die ganze Wahrheit war. Sie hatte zwar auf Kosten von Urlaub eine Vertretung angenommen, die bis Ende Juli lief, was allerdings nicht hieß, dass sie weitere fünf Wochen Tag und Nacht arbeiten musste. Sandra hatte anderes vor, doch davon brauchten ihre Eltern nichts zu wissen.

Hallin durfte mit seinem erbärmlichen Versuch, sie zum Schweigen zu bringen, nicht durchkommen. Bald würde er gezwungen sein, den von ihm so verabscheuten Unterhalt zu zahlen, das war sonnenklar, aber vorher wollte sie ihm die Gelegenheit geben, seine Straftat zuzugeben, indem er zu dem stand, was er getan hatte, ohne dass sich die Behörden einmischten. Sie wollte mit anderen Worten Hallin einschüchtern, damit er spurte, während er sie einschüchtern wollte, damit sie schwieg. Das war ohne Zweifel ein interessantes Dilemma, in dem sie da steckten. Und der pikante Beigeschmack der unterschwelligen Drohung spornte sie erst recht an.

Nun hielt sie das Telefon in der Hand, um zum ersten Mal mit Frau Hallin ein paar Worte zu wechseln. Sandra war relativ überzeugt davon, dass dieser Schachzug genug Angst machte und sie nicht noch weitergehen musste – zunächst. Wenn Hallin sich meldete, würde sie sagen, sie hätte sich verwählt. Dazu sollte es jedoch nicht kommen.

»Gunilla Hallin«, meldete sich eine Stimme am anderen Ende der Leitung.

»Hallo, Sandra ist mein Name. Ich bin mit Ihrem Mann im Gespräch über einen kleinen Jungen, der in nicht gerade üppigen Verhältnissen lebt.«

»Das klingt interessant«, meinte Gunilla Hallin. »Und ist irgendwie typisch für Jan!«

Ach, wirklich, dachte Sandra. Wohltätigkeitsarbeit war für Jan Hallin ungefähr genauso typisch wie der Gleichstellungsfimmel für Göran Lindberg, auch Kapitän Kleid genannt, den Polizeichef, der sich in seiner Arbeitszeit für die Gleichberechtigung einsetzte und in seiner Freizeit Mädels vergewaltigte.

»Ja, ich weiß, dass er sich für verschiedene wohltätige Zwecke engagiert«, sagte Sandra. »Vor allem wenn es um Kinder geht, die nicht die besten Startbedingungen haben.«

»Das stimmt absolut. Soll ich ihn holen?«

»Sehr gerne«, entgegnete Sandra.

Aber dann ertappte sie sich dabei, wie sie ihre Verachtung für Jan Hallin auf seine Frau projizierte, und das war natürlich ungerecht. Seine Frau schien nett zu sein und außerdem stolz auf ihren Mann, was ein feiner Zug war. Und sie war ja selbst ein Opfer, obwohl sie nichts davon wusste. Wer wollte schon mit einem Vergewaltiger verheiratet sein? Mit einem Schürzenjäger? Das war sicher nicht das einzige Mal gewesen, auch wenn man hoffte und davon ausging, dass er sich meist nicht mit Gewalt Sex verschaffte.

Nun hörte sie gedämpfte Stimmen im Hintergrund, eine Tür, die geschlossen wurde. Kurz darauf Hallins Stimme.

»Jetzt reicht's aber. Ich telefoniere nicht mit Ihnen«, schnaubte er.

»Ich wollte Ihnen noch eine letzte Chance geben, Vernunft walten zu lassen«, sagte Sandra kühl. »Sie machen mir keine Angst.«

»*Sie* machen *mir* Angst, das steht fest.«

»Ich bin eine Löwenmutter, Sie wissen ja.«

»Ich würde es begrüßen, wenn Sie meine Frau da heraushalten.« Hallin redete gedämpft, flüsterte fast, er klang eher matt und resigniert als verärgert.

»Sie müssen nur das zahlen, was Sie schuldig sind, mehr nicht«, sagte Sandra sachlich.

»Sechshundert-irgendwas-tausend schüttelt man nicht einfach so aus dem Ärmel.«

»Wie gesagt, Ratenzahlung ist auch in Ordnung.«

»Sie sind wirklich stur wie ein Bock.«

»Die Kontonummer haben Sie ja, bei der ersten Überweisung können Sie den Betrag verdoppeln. Den Mai haben Sie ja verpasst, wenn ich mich nicht täusche.«

Hallin seufzte lautstark.

»Okay, ich zahle«, räumte er schließlich ein.

»Ich werte das als Geständnis«, sagte Sandra triumphierend.

»Rufen Sie mich nie wieder an«, schrie Hallin.

»Nicht, wenn Sie Ihren finanziellen Verpflichtungen nachkommen.«

Aber Hallin hatte bereits aufgelegt. Sandra warf einen Blick auf die Uhr und stellte fest, dass das Telefonat nur eine gute Minute gedauert hatte.

Etwas sehr kurz vielleicht? Und wenn er alles bloß hinauszögern wollte?

Aber Sandra verscheuchte den Gedanken, sie war zufrieden mit ihrem Einsatz und wollte glauben, dass sie ihn kleingekriegt hatte. Sie hatte ihr Geständnis bekommen, wenn auch keine Entschuldigung. Es sah ganz danach aus, dass sie schlussendlich den Unterhalt bekommen würde, der ihr zustand, und das war ja auch ein Bekenntnis.

Sie beschloss, ihm eine Woche Zeit zu geben. War das Geld dann nicht auf dem Konto, würde sie andere Maßnahmen ergreifen, aber da kam sie hoffentlich drum herum. Sie hatte wichtigere Dinge zu erledigen.

43

Jeanette

Als sie die Augen aufschlug, war sie im Krankenhaus. Das war eine nüchterne Feststellung, aber Jeanette wollte nicht nüchtern sein, ebenso wenig wie sie wach sein und im Krankenhaus liegen wollte. Sie wollte jetzt woanders sein, also machte sie die Augen wieder zu und war wieder weg.

Als sie das nächste Mal aufwachte, fiel ihr Blick auf Lubbe und Muttern, die auf Stühlen am Bett saßen und sich leise unterhielten. Sowie er bemerkte, dass sie bei Bewusstsein war, beugte Lubbe sich vor und griff nach ihrer Hand.

»Wir sind bei dir, Kleine«, sagte er sanft. »Du brauchst keine Angst zu haben.«

Jeanette seufzte und ließ ihren Blick an die Decke wandern. Sie wusste nicht, was sie sagen sollte. Hätte nicht alles einfach aufhören können? Das wäre ein gediegenes Ende gewesen.

»Glaubst du an Gott im Himmel und das alles?«, fragte Lubbe.

Jeanette schüttelte den Kopf, ohne ihn anzusehen.

»Dann schlage ich vor, dass du hier unten bei uns bleibst. Wir sind für dich da, das weißt du. Und wir lassen dich nicht einfach so gehen.«

»Wie …?«, flüsterte Jeanette. Aber sie hatte keine Kraft weiterzusprechen und wollte die Antwort eigentlich auch gar nicht so genau wissen.

»Wie wir das wissen konnten?«, fuhr Lubbe fort. »Wir haben wohl das Gleiche gesehen wie du. Muttern hat … Wir haben versucht, dich anzurufen, aber du bist nicht drangegangen. Dann haben wir bei dir zu Hause vorbeigeschaut. Haben geklopft und gerufen, bis die Nachbarn rausgekommen sind und wissen wollten, was los war. Aber du hast nicht aufgemacht. Das war gar nicht gut.«

»Ich habe einen unglaublich tiefen Schlaf«, antwortete Jeanette tonlos.

Sie dachte, dass sie für ein richtiges Spektakel gesorgt hatte, obwohl sie immer versucht hatte, in dem Haus möglichst anonym zu bleiben, wo misstrauische Blicke ihr folgten, wenn sie nur zur Tür hinein und hinaus ging. Konnte man nicht mal in Ruhe ausspannen?

»Die Dose war leer, Jeanette. Lüg uns nicht an. Ich dachte, du hattest aufgehört mit dem Mist?«

»Ich musste bloß – mal ein bisschen runterkommen.«

Lubbe schüttelte den Kopf, ließ ihre Hand los und lehnte sich im Stuhl zurück. Er wirkte bedrückt, und Muttern musterte Jeanette mit unergründlichem Blick. Jeanette konnte nicht einmal weinen. Sie fühlte sich wie auf dem Präsentierteller und wäre am liebsten im Erdboden verschwunden.

»Wie seid ihr überhaupt bei mir reingekommen?«, fragte sie, damit diese bohrenden Blicke nicht mehr so mitleidig aussahen.

»Wir sind eingebrochen«, sagte Lubbe. »Mit etwas Überredungskunst haben wir einen Nachbarn dazu gebracht, uns ein Brecheisen zu geben, womit wir die Tür aufgestemmt haben. Als die Polizei eintraf, waren wir fast fertig, und wir durften auch den Rest vollenden. Kannst du dir das vorstellen? Dass die Polizei daneben steht und mich anfeuert, während ich in eine Wohnung einbreche? Das war wohl das erste und letzte Mal.«

Jeanette verzog den Mund, und ihr Lächeln schien auf ihre Betrachter überzuspringen, deren Mienen sich ebenfalls ein wenig erhellten. Lubbe beugte sich zu ihr vor und berührte mit den Lippen ihre Stirn, ehe er wieder in den Stuhl zurücksank.

»He, Kleine«, sagte er und knuffte sie in den Oberarm. »Mach das nicht noch mal. Du hast uns einen richtigen Schrecken eingejagt, verstehst du?«

Nein, das verstand sie wohl nicht, da sie wie meistens nur an sich selbst dachte und nicht realisierte, dass ihre Handlungen auch immer noch andere beeinträchtigten. Oder dass es Menschen gab, denen sie etwas bedeutete. Obwohl sie für Jeanette nicht wichtig waren. Außer für die tägliche Zerstreuung.

Die Menschen, die für Jeanette eine Bedeutung gehabt hatten, waren nicht mehr da.

44

Sandra

Als Mittsommer vorbei war, holte Sandra Erik wieder bei ihren Eltern ab. In einer Woche würden die Sommerferien beginnen. Sandra konnte erst einmal keinen Urlaub machen, aber Erik wäre in der Zeit bei seinen Großeltern. Wenn Sandras Eltern vier Wochen später wieder arbeiten mussten, hatte sie frei. Sie planten stets so, damit das Leben für Sandra und ihren Jungen so stressfrei wie möglich war, und obwohl sie sich ein bisschen dafür schämte, war sie ihren Eltern dankbar. Dass der Umgang mit dem Enkel ihnen ebenso viel bedeutete wie ihr, machte es ihr leichter, ihnen die Verantwortung zu übertragen.

Obwohl sie zurzeit sehr eingespannt war, hatte Sandra das Sorgentelefon nicht aufgegeben. Ellen rief fast jeden Werktag an, sie war eigentlich ein Lichtblick, seitdem Kerstin sich rarmachte. Davon abgesehen, gingen die gewohnten Anrufe ein, wobei die Gespräche über alle möglichen Ängste und Sorgen für beide Seiten interessant und bereichernd waren. Sandra war in jedem Fall froh, dass sie Menschen helfen konnte, die jemanden zum Reden brauchten.

Die Abende vergingen wie im Flug. Die Zeiten, als sie zwischen den eher seltenen Anrufen gefaulenzt und ferngesehen hatte, waren vorbei. Nun nutzte sie die Zeit anders und zuckte jedes Mal zusammen, wenn das Telefon neben ihr auf dem Küchentisch vibrierte. So wie in diesem Moment, und ein Blick auf die Wanduhr sagte ihr, dass es kurz nach Mitternacht war und sie ins Bett gehen sollte, um den Herausforderungen des neuen Tages ausgeschlafen entgegentreten zu können. Es war also reiner Zufall, dass sie den Anruf noch annehmen konnte.

»Kerstin! Da bin ich aber froh, dass Sie anrufen! Sie haben sich sechs Wochen lang nicht gemeldet, und ich habe mir bereits Sorgen gemacht.«

»Sorgen?«, wiederholte Kerstin. »Warum denn?«

»Na ja, Sie wissen schon, Sie haben ja auch Ihren Kummer, und ich weiß nicht, wie gut Sie damit im Alltag klarkommen.«

»Sie meinen, ob ich selbstmordgefährdet bin?«, fragte Kerstin rundheraus. »Das bin ich nicht, keine Bange. Allerdings…« Sie unterbrach sich und machte Sandra neugierig.

»Allerdings was?«

»Ähm, ich sag's Ihnen gleich. Es ist etwas passiert, worüber ich mit Ihnen reden wollte.«

»Hoffentlich nichts Ernstes?«

»In gewisser Weise schon«, sagte Kerstin. »Aber nicht so, wie Sie denken oder wie du denkst. Ich kann doch du sagen?«

Sandra wusste nicht, was sie denken sollte. Vermutlich würde sie überrascht sein, egal was jetzt kam. Das war oft der Fall, wenn sie mit Kerstin telefonierte.

»Ja, sehr gerne. Jetzt wissen wir bereits so viel voneinander, dass das Du viel besser passt«, sagte sie. »Ich höre.«

»Ich habe jemanden getroffen, den ich hasse«, begann Kerstin dumpf. »Deswegen habe ich mich auch eine Weile nicht gemeldet. Ich musste darüber nachdenken, wie ich damit umgehen wollte.«

Gegen wen sich Kerstins Hass richtete, war Sandra durchaus bewusst. Es war nur so, dass Sandra seit ihrem letzten Telefonat herausgefunden hatte, dass der Fotograf, der Unfallflucht begangen hatte, nicht mehr am Leben war. Kerstin konnte ihm also gar nicht wiederbegegnet sein.

»Getroffen?«, fragte Sandra verständnislos.

»Oder – nicht getroffen, das ist das falsche Wort«, korrigierte Kerstin sich.

Gut. Hass war ein starkes Wort, das man nicht überstrapazieren durfte.

»Ich kenne sie schon seit Jahren und habe auch Kontakt mit ihr gepflegt.«

»Mit ihr?«, rief Sandra verblüfft aus und dachte, dass Kerstin sich irren musste.

»Das ist eine lange Geschichte«, entgegnete Kerstin und seufzte. »Am besten, ich erzähle sie von Anfang an. Wenn du Zeit hast?«

»Wir haben die ganze Nacht Zeit«, sagte Sandra, die plötzlich gar nicht mehr das Bedürfnis hatte, morgen früh ausgeschlafen in den Tag zu starten.

Und Kerstin erzählte.

Von ihrem früheren Leben in kriminellen Kreisen und ihrer Liebe zu einem Bankräuber, der gefasst wurde. Von ihrem Ausbruch aus diesem destruktiven Umgang in Stockholm und ihrem Umzug nach Gotland aufs Land, von der Haftentlassung und von dem gewaschenen Geld. Kerstin übersprang Einzelheiten im Zusammenhang mit dem schweren Unfall, berichtete aber von den Tagen, die sie auf ihren Mann gewartet hatte, der jedoch nie wieder aufgetaucht war, und von der Zeit nach der Nachricht von seinem Tod: von der Trauer, der Einsamkeit und ihrem Neuanfang nach dem Umzug nach Visby. Sie erzählte, wie schwer es gewesen war, Arbeit zu finden und ihrem Leben wieder einen Sinn zu geben, wie sie sich hatte gehen lassen und schließlich zusammen mit den anderen Randständigen am Österport gelandet war. Nur um rauszukommen, um das Bedürfnis, unter Menschen zu sein, zu befriedigen. Wie ihr Name und ihre Art ihr den Spitznamen Barbamama eingebracht hatten, den sie nicht als Hänselei, sondern als liebevoll gemeinten Kosenamen betrachtete. Aus dem irgendwann für alle die abgewandelte Kurzform Muttern geworden war. Eine Frau, der man sich anvertrauen konnte.

All das schilderte Kerstin mit so großer Demut und stillem Leid, dass Sandra die Tränen nicht länger zurückhalten konnte. Aber das war noch nicht alles. Das, was Sandra bisher gehört hatte, bildete bloß den Rahmen für eine Geschichte, die Kerstin noch wichtiger war. Aber nicht nur das war Sandra klar, sondern auch dass Kerstin keine Ahnung hatte, wie wichtig die Geschichte von dem tödlichen Unfall ebenfalls für Sandra war.

»Das tut mir leid«, sagte Sandra, als Kerstin sich unterbrach, um sich eine Zigarette anzuzünden. »Was du alles durchmachen musstest, tut mir wirklich leid. Aber ich bin froh, dass du Freunde hast.«

»Jeanette«, nahm Kerstin den Faden wieder auf, »eine von den Mädels von der Bank. An Mittsommer hat sie versucht, sich umzubringen. Vor einer Weile ist unten in Garde eine Leiche gefunden worden, aber die Zeitungen haben vergangenen Freitag erst berichtet, wer der Tote ist.«

»Peter Norling?«, fragte Sandra und spürte, dass sie sich nun einem wichtigen Punkt näherten, der ihr selbst vielleicht entgangen war.

»Ja«, bestätigte Kerstin. »Mir war klar, dass Jeanette das nicht gut aufnehmen würde. Peter Norling war nämlich ihr Liebhaber.«

»Ehe er verschwunden ist?«

»Ehe er verschwunden ist.«

Sandra war sich noch nicht recht schlüssig, was das zu bedeuten hatte, doch es war mit Sicherheit wichtig.

»Sein Auto war ja am Unfallort«, ergänzte sie.

Jetzt war Kerstin überrascht. »Woher weißt du das?«, wunderte sie sich.

»Ich bin kurz vor dem Unfall an dem Steilhang vorbeigefahren«, gab Sandra zurück. »Das ist mir dank deiner Schilderung klar geworden. Und als ich von dem Leichenfund gelesen und das Foto von Norlings Wagen gesehen habe, ist mir wieder eingefallen, dass ich genau dieses Auto an jenem Nachmittag hinter den Bäumen gesehen habe. Ich glaube, dass Norling den Unfall verursacht hat. Und die Fotos gemacht hat.«

»Nein«, widersprach ihr Kerstin. »Jan Hallin war es, der Karl-Erik von der Straße gedrängt hat. Und einfach weitergefahren ist.«

Sandra stockte der Atem. War es doch der Vergewaltiger gewesen, der angetrunken auf der falschen Straßenseite durch die Kurve gepresscht war? Und dem Gegenverkehr nicht ausgewichen war? Genau, wie sie zuerst vermutet hatte, genau wie sie so gerne glauben wollte. Bevor die Fotos alles durcheinandergebracht hatten und sie anstelle des Offensichtlichen eine Verschwörung gesehen hatte.

»Jeanette hat die Fotos gemacht und mir geschickt«, fuhr Kerstin fort. »Sie und Peter Norling haben in dem Auto gesessen. Sie hatten an dem Unfall keine Schuld, aber sie sind auch nicht dageblieben. Ohne einen Finger krumm zu machen, um Karl-Erik das Leben zu retten.«

»Der Schatten.« Sandra dachte laut. »Dann hast du Peter Norlings Schatten auf dem Foto gesehen. Nicht den von Hallin oder sonst wem.«

»Genau«, stimmte Kerstin ihr zu.

»Aber wieso?«, wollte Sandra wissen. Sie war aufgebracht. »Was treibt einen Menschen – zwei Menschen – dazu, so was zu tun?«

»Gier«, antwortete Kerstin wie aus der Pistole geschossen.

Dann erzählte sie den Teil der Geschichte, in dem es um verbotene Liebe ging, um Habsucht, Gewissensbisse, Angst und Sehnsucht, Verrat, Hass und Todessehnsucht.

Jeanettes Geschichte, kurz gesagt. Und sie berichtete ganz objektiv. Ehrlich, unverstellt und mit derselben Empathie, mit der sie ihre eigene Geschichte erzählt hatte.

Sandra war tief gerührt: von der Geschichte mit ihren Irrungen und Wirrungen, aber auch von Kerstins starken Ambitionen bei der strukturierten Rekapitulation der Geschehnisse, die sie selbst nicht miterlebt hatte.

»Weiß Jeanette, wer du bist?«, fragte Sandra vorsichtig.

»Nein, sie weiß nicht, wie ich heiße, für sie bin ich einfach nur Muttern. Und ich habe mich noch nicht zu erkennen gegeben. Ich bin mir auch nicht sicher, ob ich das will, das kommt drauf an.«

»Darauf, wie du dich verhalten wirst? Jeanette gegenüber?«

»Unter anderem«, sagte Kerstin nachdenklich. »Ich habe mich noch nicht entschieden.«

»Ich habe nicht vor, dir irgendwelche Ratschläge zu geben«, meinte Sandra. »Du wirst die Antwort selbst finden.«

Kerstin ging nicht darauf ein, sondern erwähnte etwas, das Sandra seit Längerem schon beschäftigte.

»Jeanette hatte ein schlechtes Gewissen und hat mir die Fotos zugesandt. Ich habe sie an Hallin geschickt und ihm gedroht, zur Polizei zu gehen. Wenn er mir nicht das Geld gab, das er – wie ich fälschlicherweise angenommen habe – gestohlen hatte. Hallin hatte kein Geld, aber Todesangst, dass die Polizei eins und eins zusammenzählte, was sollte er also tun?«

»Wir dachten, er nahm das Problem nicht ernst und hoffte, es würde sich von selbst wieder in Luft auflösen«, sagte Sandra nachdenklich.

»Was ja auch der Fall war«, warf Kerstin ein. »Weil ich einfach keine Kraft hatte, ihn an meine Drohung zu erinnern, geschweige denn sie in die Tat umzusetzen. Aber er hat das vielleicht anders interpretiert.«

Sandra spürte einen Kloß im Hals, der immer größer wurde.

»Als wäre die Ursache des Problems damit aus der Welt geschafft!«, spann sie Kerstins Faden weiter. »Also Peter Norling.«

»Genau«, pflichtete Kerstin ihr bei. »Es kann nicht nur Zufall sein, dass Peter Norling so nah an der Unfallstelle umgebracht worden ist. Es fragt sich bloß, woher Hallin davon wusste, dass Norling zum Zeitpunkt des Unfalls dort war.«

»Aus demselben Grund wie ich«, sagte Sandra gedehnt. »Er ist kurz vor dem Unfall an der Stelle vorbeigekommen, und ihm ist das Auto aufgefallen.«

Kerstin sagte nichts, hoffte wohl, dass Sandra von sich aus weiterreden würde.

»Kannst du das auch noch etwas genauer erklären?«, bat sie schließlich.

Sandra dachte, dass die Zeit jetzt reif war. Dass Kerstin und sie so viel gemeinsam hatten, dass sie die Sache genauso gut zusammen anpacken konnten. Koste es, was es wolle.

»Ich saß in Hallins Auto, als er zum ersten Mal am Steilhang vorbeigefahren ist«, gab Sandra zu. »Ich kannte ihn gar nicht und habe ihn auch noch nie zuvor gesehen. Aber er hat mir angeboten, mich nach Hause zu bringen, und ich bin eingestiegen. Er ist dann wie ein Wahnsinniger gefahren und war außerdem noch angetrunken. Als er mich dann daheim abgesetzt hat, hat er noch mal Alkohol getrunken. Und ...«

»Und ...?«, wiederholte Kerstin.

»Er hat mich vergewaltigt. Mich total kaputt am Boden liegen lassen. Dann ist er wieder gefahren.«

»Ich ... Das tut mir wirklich leid«, sagte Kerstin betroffen.

»Erst als wir angefangen haben, uns miteinander zu unterhalten, ist mir aufgegangen – was er an dem Nachmittag noch alles getrieben hat. Vorher wusste ich gar nicht, wer er ist.«

»Deswegen warst du so überzeugt davon, dass er Unfallflucht begangen hat«, schloss Kerstin daraus. »Du hast gewusst, dass er angetrunken und wozu er fähig war.«

»Ich wusste, dass er mein Haus verlassen hat, das ein paar hundert Meter vom Unfallort entfernt steht. Und zwar gegen halb vier und ohne Beifahrer. Das beantwortet ja auch deine Frage.«

»Das tut mir leid«, sagte Kerstin noch einmal.

»Du bist die Einzige außer Hallin, die davon weiß, und ich wäre dir wirklich dankbar, wenn das unter uns bleibt.«

»Selbstverständlich. Mach dir keine Sorgen.«

»Es gibt darüber noch eine ganze Menge mehr zu erzählen«, meinte Sandra, »aber lass uns ein anderes Mal darüber reden. Wenn du willst. Es ist ja eigentlich nicht so gedacht, dass wir über mich reden.«

»Natürlich will ich«, sagte Kerstin mit Nachdruck. »Wir sind ja jetzt schon zu zweit. Er hat eine Frau vergewaltigt, ist mit Alkohol am Steuer gefahren und hat den Tod eines Menschen verursacht. Da ist es nicht weiter verwunderlich, dass er in dieser Situation keinen Krankenwagen gerufen hat. Denn dann wäre auch die Polizei aufgetaucht. Aber so hat er sich vor mehreren Jahren Haft gedrückt.«

»Wenn er auch noch in den Mord an Peter Norling verwickelt ist, sind es noch ein paar Jahre mehr«, ergänzte Sandra, der diese Überlegung keine Ruhe ließ.

»Wir müssen ihn irgendwie drankriegen, den Idioten«, sagte Kerstin bestimmt.

»Das werden wir«, sagte Sandra. »Ich wollte dich eh fragen, ob du mir helfen kannst.«

»Dir helfen?«, wiederholte Kerstin verwundert.

»Ja, das ist sozusagen ein Jobangebot. Ich habe ein paar Fragen, auf die ich gerne eine Antwort hätte.«

45

Kerstin

Das Telefonat mit Sandra hatte ihr erneut Mut gemacht in ihrer sonst eher hoffnungslosen Situation, aber an ihrem Alltag hatte sich nichts geändert. Jeanette war wieder zurück auf der Bank am Österport, und sie wurde von allen mit Samthandschuhen angefasst. Die anderen waren rücksichtsvoll genug, nicht über den Vorfall zu sprechen, doch er beeinflusste die Stimmung dennoch unterschwellig. Die Behutsamkeit ihr gegenüber war beachtlich und wärmte ein verbittertes Herz wie das von Kerstin, die sich das Ganze erst einmal kommentarlos anschaute.

Auch wenn sie zwiegespalten war. Natürlich freute sie sich über das aufrichtige Mitgefühl der Freunde, aber andererseits war sie etwas eingeschnappt über Jeanettes Art, das alles wie eine Selbstverständlichkeit hinzunehmen, obwohl sie keine Dankbarkeit zeigen konnte.

Doch Jeanette war deprimiert, rief sie sich ins Gedächtnis. In sich gekehrt und gleichgültig – eindeutige Zeichen einer schweren Depression. Vor ein paar Tagen erst hatte sie einen ernst zu nehmenden Selbstmordversuch verübt, der ihr nur aufgrund eines Zufalls nicht gelungen war. Aufgrund von Kerstins Intuition, genau genommen. Niemand sonst wusste so viel über Jeanette wie Kerstin, und keiner außer ihr hatte gedacht, dass die Lage so ernst sein würde.

Aus einer inneren Eingebung heraus hatte sie Lubbe aus seinem Schönheitsschlaf geweckt und ihn zu der Mietshaussiedlung geschleift, wo Jeanette wohnte. Kerstin hatte böse Vorahnungen gehabt, seit sie zum ersten Mal von dem Unfall gehört hatte, und stellte sich den Wecker extra früh, um die Nachrichten zu hören, bevor Jeanette dazu kam. Damit sie die Botschaft persönlich überbringen und Jeanette auffangen konnte, wenn sie zusammenbrach.

Warum sie das tat, wusste Kerstin selbst nicht. Zwar hatte Jeanette sich, wenn man ihr Glauben schenken konnte, gegen den Diebstahl und alles, was er mit sich brachte, gesträubt, und das bedeutete mildernde Umstände. Aber sie hatte sich überreden lassen, Karl-Erik sterben zu lassen, obwohl sie sich auch anders hätte entscheiden können. Sie war allerdings leicht zu überzeugen gewesen, war sie doch vor Liebe fast blind. Oder wollte es zumindest sein. Auch wenn Jeanette in Kerstins Augen den Verstand verloren hatte, weil sie um jeden Preis geliebt werden wollte. Von einer gewissenlosen, egoistischen Person.

Kerstin war hin und her gerissen. Jeanette war ein Mensch aus Fleisch und Blut, der Schwäche zeigte. Und wer tat das nicht? Aber es gab auch Grenzen. Jeanette hatte sicher vernünftige Grundsätze, die jedoch leider nicht sehr tief in ihrem Bewusstsein verankert waren. Sie waren umgeworfen worden und Kerstins Leben gleich mit.

Wie auch das von Jeanette. Ein weiterer mildernder Umstand. Es blieb allerdings die Frage, ob Karl-Eriks Tod oder der Verlust des Liebhabers den größeren Schaden in Jeanettes Fall angerichtet hatte. Die Antwort lag auf der Hand, was dazu führte, dass die Abscheu Jeanette und ihrer rücksichtslosen Ich-Bezogenheit gegenüber wieder von Kerstin Besitz ergriff.

So sprangen ihre Gedanken zwischen Nichtigkeiten hin und her. In einem Moment empfand sie Sympathie für Jeanette, im nächsten puren Hass.

Wie auch immer, Jeanette war von Freunden umgeben, sodass Kerstin sich nicht einzubringen brauchte. Stattdessen musterte sie sie mit Abstand, während ihre Gedanken sich verselbstständigten.

Nach dem Gespräch mit Sandra war die Sache noch klarer geworden. Jeanette spielte bloß eine Nebenrolle in dem Ganzen, allerdings eine wichtige, die das Ende wesentlich hätte beeinflussen können. Jeanette hatte die Möglichkeit gehabt, nicht nur Karl-Erik zu retten, sondern auch Jan Hallin hinter Schloss und Riegel zu bringen, wegen Vergewaltigung, Alkohol im Straßenverkehr, fahrlässiger Tötung und Fahrerflucht. Was in der Folge das Leben ihres Liebhabers gerettet hätte. Diesbezüglich hatte selbst Kerstin Gewissensbisse, denn der Mord an Peter Norling wäre nicht passiert, wenn sie nicht versucht hätte, Hallin zu erpressen. Der die selbst ernannte Hauptfigur in dieser Sache war. Seine Taten waren so sträflich, dass sie ihm viele Jahre in Haft bescheren würden, vielleicht sogar lebenslang. Und obwohl sie seit so langer Zeit nun schon derart viel über ihn wusste, war Sandra es – eine Frau, der sie nie begegnet war und von der sie nicht einmal wusste, wie alt sie war –, die den Plan erdacht hatte, der ihm schlussendlich das Genick brechen sollte.

Das erhofften sie sich jedenfalls, auch wenn sie auf diesem Weg auf das eine oder andere Hindernis stoßen würden. Sei es die Beweislast, fehlende Zeugen, die Zeit, die verstrich, oder Hallins tadelloser Ruf und seine guten Kontakte, um nur einige zu nennen. Das Projekt an sich hob immerhin Kerstins Laune, und obwohl sie selbst einiges dabei zu verlieren hatte, stürzte sie sich mit Haut und Haaren darauf.

Die Willensschwachheit, die alles geprägt hatte, was seit jenem folgenschweren Nachmittag im Januar 2014 passiert war, war vergessen. Jeanette, die sich weder zu widersprechen getraut, noch einen Krankenwagen noch die Polizei gerufen hatte, Sandra, die es nicht über sich gebracht hatte, die Vergewaltigung zur Anzeige zu bringen, und nicht zuletzt Kerstin selbst, die nicht den Mut gehabt hatte, die Polizei einzuschalten, als ihr Mann auf einem überschaubaren Streckenabschnitt verschwunden war.

Aber besser spät als nie: Jetzt würden Nägel mit Köpfen gemacht.

46

Sandra

Am ersten Werktag nach Mittsommer setzte Sandra Erik in seinen Kindersitz auf der Rückbank, um ihn in den Kindergarten im Zentrum von Visby zu bringen und anschließend zur Arbeit zu fahren. Das Telefongespräch mit Kerstin hatte bis in die frühen Morgenstunden gedauert und sie einiges an Schlaf gekostet. Sandra fühlte sich müde und ausgelaugt, aber vor allem hatte sie Angst.

Die Puzzleteile hatten sich schlussendlich zu einem Ganzen gefügt, und Kerstin und Sandra hatten sich zusammen ein Bild von dem gemacht, was an jenem Januarnachmittag vor vier Jahren passiert und was sich daraus ergeben hatte. Sie hätten natürlich auch zur Polizei gehen können damit, und die Polizei hätte die Beschuldigungen ernst nehmen und die Ermittlungen aufnehmen müssen. Das hätte Hallin sicher nervös gemacht, aber er hätte bloß alles abstreiten müssen, dann wären die Ermittlungen wie ein Kartenhaus zusammengefallen. Weil die Polizisten unter keinen Umständen Jeanette zum Mitmachen überreden hätten können, und sie war die Einzige, die den Unfall hätte bezeugen können. Alles, was Kerstin wusste oder zu wissen glaubte, wusste sie vom Hörensagen, ausgenommen die unscharfen Fotos, die möglicherweise etwas andeuteten, aber nichts bewiesen. Nicht mal das Geld war noch da, um die Theorien zu untermauern, die sie auch ohne Jeanettes Hilfe hätten vertreten können.

Sandra hätte bezeugen können, dass Hallin zum Zeitpunkt des Unfalls vor Ort gewesen und zudem stark alkoholisiert gewesen war, als er gefahren war, aber Hallin würde dagegenhalten, dass Sandra ihn anschwärzen wollte, weil er nicht bereit war, Unterhalt für ein Kind zu zahlen, von dem er nicht sicher wusste, dass es seins war, das aber eventuell bei einem äußerst flüchtigen Stelldichein entstanden sein könnte. Was leicht zu beweisen wäre, im Unterschied zu der Vergewaltigung, die sich so lange Zeit später nicht mehr nachweisen ließ, womit Aussage gegen Aussage stehen würde.

Unterm Strich wäre eine Anzeige bei der Polizei also nicht besonders hilfreich, doch es gab andere Möglichkeiten. Und nun hatte sie Kerstin mit im Boot, was eine große Erleichterung war. Nicht zuletzt, weil Kerstin die Lücken in Sandras Schlussfolgerungen gefüllt und ihre Irrtümer korrigiert hatte, was dem Angriff auf Hallin viel mehr Gewicht verleihen würde.

So weit war alles unter Kontrolle, aber dieselben Fehler hatten sie glauben lassen, dass sie Hallin gefahrlos mit dem Rücken zur Wand stellen konnte. Mit dieser Einstellung würde sie dem gleichen Schicksal wie Peter Norling entgegensehen, und das wäre gelinde gesagt ein erschreckendes Szenario.

Sie hatte die Lilien und Callas als harmlose Ermahnungen aufgefasst, ihre Unterhaltsforderungen zurückzunehmen, aber letztendlich hatte Hallin mit seiner lächerlichen Einschüchterungstaktik Erfolg gehabt. Denn nun bekam Sandra es richtig mit der Angst zu tun. Mit Hallin war offensichtlich nicht zu spaßen, und Sandra hatte den Bogen überspannt. Sie war für ein kleines Kind verantwortlich, ihr durfte nichts zustoßen.

Das beschäftige Sandra, als sie in den dritten Gang runterschaltete. Erik sang auf der Rückbank. Sie ging vom Gas, dann fuhr sie in die Kurve beim Steilhang. Aus der hinteren Kurve kam ein Laster, und sie bremste vorsichtshalber leicht ab.

Aber ... Was zum Teufel ... Es war, als würden die Bremsen nicht richtig fassen. Na ja, nichts passiert – sie fuhr schon so langsam, dass keine Gefahr bestand. Den rechten Fuß auf dem Bremspedal, dann beschleunigte ihr Wagen nicht. Der Laster fuhr ohne Komplikationen an ihr vorbei und verschwand im Rückspiegel. Erik hatte *Idas Sommerlied* zu Ende gesungen und begann mit *Pippi Langstrumpf.* Beide Lieder stammten aus dem nicht besonders originellen Repertoire der Jungs und Mädchen mit den schönen Singstimmen von der Sommerabschlussfeier des Kindergartens vor ein paar Wochen.

Als Sandra aus der zweiten Kurve fuhr, lag eine kurze gerade Strecke vor ihr, danach ging es bergab weiter. Sie versuchte mehrmals zu bremsen, doch die Bremsen griffen nicht. Und sie war nun schon auf der Kuppe, also würde der Wagen bergab beschleunigen – wie viel, konnte sie nicht sagen, aber dass es schneller sein würde, als ihr lieb war, war ihr absolut klar.

Und so kam es: Der Tacho zeigte erst fünfzig, dann sechzig und schließlich siebzig Stundenkilometer. »Und die süßen Mücken will ich auch alle haben«, sang Erik, während Sandra in Panik geriet. Immer wieder trat sie das Pedal durch, ohne dass das Bremssystem reagierte. Was zum Henker sollte sie jetzt tun?

Als sie das Gefälle gemeistert hatte, fuhr sie achtzig, was viel zu schnell war, denn gleich würde sie die Kreuzung erreichen, wo sie das Stoppschild beachten musste und wo von links und rechts andere Autofahrer kamen. Sie musste ihr Auto zum Stehen bringen – wie sollte sie das anstellen?

Sie trat das Bremspedal nochmals durch, aber die Bremsen funktionierten nicht. Eriks Gesang übertönte ihre Gedanken, die Panik nahm überhand. Eines konnte sie tun, um auf der Kreuzung einen Zusammenprall zu vermeiden. Sie würde Erik und sich selbst allerdings in Gefahr bringen, aber nicht so gravierend wie die Alternative. Sie musste die Straße verlassen. Die von einem nicht allzu tiefen Straßengraben gesäumt wurde. Das würde gehen, das musste gehen.

Doch mit achtzig Sachen – würde das wirklich klappen? Und es widerstrebte ihr, das Auto zu Schrott zu fahren, den Abschleppdienst zu rufen, sich in die Notaufnahme zu begeben und zu spät zur Arbeit kommen zu müssen. Erik schmetterte unbekümmert von sonnengebräunten Beinen und Sommersprossen, während Sandra alle möglichen Gedanken durch den Kopf schossen. Sie fluchte innerlich und schlug mit den Handflächen auf das Lenkrad.

Dann kam ihr die rettende Idee – eigentlich war es glasklar. Der Schreck hatte sie paralysiert, und die Unentschlossenheit hatte sie beinahe aus der Kreuzung getragen, den nichtsahnenden Erik auf dem Rücksitz.

Wie dumm sie war, dachte sie, als sie die Kupplung durchtrat und in den ersten Gang schaltete, sodass der Motor abbremste.

Langsam und beherrscht ließ sie ihr Auto in den Straßengraben rollen, ohne Sach- und Personenschaden.

47

Kerstin

Die Sonne verschwand langsam hinter der Mauer und tauchte die alten Steine auf der Straßenkuppe in goldenes Licht. Der Wind hatte abgeflaut, und die Flaggen hingen schlaff. Die Geschäfte im Östercentrum hatten geschlossen, und die Menschentrauben, die seit den frühen Morgenstunden über den Platz gelaufen waren, hatten sich verflüchtigt. Die Blumen zwischen den Bänken dufteten um diese Tageszeit intensiver, und wenn Kerstin das Gequassel ihrer Freunde ausblendete, konnte sie das Summen der Insekten in den Pflanzenkübeln ganz deutlich hören.

Nachdem sich die Wogen nach Jeanettes Selbstmordversuch wieder geglättet hatten und Kerstin ihre Gedanken nach Sandras überraschendem Vorschlag geordnet hatte, fiel ihr auf, dass sie eine Spur noch nicht richtig verfolgt hatte. Eine Spur, die verglichen mit allem anderen ziemlich unwichtig war und die sie genau deswegen übersehen hatte. Andererseits war die Frage erst aufgetaucht, nachdem die Überreste von Peter Norling gefunden worden waren: Was war eigentlich mit dem Geld passiert?

Irgendwo musste es abgeblieben sein, und zwar vermutlich nicht auf einem Bankkonto, weil das Geldwäschegesetz den Banken inzwischen verbot, große Summen Bargeld anzunehmen, ohne gründlich zu prüfen, ob sie auf legale Weise zustande gekommen waren. Und das war ja nicht der Fall. Auch wenn das Geld gewaschen war, war eine Einzahlung in dieser Größenordnung eigentlich undenkbar. Oder die Tätigung einer Anschaffung. Das Geld musste in Maßen und kleinen Schritten ausgegeben werden.

Aber wo konnte es sein? Jeanette zufolge hatte Norling sich darum gekümmert und es in einem Versteck aufbewahrt, das nur er kannte. Das klang vielversprechend für Kerstin, da so kein anderer an das Geld kam. Aber es war auch denkbar, dass das Geld derart gut versteckt war, dass selbst Kerstin es nicht finden würde, obwohl sie so gut wie die Einzige war, die davon wusste. Soweit ihr bekannt war, waren zwei Sporttaschen damit gefüllt, und es musste einiges wiegen. Nichts, was man hinter dem Bücherregal versteckte.

Als es Zeit war, sich auf den Nachhauseweg zu machen, gesellte sich Kerstin zu Jeanette.

»Du hast aber nicht vor – das noch mal zu machen?«, fragte sie vorsichtig.

Jeanette zuckte mit den Schultern, als wäre das vollkommen unwichtig, für die anderen und am meisten für sie selbst.

»Heute erst mal nicht, wenn du das meinst«, sagte sie.

Darauf bezog sich die Frage natürlich nicht, aber ihre Antwort war deutlich genug. »Du bist noch jung, Jeanette. Tu dir das nicht an. Lass dir doch helfen.«

»Jaja, irgendein verfluchter Seelenklempner, dem ich irgendwelche Lügen auftischen muss, das hilft ganz bestimmt. Oder ich sage die Wahrheit und werde dafür eingebuchtet.«

Kerstin schüttelte seufzend den Kopf. »Du weißt, dass du mit uns reden kannst. Mach das beim nächsten Mal, wenn du glaubst, du kannst nicht mehr. Versprichst du mir das?« Dann legte sie Jeanette ihre Hand auf die Schulter – eine eher ungewöhnliche Geste für Kerstin, die von Berührungen sonst nicht so viel hielt.

»Okay«, sagte Jeanette, ohne sie anzusehen.

»Ich liege nachts wach und zerbreche mir den Kopf darüber, wie es dir geht. Ich will dich nicht noch mal so sehen wie am Mittsommerabend oder schlimmer. Verstehst du das?«

»Ich mache es nächstes Mal dann tagsüber«, sagte Jeanette abweisend. »Dann störe ich deine Nachtruhe nicht mehr.«

Wie immer vollkommen ichbezogen, dachte Kerstin. Und garstig noch dazu. Kerstin zog ihre Hand langsam wieder zurück.

Sie gingen schweigend weiter. Nach einer Weile hielt Jeanette inne und sah sie reuevoll an.

»Entschuldige, ich wollte dir nicht wehtun.«

»Schon vergessen.« Du verstehst überhaupt nicht, was wehtun bedeutet, dachte Kerstin. Wenn du wüsstest, was du mir angetan hast. »Mir ist da eine Idee gekommen«, sagte sie zögerlich, um nicht zu resolut zu klingen. »Es gibt da etwas, was wir gemeinsam tun können. Um uns ein bisschen abzulenken sozusagen.«

»Saufen?«, schlug Jeanette mit unterschwelligem Humor vor.

»Sowieso«, sagte Kerstin und lachte. »Aber ich habe an was anderes gedacht. Willst du's hören?«

»Klar.«

»Ich meine das Geld, von dem du erzählt hast. Die sechs Millionen. Jetzt, wo Peter nicht mehr ist, erscheint die Sache in einem anderen Licht, oder?«

»Wie meinst du das?«, wollte Jeanette wissen, ohne eine besondere Reaktion auf die Frage zu zeigen, obwohl es um Peter ging.

»Du hast die ganze Zeit gedacht, dass Peter abgehauen ist mit dem Geld. Aber nun hat sich ja herausgestellt, dass das nicht sein kann.«

»Und …?«

»Also muss das Geld noch irgendwo sein«, erklärte Kerstin.

»Du hast gesagt, dass er sich darum gekümmert hat. Was glaubst du, wo er es versteckt hat?«

»Ich habe keine Ahnung, und es ist mir auch egal.«

»Immerhin sind das sechs Millionen Kronen«, betonte Kerstin. »Die können ganz schön hilfreich sein.«

»Mir war das Geld damals egal, und daran hat sich nichts geändert«, sagte Jeanette. »Das hat nur Ärger gegeben.«

»Kann sein, aber so eine große Summe kann auch nützlich sein, Freude machen. Es macht keinen Sinn, wenn das Geld nur so rumliegt. Und irgendwann hat es auch keinen Wert mehr.«

»Das ist sicher bereits der Fall.«

»Warum das?«

»Weil wir es einem verdammten Bankräuber abgenommen haben.«

Jeanette wusste gar nicht, wie recht sie damit hatte.

»Bankräuber?«, sagte Kerstin. »Wie kommst du denn darauf?«

»Wer fährt denn sonst mit sechs Millionen in bar im Kofferraum durch die Gegend?«

»Du meinst, man kann das Geld zurückverfolgen? Peter und du, ihr habt so viel riskiert, und das alles bloß dafür, dass das ganze Geld nicht zu gebrauchen ist?«

»Ungefähr so«, sagte Jeanette lakonisch.

Kerstin überlegte, was sie dazu sagen sollte. Jeanette war nicht dumm, und sie hatte genug Zeit, um zu dieser Einsicht zu gelangen. Jetzt wusste Kerstin aber, dass sie falschlag, allerdings konnte sie das ja nicht sagen.

»Das wird sich dann schon zeigen«, sagte sie. »Aber wir müssen ja nicht vom Schlimmsten ausgehen. Wir können damit anfangen, das Geld zu finden. Dann überlegen wir uns, wie wir vorgehen wollen, wenn wir es gefunden haben. Ich schlage vor, du überlegst mal, wo er das Geld versteckt haben könnte, und dann suchen wir zusammen danach. Es kann richtig schön sein, mal aus allem rauszukommen hier, nur du und ich. Außer uns weiß ja keiner von dem Geld.«

Das war zwar eine Lüge, aber eine Notlüge, redete Kerstin sich ein, die keine Veranlassung sah, Sandra da mit reinzuziehen.

»Gut«, sagte Jeanette. »Wenn du meinst, das bringt was.«

48

Sandra

Das Auto hatte keine einzige Schramme abbekommen, und Erik ebenso wenig, der den Zwischenfall sogar lustig fand. Allein die Taxifahrt zum Kindergarten war schon ein Abenteuer. Den Abschleppdienst hatte Erik zwar nicht mehr gesehen, aber lediglich die Vorstellung, dass er den Wagen geholt und in die Werkstatt gebracht hatte, war faszinierend. Dass seine Mutter in den Straßengraben gefahren war, erzählte er jedem, der es hören wollte, immer wieder. Also seinen Spielkameraden und Erziehern im Kindergarten und natürlich seinen Großeltern, bei denen sie nun vorübergehend wohnten. Es war nicht mehr sicher genug, dass Sandra mit Erik allein auf dem Land in ihrem Haus ohne Alarm und einbruchsichere Fenster und Türen blieb. Bei Sandras Eltern waren sie stets willkommen, und es war eher unwahrscheinlich, dass ein Mann in ein Haus einstieg, in dem drei Erwachsene wohnten.

Wie Sandra befürchtet hatte, stellte sich heraus, dass ihr Auto manipuliert worden war. Jemand hatte die Bremsleitungen gekappt – eine einfache Sache für denjenigen, der sich auskannte und das richtige Werkzeug hatte –, und es war mit Sicherheit nicht beabsichtigt gewesen, dass das Auto unbeschadet im Graben zum Stehen kommen würde. Die Sabotage musste in den dunkelsten Stunden nach Mitternacht passiert sein, als Sandra nur wenige Meter entfernt mit Kerstin telefoniert hatte. Bei dem Gedanken an die panische Fahrt bergab in den Graben wurde ihr schwindelig. Der Steilhang – was, wenn sie in der Kurve schneller gewesen wäre? Und dann das lange Gefälle, das die Tachonadel unaufhaltsam steigen ließ, und die viel befahrene Kreuzung, auf die Sandra zugeschossen kam. Sie hatten unwahrscheinliches Glück gehabt, aber damit konnte sie nicht immer rechnen.

Ihren Eltern erzählte Sandra nichts von der Ursache ihres Unfalls. Das würde sie bloß beunruhigen und wäre in dieser Situation auch keine Hilfe. Dafür brachte sie den Vorfall entgegen ihrer Prinzipien zur Anzeige. Widerwillig musste sie zugeben, dass alles komplett aus dem Ruder geriet, und das durfte nicht sein, ohne dass die Polizei erfuhr, worum es ging. Bei der Gelegenheit brachte sie außerdem zur Sprache, dass sie sich seit einer Weile bedroht fühlte: dass sie mehrmals Beerdigungsblumen ohne Absender erhalten hatte.

Die Polizei darüber zu informieren, wer hinter den Drohungen und der hinterhältigen Manipulation steckte, wäre hingegen dumm. Und es würde auch nichts bringen – weil er die Anschuldigungen abstreiten würde und sich des Weiteren keine Beweise finden lassen würden. Hallin würde wütend werden, was ihn zu noch schlimmeren Taten anstacheln würde. Dass er ihr einen Denkzettel verpassen würde, war so gut wie sicher.

Die Polizei war nun in jedem Fall informiert darüber, dass etwas im Busch war, und das war vielleicht ein kleiner Vorteil angesichts dessen, was noch kommen sollte.

Problematischer war, dass sie Hallins Frau aufsuchen musste. Sandra wollte das nicht – am liebsten wollte sie sich aus allem ausklinken und nichts mehr mit ihm zu tun haben. Aber je mehr sie darüber nachdachte, desto gangbarer kam ihr dieser Weg vor. Das war nun keine Drohung mehr und sollte Hallin auch nicht schaden; es war eine Bitte an die Einzige, die diesen Übergriffen im besten Fall ein Ende machen konnte.

Durch einen Anruf an Hallins Arbeitsplatz hatte sie sich versichert, dass er nicht zu Hause war, denn sie wollte diesen Mann nie wiedersehen, und vor allem hatte sie nicht den Mut, mit ihm konfrontiert zu werden. Es sei denn, es käme zum Prozess, dann würde sie sich vermutlich im Zeugenstand befinden.

Und nun stand sie vor Hallins Haus und klingelte an der Tür, ihr Mund war staubtrocken, so nervös war sie, und ihre Hände zitterten so sehr, dass sie sie in den Hosentaschen verbarg. Dass Gunilla Hallin daheim war, wusste sie, da sie ihren Schatten mehrmals am Fenster gesehen hatte.

Eine Frau in den Fünfzigern machte auf, blieb in der Tür stehen und lächelte sie fragend an. Sie hatte einen offenen Blick, Lachfältchen um die Augen und wirkte nett.

Sandra räusperte sich und schluckte. »Hallo, mein Name ist Sandra.«

»Der Name sagt mir was, haben Sie nicht vor ein paar Tagen angerufen? Ging es da nicht um ein Kind, das Janne finanziell unterstützen wollte?«

»Ja, das war ich«, bestätigte Sandra.

»Er ist gar nicht zu Hause, aber ...«

»Ich wollte ohnehin Sie sprechen«, unterbrach Sandra sie.

Die Frau machte ein verdutztes Gesicht, das nach einer Erklärung verlangte.

»Was ich Ihnen zu sagen habe, wird Ihnen nicht gefallen«, begann Sandra, »aber ich sehe keinen anderen Ausweg.«

»Das hört sich nicht gut an«, sagte Frau Hallin und runzelte die Stirn.

»Ich war nicht ganz ehrlich bei meinem letzten Anruf. Ich wollte rücksichtsvoll sein und dachte, die Sache würde sich lösen, ohne dass sie da mithineingezogen werden.«

»Was meinen Sie damit?«

Die anfängliche Freundlichkeit verflog, die Frau wappnete sich gegen schlechte Nachrichten und wollte nicht länger auf die Folter gespannt werden. Was Sandra sagen wollte, war ohnehin schon brisant, doch die Art, wie sie es sagte, konnte Frau Hallins Reaktion abmildern. Sie hatte deswegen beschlossen, ihre Worte in Watte zu hüllen, um nicht zu provokant zu klingen.

»Ich will mich ja nicht in Ihre Beziehung einmischen, also ...«

»Da sind wir uns ja einig«, fiel ihr die Frau ins Wort, die langsam ärgerlich wurde. »Kommen Sie zur Sache.«

»Jan ist der Vater meines Kindes«, verkündete Sandra.

Gunilla Hallin sah sie mit aufgerissenen Augen an, vergaß zu atmen. Sandra wartete, bis ihre Worte sich gesetzt hatten, und rechnete mit einer Hasstirade. Aber als die Frau schließlich ihre Atemzüge wieder unter Kontrolle hatte, stöhnte sie auf, verschränkte die Arme vor der Brust, als wollte sie eine Gefahr abwehren, und sah zu Boden. Sie seufzte wieder und warf Sandra einen traurigen Blick zu.

»Und jetzt wollen Sie Geld?«, fragte sie und schluckte.

»Das war eine einmalige Sache«, erklärte Sandra, noch immer

defensiv. »Erst vor Kurzem habe ich herausgefunden, dass Ihr Mann der Vater ist. Mein Junge ist jetzt dreieinhalb.«

Gunilla Hallin schien am Boden zerstört, aber Sandra musste das loswerden, was sie sagen wollte, und das am besten mit Einfühlungsvermögen.

»Jan ist der Kindsvater, ob er das nun will oder nicht«, sagte sie. »Er will nichts von ihm wissen, und ich habe kein Problem damit. Um die Behörden nicht einzuschalten, habe ich eine private Lösung vorgeschlagen, die durchaus reell ist. Ich denke sogar, meine Ansprüche sind für ihn kulanter, als wenn die Behörden da mitmischen würden.«

»Aber …«, sagte die Frau verständnislos. »Warum wollen Sie Jan damit behelligen? Es war doch Ihre Entscheidung, das Kind zu behalten, oder?«

Sie meinte das nicht vorwurfsvoll, sondern eher als Schlussfolgerung. Zu widersprechen und zu schildern, was eigentlich geschehen und wessen Entscheidung das gewesen war, lag zwar nahe, doch Sandra wollte wie gesagt keinen Krieg vom Zaun brechen, sie wollte einen beenden.

»Ich bin nicht wegen des Geldes hier«, sagte sie wahrheitsgemäß. »Ich bin mehrmals bedroht worden. Anfangs habe ich mich davon nicht einschüchtern lassen, aber jetzt ist mein Auto manipuliert worden, und das ist nicht mehr lustig. Ich hätte verunglücken können, und mein Sohn auch. Ich könnte natürlich zur Polizei gehen und erzählen, was Ihr Mann so treibt, aber ich will ihn nicht noch mehr auf die Palme bringen. Ich kann mit ihm nicht kommunizieren, also komme ich zu Ihnen. Ich denke, Sie als Frau haben etwas mehr Verständnis für meine Situation als alleinerziehende Mutter. Aber ich bin wie gesagt nicht wegen des Geldes hier, sondern um Sie um Hilfe zu bitten. Diese Belästigungen müssen aufhören, sonst muss ich zur Polizei gehen, zu meiner eigenen Sicherheit und der meines Sohnes.«

Frau Hallin war überrumpelt. Sie schüttelte mehrmals den Kopf, ohne etwas zu sagen, den Blick starr auf Sandra gerichtet. Sandra tat die Frau unbeschreiblich leid, die das nicht verdient hatte, was ihr gerade widerfuhr.

»Jan ...« Frau Hallin stockte. »Er würde nie ... Ich kenne ihn seit fast dreißig Jahren, und er wäre gar nicht fähig ... Er würde einen Autounfall inszenieren, um Ihnen zu schaden? Er kann nicht mal eine Ohrfeige austeilen. Das alles klingt doch total unglaubwürdig.«

Sandra schämte sich, bereute fast schon ein bisschen, dass sie die ahnungslose Ehefrau mit diesem Zwist behelligte. Auf einmal kam sie sich rücksichtslos und egoistisch vor und fühlte sich ganz klein. Sie hoffte, dass man ihr das nicht ansah, sie musste ihr ganzes Selbstbewusstsein aufbieten, um die Unterhaltung in die von ihr beabsichtigte Richtung zu lenken.

»Ich verstehe, dass das keine guten Nachrichten sind für Sie, aber ich liefere nur die Fakten«, fuhr Sandra entschuldigend fort.

Nicht, weil sie sich dafür entschuldigen musste, dass sie vergewaltigt und bedroht worden und beinahe Opfer eines Mordversuchs geworden war. Aber sie hatte auch Verständnis für Hallins Frau. Sie war unschuldig und kannte diese Seite ihres Mannes nicht. Natürlich fiel es ihr nicht leicht, die schweren Anschuldigungen gegen den Mann zu akzeptieren, mit dem sie ihr Leben teilte.

»Ich weiß nicht, was ich sagen soll«, entgegnete Frau Hallin. »Ich kann wirklich kaum glauben, dass ... Eine Anzeige bei der Polizei würde ihm das Genick brechen.«

»Ich will ihn nicht anzeigen«, erklärte Sandra, »und werde es auch nicht tun, wenn diese gruseligen Drohungen aufhören und wir nicht mehr in Gefahr sind. Mehr will ich gar nicht.«

»Und das Geld?«

»Ich wollte mich nur ganz sachlich mit dem Kindsvater über den Unterhalt einigen, der mir zusteht, bevor die Sache aus dem Ruder geraten ist. Es tut mir wirklich leid, Sie damit zu belästigen, und ich habe vollstes Verständnis dafür, dass Sie mir gegenüber Abneigung verspüren. Aber ich bitte Sie noch mal: Sorgen Sie dafür, dass er mich nicht mehr belästigt.«

Die Frau musterte Sandra mit ungläubigem Blick von oben bis unten. Sie sagte nichts, aber Sandra meinte ihre Gedanken lesen zu können: Konnte es wirklich sein, dass Jan es mit der da getrieben hat?

Gunilla Hallin sah aus, als wollte sie etwas sagen, doch sie beherrschte sich. Sie schüttelte resigniert den Kopf, trat einen Schritt zurück und zog die Haustür zu.

49

Jan

Gunilla war völlig aufgelöst, als er nach Hause kam. Sie saß am Esstisch, weinte stumm und blickte nicht auf, als er zur Tür hereinkam. Sie weinte sonst ganz selten, aber wenn sie es tat, war es was Ernstes. Jan wurde flau im Magen.

Warum sah sie ihn nicht an, warum suchte sie nicht wie sonst in seinem Blick Trost?

Er setzte sich auf den Stuhl neben ihrem und griff nach ihrer Hand. Sie lag schlaff in seiner und reagierte nicht auf seine Streicheleinheiten.

»Was ist denn passiert, Liebes?«, fragte er vorsichtig.

Das musste er natürlich tun, doch er wusste auch, wohin das führen würde. Er musste sie traurig gemacht haben, sonst hätte sie ihm die Tür aufgemacht, sich in seine Arme geflüchtet und an seiner Schulter geweint.

Ohne ein Wort zu sagen, starrte sie auf die Tischplatte und weinte unentwegt. Wie lange mussten sie noch so sitzen, bis sie aufhörte? Er fühlte sich irgendwie machtlos, was selten der Fall war. Normalerweise war er derjenige, der immer für alles eine Lösung hatte. Aber diesmal konnte er ihr nicht helfen, das spürte er.

»Sie ist ja fast noch ein Kind, Janne«, sagte Gunilla tonlos und ohne aufzusehen.

Sie? Meinte sie Sandra damit? Sandra war also hier gewesen, in sein Revier eingedrungen und hatte seine Frau aus der Fassung gebracht. Das machte ihn fuchsteufelswild. Diese dreckige, gierige Schlampe machte ihre Drohungen also tatsächlich wahr. Und jetzt hatte sie Gunilla da mithineingezogen – das war erbärmlich und unsportlich. Gunilla hatte damit nichts zu tun, das war eine Angelegenheit zwischen ihnen beiden, ihm und Sandra. Doch Sandra hatte die Spielregeln nicht verstanden, sie tat ganz unschuldig, und das würde sich rächen.

Jan wusste nicht, was er sagen sollte, und schwieg, drückte Gunillas Hand, um ihr zu zeigen, dass er für sie da war und mit ihr fühlte. Was war er nur für ein Idiot, wie konnte er sich in eine solche Situation hineinversetzen?

»Was hast du dir bloß dabei gedacht?«, fragte Gunilla, ohne ihn anzuschauen.

Das fragte er sich auch.

»Ich habe nicht nachgedacht«, sagte er und senkte den Blick, obwohl sie ihn nicht ansah. »Das lag am Alkohol.«

Das machte jeden Kommentar überflüssig – er wusste, was sie dachte. Und er musste ihr recht geben. Wenn er keinen Alkohol vertrug, musste er auch keinen trinken. Oder zumindest weniger.

»Wie sähe das denn aus, wenn wir jedes zweite Wochenende plötzlich einen kleinen Jungen bei uns hätten?«, sagte Gunilla. »Was glaubst du, was dann die Leute sagen würden und vor allem die Kinder?«

Wie kam sie denn jetzt darauf? Sandra würde niemals so einen Vorschlag machen, da war er sich sicher.

»Davon war gar nicht die Rede«, sagte er wahrheitsgemäß. »Sie wollte partout nicht, dass ich bei der Erziehung des Jungen eine Rolle spiele.«

»Und das glaubst du?«, wollte Gunilla wissen. Nun sah sie ihm zum ersten Mal in die Augen. »Die Frau ist noch jung und geht wahrscheinlich einer Arbeit nach. Sie kann mit Sicherheit eine Entlastung brauchen.«

»Gunilla, ich weiß nichts über sie, aber ...«

»Sei nicht so herablassend. Sie hat einen Namen und ist die Mutter deines Kindes. Also bring ihr etwas mehr Respekt entgegen.«

Gunilla war in Tränen aufgelöst, aber immerhin redete sie mit ihm, gedämpft und zurechtweisend. Alles war besser als dieses erdrückende Schweigen.

»Ich wollte nur sagen, dass ich kaum etwas über Sandra weiß. Aber sie will ganz bestimmt nicht, dass ich mich in die Kindererziehung einmische. Geld dagegen – das will sie schon.«

Gunilla schüttelte mit gramvollem Blick den Kopf und verteidigte Sandra, noch immer mit leiser, monotoner Stimme: »Das ist doch klar, dass sie Geld braucht, Janne. Sie ist um die dreißig und egal, was für einen Job sie hat – ihre Gehaltsklasse ist sicher noch nicht der Rede wert. Sie hat das alleinige Sorgerecht für einen kleinen Jungen, und Kinder sind teuer. Da will sie vom Vater natürlich Unterhalt.«

»Es gibt nichts, was dafür spricht, dass ich der Vater bin«, behauptete Jan.

»Doch, Jan, das tut es«, widersprach ihm Gunilla.

Und das stimmte – Gunilla hatte recht, was ihn noch wütender auf Sandra machte.

»Du meinst also, ich soll der kleinen Schlampe Unterhalt zahlen?«, brauste er auf.

Und bereute es sofort wieder. Sein Ton war nicht angemessen in dieser Situation. Gunilla zuckte zusammen und bedachte ihn mit einem abweisenden Blick.

»Warum redest du so über sie?«, fragte sie. »Schließlich kann sie ja nichts dafür. Sie ist einfach bloß ein junges Ding, das Pech hatte.«

Der Stich saß – und vielleicht verdiente er ihn auch. Aber es war ein schwieriger Balanceakt, die eigene Frau zu trösten, während er selbst vor Wut kochte.

»Pech?«, sagte er. »Sie hätte auch einen Abbruch vornehmen lassen können, aber sie hat sich dagegen entschieden. Ich habe keine Lust, für einen finanziell unhaltbaren Entschluss geradezustehen, an dem ich gar nicht beteiligt war.«

Gunilla sagte nichts. Sie hatte sich etwas beruhigt und aufgehört zu weinen.

»Was hast du zu ihr gesagt?«, fragte Jan.

Gunilla tupfte sich mit einem zerknüllten Taschentuch Nase und Augen trocken, das sie in der Faust gehabt hatte.

»Sie hat mich total überrumpelt, und ich habe dich spontan verteidigt. Sie schien eine nette, freundliche junge Frau zu sein, aber ich habe ihr die Tür vor der Nase zugemacht. Ich wünschte, ich hätte anders reagiert.«

Nett? Das war ja wohl das Letzte, was sie war. Sandra war ohne Rücksicht auf Verluste vorgegangen, und nun hatte sie auch noch seine Frau brüskiert. War die Polizei als Nächstes dran? Jan spürte, wie Schweißperlen auf seine Stirn traten.

»Du meinst doch wohl nicht, dass ich da nachgebe?«, sagte er.

»Ich meine gar nichts«, gab Gunilla zurück. »Ich habe damit ja auch gar nichts zu tun.«

»Du hast aber was mit unserem Vermögen zu tun«, murmelte Jan.

»Dein Kind, deine Entscheidung«, seufzte Gunilla.

»Dann überweise ich die sechshundertvierundachtzigtausend auf Sandras Konto«, sagte Jan.

Natürlich wusste er sehr wohl, dass diese Bemerkung bei seiner Frau keinen Anklang finden würde. Sie sollten diese Entscheidung zusammen treffen, damit er sich hinterher keine Vorwürfe anhören musste. Denn er hatte mitnichten vor, Unterhalt für irgendein Gör zu zahlen, von dem er nicht hundertprozentig wusste, dass er der Vater war. Und dessen Vater er aus mehreren Gründen auch nicht sein wollte. Den Unterhalt zu zahlen käme einem Eingeständnis gleich, was wiederum zu anderen gravierenderen Vorwürfen führen konnte, und das durfte nicht passieren.

»Das ginge dann auf Kosten der Kinder und ihrem Erbe«, stellte Gunilla düster fest.

Jan grinste innerlich, denn genau an dem Punkt wollte er sie haben.

»Ja, und das wäre nicht gut«, meinte er. »Ich denke, wir lassen die Sache auf sich beruhen, bis sie irgendwann im Sande verläuft.«

Gunilla kniff entmutigt den Mund zusammen, senkte den Blick und schüttelte den Kopf. Aber wenigstens konnte sie sich später nicht beschweren.

50

Kerstin

Sie wollte nicht zu sehr drängeln und erwähnte daher das hypothetische Geldversteck nicht noch mal, sondern wartete geduldig, bis Jeanette diesbezüglich die Initiative ergriff. Sie hatte die Hoffnung fast schon aufgegeben, als Jeanette sich am Donnerstag neben sie auf die Bank setzte und sich bereit erklärte, auf Schatzsuche zu gehen.

»Es gibt da ein Sommerhaus«, sagte sie. »Vielleicht ist da ja was.«

Jeanette hatte in den letzten Tagen etwas bessere Laune, und das war ein gutes Zeichen. Allerdings war sie meist total dicht, was es schwierig machte zu wissen, woran man bei ihr war. So wie jetzt, als sie vor und zurück schwankte und Kerstin sie festhalten musste, damit sie nicht von der Bank kippte. Ob Jeanette das überhaupt merkte oder ob es ihr egal war, war schwer zu sagen.

»Klar«, sagte Kerstin. »Weißt du, wo das ist?«

»Tofta strand«, erwiderte Jeanette. »Oder in der Nähe.«

Sie nuschelte so sehr, dass sie kaum zu verstehen war.

»Tofta strand?«, wiederholte Kerstin sicherheitshalber.

Jeanette nickte.

»Hat er mal was gesagt?«

»Er hat immer von Ängsbacken gesprochen«, sagte Jeanette.

»Sehr gut«, sagte Kerstin. »Dann sehen wir uns das morgen doch mal an.«

»Das können wir schon machen. Klauen wir dafür ein Auto, oder was?«

»Wir nehmen das Fahrrad.« Kerstin lachte. »Es gibt einen Radweg für die ganze Strecke. Hast du ein Rad?«

»Ja, aber ich weiß nicht, ob die Reifen aufgepumpt sind.«

»Das kriegen wir hin. Ich bringe Proviant mit und komme gegen acht Uhr bei dir vorbei. Und sieh zu, dass du dann nüchtern bist, sonst fahre ich allein. Okay?«

»Ja, ja«, sagte Jeanette und versuchte die Augen zu verdrehen, doch es sah eher so aus, als würde sie bloß den Blick heben.

Der folgende Tag war trüb und windig, der Himmel wollte nicht aufreißen. Jeanette hatte sich aus ihrem Tief herausgearbeitet und war nüchtern, zumindest wirkte sie so. Sie kam auf dem Fahrrad zurecht, trotz der bisweilen starken Windböen.

Der Plan – der nicht sonderlich durchdacht war, das war Kerstin durchaus bewusst – bestand darin, sich durchzufragen. Es musste Hunderte Häuser geben in Tofta, aber nur einige, die an eine Wiese angrenzten. Sie hatten einen Eimer mit ein paar Lappen Putzmitteln, Gummihandschuhen und schwarzen Müllsäcken an den Lenker gehängt. Sie wollten sich als Putzfrauen ausgeben und sich durchfragen. Weiter hatten sie nicht gedacht, und das machte das Projekt ein bisschen abenteuerlich. Jeanette schien recht guter Dinge zu sein, und eine frische Meeresbrise schadete sicher nicht.

Die Fahrt dauerte eine gute Stunde, dann verwendeten sie zwei Stunden und zwanzig Minuten darauf, sich nach Ängsbacken und Familie Norlings Sommerhaus zu erkundigen, bis sie Erfolg hatten. Sie brauchten eine weitere halbe Stunde, um sich Zutritt zum Haus zu verschaffen, und wenn man von einer Dreiviertelstunde Pause im Garten absah, hatten sie innerhalb von fünf Stunden alles auf den Kopf gestellt und den ursprünglichen Zustand wiederhergestellt. Dann waren sie unverrichteter Dinge wieder nach Visby zurückgeradelt.

Oder doch nicht ganz, denn nun wussten sie jedenfalls, dass das Geld nicht dort war. Aber sie hatten einen schönen, wenn auch ziemlich anstrengenden Tag verlebt, und Kerstin war auf Tuchfühlung mit dem Objekt ihrer finsteren Fantasien gegangen. Sie hatte Jeanette in einer anderen Umgebung studiert als der gewohnten, ihre guten gegen ihre schlechten Eigenschaften abgewogen – und all das, bloß um festzustellen, dass sie kein bisschen schlauer geworden war.

Jeanette war ein schwieriger Mensch, und wenn sie gute Laune hatte, war es leicht, sie zu mögen. War das nicht der Fall, weckte sie andere Empfindungen, doch es war schwierig, Aggressionen für jemanden zu empfinden, der sich mit Suizidgedanken trug. Ihre Launenhaftigkeit brachte alle ihre weniger sympathischen Charakterzüge zum Vorschein: ihr maßloses Bedürfnis nach Bestätigung, ihre Ich-Bezogenheit und Gleichgültigkeit anderen Menschen gegenüber, ihre Unfähigkeit, sich einer Situation zu stellen und sich zu behaupten. Mit anderen Worten: Man konnte sie als antriebslos und faul bezeichnen, und vielleicht waren es diese Eigenheiten, die sie in Situationen, die Kampfgeist erforderten, schwach machten.

Schuldig oder unschuldig? Kerstin hatte nach wie vor keine Ahnung, aber früher oder später würde sie Jeanette vermutlich grün und blau schlagen, wenn die Gelegenheit sich ergab und die Sterne günstig standen. Selbst wenn es noch so seltsam erscheinen mochte, verblasste die Erinnerung an Karl-Erik und das, was ihm zugestoßen war, im Laufe der Zeit, während sie selbst immer weiter auf die Katastrophe zugesteuert war. Vielleicht war es heilsam, darüber zu sprechen, wodurch die schrecklichen und folgenreichen Erlebnisse weniger verheerend wirkten. Durch das Gespräch stumpfte sie also gewissermaßen ab. Wie durch den Alkohol, obwohl der Effekt nur kurz anhielt.

Sie hatten im Laufe des Tages einiges gelernt. Nämlich, dass Jeanette mit ihrem recht passablen Äußeren leichter mit den Menschen in Kontakt kam, wohingegen Kerstin mit ihrem runzligen Gesicht, ihrer heiseren Stimme und ihren Tätowierungen andere eher verschreckte. Jeanette war für die Konversation zuständig, während Kerstin sich im Hintergrund hielt und tat, als könne sie kein Schwedisch. Würden sie erneut zu einem Ausflug aufbrechen, waren für Kerstin Sonnenbrille und lange Ärmel angesagt. Ein Satz Werkzeuge würde auch nicht schaden, ebenso wie ein Handtuch, damit sie hinterher im Meer schwimmen konnten.

51

Sandra

Es war Freitag, und das Ultimatum, das sie Hallin im Stillen gestellt hatte, um mit den verfluchten Unterhaltszahlungen anzufangen, rückte näher. An Mittsommer hatte er überraschend nachgegeben, als sie ihn angerufen hatte, aber wie sie vermutet hatte, wollte er damit nur alles hinauszögern. Er brauchte Zeit, um den nächsten Angriff in seinem Feldzug vorzubereiten: die Sabotage des Autos. Und zwei Tage später zeigte sich, mit wem sie sich eingelassen hatte. Das Einzige, was sie nun noch tun konnte, war, seine Frau zu beknien, sie möge ihn bitten, mit der Hetzjagd aufzuhören. Und vielleicht hatte das ja auch geklappt. Inzwischen waren vier Tage ohne eine Drohung verstrichen, und Sandra hoffte, dass der Albtraum vorbei war.

Sie wollte ihr Anliegen auf keinen Fall weiterverfolgen, nicht angesichts der Tatsache, dass ihr Leben in Gefahr war. Sandra hatte seiner Frau deutlich gemacht, das Geld für sie keine Rolle spielte, wenn sie heil aus der Sache rauskam. Wenn die beiden miteinander kommunizierten, musste Hallin die Mitteilung erhalten haben.

Deshalb war sie hoffnungsvoll, bereute aber zugleich, den Ball nicht schon flach gehalten zu haben, als sie den Blumenstrauß auf ihrer Türschwelle gefunden hatte. Dann wäre ihr diese Angst erspart geblieben, und damit auch die Belastung, an einem Ort zu leben und an einem anderen vorübergehend zu wohnen.

Trotz allem war die Vorstellung, dass Hallin von seiner Frau eine Gardinenpredigt zu hören bekommen hatte, durchaus amüsant. Selbst wenn sie zum gegenwärtigen Zeitpunkt Hallin keine Schwierigkeiten machen wollte, hatte sie ihm bildlich gesprochen einen kräftigen Tritt in die Eier verpasst.

Obwohl ihr Optimismus wuchs, wollte die Angst nicht ganz verschwinden. Sie hatte es nicht mit irgendwem zu tun. Der Typ war sogar zu fahrlässiger Tötung fähig, das musste sie sich immer wieder ins Gedächtnis rufen. Peter Norling war an einen einsamen Ort gelockt worden, wo er dann brutal niedergeschlagen worden war. Obwohl er vermutlich alles abgestritten hatte, da er die Fotos nicht gemacht und sie ebenso wenig an Hallin geschickt hatte. Hallin war eiskalt, er ging über Leichen, um seine Fehler zu vertuschen. Wodurch es nur noch mehr wurden.

Und er war der Vater von Sandras Kind.

Aber sie weigerte sich, das so zu sehen. Erik war ihr Sohn. Er hatte keinen Vater, und sollte er irgendwann einen bekommen, dann wäre es sicher nicht Hallin. Den Unterhalt durfte er gerne zahlen, würde er auch, für sie war es allerdings kein Unterhalt im eigentlichen Sinne. Die Ausgaben für Lebensmittel, Kleidung, Spielsachen, Wohnung und Ganztagsbetreuung hatte sie bislang auch recht gut allein gestemmt. Erik hatte alles, was er brauchte. Das Geld war für Sandra Schadenersatz. Für Schweiß und Tränen, Krankschreibungen, Angst und jede Menge ungute Erinnerungen. An eine unerwünschte Schwangerschaft, von der sie zuerst nicht wusste, wie sie damit umgehen sollte. Und eine tief sitzende Angst vor Männern im Allgemeinen und intimen Begegnungen im Besonderen.

Als der erste Anruf kam, stand sie im Büro und gab ihren Mitarbeitern Anweisungen, wie sich der restliche Nachmittag und der

Abend gestalten sollten. Sie warf einen Blick auf das Display und stellte fest, dass der Kindergarten in der Leitung war, drückte den Anruf weg und beschloss zurückzurufen. Nach einer Minute klingelte ihr Telefon wieder, und ihr wurde klar, dass etwas passiert sein könnte. Aber es konnte auch sein, dass Erik Fieber bekommen hatte oder sich erbrechen musste, und in solchen Fällen war es dem Personal meistens wichtiger als den Eltern, dass das Kind zeitnah abgeholt wurde. Sie drückte diesen Anruf ebenfalls weg, wenn auch mit wachsender Beunruhigung. Als es dann sofort wieder klingelte, entschuldigte sie sich, trat in einen angrenzenden Raum und schloss die Tür hinter sich.

»Erik ist verschwunden«, sagte die Leiterin.

»Verschwunden?«, wiederholte Sandra ungläubig.

»Wir haben einen Waldausflug in den Furulundsskogen gemacht, und plötzlich war er nicht mehr da.«

Sandra zog einen Stuhl vom Tisch weg und setzte sich, während ihre Gedanken sich überschlugen. Sie kam zu dem Schluss, dass sicher schon eine Weile verstrichen war seit Eriks Verschwinden und bis die Leiterin sich genötigt sah, bei ihr anzurufen.

»Wann war das?«, fragte sie.

»Gegen zwei. Wir haben überall gesucht, ihn aber nicht gefunden. Es tut mir leid, dass ich Ihnen das so sagen muss. Damit habe ich auch nicht gerechnet.«

Sandra schaute auf die Uhr und stellte fest, dass es zehn nach drei war.

»Vielleicht ist er ja einfach nach Hause gegangen?«, vermutete sie. »Zu seinen Großeltern, meine ich.«

Sie wollte glauben, dass Erik nur mit einem Kameraden gestritten hatte und dann weggelaufen war. Der kleine Igor, dachte sie. Der kleine Unterdrücker hatte Erik wehgetan, ihn wütend und traurig gemacht, bis er sich so ungerecht behandelt gefühlt hatte, dass er weggerannt war.

»Ein Kollege ist mit dem Auto hingefahren, aber er hat Erik nicht gefunden, weder auf dem Weg noch dort.«

»Er ist drei, womöglich hat er sich verlaufen«, meinte Sandra.

Dann begriff sie, dass es bei diesem Dialog keinen Gewinner geben konnte. Sie mochte die Leiterin nicht, doch hier ging es nicht darum, dass die Chemie zwischen ihnen stimmte, sondern um die Zusammenarbeit.

»Haben Sie die Polizei verständigt?«, erkundigte sie sich.

»Das werde ich sofort tun, wenn Sie nichts dagegen haben.«

»Tun Sie das«, sagte Sandra. »Ich komme so schnell ich kann. Im Furulundsskogen, sagen Sie?«

»Wir suchen weiter, dann treffen wir uns auf dem Gråbo torg.«

»Und wo dort?«

»Auf dem Gratisparkplatz hinter dem Treffpunkt Gråbo. Vor dem Jugendzentrum.«

Jetzt erst fiel der Groschen. Erik war weg und die Situation so ernst, dass Sandra angerufen und die Polizei verständigt worden war. Eine bedrohliche Zukunft tat sich vor ihrem inneren Auge auf, ein Leben ohne ihren Sohn wäre unerträglich und undenkbar und durfte nicht wahr werden. Das war ein Warnschuss, der sie aufrüttelte, und ein Fingerzeig, wie es laufen könnte, wenn sie das, was dem Leben Sinn schenkte, nicht genügend schützte.

Mit wachsender Sorge stieg sie ins Auto und fuhr zum Furulundsskogen.

Zehn Minuten später war sie dort. Ein paar Kollegen waren mitgekommen, ihr Vater traf ebenfalls ein. Ihre Mutter hielt daheim die Stellung für den Fall, dass Erik sich irgendwie bis zu ihrem

Haus durchschlug. Auf dem Parkplatz stand ein Notarztwagen, und Sandra meinte, das war wegen Erik. War er auf einen Baum geklettert, runtergefallen und ohnmächtig geworden? Hatte er sich Arme und Beine oder den Hals gebrochen? Hatte er sich geschnitten, oder war er von einem Hund gebissen worden? Von einer Schlange? Hatte er auf einen Wespenstich allergisch reagiert?

Der Furulundsskogen war ein kleines Waldstück, unglaublich schön und ein geeigneter Ort für Ausflüge mit Kindergruppen. Kein offenes Wasser, keine unmittelbaren Gefahren. Und von allen Seiten von Straßen und Häusern umgeben. Häusern, in denen Menschen wohnten, die auf die Idee kommen konnten, sich ein Kind zu schnappen, Straßen, die zu größeren Straßen führten, zu größeren Waldstücken und zum Meer, das überall war.

Die Welt um Sandra herum wurde riesig, während zugleich ihr Blickfeld schrumpfte.

Kinder und Erwachsene bedrängten sie, wollten ihr etwas erzählen und hatten Fragen. Das machte den Ernst der Lage noch greifbarer, vielleicht war das ja gar kein Warnschuss und Erik war wirklich verschwunden? Für immer? Die Polizei hatte tausend Fragen, wollte einen Suchtrupp zusammenstellen und erkundigte sich nach Eriks Gewohnheiten, eventuellen gesundheitlichen Einschränkungen, seiner äußeren Erscheinung, Bekleidung und seinen Interessen. Gab es einen Vater zu dem Kind? Und wenn ja, ging eine Gefahr von ihm aus?

War das der Fall? Was sollte sie darauf antworten? Wenn es kein Kind gab, gab es auch keinen Vater, und genau daraus ergab sich die Gefahr. Es existierte aber bereits eine polizeibekannte Gefahr, ebenso wie ein Vater, allerdings kein netter. Konzentriert euch von nun an auf ihn, aber diskret, gebt euch nicht zu erkennen. Geht jedem Mucks nach, den er macht, dann werdet ihr Erik früher oder später finden. Es sei denn, er ist schon tot, dann wird er lange Zeit nicht gefunden werden.

Hatte sie das gesagt oder nur gedacht? Sie hatte das Ganze selbst auf die Spitze getrieben, unwiderruflich, Verzweiflung in einer Dimension gesät, die ihr Kind in Lebensgefahr brachte. Hatte sie das wirklich erst jetzt begriffen, wo sie vor vollendeten Tatsachen stand? Oder vor unvollendeten, wie sie sich ins Gedächtnis rief.

Hallin konnte sie nicht kontaktieren, denn sie hatte Todesangst, ihn zu provozieren. Würde die Polizei aktiv einschreiten, wäre das noch schlimmer. War Erik unverletzt, durfte das Vorgehen der Polizei oder Sandras nichts daran ändern.

Eigentlich wollte sie bloß draußen nach ihm suchen, aber es gab wichtigere Dinge, und die Suche übernahmen andere. Es endete damit, dass sie heimgeschickt wurde, und zwar nicht zu ihren Eltern, sondern in ihr Haus. Da Erik die Adresse auswendig wusste, hatte er vielleicht jemanden gebeten, ihn nach Hause zu fahren. Nur für eine Nacht, danach konnte Sandra wieder zu ihren Eltern und die menschliche Wärme und Sorge mit ihnen teilen.

Also verbrachte Sandra die Nacht allein in ihrem Haus. Sie hatte alle Angebote von Freunden und Verwandten abgelehnt, ihr Gesellschaft zu leisten. Ihr Vater war mit vielen anderen im Wald und suchte, ihre Mutter blieb im Haus, so wie Sandra.

Sie arbeitete auf Hochtouren, aber wenn sie ihren Gedanken freien Lauf ließ, wurde sie von der Sommernacht abgelenkt. Sie schlüpfte durch die offene Tür, sog die taufeuchte Luft ein und streifte über das Grundstück. Suchte nach Geräuschen und Schatten, rief und weinte.

Dann setzte sie sich wieder vor den Laptop, nun war Eile geboten, jetzt erst recht. Sie grübelte und überlegte, drehte und wendete alles, was passiert war, bis ihr der Kopf rauchte, doch das hielt sie wach und auf den Beinen.

Hatte sie sich nicht klar genug ausgedrückt – gab es Zweifel bezüglich der finanziellen Forderungen? Sie hatte zwar gesagt, ja, ich ziehe meine Forderung zurück, aber diese Drohungen müssen aufhören. Bitte, das Geld ist mir egal, er soll uns nur nichts antun – das war doch deutlich gewesen?

Oder war genau das das Problem? Dass sie gebettelt und gefleht hatte – und die Entführung war die Vergeltung dafür, dass sie sich vor Hallins Frau gedemütigt hatte? Und dass sie seine Frau ins Bild gesetzt hatte?

Oder wenn man noch weiter ging – war ihr Besuch missverstanden und so gedeutet worden, dass Sandra im Begriff stand, ihre Drohung in die Tat umzusetzen? Konnte Hallin es so verstanden haben, der erste Schritt wäre nun vollzogen und seine Frau hätte erfahren, dass an jenem Nachmittag etwas passiert war und ungewollte und unmoralische Zweisamkeit stattgefunden hatte? Deutete er das so, dass auch der zweite Schritt vollzogen werden würde, was jedoch auf keinen Fall geschehen durfte, und die Polizei von der Vergewaltigung in Kenntnis gesetzt werden würde?

War es ein Teilaspekt oder alles zusammen, was den Mann, der Sandra vergewaltigt hatte, dazu getrieben hatte, ihren Sohn zu entführen? Wenn es kein Kind gab, dann gab es auch keinen Vater. Das Kind war die einzige Person, die die Theorie der Vergewaltigung sowie von Alkohol am Steuer untermauern konnte, was wiederum zu potenzieller fahrlässiger Tötung, Fahrerflucht und auch Mord geführt haben konnte. Eine Entführung als Dreingabe würde bei dieser Fülle von Urteilsbegründungen auch keinen Unterschied mehr machen.

Oder ein Mord.

Vielleicht würde das den Unterschied zwischen der längsten Strafe, die verhängt werden konnte, und lebenslänglich ausmachen – wenn der Mord an Peter Norling und all die anderen Straftaten nicht für lebenslänglich ausreichten, würde ein Kindsmord garantiert ausreichen. Aber für Hallin machte das keinen großen Unterschied. Er wollte auf keinen Fall seiner Freiheit beraubt werden, und er war bereit, alles dafür zu tun.

Sogar, ein Kind umzubringen.

Sandra hatte bloß wenig Hoffnung, dass Hallins Überwachung durch die Polizei Früchte trug. Wenn sie ihre Befürchtungen überhaupt ernst genommen hatte. Peter Norling hatte er mit einem Spaten erschlagen, das hatte sicher nicht lange gedauert. War es beabsichtigt, dass Erik sterben sollte, war er längst tot und begraben.

Sandra versuchte diesen unaussprechlichen Gedanken abzublocken, und abwechselnd tigerte sie an den Fenstern hin und her mit zugeschnürter Kehle, dann arbeitete sie wieder, bis ihre Zunge Blut schmeckte. In der Nacht tat sie kein Auge zu, dafür blieb keine Zeit.

Dreijähriger nach Ausflug mit dem Kindergarten im Wald verschwunden

Bei einem Ausflug in den Furulundsskogen am Freitagnachmittag stellte das Personal fest, dass der Junge fehlte. Unter welchen Umständen er verschwand, ist noch unklar. Den Angaben zufolge hat die Vorschulklasse Vögel beobachtet, als der Junge sich von der Gruppe absetzte.

Kurz nachdem die Polizei alarmiert worden war, wurde mit der umfangreichen Suche begonnen. Neben mehreren Polizeipatrouillen kamen auch Spürhunde und ein Helikopter zum Einsatz. Etwa einhundert Freiwillige beteiligten sich an der Suche, die die ganze Nacht andauerte.

»Gegenwärtig gehen wir nicht von einem Verbrechen aus, aber wir ermitteln in alle Richtungen«, so der Einsatzleiter. »Wir bitten jeden, der etwas von Interesse gesehen oder gehört hat, sich bei der Polizei zu melden.«

Polizeiangaben zufolge hat der Junge kurze blonde Haare und ist circa 90 cm groß. Er trug zum Zeitpunkt seines Verschwindens blaue Jeans, ein rotes Sweatshirt und grüne Stiefel.

GOTLANDS ALLEHANDA

2018
Juli

52

Kerstin

Jeanette hatte wieder angefangen, richtig zu trinken, und Kerstin saß daneben und sah zu. Sah zu, wie sie sich wie ein Katzenjunges in Lubbes Schoß zusammenrollte und die Aufmerksamkeit in sich aufsog, die sie erregte, wenn sie in diesem Zustand war. Kerstin dachte, da ist sie nun, die Kerstins große Liebe hat leiden lassen bis zum Tod, da sie bloß an ihren eigenen Vorteil dachte. Sie, die kein Interesse hatte an Geld, aber ihn dennoch sterben ließ, weil ihre große Liebe das für eine gute Idee gehalten hatte.

In manchen Momenten gelang es Kerstin, die Energie aufzubringen, deren es bedurfte, um sich in ihren erbarmungslosen Zustand zu versetzen, doch meistens war dies nicht der Fall. Dann sah sie in Jeanette eine Frau, die ihr Kind verloren hatte, und danach auch ihren Halt. So wie sie selbst ihren Mann verloren hatte. Für gewöhnlich verhielt sie sich jedoch relativ neutral, brachte Jeanette ein kühles Interesse entgegen, wie jedem x-Beliebigen, der sie am Rande wahrnahm. Vielleicht hatten es ihre ständigen Grübeleien mit sich gebracht, dass ihr ihr gesamtes Umfeld mehr oder weniger gleichgültig war.

Es war der erste Tag der Almedalen-Woche, und die Politikinteressierten strömten aus allen Richtungen herbei. Eine Woche lang überschwemmten sie die ganze Stadt, ihre Fahrräder standen zu Hunderten am Österport. Aber es war lustig, sie anzusehen, sie waren überhaupt nicht so wie die 08/15-Touristen, sondern repräsentierten andere Werte. In der Regel waren sie fröhlich und begeistert, überraschend gepflegt, wenn man bedachte, wie viel Gratis-Roséwein sie sich hinter die Binde kippten. Oftmals waren sie in eingehende Gespräche vertieft.

Kerstin war froh, dass sie nun in Sandra ihre Gesprächspartnerin gefunden hatte und sie ein gemeinsames Projekt betrieben. Kerstin war bereits in Vorleistung gegangen, und Sandra war hochzufrieden. Aber jetzt schien es, als würde Kerstin sie im Stich lassen, da es ums Geld ging, denn Jeanette hatte keine brauchbaren Ideen mehr. Ein Einbruch in die Villa von Familie Norling, während diese im Urlaub war, war nicht sehr konstruktiv. Teils, weil Kerstin nichts Kriminelles mehr machte – der Einbruch ins Sommerhaus natürlich ausgenommen, aber das war ja auch für einen guten Zweck gewesen, und sie hatten nichts beschädigt oder gestohlen. Teils, weil das Geld längst gefunden worden wäre, hätte es sich in Norlings Villa befunden. Auf der Suche nach der Wahrheit im Zusammenhang mit seinem Verschwinden hätte die Polizei sicher das Haus gefilzt. Das Gleiche dürfte ebenfalls für die Autowerkstatt gelten.

Jeanette schien das Interesse vollkommen verloren zu haben, und selbst Kerstin fiel nichts Neues mehr ein. Wie auch? Norling hatte sich vermutlich ins Auto gesetzt, war in den Wald gefahren und hatte die Taschen irgendwo verbuddelt. Früher oder später würde jemand darüberstolpern, aber das wäre nicht Kerstin. Außerdem war es ohnehin zu spät, die Zeit verging wie im Flug.

Kerstin entschied sich, heute Abend noch Sandra anzurufen, um über den aktuellen Stand der Dinge zu berichten. Einräumen, dass weder Jeanette noch sie selbst Ideen hatten, wo Norling das

Geld versteckt haben könnte, aber betonen, dass sie in jeder anderen denkbaren Hinsicht behilflich sein wollte.

Nun rief Jeanette nach ihr. Sie sprang ein Stück entfernt über die Wiese, ein paar jüngere Burschen rannten hinter ihr her. Kerstin ignorierte sie – dieser präpubertäre Übermut konnte jeden Augenblick umschlagen in Trübsinn, Tränen oder Streitsucht und Boshaftigkeit. Sternhagelvoll war sie außerdem, mit zerrissenen Klamotten oder einem verstauchten Fuß war da schon zu rechnen.

Aber Jeanette rief wieder. Und kreischte vor Lachen, als einer der jungen Männer, Jimmy, sie von hinten packte und in die Wiese zog.

»Er jagt!«, schrie sie.

Kerstin dachte, ja, das kann man wohl sagen.

»Ein Hochsitz oder so was!«, rief Jeanette, und jetzt kapierte sie es.

Sie meinte Peter Norling, über ihn dachte sie nach, wenn alles andere leicht und lustig war. Nun wurde Kerstin wieder ganz warm ums Herz, und sie dachte, dass Jeanette auf ihre Art kämpfte, dass sie sie unterschätzt hatte.

Ein Jägerhochsitz, dachte Kerstin. Da kann man ja bestimmt nichts verstecken, der wird doch von vielen benutzt? Aber eine Jagdhütte? Das klang schon besser. Nicht weil sie so gut Bescheid wusste, was das war, aber eine Hütte, um sich vor und nach der Jagd darin aufzuhalten vielleicht? Mit einer Wildkammer, in der man die erlegten Tiere aufhängte? Sie häutete? Oder tat man das draußen? Möglich, dass es auch ein paar Schlafplätze gab, falls die Jagd mehrere Tage dauerte.

Eine Jagdhütte konnte sich ja nicht allzu sehr von einem Sommerhaus unterscheiden, sie musste abseits liegen, irgendwo mitten im Wald. Mit anderen Worten ein geeignetes Versteck, aber wo? In welchem Wald? Selbst wenn Jeanette das beantworten konnte, würde sie die Adresse nicht kennen. Wenn denn Jagdhütten überhaupt eine Adresse hatten. Diesmal würden sie sich nicht durchfragen können.

Ihr fiel ein, dass es möglich sein musste herauszufinden, wem welche Immobilie gehörte. Vielleicht erfuhr man das beim Katasteramt. Sie griff nach ihrem Handy, suchte den Begriff und landete bei den Grundbucheintragungen im Landesvermessungsamt. Sie klickte den Reiter »Informationen bestellen« an, kam aber nicht wirklich weiter. Entweder musste sie eine geschäftliche Anfrage stellen, oder sie konnte nur Informationen über die Immobilien erhalten, ohne zu sehen, wer die Eigentümer waren.

Allerdings wollte sie der Sache auf den Grund gehen und sie nicht erst auf die lange Bank schieben. Am Montag würde sie zur Bürozeit im Kundencenter anrufen und sich erkundigen, wie das ablief, doch zunächst wollte sie Sandra fragen – sie wusste bestimmt, wie das ging, und konnte vielleicht sogar selbst und schneller die benötigten Informationen beschaffen. Dass sie da nicht gleich dran gedacht hatte! Dann hätten sie es sich womöglich ersparen können, als Putzfrauen getarnt in Tofta herumzuirren.

Sandra und Kerstin hatten ihre Telefonnummern ausgetauscht, sodass sie sich immer erreichen konnten. Sandra war nicht mehr bloß eine Stimme zu nächtlicher Stunde, sondern eine Freundin, die sie jederzeit anrufen konnte. Und umgekehrt. Kerstin wollte nur äußerst ungern ihr Vertrauen missbrauchen, aber nun ging es schließlich um die sechs Millionen, und die waren wichtig für ihr gemeinsames Projekt. Und es war Eile geboten. Also trat sie ein paar Schritte an die Seite und rief Sandra an, die sich sofort meldete.

»Gut, dass ich dich erreiche«, sagte Kerstin, »und entschuldige bitte, dass ich dich am Sonntagnachmittag störe. Aber ich wollte dich fragen, ob du mit deinen vielen Kontakten herausfinden kannst, welche Immobilien Peter Norling gehört haben. Oder ihm gehören – er ist sicher noch im System.«

Sandra schwieg einen Moment, dann sagte sie: »Das kann ich schon machen. Aber erst, wenn ich wieder im Büro bin, und ich weiß nicht genau, wann das sein wird. Geht's um das gestohlene Geld?«

»Ja, genau«, bestätigte Kerstin. »Wir haben ein Sommerhaus entdeckt, da haben wir alles auf den Kopf gestellt, jedoch ohne Erfolg. Vielleicht gibt es auch eine Jagdhütte, allerdings wissen wir nicht, wo. Möglicherweise gibt es ja noch mehr Häuser, aber ich habe gehofft, dass du mir da weiterhelfen kannst.«

»Ich kümmere mich so schnell wie möglich darum. Im Moment bin ich allerdings etwas unter Zeitdruck.«

»Ich will dich auch nicht länger aufhalten«, sagte Kerstin.

»Ich melde mich«, sagte Sandra und beendete das Gespräch.

Sie war ungewöhnlich kurz angebunden. Kerstin hoffte, dass sie nicht irgendeine unsichtbare Grenze überschritten hatte, weil sie an einem Sonntag angerufen hatte.

53

Sandra

Die Hoffnung, dass Erik vor der Tür stehen würde, hatte sich nicht erfüllt, und Sandra war wieder zu ihren Eltern zurückgezogen. Es war Sonntagabend, und Erik war seit über achtundvierzig Stunden verschwunden. Die Sorge spiegelte sich bei allen dreien in ihren Bewegungen und ihrer Stimmlage, aber keiner von ihnen verlor die Fassung. Jeder ging auf seine Weise mit seinen Gefühlen um und wappnete sich auf seine Art für das, was da kommen mochte.

Sandras Mutter war in der Küche, füllte Kühlschrank und Gefrierfach, damit niemand Hunger leiden musste, weder jetzt noch wenn das Durchhaltevermögen nachließ.

Ihr Vater war das ganze Wochenende über draußen gewesen und hatte den Polizisten mit ihren Hunden, Helikoptern und den zahlreichen Freiwilligen bei der Suche geholfen. Trotz Donner und Wolkenbruch hatten sich mehr Leute als erwartet an der Suche beteiligt, oder gerade deswegen. Doch von Erik fehlte weiterhin jede Spur. Es gab keinerlei Hinweise, wo er stecken könnte.

Sandra hatte widerwillig eingesehen, dass es nichts gab, was sie tun konnte, um die Suche zu beschleunigen oder zu vereinfachen. Und ihre Anwesenheit wäre auch keine große Hilfe. Das Beste, was sie tun konnte, war, unverdrossen weiterzuarbeiten mit dem, was hoffentlich einen kleinen Unterschied für den einen oder anderen ausmachen würde. Also womit sie fast ihre gesamte Freizeit verbracht hatte seit Eriks Namenstag und seit die Belästigungen angefangen hatten.

Ihre Eltern verschwendeten zwar nicht viele Worte auf das, was Erik widerfahren war, redeten aber sehr wohl Klartext, was Sandras Schlafrhythmus und die Manie betraf, mit der sie sich in die Arbeit stürzte, was auch immer diese Beschäftigung beinhaltete. Sandra war verschwiegen und erzählte nichts über ihr Projekt, dem sie sich hinter verschlossener Tür widmete. Aber sie pflichtete ihren Eltern ganz und gar bei, was sie über ihren knapp bemessenen Nachtschlaf zu sagen hatten, jedoch ohne etwas dagegen zu unternehmen. Sie arbeitete bis zum Umfallen, schlief ein paar Stunden und stand wieder auf, um genau so weiterzumachen.

Allerdings mit Unterbrechungen, um im Büro vorbeizuschauen und sicherzugehen, dass trotz ihrer Abwesenheit alles rund lief. Das schien der Fall zu sein, und sie delegierte einige Aufgaben an ihre engsten Mitarbeiter. Alle äußerten ihr Bedauern über das, was passiert war, und brachten ihre Überzeugung zum Ausdruck, dass sich alles zum Guten wenden würde. Sandra kamen zwar immer größere Zweifel, aber sie wollte die Hoffnung nicht aufgeben.

In Gedanken war sie bei Erik, redete mit ihm, beruhigte und tröstete ihn. Weil sie ihn nicht physisch spüren konnte, fühlte sie sich wie eine schlechte Mutter. Doch die imaginären Gespräche gaben ihr Kraft, sie brauchte sie, um sich lebendig zu fühlen. Sie spürte seine Gegenwart mit jeder Faser ihres Körpers, und obwohl sie wusste, dass dieses Gefühl nichts mit der Realität zu tun hatte, gab sie sich dieser Illusion hin.

Sonntagabend bekamen sie Besuch von dem Beamten, mit dem Sandra unmittelbar nach Eriks Verschwinden auf dem Gråbo torg gesprochen hatte. Sandra entdeckte ihn durchs Fenster und begrüßte ihn draußen vor dem Haus.

»Sie müssen meine Eltern da raushalten.« Sie flüsterte beinahe. »Sie wissen nichts von Hallin.«

»Kein Problem«, sagte der Polizeibeamte.

»Sie dürfen keinen Kontakt zu ihm aufnehmen, das verstehen Sie doch?«

»Das haben wir auch so entschieden. In der Regel vermeiden wir es, übereilte Reaktionen bei Personen zu provozieren, die extrem unter Druck stehen.«

»Das wäre die absolute Katastrophe. Warten Sie wenigstens noch ein paar Tage zu.«

»Das haben wir ohnehin vor«, versicherte ihr der Polizist. »Früher oder später müssen wir ihn natürlich vernehmen, aber momentan gehen wir kein Risiko ein. Würde eine Vernehmung Eriks Gesundheit gefährden, bleiben wir natürlich auf Abstand.«

»Und das haben Sie tatsächlich so gehandhabt?«, hakte Sandra nach.

»Hallin steht seit achtundvierzig Stunden unter Beobachtung, aber es gab bislang keine außergewöhnlichen Vorkommnisse.«

Das hatte Sandra in etwa erwartet. Hätte Hallin etwas unternommen, was mit dem Verschwinden in Verbindung gebracht werden konnte, hätte sie sofort davon erfahren. Aber sie war dankbar, dass die Polizei sie immerhin so weit ernst genommen hatte und nun Hallin beschatten ließ, obwohl die Tatsache, dass die Observierung ergebnislos verlief, niederschmetternd war. Er hielt Erik nicht in der Absicht irgendwo gefangen, ihn wieder freizugeben, wenn seine Forderungen erfüllt wurden oder genügend Zeit verstrichen war, sondern das, was er mit ihm vorgehabt hatte, war bereits vollendet. Das sagte ihr ihr gesunder Menschenverstand, doch alles andere in ihr rebellierte und wollte sie etwas anderes glauben machen.

Der zweite Teil des Gesprächs fand mit Sandras Eltern statt, in der Küche, sie verspürten danach jedoch keine Erleichterung. Von Erik fehlte weiterhin jede Spur, und auch die groß angelegten Suchaktionen hatten nichts ergeben. Sandra hätte ihren Gefühlen am liebsten freien Lauf gelassen und laut geschrien, aber das hieße, dass sie losließ und aufgab, und das durfte sie auf keinen Fall zulassen, nicht eine Sekunde lang.

Und jetzt wurde sie gezwungen, ihren Vorsätzen und Absichten zum Trotz, mit Jan Hallin Kontakt aufzunehmen. Es war noch zu früh, die Polizei auf ihn anzusetzen, doch sie musste zu ihm vordringen. Was sollte sie sonst tun, das Gegenteil hatte ja nichts geholfen? Sandra wusste, dass er es war, der hinter den Belästigungen, der Sabotage und Eriks Verschwinden steckte. Sie konnte nicht dasitzen und darauf warten, dass das passierte, was nicht geschehen durfte. Wenn es nicht ohnehin schon eingetreten war.

Das glich einer Verzweiflungstat, ihre Stimme durfte sich allerdings nicht überschlagen. Kummer durfte durchscheinen, aber kein Zorn. Deshalb ergriff sie ganz sachlich das Wort.

»Ich möchte mich dafür entschuldigen, dass ich Ihre Frau aufgesucht habe. Das war dumm von mir, und es tut mir aufrichtig leid, wenn ich damit Probleme verursacht habe«, begann sie das Gespräch.

»Ja, das kann man wohl sagen. Meinen Sie, es macht Sie reicher, wenn Sie meine Frau da mithineinziehen? Oder sich dafür entschuldigen?«

»Ich will kein Geld«, sagte Sandra. »Ich nehme meine Forderung zurück. Sie werden nie wieder von mir oder meinem Sohn hören.«

Sekundenlange Stille, dann eine sarkastische Spitze. »Das klingt ja super.«

»Unter der Voraussetzung, dass Erik wieder zu Hause auftaucht«, sagte Sandra. »Lebendig.«

»Erik?«, fragte Hallin zurück. »Wer soll das denn sein?«

Sandra entgegnete nichts. Sie wusste, dass er die Antwort auf diese Frage kannte, was sie dadurch zu verstehen gab.

»Ach so, Ihr Sohn?«, sagte er mit aufgesetzter Verwunderung. »Das hört sich ja dramatisch an. Ist er Ihnen etwa abhandengekommen?«

Sandra hätte schwören können, dass er ein Lachen unterdrückte. Er spielte mit ihr, aber sie wollte ihm den Gefallen nicht tun, dass er ihr ihre Verzweiflung anmerkte. Sie musste ruhig bleiben und gefasst wirken.

»Es wird Zeit, das Ganze zu beenden«, entschied sie. »Sorgen Sie einfach dafür, dass er wieder nach Hause kommt.«

Nun lachte Hallin lauthals. »Beschuldigen Sie mich des Menschenraubes?«

»Keineswegs. Ich meine nur, falls er Ihnen über den Weg laufen sollte, möchte ich Sie bitten, dafür zu sorgen, dass er heil nach Hause kommt.«

Sandra war sehr daran gelegen, keine Anschuldigungen vorzubringen. Fühlte er sich auch bloß ansatzweise in die Enge getrieben, wäre jede eventuelle Zusammenarbeit zum Scheitern verurteilt. Wurde er hingegen nicht direkt beschuldigt, bestand die Chance, dass Erik plötzlich wiederauftauchte. Ohne dass die Polizei von einem Verbrechen ausgehen musste. Das war nun ihre Strategie. Ihr schwebte eine Art stilles Einvernehmen vor, bei dem nichts ausgesprochen wurde, aber jeder wusste, was vom anderen erwartet wurde.

»Ich versprech's Ihnen«, sagte Hallin. »Wenn mir der Bursche über den Weg läuft, setze ich ihn in den Bus und schicke ihn heim.«

Sein Tonfall klang belustigt, und das war irgendwie beängstigend. Seine Formulierung legte nahe, dass er keine »zufällige« Begegnung mit dem Dreijährigen in Aussicht hatte, was bedeuten konnte, dass alles vorbei war. Aber Sandra konnte nicht einfach so aufgeben. Sie konnte jetzt den Ausgang der Sache beeinflussen, und diese Gelegenheit durfte sie nicht ungenutzt verstreichen lassen.

»Ich schwöre, ich werde Sie nie wieder behelligen«, sagte sie. »Oder Ihre Frau. Ich werde den Vaterschaftstest nie einfordern, nie Unterhalt fordern und bei dem, was vor vier Jahren passiert ist, die Polizei aus dem Spiel lassen. Bisher habe ich sie ja auch nicht eingeschaltet – warum sollte ich daran nun etwas ändern? Und wenn Erik einfach wiederauftaucht, sind alle Beteiligten froh, und die Sache ist aus der Welt.«

»Das sind ja gute Nachrichten«, sagte Hallin mit einer Freude, die alles andere als echt klang. »Dann wünsche ich Ihnen viel Glück mit dem Jungen.«

Damit war das Gespräch beendet.

Die Frage war, ob das nun die ersehnte Einigung war oder ob er wie üblich die Sache noch weiter hinauszögern wollte. Leider war Letzteres wohl wahrscheinlicher der Fall.

54
Jan

Weil Gunilla montagabends arbeitete, musste Jan allein zu Abend essen. Dadurch fiel das Menu bescheidener aus als sonst, Würstchen aus dem Glas und Kartoffelpüree aus der Packung, was bei seiner Frau normalerweise nicht auf den Tisch kam. Aber es schmeckte trotzdem, mit bloß zehn Minuten Zubereitungszeit. Während er aß, musste er wieder an das Telefonat mit Sandra denken.

Ihre Vorwürfe ließen ihn völlig kalt, die waren ihr bestimmt nur so rausgerutscht, damit sie überhaupt etwas sagte. Sie hatte keine Ahnung davon, was dem Jungen zugestoßen war, und würde es vielleicht nie erfahren. Den Medien zufolge hatte die Polizei keine Spur, und trotz der vielen Freiwilligen bei der Suche hatte sich in dem Fall nichts ergeben. Mittlerweile waren zweiundsiebzig Stunden vergangen – kein Wunder, dass Sandra am Limit war.

Ihre Verzweiflung konnte sie nicht verbergen, und obwohl sie beherrscht und professionell klingen wollte, konnte er durchs Telefon hören, wie ihr Herz wie ein Presslufthammer in ihrer Brust dröhnte, als sie ihre Unterhaltsforderung zurücknahm. Das musste wehtun, wo sie doch so verbissen und beharrlich auf das Geld aus gewesen war. Dass sie nun bei diesem Kampf klein beigab, war lediglich ein weiterer Beweis dafür, wie panisch sie war. Eine Feststellung, bei der er Schadenfreude empfand, das musste er zugeben.

Im Hinblick auf den Jungen hatte es anfangs einen kleinen Unsicherheitsfaktor gegeben. Seine Mutter hätte sämtliche Hemmungen verlieren und der Presse, der Polizei und allen, die das hören wollten, in ihrer Version lang und breit erzählen können, dass der Junge bei einer Vergewaltigung entstanden war. Aber es hatte sehr vieles gegen ein solches Verhalten gesprochen, denn warum sollte sie – wie sie selbst am Telefon gesagt hatte – gerade jetzt damit herausrücken, nachdem sie so lange geschwiegen hatte? Und wer wollte schon öffentlich machen, dass der einzige Sohn bei einer Vergewaltigung entstanden war? Wie sie es bezeichnete. Dass er nicht erwünscht war? Das wäre fast so, als würde man sagen, dass es keine große Rolle spielte, wenn er nicht wieder zurückkam, und darauf würde die Presse sich wie die Aasgeier stürzen.

Die Befürchtungen, dass das Verschwinden des Jungen derartige Steine ins Rollen bringen würde, hatte Jan gar nicht erst an sich rangelassen. Aus gutem Grund, wie sich zeigte, da die Frage zur Existenz des Jungen gar nicht angesprochen worden war, wie zu erwarten gewesen war. Es gab also keinen Grund zur Beunruhigung, im Gegenteil: Das meiste spielte Jan in die Hände. Drei Tage und Nächte waren bereits verstrichen, und nur die Familie des Jungen hatte die Hoffnung wohl noch nicht aufgegeben. Jan sah das so: Ein toter Junge hatte zwei gute Eigenschaften, er brauchte keinen Unterhalt, und er brauchte keinen Vater. Damit wären sozusagen zwei Fliegen mit einer Klappe geschlagen.

Allerdings war etwas anderes aufgetaucht, das ihn ein wenig beunruhigte, so lächerlich das auch war. Zumindest weckte es seine Neugier, und nicht gerade auf positive Art. Die Damen am Arbeitsplatz – die bereits beim kleinsten Anlass lästerten wie die Besessenen, vorzugsweise am Kaffeeautomaten – hatten seit einer guten Woche bloß noch ein Thema in der Teeküche. Da Jan mangels Interesse sich nicht von Anfang an eingeklinkt hatte, war er nicht auf dem neuesten Stand, worüber diskutiert wurde. Aber seine Arbeitskollegen schienen eine Fernsehserie zu verfolgen. Damit verschwendete Jan keine Zeit, er schaute Nachrichten oder Sport, besonders jetzt, während der Fußball-WM.

Alle palaverten ganz euphorisch: Was war unmoralischer, es so oder so zu machen? Gab es diesen oder jenen Ort tatsächlich? Haben wir etwas Derartiges schon mal gehört? Ging am Schluss alles gut aus? Und wohin war er verschwunden? Konnte sie es gewesen sein, die Dunkle? Kennen wir jemanden, der so heißt – was, wenn er es war? War das wirklich eine wahre Geschichte – nein, das konnte nur eine erfundene sein.

Und so ging es immer weiter, Tag für Tag. Das Wort »Steilhang« fiel häufig, doch dem hatte er weiter keine Bedeutung beigemessen. Bei den Worten »Alkohol am Steuer« und »Fahrerflucht« hatte er kurz aufgehorcht, mehr aber auch nicht. Als wenige Tage später in den Unterhaltungen immer öfter eine Vergewaltigung erwähnt wurde, begann er sich zu fragen, worüber sie sich das Maul zerrissen. Das wollte er selbst herausfinden, ohne nachzufragen und ohne dass es auffiel, dass sein Interesse geweckt worden war. Was immer das auch sein mochte. Aber er kam nicht darauf, und allmählich wurde er ungeduldig und nervös.

Am Wochenende hatte er deshalb die Fernsehbeilage der vergangenen Woche herausgesucht und das Programm von jedem Sender studiert, doch er hatte nirgends etwas gefunden, was im Entferntesten an das erinnerte, was er in den erhitzten Diskussionen in den Kaffeepausen am Arbeitsplatz aufgeschnappt hatte.

Doch dann hatte sich eine günstige Gelegenheit ergeben, wahrscheinlich weil er den anderen nicht den Rücken zugedreht, sondern ihnen zugewandt der Unterhaltung interessiert zugehört hatte. Die Neugier war zwar echt, aber der Grund dafür war ein anderer, als sie vermutlich glaubten.

»Du verfolgst die doch auch, oder, Janne?«, fragte eine Kollegin mit strahlenden Augen.

Jan schüttelte mit fragender Miene den Kopf.

»Das passiert alles hier, bei uns«, erklärte sie. »Das ist wirklich spannend, die Geschichte wirft viele Fragen auf und gibt Anlass für Spekulationen.«

»Hier?«, wunderte sich Jan. »Auf Gotland?«

Sie bestätigte dies, und er hatte kein sonderlich gutes Gefühl dabei, aber er wahrte das Gesicht.

»Das ist eine Fernsehserie, über die ihr da redet, oder?«, vermutete er.

»Nein, wir sprechen über ein Buch«, entgegneten mehrere Stimmen.

Ein Buch? Dann musste es doch auch einen Schluss geben? Oder waren sie im selben Lesezirkel und durften immer nur ein Kapitel lesen?

»Ihr diskutiert also über ein Buch?«, fragte er verblüfft.

»Wir reden vom Fortsetzungsroman, Janne.«

Das kannte er noch aus den Sommern seiner Kindheit. »Im Radio, meint ihr?«

»Nein, in der *Gotlands Allehanda*.«

»Aha«, bemerkte er und rührte im Kaffeebecher um, weil er seine Abneigung verbergen wollte. »Muss man das denn lesen?«

Sämtliche Anwesende in der Teeküche waren der Meinung, dass dem so war.

Sobald das Abendessen beendet war, schloss er sich im Arbeitszimmer ein und suchte online nach dem ersten Teil des Fortsetzungsromans. Der Verfasser hieß Sting, der, soweit Jan wusste, ein britischer Popsänger war. Als er nach dem Namen suchte, fand er keinen Autor, der so hieß, woraus er schloss, dass es sich um ein Pseudonym handeln musste. Was seine Laune nicht gerade besserte.

Jan las normalerweise keine Romane, und er musste sich erst in den Text einfinden. Schon bald las er die Beschreibung eines Autounfalls, der ihm sehr bekannt vorkam. Aus verschiedenen Blickwinkeln erzählt, von denen einer ein bisschen an seinen eigenen erinnerte.

Es war nicht so ernst, wie er befürchtet hatte, und eigentlich konnte er jetzt schlafen gehen. Aber etwas hielt ihn davon ab – wohin führte das alles überhaupt? Wer waren die vielen Leute, die in der Handlung vorkamen? Und was hatte es mit der Story auf sich, die die Arbeitskollegen so fesselte, dass sie über nichts anderes mehr redeten?

Er lud weitere Ausgaben der Zeitung herunter und las einige Kapitel. Nun wurde die Geschichte langatmig, wofür er eigentlich ganz dankbar war, obwohl das seine Lust am Weiterlesen nicht gerade befeuerte. Die Person, die ein klein wenig Ähnlichkeit mit ihm selbst hatte, kam in der Handlung nicht mehr vor, was die Vermutung nahelegte, dass sie bei dem Unfall draufgegangen war. Stattdessen ging es hauptsächlich um eine Säuferin und ihre Kumpels. Jan taten die Randständigen und ihre prekäre Situation wirklich leid, aber ein ganzes Buch über ihre Wehwehchen wollte er auch nicht unbedingt lesen.

Also beendete er die Lektüre für diesen Tag und machte sich bei Gunillas Abwesenheit im Doppelbett breit.

55

Sandra

Am Dienstag, dem vierten Tag nach Eriks Verschwinden, stand Sandra so unter Strom, dass sie kaum stillsitzen konnte. Ihr Körper rebellierte, er brauchte Ruhe im Wachzustand und vor allem nachts seinen Schlaf. Aber sie wusste, wenn sie innehielt und einschlief, würde sie nicht wieder aufstehen. Dann konnte sie auch gleich aufgeben: im Bett bleiben und dort auf die endgültige Nachricht warten.

Sie dachte an Kerstin, die auch vier Tage lang auf etwas gewartet hatte, das, wie sich herausstellen sollte, eine Todesnachricht gewesen war. Diese Tage mussten unsäglich lang und trostlos gewesen sein, und Kerstin war ganz allein damit gewesen. Wie Jeanette, die von demjenigen im Stich gelassen worden war, der eigentlich in schweren Zeiten für sie da sein sollte. Sie hatte Wochen und Tage gewartet, erlebt, wie sich Liebe und Sehnsucht in Hass verwandelten, wie Körper und Seele gelitten hatten, um über vier Jahre später zu erfahren, dass alles, was sie gefühlt und getan hatte, falsch gewesen war.

Sandra war zumindest von Menschen umgeben, die sie liebten und sich um sie sorgten, auch wenn jeder mit seinem Kummer allein war.

Nachdem sie fast die ganze Nacht lang geschrieben hatte, musste sie sich die Beine vertreten und frische Luft schnappen. Es hatte wieder angefangen zu regnen, das trostlose Wetter spiegelte ihre Verfassung wider. Alles war beim Teufel, und sie hatte auch noch selbst Schuld. Mit der Gewissheit zu leben, dass ihre simplen Ideen und Schlussfolgerungen, ihre naive Einstellung es waren, die sie alle in diese Lage gebracht hatten, war schrecklich.

Wie es Erik ging, wollte sie sich gar nicht erst vorstellen. Entweder lebte er oder eben nicht – weiter wollte sie gar nicht denken. Nicht jetzt, wo sie jeden Augenblick jemandem begegnen konnte. Sie wollte allein in der Dunkelheit sein, wenn sie die Schleusen öffnete.

Sie zog ihre Regenkluft an und ging ins Büro. Es war früh am Morgen, aber irgendein Mitarbeiter war immer in der Redaktion, egal zu welcher Uhrzeit. Die ungewöhnliche Uhrzeit sorgte dafür, dass sie nur ein oder zwei Kollegen antraf und ihr die vorwurfsvollen Blicke erspart blieben.

Im Moment war lediglich der Chef vom Dienst anwesend und taktvoll genug, ihren Gemütszustand nicht zu kommentieren. Er fragte lediglich, ob er etwas für sie tun konnte oder es etwas Neues zu berichten gab, doch das war nicht der Fall. Sie überflog die Schlagzeilen des Tages und ging die Texte über Erik durch. Überprüfte, dass mit dem Fortsetzungsroman alles rund lief und genügend Zeilen zur Verfügung standen. Ihr Blick fiel auf Kerstins Namen, was sie daran erinnerte, dass Kerstin sie um einen Gefallen gebeten hatte.

Welchen, wusste sie allerdings nicht mehr. Kerstin hatte im Laufe des Wochenendes irgendwann angerufen, und sie hätte sich gleich darum kümmern sollen. Aber die Tage gingen ineinander über, nichts war mehr wirklich wichtig. Doch, korrigierte sie sich, der Fortsetzungsroman war wichtig. Einerlei, wie dieses Grauen enden würde, das Buch würde Erik rehabilitieren. Jeanette und Peter Norling mussten ihre Version der Geschichte erzählen, es war nicht alles schwarz oder weiß.

Da war er wieder, der Name: Peter Norling. Sandra hatte versprochen herauszufinden, welche Immobilien ihm gehörten, dafür brauchte sie nur auf Infotorg in die Datenbank zu gehen. Der Chef vom Dienst saß ohnehin am Rechner, und sie bat ihn, für sie nachzusehen. Das war rasch erledigt, Sandra fotografierte die Seite ab und schickte Kerstin das Bild. Dann konnte sie wieder nach Hause gehen und weiterschreiben.

Aber sie entschied sich anders, sie wollte sich selbst davon überzeugen, dass Hallins Observation stattfand. Vielleicht hatte der Polizeibeamte ihr gar nicht geglaubt, sondern bloß so getan, um sie zu beruhigen, vielleicht verfügte die Polizei gar nicht über die notwendigen Ressourcen. Sie hätten auch alles wieder abblasen können, nachdem die Beschattung ergebnislos verlaufen war. Oder weil es keine Hoffnung mehr gab, dass Erik noch am Leben war.

Vier Stunden, dachte Sandra. Das hatte sie in ähnlichen Zusammenhängen schon mal gehört. Wurde das Kind innerhalb von vier Stunden nicht gefunden, schwanden die Chancen drastisch, es überhaupt noch zu finden.

Bald waren vier ganze Tage vergangen.

Vor Hallins Villa stand kein Auto an der Straße, in dem Zivilbeamte saßen. Sandra wollte nicht glauben, dass der Polizist ihr ins Gesicht gelogen hatte, aber vielleicht ging man so mit beeinträchtigten Angehörigen um. Oder die Beamten standen hinter irgendeiner Gardine in der Nähe, so gut versteckt, dass nicht mal Sandra sie entdeckte, obwohl sie wusste, wonach sie suchte.

Dann fiel ihr wieder ein, dass der Beamte ihr mitgeteilt hatte, Hallin würde seit achtundvierzig Stunden unter Beobachtung stehen, ohne dass er sich verdächtig verhalten hatte. Das hieß nicht zwangsläufig, dass die Beschattung weitere achtundvierzig Stunden lang fortgesetzt wurde. Sie hatten sicher einen guten Job gemacht, aber nun war die Hallin-Spur erkaltet, und es wurde in andere Richtungen ermittelt.

Sandra spürte, wie erschöpft sie war, und setzte sich auf die Bordsteinkante. Sie wusste, dass Hallin das Verschwinden inszeniert hatte, aber ihre Theorie war nicht glaubwürdig genug, damit die Polizei alles andere stehen und liegen ließ. Das war ihr klar, und in gewisser Weise war es auch gut, dass die Polizei nicht zu sehr auf einzelne Aspekte einging, sondern auf Erfahrungswerte baute. Das war wohl auch in diesem Fall angemessen, denn wenn es so war, dass Hallin sich nicht verdächtig verhalten hatte, war Erik entweder tot, oder ihm war etwas ganz anderes zugestoßen als das, was Sandra sich vorstellte. Ihn zu finden hatte oberste Priorität, und Hallin hatte offensichtlich nicht vor, seinen Teil dazu beizutragen.

Das ging Sandra durch den Kopf, während sie betrübt den Regentropfen zusah, die auf den Asphalt prallten und Rinnsale bildeten, die zu Bächlein wurden, die die Straße hinunterflossen. Sie spürte eine Hand auf ihrer Schulter und sah auf, dachte, dass es trotz allem ein verdeckter Ermittler sein konnte, der sie entdeckt hatte und sie bitten wollte, weiterzugehen.

Zu Sandras Verwunderung war es Hallins Frau, im Morgenmantel und mit aufgespanntem Schirm.

»Sie müssen doch hier nicht im Regen sitzen«, sagte sie. »Kommen Sie mit rein, und wärmen Sie sich bei einer Tasse Kaffee auf.«

»Nein«, entgegnete Sandra erschrocken und sprang auf. »Das ist wirklich nicht nötig.«

Sie hatte es allerdings auch darauf ankommen lassen, indem sie sich bei dem Regenschauer mit kläglicher Miene draußen niedergelassen hatte. Es war nicht mal sechs Uhr, und sie hatte gar nicht daran gedacht, dass jemand sie von drinnen sehen könnte.

»Ich bitte Sie«, beharrte die Frau lächelnd, die bei ihrem letzten Zusammentreffen nicht so entgegenkommend gewesen war.

»Sicher nicht«, sagte Sandra resolut. »Ich wollte sowieso gerade gehen.«

»Warum sind Sie denn dann hergekommen? Wenn Sie gar kein Anliegen haben, meine ich?«

»Ich …«, begann Sandra.

Sie hatte keine Idee, wie sie sich da wieder herauswinden sollte. Was hatte sie sich überhaupt dabei gedacht, als sie sich ausgerechnet vor Hallins Haus gesetzt hatte?

»Ich verstehe«, sagte Gunilla Hallin. »Sie warten auf Jan.«

»Nein«, widersprach ihr Sandra. »Ich war nur draußen unterwegs und …«

Auch diesen Satz hatte sie nicht zu Ende gedacht, aber glücklicherweise wurde sie unterbrochen.

»Ich möchte mich für mein Benehmen von neulich entschuldigen. Dass ich Ihnen einfach die Tür vor der Nase zugeschlagen habe. Das war unangebracht. Eigentlich habe ich ja nichts gegen Sie. Ich müsste auf Jan wütend sein. Und das bin ich auch.«

Sandra nickte verdrossen, das war ihr unangenehm. Sie hatte keine Lust, das Thema anzuschneiden, geschweige denn mit der Frau ihres Vergewaltigers über dessen Untreue zu diskutieren. Die Zeiten waren vorbei, als Sandra dachte, sie könnte Hallin über seine Frau erreichen. Der letzte und einzige Versuch hatte katastrophale Folgen gehabt.

»Ich habe versprochen, dass ich ihn nie wieder behellige«, sagte Sandra. »Und ich beabsichtige dieses Versprechen auch zu halten, also gehe ich jetzt. Ich weiß nicht, wie … Ich weiß nicht, was mich hierhergeführt hat, bitte entschuldigen Sie.« Sie nickte zum Abschied und wandte sich zum Gehen.

»Das mit dem Jungen tut mir leid«, rief die Frau hinter ihr her. »Ich hoffe, das klärt sich.«

Sandra drehte sich halb um, damit sie nicht allzu nonchalant wirkte. »Danke«, entgegnete sie und entfernte sich im Laufschritt.

Aber etwas Gutes hatte die zufällige Begegnung doch, dachte Sandra. Sie hatte Gunilla Hallin unmissverständlich klargemacht, dass sie nicht vorhatte, sie nochmals zu kontaktieren. Obwohl das Zusammentreffen von eben nicht das beste Beispiel für Sandras Vorsatz war. Auch Sandras Verzweiflung konnte ihr nicht entgangen sein, wie sie im Regen gesessen und ins Leere gestarrt hatte. Das würde sicher bis zu ihrem Mann vordringen, mit der unterschwelligen Botschaft, der Junge solle wieder freikommen.

Hauptsache, dafür war es nicht schon zu spät.

Vier Tage lang dieses Leid, das war ein unfassbar langer Zeitraum. Sandra wusste nicht, wie lange sie das noch aushielt. Aber sie hatte sich das alles selbst eingebrockt und musste es jetzt auch wieder auslöffeln, dachte sie und lief durch den Regen, der ihr ins Gesicht peitschte, bis sie ausrutschte.

56

Kerstin

Kerstin wurde von ihrem Telefon auf dem Nachttisch geweckt, weil eine Nachricht eingegangen war. Zu ihrer Freude stellte sie fest, dass Sandra ihr geschrieben hatte, weil sie die Adresse von

Peter Norlings Jagdhütte herausgefunden hatte. Neben der Villa und dem Sommerhaus gehörte ihm auch die Jagdhütte – als er noch gelebt hatte. Nun dürfte das alles zu Frau Norlings Eigentum zählen.

Kerstin sah sich ein paar Karten und Satellitenaufnahmen auf ihrem Smartphone an und stellte fest, dass die Hütte im Wald Richtung Slite lag. Das war relativ weit, aber es gab eine Busverbindung. Wenn sie ihre Räder mit in den Bus nahmen, konnten sie ihr Ziel recht gut erreichen, ohne lange durch den Wald laufen zu müssen. Benachbarte Hütten gab es keine, es schien sich also um einen optimalen Ort für Einbrecher zu handeln, die ungestört arbeiten konnten und hinterher nicht aufzuräumen brauchten.

Sie rief Jeanette an und scheuchte sie aus dem Bett. Ihre Begeisterung hielt sich in Grenzen, aber das würde schon noch werden. Beim letzten Mal hatten sie richtig Spaß gehabt, obwohl Jeanette ein paar Mal äußerst emotional reagiert hatte, weil ihr etwas untergekommen war, das sie zu sehr an Peter erinnert hatte. Sie hatten auch ganz schön geschuftet, doch das hatte Jeanette die gute Laune nicht verdorben.

Kerstin vermutete, dass es diesmal nicht so ein großer Aufwand werden würde. Weniger Deko, weniger Möbel, allgemein weniger Einrichtungsgegenstände in einer Hütte, die in der Jagdsaison verwendet wurde. Sie sah schon die eine oder andere Trophäe an der Wand vor sich, ausgestopfte Tiere, Vögel, ein paar prächtige Hirschgeweihe. Spartanischer Inhalt in den Küchenschränken, gerade so viel, dass sich hungrige Jäger eine Kleinigkeit zu essen machen konnten. Das eine oder andere Regal bestückt mit Bierkrügen und Schnapsgläsern.

Denn dieser Ort war Männern vorbehalten, dachte sie. Das musste zwar nicht stimmen, aber sie glaubte zu wissen, dass die

Gleichberechtigung noch nicht so weit gediehen war, dass Frauen bei der Jagd in gleichem Maße wie Männer repräsentiert waren. War man nicht vorurteilsfrei, konnte das bedeuten, dass Frau Norling selten oder nie einen Fuß in die Hütte gesetzt hatte. Was wiederum den Schluss nahelegte, dass sie ein perfekter Ort war, um sechs Millionen gestohlene Kronen für seine Geliebte und sich selbst zu verstecken.

Die Voraussetzungen waren also nicht die schlechtesten, abgesehen von den schweren Regenwolken, die seit Tagen über Gotland hingen.

Um kurz vor zehn stiegen sie aus dem Bus und folgten auf ihren Fahrrädern mithilfe von Kerstins Karten-App immer schmaleren Wegen durch den Wald. Man konnte mit dem Auto sogar bis zum Haus fahren. Sie ließen ihre Räder im Unterholz, wo der zugewucherte Pfad zur Jagdhütte begann. Um auf der sicheren Seite zu sein, schoben sie sie hinter einen entwurzelten Baum und bedeckten sie mit Tannenzweigen. Sollte wider Erwarten jemand auftauchen, würden die Fahrräder sie nicht verraten.

Dass es sich um eine Jagdhütte handelte, stand außer Frage. Sie war im Blockhausstil gebaut, und über der Tür hing ein halbes Dutzend Hirschgeweihe auf Trophäenschildern aus dunklem Holz. Die Hütte befand sich auf einem naturbelassenen Grundstück, wo man das Strauchgehölz nur notdürftig entfernt hatte, damit die Bäume und Büsche nicht total überhandnahmen und man problemlos die beiden kleineren Gebäude auf dem Grundstück erreichen konnte. Aber das musste schon Jahre her sein, wahrscheinlich über vier.

Den Schlüssel zur Jagdhütte fanden sie rasch auf einem schmalen Vorsprung und sperrten sie auf. Sie war größer, als Kerstin angenommen hatte, mit einer kleinen Küche, einer Stube mit Esstisch und acht Stühlen sowie einer Sitzgruppe vor einem offenen Kamin. Zu beiden Seiten neben dem Kamin befand sich eine Tür, die in einen Schlafraum mit Platz für vier Personen in Stockbetten führte. Abgesehen von der Größe, entsprach die Jagdhütte ziemlich genau Kerstins Vorstellungen. Mit Trophäen an den Wänden und Laternen für echte Kerzen, sonst kaum Dekoration.

Drinnen war es düster und muffig, es drang kaum Tageslicht herein. Es gab zwar eine Stromleitung, die zu der Hütte führte, aber Kerstin traute sich nicht, Licht zu machen. Jemand konnte den Lichtschein sehen und sich fragen, was da los war. Weder Kerstin noch Jeanette wollten die Konsequenzen tragen für den Fall, dass sie aufflogen. Wonach sie suchten, war so groß, dass sie es aufgrund der schwachen Beleuchtung kaum übersehen würden.

Obwohl sie sich in Peters Jagdhütte befanden, gab es nichts, was an ihn erinnerte. Kein Bild, kein Kleidungsstück, keine handgeschriebene Notiz, nichts. Die Hütte war anonym, was sicher zu Jeanettes ausgezeichneter Laune beitrug. Die ganze Unternehmung und der Regen, der auf das Dach prasselte, befeuerten den Nervenkitzel und schufen eine entspannte Vertrautheit zwischen den beiden Frauen, die neu war.

Sie unterhielten sich, redeten über dies und das. Nicht wie zwei Sozialfälle, die einer Sucht frönten; nicht wie zwei Todfeinde oder Selbstmordkandidatinnen. Sondern wie zwei ganz gewöhnliche Menschen. Das war befreiend.

Kerstin warf einen Blick in den Kühlschrank, und ihr Verdacht bestätigte sich. Hier war seit Jahren keiner mehr gewesen; im Kühlschrank stand nur Bier, das seit drei Jahren abgelaufen war. Während Kerstin die Küche auf den Kopf stellte, war Jeanette in der Stube zugange. Ohne dass eine von ihnen weder das, was sie suchte, noch sonst etwas von Interesse fand. Nicht mal im Kamin.

Dann nahmen sie sich die Schlafzimmer vor, die Diele und die Veranda und schleppten sogar eine Leiter in den Platzregen hinaus, damit sie den Dachboden durchforsten konnten. Aber nirgends wurden sie fündig.

Gegen zwei Uhr machten sie Mittagspause, setzten sich auf die überdachte Veranda und froren, während ein kräftiger Schauer über dem Wald niederging.

57

Sandra

Sandra saß in ihrem alten Kinderzimmer mit Stockflecken an den Wänden unter den Dachbalken, den Blick auf ein verblichenes Spice-Girls-Poster geheftet. Es war drei Uhr, schon bald würde der Nachmittag in den Abend und die Nacht übergehen. Der vierte Tag neigte sich seinem Ende zu, und was kam dann? Wie viel Zeit war für das große Polizeiaufgebot veranschlagt worden, wie lange suchten die Freiwilligen noch, bis ihre Motivation erlosch?

Sandra begriff, dass in nicht allzu ferner Zukunft niemand mehr suchte, die Ermittlungsakten verschwanden dann in irgendeinen Karton unter irgendeinem Schreibtisch und wurden nie wieder hervorgeholt.

Doch so weit war es noch nicht, rief sie sich ins Gedächtnis. Es war Hochsommer und praktisch rund um die Uhr hell, wenn man von den schwarzen Regenwolken absah, die den Himmel verdunkelten und die ganze Insel zu ertränken drohten. Die die zahllosen bewundernswerten Menschen nicht abschreckten, die trotzdem Wald und Feld durchkämmten, um Sandras Sohn zu finden. Wenn sie noch nicht aufgegeben hatten, konnte Sandra erst recht nicht aufgeben.

Und sie hatte aufgeholt. Sechs Wochen lang hatte sie mit dem Buch gerungen, in ihrer gesamten Freizeit hatte sie geschrieben, und nun war sie in der Gegenwart angekommen. Was noch zu schreiben war, war noch nicht passiert oder war noch nicht in Erscheinung getreten. Die Arbeit, die jetzt noch vor ihr lag, würde ihr weniger abverlangen, ein normales überschaubares Arbeitspensum, das konnte sie in ihrer Freizeit bewältigen.

Morgen würde sie wieder an ihren Arbeitsplatz zurückkehren, entschied sie. Sie konnte nicht länger zu Hause herumsitzen und nichts tun. Sie wurde in der Redaktion gebraucht, und sie wollte Ablenkung vom endlosen Warten auf etwas, das vielleicht nie eintraf. Was tagsüber geschah, konnte sie abends niederschreiben, aus ihrem Buchprojekt wurde ein Tagebuchprojekt. Ihretwillen und um Eriks willen.

Den Fortsetzungsroman musste sie hingegen abschließen, bevor der Sommer vorbei war. Sie musste die Geschichte irgendwie schlüssig zu Ende bringen, damit die Follower nicht enttäuscht wurden. Aber es war genug Zeit vorhanden, um zu überlegen, wie; die Leser kannten die Handlung nur bis kurz nach Mittsommer.

Sandra musste an Kerstin denken. Obwohl seit Eriks Verschwinden vier Tage vergangen waren, hatte Sandra sie nicht über das informiert, was passiert war. Teils, weil sie keine Kraft hatte, darüber zu sprechen, aber vor allem, weil sie im Zwiespalt war. Einerseits kannten sie sich kaum, sie waren sich nie begegnet. Andererseits wusste Kerstin in gewisser Hinsicht mehr über Sandra als alle anderen. Kerstin war in das Projekt eingeweiht, half dabei, die Fakten zu prüfen. Und suchte außerdem nach dem geraubten Geld.

Sandra brauchte auf niemanden Rücksicht zu nehmen, hatte aber trotzdem ein schlechtes Gewissen wegen Kerstin. Sie kam sich unsolidarisch vor; Kerstin hatte ihr Innerstes offenbart und erlaubte Sandra sogar, darüber in der Zeitung zu schreiben. Möglicherweise mit rechtlichen Folgen für Kerstin. Sandra hatte sich in ihren Gesprächen dazu verleiten lassen zu erzählen, dass sie vergewaltigt worden war und von wem. Doch das war auch alles.

Ihre ursprüngliche Beziehung fußte auf einseitigem Vertrauen, aber daraus war so viel mehr erwachsen. Sie hatten ein gemeinsames Projekt, arbeiteten auf ein und dasselbe Ziel hin. Und Kerstins Einsatz war verdammt hoch. Wenn jemand, dann war Kerstin es, die ihr Vertrauen verdiente – Sandra schuldete ihr das ganze Bild, nicht nur Bruchstücke.

Während Sandra zu Hause saß und den Kopf hängen ließ, war Kerstin – mit ihrer Erzfeindin zusammen – unterwegs und jagte Beweisen für die Ermittlung hinterher, die diese hoffentlich berücksichtigen würde. Völlig im Unklaren darüber, warum Sandra sich nicht meldete oder warum sie so kurz angebunden war, wenn sie es dennoch tat.

Sandra spürte, dass sie das vor Kerstin nicht länger verheimlichen konnte. Das war anfangs keine bewusste Entscheidung gewesen, und es gab auch jetzt keinen besonderen Anlass, darüber zu reden, außer dass es einfach der richtige Zeitpunkt war. Und anstatt ihr eine simple und pauschale Nachricht auf das Handy zu schicken, wählte sie die persönlichere Alternative: zu telefonieren.

»Wie läuft's denn?«, erkundigte sie sich. »Habt ihr was gefunden?«

»Nein«, erwiderte Kerstin. »Bis jetzt nicht. Aber ich habe trotzdem ein gutes Gefühl.«

»Es gibt da noch was, das ich dir schon längst erzählen wollte«, gestand Sandra. »Aber – es hat sich nicht ergeben.«

»Okay ...?«, sagte Kerstin gedehnt.

»Mein Sohn«, begann Sandra. »Er ist bei der Vergewaltigung entstanden.«

»Das weiß ich«, gab Kerstin zu. »Ich lese auch Zeitung, wie alle anderen.«

Klar – Kerstin las nicht nur die Textpassagen, die Sandra ihr zusteckte, sie las alles.

»Dann weißt du auch, dass ich, als ich mit deiner Hilfe erfuhr, wer der Vergewaltiger war, eine schlecht durchdachte Entscheidung getroffen habe«, fuhr Sandra fort. »Ich habe Kontakt zu ihm aufgenommen und Unterhalt gefordert. Heimlich sozusagen, mit der Idee, dass niemand davon erfuhr.«

»Ja, aber das war ja auch, bevor wir wirklich wussten, wozu er fähig war«, meinte Kerstin.

»Ja. Und da war's schon zu spät. Er hatte bereits angefangen, mich zu bedrohen, und nun hat er Erik.«

»Erik?«, fragte Kerstin mit Bestürzung in der Stimme. »Meinst du, das ist dein Junge, der ...?«

»Genau«, sagte Sandra. »Es tut mir leid, dass ich dich nicht schon früher informiert habe, aber es war einfach zu viel los hier. Natürlich hättest du das sofort von mir erfahren müssen.«

»Es tut mir so leid, Sandra. Ich weiß gar nicht, was ich sagen soll.«

»Du brauchst auch nichts zu sagen, ich wollte bloß, dass du das weißt. Viel Glück für eure Suche.«

»Wir wollten gerade …«, sagte Kerstin, unterbrach sich allerdings. Sie schwieg einen Moment und holte tief Luft.

»Ich war am Wochenende draußen, um ihn zu suchen. Deinen Erik. Am Samstag und fast den ganzen Sonntag. Das sollst du einfach wissen. Pass auf dich auf.«

»Danke«, sagte Sandra kleinlaut, doch Kerstin hatte die Verbindung bereits unterbrochen.

Die Freiwilligen hatten ein Gesicht bekommen. Oder zumindest eine Stimme, dachte Sandra mit Tränen in den Augen. Kerstin war für sie da, auch wenn sie gar nichts davon wusste. Zusammen mit vielen anderen gesichtslosen Menschen.

Die Welt war nicht nur schlecht.

58

Jan

In der Urlaubssaison konnte man es mit den Arbeitszeiten nicht so genau nehmen, und das nutzte Jan manchmal aus. Heute war ein solcher Tag, denn um sechzehn Uhr begann das Achtelfinale, Schweden gegen Schweiz. Die Vorgespräche im Studio wollte er ebenfalls nicht versäumen, die begannen zwei Stunden vor dem Spiel. Und da es ohnehin nicht viel zu tun gab, ergab es auch keinen Sinn, wenn er zwischen Mittagspause und Spiel Däumchen drehte. Also machte er um halb zwölf Mittag und fuhr anschließend nach Hause.

Gunilla war im Krankenhaus, und er konnte sich vor den Rechner setzen und in aller Ruhe diesen Fortsetzungsroman weiterlesen, während er sein Sandwich aß. Anfangs war er eher abgelenkt und las unkonzentriert, aber schon nach wenigen Minuten zuckte er zusammen. Der geschilderte Vorfall kam ihm doch sehr bekannt vor, und er entschied, alles noch mal von vorn zu lesen.

Diesmal war er aufmerksamer und ließ das Sandwich auf dem Teller liegen. Die Textpassage war unschön, es ging um einen Mann, der sich an einer jungen Frau verging. Dass der Mann große Ähnlichkeiten mit ihm selbst hatte, war besonders unheimlich. In einer Situation, die viele Parallelen mit einem Ereignis aufwies, das er selbst miterlebt hatte, aber am liebsten für immer vergessen wollte.

Jan brach der Schweiß aus. Das konnte nicht wahr sein. Jemand hatte ein Buch geschrieben, das in der *Gotlands Allehanda* als Fortsetzungsroman abgedruckt wurde und in dem ein Mann, der sehr viel mit Jan Hallin gemeinsam hatte, als Vergewaltiger dargestellt wurde. Noch dazu mit einer solchen Glaubwürdigkeit, dass er beim Lesen für die andere Seite Partei ergriff.

Das war aber nur der Anfang.

Es stellte sich heraus, dass sich dieser Autounfall, von dem er gestern gelesen hatte, unmittelbar nach der Vergewaltigung ereignet hatte. Der schwere Autounfall, den der Fahrer des einen Wagens nach langem schwerem Leiden nicht überlebt hatte. Und dass das andere Auto, in dem niemand zu Schaden gekommen war, von dem Vergewaltiger gesteuert worden war. Der beschloss,

Fahrerflucht zu begehen, weil er unmittelbar zuvor eine Frau vergewaltigt hatte.

All diese Ähnlichkeiten mit Jans Erlebnis mussten Zufall sein. Trotzdem bekam er einen trockenen Mund. Offensichtlich hatte jemand eine glaubwürdige und spannende Story aus sowohl Fakten als auch Fiktion zusammengeschrieben. Über den Autounfall war einiges in der Lokalpresse gestanden, und die Vergewaltigung … Vergewaltigungen geschahen wohl täglich, da brauchte es nicht viel Fantasie, um eine solche zu schildern.

Das war bloß eine Geschichte, redete er sich ein. Mit wenigen Einzelheiten, die zufällig mit dem übereinstimmten, was er selbst erlebt hatte. Gewisse Dinge, in die er unter Alkoholeinfluss hineingeraten war. Vieles stimmte nicht mit ihm überein: Name der handelnden Person, Örtlichkeiten, Automarke, Beruf, Arbeitgeber, um nur einige Beispiele zu nennen. Das galt sicher für die anderen Figuren genauso; was besagte das überhaupt, dass irgendetwas an dieser Geschichte auf wahren Fakten beruhte?

Selbstverständlich nichts, das war reine Fiktion. Eine sozialrealistische Fantasiegeburt. Dennoch musste er zugeben, dass manche Aspekte in diesem Fortsetzungsroman der Wirklichkeit erschreckend nahekamen.

Er musste in der Küche ein Glas Wasser trinken. Und ein zweites. Er spritzte sich Wasser ins Gesicht, schließlich war es heiß. Dann kehrte er ins Arbeitszimmer zurück und setzte sich wieder vor seinen Rechner. Atmete tief durch und las weiter.

Weite Strecken des Textes – etwa das ewige Hickhack der Asozialen auf der Bank – interessierten ihn nicht sonderlich, und er überflog sie rasch. Aber andere Passagen fesselten ihn umso mehr, und das Herz klopfte ihm bis zum Hals. Er konnte einfach nicht aufhören zu lesen, sosehr er es auch wollte; er lud sich Ausgabe um Ausgabe herunter, während er mit zunehmender Bestürzung den Fortgang der Geschichte in sich aufnahm.

Es stellte sich heraus, dass sie ein Kind erwartete, die Frau, die vergewaltigt worden war. Sie entschied sich dafür, es zu bekommen, und forderte nach einiger Zeit Unterhalt.

Der Mann – der Vergewaltiger, der Fahrerflucht begangen hatte – wurde schließlich erpresst. Es ging um die stattliche Summe von sechs Millionen Kronen. Wie viele Personen hatten einen solchen Erpresserbrief erhalten? Der Betrag schien nicht bloß einfach so aus der Luft gegriffen zu sein.

Sein Magen zog sich zusammen, und er bekam keine Luft mehr. Er musste das Fenster aufmachen und die frische Luft inhalieren. Sich davon überzeugen, dass eventuelle Parallelen zwischen diesem verfluchten Fortsetzungsroman und den realen Ereignissen rein zufälliger Natur waren. Nach ein paar Minuten fühlte er sich gestärkt genug, um das Fenster zu schließen und wieder auf dem Schreibtischstuhl Platz zu nehmen.

Dort blieb Jan jedoch nicht lange sitzen, denn als er las, wie der Unfallflüchtige darauf kam, dass derjenige, der den Unfall gesehen hatte, ein flüchtiger Bekannter war, nämlich der Automechaniker von den Jagdfreunden, rannte er wieder in die Küche, um sich Wasser ins Gesicht zu spritzen.

Und als jener Unfallflüchtige kurz darauf freudig feststellte, dass Zeuge samt Erpresser vom Erdboden verschwunden waren, wurde es zu viel für Jan. Er brauchte nicht mehr weiterzulesen, um zu kapieren, dass das Buch eine einzige Kreuzigung seiner selbst war. Er wurde nicht nur als Vergewaltiger, der alkoholisiert Auto fuhr und Fahrerflucht beging, gebrandmarkt, sondern auch als Mörder.

Der Verfasser bewegte sich sogar in seinem Kopf und wusste,

wie er dachte. Das war vollkommen absurd, aber es hatte sich klar und deutlich gezeigt, dass es da draußen irgendjemanden gab, der von all den Einzelheiten wusste, die Jan und sein Vorgehen an jenem Tag und in den darauffolgenden betrafen. Wie das überhaupt möglich sein konnte, war ein Rätsel, doch um wen es sich dabei handelte, stand außer Frage. Der bloße Gedanke an sie machte ihn rasend.

Der Begeisterung der Arbeitskollegen nach zu urteilen, verfolgten viele Leser die Geschichte, und ihre Zahl würde sicher noch steigen. Früher oder später würde irgendjemand Jan als den Schuldigen bezichtigen, und dann würde mit Sicherheit auch die Polizei eingeschaltet werden. Aber noch war das nicht geschehen, und der Fortsetzungsroman war bisher nicht abgeschlossen.

Etwas Zeit blieb ihm noch, um sich aus der Sache herauszumanövrieren. Die Fußball-WM musste so lange warten.

59

Kerstin

Das Telefonat hatte sie richtig mitgenommen. Jeanette warf ihr beunruhigte Blicke zu, war unschlüssig, ob sie fragen sollte, was los war. Doch Kerstin kam ihr zuvor und erklärte ihr mit erstickter Stimme, dass der verschwundene Junge, der in aller Munde war, der Sohn einer Freundin war, wie sich herausgestellt hatte. Jeanette machte diese Information noch ratloser, sie fragte sich vermutlich, was für Freundinnen Kerstin hatte, die Jeanette nicht kannte.

Seit Eriks Verschwinden waren vier Tage vergangen, vier Tage trostloses Warten für Sandra. Kerstin wusste, was das bedeutete, und bereute, dass sie Sandra vergangenen Sonntag mit ihrem Anruf gestört hatte. Sie hatte an ihrem Tonfall gemerkt, dass etwas nicht stimmte. Das Geld war plötzlich unwichtig geworden, als es um Leben und Tod ging. Das wusste Kerstin nur zu gut. Sechs Millionen waren kein hoher Preis für ein Menschenleben, einerlei, ob es sich um Karl-Eriks, Peter Norlings oder Eriks Leben handelte.

Kerstin entschied, sich am folgenden Tag wieder dem Suchtrupp anzuschließen, wenn er noch organisiert wurde. Auch wenn sich daraus nichts ergeben würde, schien es ihr richtig zu sein, die Angehörigen zu unterstützen und auf diese Weise zu vermitteln, dass es noch Hoffnung gab. Aber der Junge war dreieinhalb, und wenn er gefunden wurde, war er vermutlich schon nicht mehr am Leben.

Doch er war unauffindbar. Peter Norling war so gut versteckt worden, dass er vier Jahre später erst gefunden wurde. Und ein Kleinkind verschwinden zu lassen war noch leichter.

Aber daran wollte sie jetzt gar nicht denken. Sie waren den weiten Weg bis hierher gefahren und würden erst umkehren, nachdem sie ihr Bestes gegeben hatten. Und Kerstin hatte ein gutes Gefühl dabei. Nicht was Erik betraf, aber was das Geld anbelangte. Wenn Norling zu Lebzeiten die sechs Millionen Kronen noch hatte, würden sie sie genau hier finden. Das wusste sie einfach.

Da sie mit der Jagdhütte fertig waren, mussten sie sich trotz des Regenwetters die anderen beiden Gebäude vornehmen. Zuerst nahmen sie sich das größere vor, wobei es sich um eine Wildkammer mit fließendem Wasser, Haken in der Decke, einer großen rostfreien Arbeitsplatte und einer beeindruckenden Schneidemaschine handelte. Kerstin überließ Jeanette die Kammer und ging zu dem anderen Holzhäuschen hinüber, das sich wohl nicht so leicht durchsuchen lassen würde. Es ähnelte einem Schuppen und verströmte einen Geruch, den Kerstin mit einem halb verfallenen Plumpsklo assoziierte. Jahrelang war niemand dort gewesen.

Kerstin zog eine der beiden Türen auf, hinter der sich Holzvorräte befanden. Die Scheite waren vom Boden bis zur Decke gestapelt, und es war nicht gerade erstrebenswert, bei dem Regen jeden Scheit nach draußen zu tragen, um zu überprüfen, ob etwas darunter oder dahinter versteckt worden war. Sie kamen allerdings nicht darum herum, doch vorher wollte sie nachsehen, was sich hinter der anderen Tür verbarg.

Sie hatte es sich denken können: das Plumpsklo. Was sie auf die Idee brachte, lieber das zu benutzen, anstatt sich im Regen zu erleichtern. Es fehlte an nichts, denn es gab sogar Papier, auch wenn der Geruch an solchen Orten nicht sehr angenehm war.

Diese Gedanken gingen ihr durch den Kopf, aber ehe sie die Hose runtergezogen hatte, kam ihr in den Sinn, wie genial in seiner Einfachheit ein Abtritt wie dieser als Versteck wäre. Wer wollte schon in einer Kloake graben?

Nur jemand, der wusste, wonach er suchte, und das tat Kerstin. Sie besann sich und trat wieder in den Regen hinaus, um nach einem Spaten zu suchen. Einem Besen. Einem Brett oder was auch immer, damit sie nicht mit den Händen in den Exkrementen wühlen musste.

Schließlich fand sie einen Schrubber bei Jeanette in der Wildkammer. Und ein Paar Handschuhe, die ihr sehr gelegen kamen. Zuerst nahm sie das Sitzbrett ab, um sich einen Überblick über die beiden Behälter zu verschaffen, die als Latrine dienten. Sie leuchtete mit ihrem Telefon hinein und konnte nur feststellen, dass sie seit Langem nicht mehr geleert worden waren. Und dass sich auf den ersten Blick keine eventuellen Sporttaschen darin befanden, womit sie auch nicht gerechnet hatte.

Sie musste bloß anfangen zu graben oder vielmehr in einer der Tonnen herumzurühren. Den Schaft des Schrubbers nach unten drücken. Und dort... Gab es da nicht einen Widerstand, der höher war als der Boden der Tonne? Sie konnte sich trotz der widrigen Umstände ein Schmunzeln nicht verkneifen.

Doch wie sollte sie vorgehen? Den Bottich im Ganzen herausheben, in den Wald schleppen und ausleeren? Oder versuchen, einen der Griffe von der Tasche zu fassen zu kriegen, wenn es denn einen gab, und sie irgendwie herauszufischen?

Sie entschied sich für Letzteres. Zum einen, weil es nicht ganz so widerwärtig war, den Bottich nicht anfassen zu müssen, zum anderen, weil es unangemessen wäre, die Latrine auf dem Grundstück auszuleeren.

Das war jedoch gar nicht so einfach. Der Schrubber war nicht sehr stabil und drohte abzubrechen, wenn sie nicht achtgab. Außerdem spritzte dies und das aus dem Behälter nach oben. Sie hatte also keine leichte Aufgabe vor sich. Schlussendlich musste sie ihre behandschuhten Hände in die Exkremente tauchen, bis sie etwas zum Festhalten gefunden hatte und die Tasche herausziehen konnte.

Denn eine Tasche war es tatsächlich. Sorgfältig eingewickelt in einen schwarzen Müllsack. Ob es sich um die gesuchte Sporttasche handelte, wollte sie überprüfen, wenn sie wieder draußen war und die Handschuhe nicht mehr brauchte. Sie schob mit dem Fuß die Tür auf und schleuderte das Paket in den Regen.

Damit sie alles auf einen Streich erledigen konnte, wandte sie sich umgehend dem zweiten Behälter zu. Um kurz darauf einen zweiten schwarzen Müllsack nach oben zu befördern, der ebenfalls eine Sporttasche zu enthalten schien, und ihn auf die Wiese vor dem Schuppen zu werfen.

Sie griff nach dem Schrubber, schmiss ihn ebenfalls vor die Tür und rief Jeanette.

»Nettan!«, brüllte sie. »Komm her, ich glaube, ich hab das Geld gefunden!«

Dann nahm sie das Sitzbrett, ging auf die Knie und versuchte es wieder anzubringen. Obwohl sie auf die beiden schwarzen Pakete gespannt war, nahm sie sich Zeit, um alles wieder einigermaßen so zu hinterlassen, wie sie es vorgefunden hatte. Das Brett klemmte etwas, es war leichter gewesen, es abzunehmen, aber schließlich konnte sie es zwischen den Wänden einpassen und festdrücken.

Komisch, dachte sie, als sie sich wieder aufrichtete. Warum gab Jeanette keine Antwort? Warum kam sie nicht? Kerstin drückte mit der Schulter die Tür auf, um sich mit den Taschen zu befassen und endlich die Handschuhe loszuwerden.

60

Jeanette

Jeanette hatte richtig schmutzige Hände und wollte den gröbsten Dreck abwaschen, damit sie keine allzu auffälligen Spuren hinterließ, wenn sie etwas anfasste. Sie stellte fest, dass das Wasser in der Wildkammer abgestellt war, und beschloss, sich draußen die Hände zu säubern. In der freien Natur herrschte nicht gerade Wassermangel.

Sie wollte sich die Hände im nassen Gras abwischen, doch dann fiel ihr Blick auf eine Regentonne an der Jagdhütte und sie lief geduckt hinüber. Gerade als sie die Hände ins Wasser hielt, hörte sie Muttern rufen.

»Nettan!«, brüllte sie. »Komm her, ich glaub ich hab das Geld gefunden!«

So einfach war das?, dachte Jeanette. Ein paar unausgegorene Ideen, wo das Geld abgeblieben sein könnte, ein paar Tage danach suchen, und schon waren sie fündig geworden. Und was würde jetzt mit dem Geld passieren? Und mit ihr selbst?

Es hatte ja Spaß gemacht, danach zu suchen, sagte sie sich, während sie ihre Hände an der Hose abwischte. Aber nun war das vorbei, und alles würde wieder seinen gewohnten Gang gehen.

Weiter kam sie mit ihren Gedanken nicht. Sie hatte einen Schritt Richtung Plumpsklo gemacht und hielt inne. Hinten auf der Einfahrt zum Haus entdeckte sie Scheinwerferlichter. Erst danach nahm sie durch den Regen das Brummen des Automotors wahr.

Das durfte doch nicht wahr sein! Ein Wagen mitten im Wald, bei diesem Wetter. Bei einer Jagdhütte, die seit Jahren niemand mehr betreten hatte. Ausgerechnet nachdem sie sich unerlaubt Zutritt zur Hütte verschafft hatten, auch wenn niemand die gesuchte Beute vermisste.

Um nicht entdeckt zu werden, machte sie einen Schritt rückwärts und versteckte sich hinter der Regentonne. Muttern hatte schlechtere Karten, nachdem sie eben einen Freudenschrei über das Geld ausgestoßen hatte, das sie gefunden hatte. Sie wollte vermutlich auch nicht gerne eingebuchtet werden.

Möglicherweise hatte der Fahrer des Wagens Mutterns Ausruf ja gar nicht gehört, denn der Regen ging auf das Auto nieder, und sowohl Motor als auch Heizung liefen noch. Bedenklicher war, dass Muttern sich wundern musste, warum Jeanette keine Antwort gab, warum sie nicht auftauchte und dann mit beiden Taschen in den Händen aus dem Plumpsklo treten würde.

Da konnte sie auch gleich mit den sechs Millionen Kronen, die ihr gar nicht gehörten, direkt in die Lichtkegel des Wagens laufen.

61

Kerstin

Genauso rasch wie sie die Tür aufgeschoben hatte, zog sie sie auch wieder zu. Mit den dreckigen Handschuhen zwar, aber immerhin.

Ein Auto kam die Auffahrt zur Jagdhütte entlanggefahren.

Sie war so schnell wieder in den Abort verschwunden, dass sie das Gesicht des Fahrers hinter den hektisch arbeitenden Scheibenwischern nicht erkennen konnte. Instinktiv war ihr klar, dass diese Begegnung auf keinen Fall stattfinden durfte.

Hatte Jeanette deshalb nicht auf ihr Rufen reagiert? Weil sie das Auto gesehen oder gehört hatte? Kerstin hoffte, dass es so war und sie sich ungesehen hatte verstecken können. Alles andere wäre eine Katastrophe. Jeanette würde unter diesen Umständen dem Zusammentreffen mit einem Fremden nicht gewachsen sein. Sie war schließlich nur mit Mühe und Not in der Lage, sich um sich selbst zu kümmern, ganz zu schweigen davon, dass sie in einer spontan entstandenen Situation wie dieser instinktiv und intelligent handelte. Sie würde einknicken und alle Fragen falsch beantworten.

Wenn überhaupt Fragen gestellt werden würden.

Denn wer machte sich ausgerechnet jetzt auf den Weg hierher, bei Platzregen auf gewundenen, unzugänglichen Fahrwegen? Das war wohl kaum Peter Norlings Witwe. Hatte sie sich vier Jahre lang nicht die Mühe gemacht, würde sie kaum diesen Tag wählen, um alles vorzubereiten und zurechtzumachen.

Nein, das hatte mit dem Geld zu tun, es konnte gar nicht anders sein. Und Kerstin stand in dem Plumpsklo von Peter Norlings Jagdhütte, bis zu den Ellenbogen im Dreck und die beiden großen, ordentlich eingewickelten Taschen davor auf der Wiese.

Konnte sie noch fliehen? Nicht mit dem Geld natürlich, aber würde sie ohne in den Wald laufen können? Vorsichtig spähte sie durch den Türspalt. Nein, das würde nicht klappen. Der Fahrer machte die Autotür auf und stieg aus. Lenkte seine Schritte genau in Kerstins Richtung. Auf das schmutzige Stückgut zu, das sie aus dem Versteck gezerrt hatte.

Es handelte sich nur um Sekunden, bis die Tür aufgerissen und alles vorbei sein würde. Mehrere Menschen waren wegen des verdammten Geldes schon gestorben, Kerstin würde da keine Ausnahme bilden.

Sie zog ihr Handy aus der Hosentasche und tat das einzig Mögliche, was sie tun konnte.

62

Jan

Jan trat in den Regen hinaus und sah sich verstohlen um. Bei dem Wetter ging kein normaler Mensch vor die Tür. Aber er war nun der Mann, der in aller Munde war, auch wenn vielen das noch nicht klar war. Das war jedoch bloß noch eine Frage der Zeit, und deswegen auch die Schulterblicke. Wie hatte es nur so weit kommen können?

Das war eine schmerzhafte Erkenntnis. Vor allem im Hinblick darauf, was noch kommen würde, wenn Freunde, Nachbarn und Arbeitskollegen erfuhren, was er allen Beteiligten da eingebrockt hatte. Nicht zuletzt seinen Kindern, die sich definitiv von ihm abwenden würden. Er hatte Schande über seine Familie gebracht. Die Kinder wussten noch nichts davon, aber sie würden ebenfalls darunter leiden. Wer wollte schon einen Vater, der sich an einem Nachmittag vom erfolgreichen Umweltexperten zum Kriminellen wandelte?

Und wer wollte so einen Ehemann? Gunilla hatte ihren Teil der Katastrophe bereits abbekommen, den Glauben an ihn aber zum Glück noch nicht ganz verloren. Zu viel hatten sie gemeinsam, Erinnerungen, die für alle Zeit nur ihnen beiden gehörten, egal wie die Sache endete. Deswegen hielt sie zu ihm, das war ihm längst klar.

Das Wasser drang durch die Nähte seiner Schuhe, und er bekam nasse Füße, doch das war ihm egal. Stattdessen dachte er daran, wie Gunilla ihn angesehen hatte an jenem verfluchten Januarnachmittag 2014, als er besorgt und bedrückt nach Hause gekommen war. Sie kannte ihn und wusste, wie er sich fühlte. Die Tage waren ins Land gegangen, sie hatte sich immer dann besser gefühlt, wenn er sich wieder ein bisschen berappelt hatte. Bis dieser Zeitungsartikel über den Mann, der bei dem schrecklichen Unfall ohne Fremdverschulden ums Leben gekommen war, erschienen war. Jan hatte seine Reaktion bloß schlecht verbergen können, als er ihn gelesen hatte, und Gunilla hatte registriert, was in seinem Kopf vorgegangen war. Aber hatte sie ihn zur Rede gestellt? Nein. Sie hatte sich bestimmt gefragt, was er an so einem einsamen Ort zu einer so ungewöhnlichen Zeit gemacht hatte. Es war wegen einer Frau gewesen, natürlich, und das war nicht das erste Mal. Aber sie stellte weder Fragen, noch machte sie ihm Vorhaltungen. Sie respektierte und liebte ihn so, wie er war, mit all seinen Fehlern und Schwächen.

Wenige Tage später hatte sie nur wenige Meter von ihm entfernt in der Küche gestanden, als er diesen Brief geöffnet hatte. Er meinte, er sähe wie eine Einladung aus, merkte allerdings schnell, dass der Inhalt ein anderer war. Ihm brach der Schweiß aus, und er sank auf einen Stuhl. Das nahm sie zwar wahr, aber sie ging kommentarlos ihren Verrichtungen nach. Jan wog die Situation ab und zog sich in sein Arbeitszimmer zurück, wo er die Fotos mit der Lupe studierte. Was zu der untermauerten Schlussfolgerung führte, wer Zeuge des Unfalls gewesen war und ihn nun um Geld erpresste. Nach dem Essen kam Gunilla ins Arbeitszimmer. Sie war sich zwar darüber im Klaren, dass er nicht er selbst war, doch sie erkundigte sich nach dem Brief. Sie hatte ihn eiskalt erwischt, und er konnte sie bloß noch Hilfe suchend ansehen. Das tat man, wenn man sich aufrichtig liebte; man suchte Unterstützung bei dem anderen und bekam sie auch.

Ein durchschnittlicher Mann in einer durchschnittlichen Beziehung hätte rundweg abgestritten, die Fotos von dem Unfallort zu kennen, und behauptet, dass sie gefälscht und aus dem Zusammenhang gerissen waren. Aber nicht Jan, er war seiner Frau gegenüber aufrichtig gewesen.

Er hatte von dieser jungen Frau erzählt, die er vom Baumarkt nach Hause gefahren hatte, er hatte ihr sogar noch die ganzen Einkäufe reingetragen, obwohl er schon spät dran gewesen war und längst wieder zur Arbeit hätte zurückfahren müssen. Sie hatte für die Spritkosten aufkommen wollen, was auf kindliche Art süß gewesen war, als bräuchte er finanzielle Unterstützung für einen kleinen Umweg über Land und Flur, weil er ihr einen Gefallen getan hatte. Er hatte natürlich abgelehnt. Stattdessen hatte sie ihm dann zuerst eine Tasse Kaffee aufgedrängt und dann einen Whisky.

Mit einem Drink hatte er nicht gerechnet – die jungen Leute waren heute doch so vorbildlich und gesundheitsbewusst. Sie mussten alle zum Fitness und zum Yoga gehen, mit dem Fahrrad zur Arbeit fahren und Padel-Tennis spielen oder wie das hieß. Aber sie griff nach der Whiskyflasche, was auch nicht weiter verwunderlich war, da sie ganz bewusst den Gesundheitswahn boykottierte. Sie beharrte auf einem und einem zweiten Glas – zwar nur ein kleiner Schluck jedes Mal, aber dennoch –, und aus reiner Höflichkeit lehnte er nicht ab. Was eigentlich auch nicht weiter schlimm war, denn das bisschen, was er in der Mittagspause getrunken hatte, war längst wieder verdunstet.

Völlig unerwartet legte sie eine Charmeoffensive sondergleichen hin und schlug vor, sich richtig für das Nachhausebringen zu bedanken. Dass sein kleiner Umweg sich so entwickeln würde, hatte er sich nicht vorgestellt, aber weil sein Fleisch schwach war, war er in die Falle getappt.

Dann änderte sie plötzlich ihre Strategie und gab sich züchtig. Sie sagte Nein, während sie lächelte und mit gurrender Stimme kokettierte. Schnell stellte sich heraus, dass ihr der Sinn nach härteren Bandagen stand und sie sich vollkommen dem Steinzeitinstinkt hingeben wollte, den manche Frauen haben – die Vorliebe, an den Haaren in die Höhle gezerrt zu werden, um sich dann dem wilden Tier von einem Mann hinzugeben. Eins kam zum anderen, und dass ihr das gefiel, stand außer Zweifel. Die Frau hatte eindeutig einen starken Trieb, Nymphomanin war da noch eine harmlose Bezeichnung.

Und als er dann wieder gefahren war, um zur Arbeit zurückzukehren, war die Straße die reinste Eisbahn geworden. Er fuhr wie immer umsichtig und noch vorsichtiger als sonst, da er wusste, es konnten andere mit weniger Fahrpraxis und schlechteren Reifen unterwegs sein. Was prompt eintrat, denn schon nach wenigen Minuten kam ihm ein Vollidiot entgegen, der direkt auf ihn zuhielt und in einem wahnwitzigen Manöver auf die Bremse trat, um einen Frontalzusammenstoß zu vermeiden. Er kam ins Rutschen – was vorauszusehen war – und schlitterte über die Kante des Steilhangs.

»Ich habe das Wrack gesehen und gewusst, dass der Fahrer tot war«, hatte Jan als Rechtfertigung vorgebracht. »Hätte ich etwa den Abhang runterklettern sollen, um zu überprüfen, was ich ohnehin schon wusste?«

»Das hätte auch nichts geändert«, pflichtete Gunilla ihm bei.

»Ich hätte den Notruf rufen können. Anonym zum Beispiel.«

»Das hättest du natürlich tun können, aber er wäre trotzdem gestorben.«

»Aber dann hätte er vorher nicht stundenlang gelitten«, stellte Jan bekümmert fest.

»Er hat bestimmt nicht gelitten, Liebling. Er hat schon bei dem Aufprall das Bewusstsein verloren.«

Jan hatte ein schlechtes Gewissen gehabt, doch Gunilla hatte ihm über den Rücken gestreichelt, und die Bürde seiner Schuld war leichter geworden. Sie rechnete ihm seine Ehrlichkeit hoch an und hatte die Größe zu akzeptieren, dass Menschen – auch Jan – selten unfehlbar waren.

Und die Wogen hatten sich geglättet, stellte Jan fest, als er geduckt durch den Regen eilte. Die Emotionen waren abgeebbt dank des festen Halts, den Gunilla ihm gegeben hatte. Die nach diesem Vorfall das, was er und eigentlich sie beide durchgemacht hatten, mit keiner Silbe mehr erwähnte. Kein unbedachtes Wort, kein hinterlistiger Blick, keine bitteren Vorwürfe und kein Selbstmitleid. Sie nahm ihn, wie er war, verzieh und blickte wieder nach vorn.

Vier lange Jahre. Bis diese Braut – Sandra – aus dem Nichts aufgetaucht war und alte Wunden wieder aufgerissen hatte. Jan als »Vergewaltiger« bezeichnet und behauptet hatte, er sei der Vater ihres Kindes. Ein Kind, das er niemals kennenlernen würde – was er auch gar nicht wollte –, aber für das er trotzdem Unterhalt zahlen sollte. Sie drohte ihm damit, die Behörden und die Polizei zu informieren, was er als indirekte Drohung, die Vergewaltigung anzuzeigen, deutete. Wobei er stark daran zweifelte, dass sie das nach so langer Zeit in die Tat umsetzen würde. Doch er wollte wirklich nicht, dass die Polizei davon Wind bekam, wo er sich zu dem Zeitpunkt des verfluchten Unfalls befunden haben konnte.

Als Auftakt ihres Feldzugs hatte sie sich vorgenommen, seine Frau über die flüchtige Affäre ins Bild zu setzen. Er hatte ihr zwar gleich gesagt, dass sie nichts davon haben würde, da Jan und seine Frau keine Geheimnisse voreinander hatten. Das stimmte allerdings nicht ganz, denn von dem Nachmittag bei Sandra wusste Gunilla wirklich viel, aber eben doch nicht alles.

Schlimmer war, dass er im Eifer des Gefechts die sinngemäße Bemerkung gemacht hatte, demjenigen, der ihn zuletzt zu erpressen versucht hatte, wäre es nicht so gut ergangen. Das war unüberlegt gewesen, denn die Schlampe schrieb nun an einem Buch, in dem er als Mörder angeprangert wurde. Als einer, der Erpresser umbrachte, um genau zu sein.

Aber nicht mal diese Bemerkung hatte den gewünschten Effekt, denn im Laufe der Zeit hatte diese Sandra tatsächlich die Drohung wahr gemacht und seine Frau informiert. Der sexuelle Akt war wie gesagt für Gunilla nichts Neues, die Tatsache, dass daraus ein Kind hervorgegangen war, hatte sie jedoch nicht so gut aufgenommen, wie Jan gehofft hatte. Das war ein Schock für sie, und obwohl sie ebenso wenig wie Jan rund siebenhunderttausend Kronen auf den Tisch legen wollte, hatte sie für Sandra Partei ergriffen, worüber sich Jan geschämt hatte.

So sehr, dass er dem Jungen sogar den Tod gewünscht hatte. Damit ihm alles, was mit Vaterschaftstest, Unterhaltsforderungen und Vergewaltigungsanschuldigungen zu tun hatte, erspart blieb.

Sowie das ganze andere Elend, was sicher wie das Amen in der Kirche daraus folgen würde.

Aber nun stellte die Mutter von dem Balg die größte Bedrohung dar, wie es aussah. Wer hätte auch ahnen können, dass sie über das, was vor über vier Jahren passiert war, ein Buch schreiben würde? Dass sie so viel über das wusste, was nach der sogenannten Vergewaltigung passiert war, dass sie einen dicken Roman daraus machen konnte? Der sogar als Fortsetzungsroman in der *Gotlands Allehanda* abgedruckt wurde? Noch während sie ihm mit den Unterhaltszahlungen in den Ohren lag und ihm dieses und jenes androhte. Als der *worst case* bereits eingetreten war, nämlich dass er öffentlich durch den Dreck gezogen und vor ganz Gotland zum Schafott geführt wurde.

Dass sie dazu überhaupt in der körperlichen Verfassung war; schon bei dem Gedanken daran wurde ihm übel. Wenn er doch nur das alles früh genug gelesen hätte, dann hätte er den Fortsetzungsroman von Anfang an mitverfolgt.

Das Interesse der Allgemeinheit daran würde auch den einen oder anderen Polizeibeamten und Staatsanwalt auf den Plan rufen, und über kurz oder lang wäre dann die ganze Maschinerie am Laufen. Das würde in einer persönlichen Katastrophe für Jan enden.

Er wünschte sich bloß, dass alle, die auch nur ein einziges Kapitel von dem Roman gelesen hatten, an Milzbrand erkrankten. Dass die Redaktion der *Gotlands Allehanda* in die Luft flog, dass die Druckerei bis auf die Grundmauern niederbrannte. Aber vor allem, dass der Schuldige, der hinter dieser Verleumdungskampagne und ihren unvorhersehbaren Folgen steckte, sterben musste. Und dabei lange leiden musste.

Kurz gesagt wünschte er Sandra den Tod, dachte Jan, als er den Riegel der Kellertür zurückschob.

63

Jeanette

Jeanette wagte kaum zu atmen. Sie hockte hinter der Regentonne, die Arme um die Knie geschlungen. Sie horchte angestrengt auf Geräusche, hörte aber nur das beharrliche Prasseln des Regens, der auf die Erde und die Bäume niederging und in Rinnsalen dahinfloss. Der aus der Dachrinne strömte, dass die Tonne überlief. Darüber hinaus rechnete sie damit, andere Geräusche vom Schuppen mit dem Plumpsklo zu hören: Stimmen und eine schlagende Tür.

Doch das war nicht der Fall, seit die Autotür zugeschlagen worden war, war es still geblieben. Der Fahrer schien Muttern nicht entdeckt zu haben, die wiederum das Auto rechtzeitig bemerkt haben musste, um sich zu verbarrikadieren. Der Fahrer wollte also nicht den Abort aufsuchen, sondern vermutlich die Jagdhütte in einem anderen Teil des Grundstücks.

Aber dann hätte sie doch die Hüttentür schlagen hören müssen? Hatten sie wieder abgeschlossen, überlegte sie, ihren Krimskrams und die Reste der Brotzeit auf der Veranda zusammengeräumt? Nein, das hatten sie natürlich nicht. Sie waren ja noch nicht fertig und wollten erst nach getaner Arbeit alles so hinterlassen, wie sie es vorgefunden hatten.

Immerhin war die Tür zu, und das war dann gut, wenn er sich bloß draußen kurz umsehen wollte. Die Jagdhütte stand nun womöglich zum Verkauf, nachdem Peter nicht mehr lebte. Vielleicht war ein Fremder da, ein Interessent, der sich vor einem möglichen

Besichtigungstermin das Grundstück mit den Häusern ansehen wollte. Dann spielten unwillkommene Besucher oder zwei Taschen mit Geld keine Rolle für ihn.

Jetzt konnte sie hören, dass jemand mit zielgerichteten geräuschvollen Schritten über den vom Regen vollgesogenen Rasen ging. Die Schritte entfernten sich von Muttern und steuerten auf Jeanette zu. Sie wagte nicht hinauszuspähen, geschweige denn einen Blick auf den geheimnisvollen Besucher zu werfen.

Was, wenn sie niesen musste? Oder husten? Das durfte sie einfach nicht, nicht in dieser Situation. Warum dachte sie überhaupt daran? Schon wurden die Gedanken real, und sie musste tatsächlich husten.

Rauchen, dachte sie stattdessen. Sie brauchte dringend eine Zigarette. Sofort. Das würde doch niemand merken, wenn sie sich bei diesem Wetter eine ansteckte, oder?

Muttern würde überschnappen, wenn sie wüsste, was Jeanette trieb, wie überspannt sie war und wie unkontrollierbar.

Sie registrierte eine Bewegung durch den Spalt zwischen Regentonne und Wand weiter hinten auf dem Grundstück. Ein Teil der Rückseite der Wildkammer war alles, was sie durch diesen Schlitz sah, wenn sie hinter der Tonne blieb und sich nicht vorbeugte, um nicht von dem Besucher entdeckt zu werden.

Was war hier eigentlich los? Es gab etwas hinter dem Schuppen, etwas auf ebener Erde, was den Besucher interessierte. Genau, fiel ihr wieder ein, ein Erdkeller, den Muttern und sie sich als Nächstes ansehen wollten. Von außen verriegelt, allerdings ohne Türschloss. Bestimmt krochen lauter Kreuzspinnen und anderes Getier darin herum, die sich da unten in der Dunkelheit wohlfühlten.

Jeanette lag mit ihrer Beobachtung nicht falsch, denn nachdem er den Riegel zurückgeschoben und kurz innegehalten hatte, ohne die Tür zu öffnen, war es offenbar für den Besucher wieder an der Zeit, sich vom Erdkeller abzuwenden und das Grundstück zu verlassen. Keine Minute später, nachdem die schmatzenden Schritte Jeanettes Tonne passiert hatten, wurde die Autotür zugeschlagen. Danach sprang der Motor an, und der Wagen fuhr davon.

Ohne dass etwas passiert war.

64

Kerstin

Kerstin stockte der Atem, und sie zählte die Sekunden, aber die Tür zum Plumpsklo ging nicht auf. Nach einer Weile begriff sie, dass der Fahrer vor dem Auto nach rechts gegangen sein musste, und anstatt direkt auf den Abort zuzuhalten, war er auf den Hof zwischen Jagdhütte und Schuppen gebogen. Als sie endlich wagte, die Tür einen Spalt aufzuschieben, bestätigte sich ihr Verdacht. Zwischen ihr und dem Auto war niemand.

Wenn das Wetter trocken gewesen wäre, hätte sie vielleicht etwas gehört und daraus schließen können, was der Besucher wollte, doch bei dem jetzigen Stand der Dinge musste sie dankbar sein, dass sie nicht entdeckt worden war. Sie hoffte auch für Jeanette das Beste und wartete im Dunkeln, bis der Besucher wieder fuhr. Möglichst ohne Interesse für die beiden stinkenden Pakete.

Schneller als gedacht wurde sie erhört. Nur wenige Minuten

nach seinem Eintreffen hörte Kerstin – diesmal viel konzentrierter –, wie der Motor angelassen wurde und der Wagen rückwärts in den Hof bog, um zu wenden, und schließlich verschwand. Erst dann machte sie die Tür auf und trat in den Regen hinaus.

Sie warf einen Blick auf die beiden Taschen in ihren Plastiksäcken, griff nach dem Schrubber und drehte sie herum, damit der Regen sie auch von der anderen Seite abwusch, bevor sie sich damit befasste. Danach warf sie die Handschuhe ins Gras und ging zur Wildkammer. Sie rief nach Jeanette, die sich nun zu erkennen gab und hinter der randvollen Regentonne hervorschaute.

Kerstin konnte kaum an sich halten bei ihrem Anblick. Jeanette sah aus, als hätte sie ein unfreiwilliges Bad in der Tonne genommen und wäre erwischt worden.

»Ach du Arme«, rief Kerstin mitleidig aus. »Hast du hinter der Hausecke gekauert?«

Jeanette nickte und schien jeden Moment in Tränen auszubrechen. »Die Tonne ist übergelaufen, und ich musste niesen und husten, und es war einfach nur schrecklich«, jammerte sie. »Ich dachte schon, ich hätte uns verraten.«

»Hast du aber nicht«, erwiderte Kerstin und wusch sich mit dem Wasser aus der Regentonne sauber. »Du hast alles richtig gemacht. Komm, wir suchen trockene Klamotten für dich. Dann untersuchen wir die Sporttaschen etwas genauer.«

»Wir müssen zuerst im Erdkeller nachsehen«, erklärte Jeanette. »Das war komisch ... Der Mann hat bloß den Riegel der Tür zurückgeschoben, das war alles.«

»Ohne aufzumachen?«, wunderte Kerstin sich.

»Ohne aufzumachen. Er hat innegehalten, ist dann aber zu seinem Auto zurückgegangen. Mehr konnte ich durch den Spalt zwischen Wand und Wassertonne nicht sehen.«

»Das ist wirklich seltsam«, sagte Kerstin nachdenklich. »Den ganzen Weg herfahren, nur um einen Riegel zu entfernen.«

»Ohne die Reste von unserer Stärkung auf der Veranda zu bemerken«, sagte Jeanette.

Während ihrer Schreckminuten im Plumpsklo war Kerstin ein Gedanke gekommen. Dass sie so offensichtliche Beweise ihrer Anwesenheit stehen lassen hatten, dass sie unter normalen Umständen sofort als Eindringlinge auf Privatgrund entdeckt worden wären. Aber die Umstände waren eben nicht normal, stellte sie dann fest. Der Besucher hatte hier eigentlich auch nichts verloren, denn er hatte weder ihre Becher und Rucksäcke auf der Veranda noch die schwarzen Müllsäcke vor dem Abort bemerkt. Er musste etwas anderes suchen und lenkte seine Schritte zum Erdkeller, schob den Riegel auf und fuhr umgehend wieder weg.

Was war das denn für eine merkwürdige Aktion?, dachte Kerstin. Und urplötzlich geriet sie in Panik und rannte ohne ein Wort zum Erdkeller. Jeanette heftete sich an ihre Fersen, und gemeinsam hoben sie die beiden schweren Flügel der Tür hoch und klappten sie zur Seite. Kerstin zückte ihr Telefon, um mit der Taschenlampe die wenigen Stufen anzuleuchten, die abwärtsführten. Sie ließ den Lichtkegel durch den Raum schweifen: Er war kalt und kahl, die wackligen Regale an den Wänden waren leer. Feucht und modrig war es hier unten, Kondenswasser sammelte sich in Pfützen am Boden.

Aber dort, ganz hinten im Dunkeln an der Wand, lag etwas, das nicht dort hinzugehören schien. Sie trat darauf zu und hielt den Atem an, als ihr klar wurde, was sie sah.

Ein kleiner Junge in blauen Jeans, rotem Sweatshirt und grünen Stiefeln.

»Das ist Erik!«, rief Kerstin, beugte sich zu ihm hinunter und nahm ihn auf den Arm.

Er war kalt, nass und kraftlos – es war unmöglich zu sagen, ob er noch lebte, aber Kerstin rannte los. Die kleine Treppe hinauf und zurück zu Tageslicht und Regen. Jeanette handelte überraschend geistesgegenwärtig, lief zum Haus, riss die Tür auf und stürzte mit ihren schlammigen Stiefeln zur Sitzgruppe, um eine Decke darauf auszubreiten.

»Leg ihn hierher«, wies sie Kerstin an. »Zieh ihm die Klamotten aus, dann hole ich noch mehr Decken.«

Kerstin tat, wie ihr geheißen, in Windeseile zog sie ihm Stiefel, Hose, Pulli und Unterwäsche aus – alles war klamm und kalt.

»Leg dich mit dem Jungen aufs Sofa und drück ihn an dich, dann decke ich euch zu. Wenn er noch lebt, braucht er deine Körperwärme.«

Kerstin hatte keine Ahnung, was man in solchen Fällen tat, doch nun spürte sie, dass der kleine nackte Körper atmete. Schnell und flach, aber er atmete. Während Jeanette die beiden zudeckte, massierte Kerstin ihn so gut sie konnte, knetete seine zarten Glieder und den Rücken mit ihren knorrigen Händen, hauchte ihm das Gesicht an.

»Er lebt«, sagte Kerstin. »Ruf einen Krankenwagen.«

Jeanette wählte den Notruf, schilderte den Ernst der Lage und erklärte, dass es sich vermutlich um den verschwundenen Jungen handelte. Mit Kerstin als Souffleuse beschrieb sie, wo die Hütte lag und wie man sie am einfachsten erreichte, bat um weitere Anweisungen, aber sie sollte das Kind nur warm halten und ihm etwas zu trinken geben, sofern das möglich war.

Als Jeanette den Anruf beendet hatte, holte sie Wasser, benetzte Erik die Lippen und flößte ihm so gut es ging ein paar Wassertropfen ein. Kerstin spürte zu ihrer Erleichterung, dass der kleine Körper wärmer wurde, die Atemzüge langsamer und tiefer.

»Er muss ja völlig ausgehungert sein«, sagte Jeanette. »Aber sie werden ihm bestimmt sofort eine Infusion anhängen. Das wird schon wieder. Wir haben ihn gerettet.«

Ein schwaches Lächeln huschte über ihr Gesicht, und das war ansteckend. Sie hatten zusammen etwas getan, Kerstin und Jeanette. Sie hatten einem kleinen Jungen das Leben gerettet – wie sollte Kerstin jetzt noch Jeanette als ihre Feindin betrachten?

Vier Tage, dachte sie. Hieß es nicht, dass ein Erwachsener drei Tage lang ohne Wasser auskam? Und Erik, der ja noch ein kleines Kind war, hatte vier Tage durchgehalten. Vier Tage bei Dauerregen.

»Wenn es die letzten Tage nicht andauernd geregnet hätte, dann hätte er das nicht überlebt«, sagte sie. »Der Entführer hat nicht damit gerechnet, dass so viel Wasser in den Erdkeller dringen würde. Erik war zwar nass und kalt, aber er musste keinen Durst leiden, und das hat ihn gerettet.«

In ihr brodelte die Wut, und erst jetzt ging ihr allmählich auf, was tatsächlich passiert war. Jemand – sie glaubte zu wissen, wer – hatte einen Dreijährigen entführt und ihn ohne Nahrung in einen kalten, dunklen Erdkeller gesperrt, um ihn sterben zu lassen. Er sollte verhungern und verdursten. Ein kleines Kind! Wie musste man gestrickt sein, wenn man einem anderen Menschen – und auch noch einem unschuldigen Kleinkind – so etwas antat?

»Der Entführer?«, sagte Jeanette.

»Was denkst du, warum er den Riegel zurückgeschoben hat?«, fragte Kerstin.

»Du meinst ... Meinst du wirklich, dass jemand ihn absichtlich vor vier Tagen da unten eingesperrt hat, um ihn dem Tod zu überlassen? Und in dem Glauben, dass dieser nun eingetreten war, den Riegel weggenommen hat, um den Anschein zu erwecken, dass er sich selbst dorthin verirrt hatte?«

Kerstin nickte und sah, wie Jeanette die Tränen in die Augen traten. Der Gedanke, dass der Kidnapper es nicht über sich gebracht hatte, das Elend anzusehen, und ohne einen einzigen Blick in den Keller zu werfen, einfach gegangen war, machte sie rasend. Aber sie schluckte ihren Zorn hinunter, biss die Zähne zusammen und knetete den Jungen geradezu beharrlich durch.

»Du musst noch etwas erledigen, Jeanette. Bevor der Krankenwagen kommt und vielleicht auch die Polizei.«

»Ja?«

»Du musst noch aufräumen. Unsere Spuren beseitigen und die Türen wieder verschließen. Ich wollte das eigentlich selbst noch machen, aber es wäre gut, wenn du auch im Plumpsklo etwas sauber machen könntest. Die Tür, das Sitzbrett, den Boden – du siehst das dann schon. Aber zieh dir Handschuhe an. Und vorher musst du die Taschen zu unseren Fahrrädern bringen. Lass sie in den Müllsäcken, und versteck sie gut. Du kannst den Reisig von den Rädern nehmen, die müssen wir jetzt ja nicht mehr verstecken.«

»Das Geld ist mir so was von egal«, sagte Jeanette.

»Ich weiß, Nettan. Aber wir werden es schon sehr bald brauchen, und wenn die Polizei das Geld bei uns findet, dann sehen wir es nie wieder. Glaub mir.«

Jeanette sah sie ungläubig an, zuckte resigniert mit den Schultern und warf einen mitfühlenden Blick auf den Jungen, der sich in Kerstins Armen regte. Vielleicht kam er langsam wieder zu Bewusstsein.

Kerstin fischte ihr Telefon aus der Tasche, denn sie wollte Sandra anrufen und ihr sagen, dass sie Erik gefunden hatten, wenn sie das nicht schon erfahren hatte. Aber sie hatte keinen Empfang.

»Nur Notrufe möglich«, stellte Jeanette fest.

»Vor einer Stunde hat's aber noch funktioniert«, wandte Kerstin ein. »Ich bin schließlich angerufen worden.«

»Bei mir geht jetzt auch bloß der Notruf. Man muss um das bisschen ja schon froh sein.«

»Das bisschen?« Kerstin lachte auf. »Das ist das einzig Wichtige, würde ich sagen.«

Jeanette nickte und lächelte, dann wurde sie ernst. »Was machen wir eigentlich hier?«, fragte sie.

Kerstin begriff nicht gleich, was sie meinte, tauchte ihre Finger ins Wasserglas auf dem Tisch und versuchte sie Erik in den Mund zu stecken. Jeanette verschränkte die Arme vor der Brust und sah sie auffordernd an. Nun ging ihr auf, was die Frage bezweckte.

»Wir machen einen Fahrradausflug«, erklärte Kerstin. »Und sind zufällig an dieser verlassenen Hütte vorbeigekommen, wollten uns bei dem Regen unterstellen und haben auf der überdachten Veranda unser Picknick gemacht. Ich habe bei der Gelegenheit das Plumpsklo benutzt. Dann haben wir das Auto kommen sehen, und du hast dich hinter der Hausecke versteckt. Und so weiter. Von da ab halten wir uns an die Wahrheit, okay?«

»Okay. Dann räume ich jetzt auf. Wie geht es ihm?«

»Er atmet, und seine Körpertemperatur steigt. Es wird alles wieder gut. Dank dir, Nettan.«

»Wieso dank mir?«

»Du hast reagiert, weil dir beim Erdkeller etwas komisch vorgekommen ist.«

Jeanette kniff den Mund zusammen, und ihre Miene erhellte sich. Dann verließ sie die Hütte mit so unbeschwerten Schritten wie seit Langem nicht mehr. Vielleicht war dies die Gelegenheit, auf die sie über vier Jahre lang gewartet hatte. Die Chance, ein einziges Mal etwas richtig zu machen, um all das zu kompensieren, was sie falsch gemacht hatte. Kerstin lächelte im Stillen und fasste den Entschluss, mit dem sie so lange gerungen hatte.

Sie verzieh Jeanette.

65

Sandra

Eine Stunde später hatte sie noch immer den Blick auf das zerfledderte Poster mit den Popidolen ihrer Jugend geheftet. Sie war außerstande, sich zu rühren, einen klaren Gedanken zu fassen und ihren Eltern gegenüberzutreten. Sie wollte allein sein mit ihrem Kummer, wollte die Schleusen öffnen, wann immer ihr danach war, ohne Publikum. Aber nicht mal das konnte sie – weinen. Wie gelähmt saß sie in der Stille, die Sekunden tickten zäh dahin.

Bis das Handy auf dem Nachttisch die Stille zerschnitt.

Danach folgte eine Reihe unbegreiflicher Ereignisse, die sie später nur bruchstückhaft wiedergeben und an die sie sich nicht genau erinnern konnte: Sandra nahm apathisch einen Anruf entgegen. Eine freundliche Stimme teilte ihr mit, dass man Erik gefunden hatte, er am Leben war und nach Visby ins Krankenhaus gebracht wurde. Sandra konnte keine weiteren Informationen aufnehmen außer dieser, und noch ehe das Gespräch beendet war, sprang sie auf und packte für die bevorstehende Nacht ein paar Sachen zusammen. Sie rannte durch alle Zimmer, weckte ihre besorgten Eltern auf, und plötzlich war das Haus hell und voller Leben. Sie empfand grenzenlose Erleichterung, egal welche Folgen oder Auswirkungen die jüngsten Ereignisse auch mit sich bringen würden. Warum sollte sie Angst vor der Zukunft haben, wenn jetzt gerade ein Wunder geschehen war?

66

Kerstin

Schließlich kam der Krankenwagen. Mit der Wegbeschreibung war alles korrekt gewesen, erfuhren sie, aber aufgrund der Entfernung war ein Rettungshubschrauber geschickt worden, der jedoch nicht in der Nähe hatte landen können, woraufhin dann ein Krankenwagen von Visby aus losgefahren war. Vierzig Minuten verstrichen, bis die Sanitäter übernehmen konnten.

Kerstin erklärte, dass der Junge unterkühlt gewesen war, als sie ihn gefunden hatten, dass seine Körpertemperatur nach einer Weile allerdings gestiegen war und seine Atmung regelmäßiger wurde. Sie berichtete ferner, dass sie ihm einige Schluck Wasser einflößen konnten, er vermutlich aber Regenwasser getrunken hatte und der Hunger das größere Problem darstellte. Die Rettungskräfte hörten aufmerksam zu und brachten Kerstin und Jeanette Respekt entgegen für ihr Handeln.

Das änderte sich rasch, als die Polizei erschien. Sie war routiniert darin, die Menschen zu durchschauen, und vielleicht erkannten die Beamten die beiden Frauen wieder. Besonders Kerstin, aber auch Jeanette wurde misstrauischen Blicken unterzogen. Ihre Aussagen wurden infrage gestellt, ebenso wie ihr Motiv, aus welchem Grund sie sich überhaupt an diesem Ort aufhielten. Zu Recht, sei hinzugefügt, denn ihr ursprüngliches Anliegen war ziemlich mysteriös. Doch sie blieben bei ihrer Geschichte, erzählten mehrmals von dem geheimnisvollen Unbekannten, der das Grundstück betreten hatte, ohne dass dem, was sie anführten, ein einziges Mal Gehör geschenkt wurde.

Wie hatten sie sich Zutritt zur Hütte verschafft? Den Schlüssel hatten sie über der Tür gefunden. Einfach so? Ja, denn Not kennt kein Gebot, und ihr unerlaubtes Eindringen konnte damit entschuldigt werden, dass sie einem Kind das Leben gerettet hatten. Jemand hatte dieses Kind also in den Erdkeller gesperrt und war nun zurückgekommen, um den Riegel zurückzuschieben – und mehr nicht? So schien es, ja. Und dieser Jemand war mit dem Auto gekommen? Ja, mit einem blauen, vermutlich ein Audi. Der Fahrer – handelte es sich um einen Mann oder eine Frau? Schwer zu sagen, sie hatten beide in ihren Verstecken gekauert und kaum etwas gesehen. Warum hatten sie sich versteckt, wo sie doch gar nichts zu verbergen hatten? Und ob sie das hatten, denn sie hatten unerlaubt Privatgrund betreten und wollten nicht erwischt werden.

Nicht mal das unscharfe Foto, das Kerstin von dem vermeintlichen blauen Audi und dem Fahrer gemacht hatte, wurde von der Polizei ernst genommen. Schall und Rauch, und warum hatte sie dieses Foto überhaupt gemacht? Hatte sie zuvor schon gewusst, dass da etwas nicht stimmte? Und war es nicht eigentlich so, dass sie selbst den Jungen gefangen gehalten und dann beschlossen hatten, ihn freizulassen? Nein, nein und nochmals nein. Dann hätten sie sicherlich andere Maßnahmen ergriffen und sich vor allem aus dem Staub gemacht, bevor der Krankenwagen eintraf.

Doch auf dem Ohr waren die Polizeibeamten taub. Kerstin tat alles, um Jeanettes und ihr eigenes Agieren zu rechtfertigen. Allem, was sie sagten, wurde mit Misstrauen begegnet, und schließlich bewegten sie sich ja auch in einem Dickicht aus Halbwahrheiten und Lügen. Und ihre äußere Erscheinung sprach eher gegen sie: Kerstin war für immer vom Leben gezeichnet, Jeanette weniger, aber ihr unsicheres, fahriges Auftreten und die Tatsache, dass sie mit Kerstin Umgang hatte, sprachen für sich. Keine der beiden konnte man wirklich ernst nehmen, selbst wenn ihr Anteil an der Rettung des Jungen noch so groß war.

Schlussendlich durften sie gehen mit der Auflage, sich zur Verfügung zu halten, solange die Ermittlungen andauerten. Mit hängenden Köpfen trotteten sie zu ihren Fahrrädern im Wald. Sie räumten das Reisig zur Seite, rissen die Müllsäcke auf und entfernten sie. Überprüften den Inhalt der beiden Taschen und grinsten sich an, warfen sich jeweils eine Tasche über die Schulter und traten in die Pedale. Entfernten sich von dem Ort, der zum Tatort geworden war. Um sechs Millionen Kronen reicher.

Als sie im Bus saßen, die Taschen auf dem Schoß, fiel Kerstin auf, dass Jeanettes Miene sich erhellt hatte. Trotz der enervierenden Befragung der Polizei war sie ganz bei der Sache, und ihre Bewegungen hatten etwas Federleichtes an sich, seit sie den Jungen gefunden hatten. Kerstin deutete das als Revanche, als wäre Jeanette mit sich ins Reine gekommen, indem sie Großes bewirkt hatte: Einem Kind war das Leben gerettet worden, und Jeanette hatte ihren Teil dazu beigetragen. Es starben nicht alle Kinder in ihren Armen; hier hatte sie etwas tun können und es auch getan. Und das mit erstaunlicher Entschlossenheit und Unbeirrbarkeit.

Aber nun hatte sich die Dunkelheit wieder über sie herabgesenkt, das Finstere in ihrem Blick war wieder da, und Kerstin konnte sich nicht erklären, warum. Sie versuchte anhand von Jeanettes Mimik und ihrer Gestik abzulesen, was in ihr vorging, doch Jeanette hatte sich von ihr abgewandt und blickte aus dem Fenster. Kerstin hätte gerne ihre Hand auf die von Jeanette gelegt und gefragt, wie sie sich fühlte, wollte allerdings lieber damit warten, bis sie ihr nicht mehr so deutlich zu verstehen gab, dass sie in Ruhe gelassen werden wollte.

Nach einer Weile begann Kerstin sich Sorgen zu machen. Sie warf Jeanette gelegentliche Blicke zu, wurde jedoch nicht schlau aus ihr. Ihren Atemzügen nach zu urteilen war sie immerhin wach, aber trotzdem machte sie keine Anstalten, Kontakt zu Kerstin zu suchen. Jetzt waren es sie beide, sie beide hatten sich selbst übertroffen und nicht nur das Geld gefunden, sondern auch Erik das Leben gerettet – was also stimmte nicht? Darüber zerbrach Kerstin sich den Kopf, und die Situation wurde unerträglich.

Sie musterte Jeanette, ihr wohlgeformtes Ohr und ihre schönen Haare, die, obwohl sie nass und zerzaust waren, ihr Gesicht perfekt umrahmten. Ihr schmaler Arm in der Regenjacke, der Ellenbogen, der auf der großen Tasche ruhte. Die schlanke, blasse Hand, die aus dem Ärmel ragte und etwas krampfhaft umklammerte.

Und zwar den Gepäckanhänger der Sporttasche. Einer der beiden Taschen, die Karl-Erik von zu Hause mitgenommen hatte, als er aufs Festland gefahren war, um die Beute zu holen.

Schnell sah sie bei ihrer Tasche nach – sie trug keinen Gepäckanhänger. Es war doch nicht möglich, dass …? Was, wenn aus dem Anhänger, den Jeanette umklammerte, hervorging, wem die Tasche gehört hatte? Das durfte einfach nicht sein – nicht jetzt, wo alles so glattging für Jeanette, jetzt wo ihnen zusammen etwas so Einzigartiges geglückt war und alles vergeben und fast vergessen war.

Behutsam nahm sie Jeanettes Hand zwischen ihre. Sie war schlapp und reglos. Jeanette ignorierte die Berührung. Kerstin wand den Gepäckanhänger aus ihrer Hand und löste ihn von der Sporttasche. Las die Anschrift hinter dem Klarsichtfenster. Sie gehörte der Erzieherin Kerstin Barbenius und enthielt außerdem noch ein Porträtfoto. Sie seufzte tief und zog die Schultern hoch bis über die Ohren.

Nun musste sie sachlich und überlegt vorgehen. Sie musste die negativen Gedanken wegschieben, die Bitterkeit und die Vorwürfe. Sie musste Verständnis für menschliche Schwäche aufbringen und die Kraft, zu verzeihen. Und das konnte doch nicht so schwer sein, denn das war alles, was übrig geblieben war in ihr.

»Nettan«, sagte sie zögerlich, »alles ist gut.«

»Ist es nicht«, widersprach ihr Jeanette. »Gar nichts ist gut. Inzwischen weiß ich auch, wo der Name Barbamama herkommt. Muttern. Wenn ich das früher gewusst hätte, wären wir jetzt nicht hier. Wir wären uns erspart geblieben.«

»Ich habe das Namensschild an der Tasche nicht bedacht, noch dazu mit einem Foto von mir. Ich wollte das wirklich nicht, das musst du mir glauben ...«

»Dass ich das erfahren würde? Dass ich herausfinden würde, wer du bist?«

Einen Augenblick lang dachte sie, dass Jeanette so aufgebracht war, weil sie hinters Licht geführt worden war, weil sie dazu gebracht worden war, ausgerechnet Kerstin ihre Lebensgeschichte zu erzählen – die Einzige, die wirklich nichts wissen konnte. Aber sie verdrängte diesen Gedanken und fuhr damit fort, Jeanette zu besänftigen. »Nein, natürlich nicht. Ich wollte dir das ersparen. Ich habe meinen richtigen Namen doch nicht absichtlich verschwiegen, aber heute war vielleicht nicht gerade der richtige Tag ...«

»Ersparen?«, fiel Jeanette ihr ins Wort und sah Kerstin mit leerem Blick an. »Mir? Du musst mich doch hassen.«

»Warum denn?«, fragte Kerstin.

»Als ich dir erzählt habe, welche Rolle ich bei diesem Unfall gespielt habe, hättest du mich doch am liebsten auf der Stelle umgebracht.«

»So bin ich aber nicht«, sagte Kerstin aufrichtig.

»Wieso hast du denn nichts gesagt?«

»Was sollte ich denn sagen?«, fragte Kerstin zurück. »Es hat mich eiskalt erwischt. Ich musste mich erst mal sammeln und mir eine Meinung über dich bilden.«

»Und zu welchem Schluss bist du gekommen?«, wollte Jeanette wissen.

»Dass wir auch nur Menschen sind, wir beide. Dass deine Rolle bei der ganzen Sache auch nicht selbst gewählt, sondern den Umständen geschuldet war. Dass du jeden einzelnen Tag bereut hast, was passiert ist. Das reicht mir.«

Jeanette sah sie misstrauisch an. Sie konnte die Tränen nicht zurückhalten. »Entschuldige«, sagte sie und streckte Kerstin ihre Hand entgegen, »es tut mir leid.«

»Ich weiß«, entgegnete Kerstin. »Aber ich will, dass du endlich glücklich wirst. Ich dachte, du wärst kurz davor, als wir Erik gefunden haben. Du warst dabei, dir selbst zu vergeben. Und das hat mich auch sehr froh gemacht. Ich will nicht, dass das alles zerstört wird, nur weil zufällig an der einen Tasche mein Name mit meinem Foto befestigt war.«

»Aber das ist doch furchtbar«, sagte Jeanette. »Was ich dir angetan habe. Wie soll ich denn damit leben?«

»Sieh's doch mal von der Seite«, hielt Kerstin dagegen. »Das Schicksal hat uns zusammengeführt, und das war das Beste, was uns passieren konnte. Denn jetzt hast du die Möglichkeit, dich zu erklären und bei mir zu entschuldigen, und ich habe mir klargemacht, wie es zu alldem kommen konnte, mein Trauma überwunden und dir verziehen.«

Jeanette sah sie an, die Tränen standen ihr immer noch in den Augen. »Das hast du wirklich getan?«, sagte sie. »Mir verziehen?«

Kerstin nickte und drückte Jeanettes Hand.

»Wie denn?«, hakte Jeanette nach.

Kerstin hob die Schultern. »Man muss das Beste draus machen«, sagte sie. »Was geschehen ist, ist geschehen und lässt sich nicht mehr rückgängig machen. Mir geht es nicht besser davon, dass es dir schlecht geht, im Gegenteil. Du bist meine Freundin, ein Mensch, der mir wichtig ist. Und du hast dich selbst mehr gestraft, als ich es jemals könnte. Oder wollte. Das ist einfach so, und ich will, dass wir das nun hinter uns lassen.«

Jeanette musterte sie unter Tränen, sie schien Kerstins Worte gar nicht richtig zu überreißen.

»Wir sind die Heldinnen des Tages, du und ich.« Kerstin lachte. »Ich glaube, ich habe dir zum ersten Mal angesehen, dass du auf dich stolz bist, stolz auf das, was du getan hast. Das war wirklich schön zu sehen. Kannst du dir dieses Gefühl denn nicht bewahren? Und akzeptieren, dass der ganze Schlamassel, der vor vier Jahren passiert ist, vorbei ist, das einfach abhaken und nach vorne schauen?«

Kerstin glaubte ein schwaches Lächeln in Jeanettes Blick zu erkennen, oder wollte es wenigstens glauben. Jeanette atmete tief durch und schloss die Augen. Den Rest der Fahrt schwiegen sie.

Als sie später die Taschen zu Hause bei Kerstin abstellten, fragte sie Jeanette, ob sie noch bleiben wollte, um zu reden, etwas zu essen oder zu trinken oder dergleichen – eben um ein bisschen zu feiern. Aber Jeanette lehnte dankend ab.
»Sei doch nicht so«, bat Kerstin. »Nimm mir nicht das, was mir Freude macht.«
»Dir Freude macht?«, wiederholte Jeanette verständnislos.
»Ich habe mich abgefunden mit dem, was passiert ist. Mach du das doch auch, ich bitte dich. Lass nicht zu, dass ein alter Gepäckanhänger unser Leben zerstört, jetzt, wo sich alles zum Guten gewandt hat.«
Jeanette sah sie lange an. Ihr Blick war leer – er verriet nicht, was in ihrem Kopf vor sich ging. Jeanette hatte sich abgekapselt, und Kerstin drang nicht mehr zu ihr durch.
»Wie es mir geht, hat mit dir nicht das Geringste zu tun«, sagte Jeanette kühl.
Kerstin wollte Jeanette zwar nicht noch mehr Vorwürfe machen, sah sich aber dennoch gezwungen, die Vergangenheit anzusprechen. Um überhaupt etwas zu erwidern. »Wenn dein seelisches Wohlbefinden damit steht und fällt, dass dieser Anhänger meinen Namen und mein Foto zeigt, dann hat das sehr wohl etwas mit mir zu tun. Das, was vor vier Jahren passiert ist, ist vergessen, sage ich. Ich habe dir verziehen, und du hast durch dein Eingreifen heute die unvernünftige Entscheidung von damals wiedergutgemacht. Begreifst du eigentlich, was für ein Glück du

hast, weil du mich kennst und ich dir die Gelegenheit gebe, dich zu rechtfertigen und zu entschuldigen?«

Jeanette sah sie bloß mit unergründlicher Miene an. Kerstin fühlte sich komplett aus Jeanettes Gedankenwelt ausgeschlossen und vermisste ihre Anerkennung. Sie wollte, dass Jeanette Kerstin so wahrnahm, wie sie war. Als Mensch und als Freundin, gleichsam als Schwester im Geiste und nicht in ihrer Rolle als Witwe, die der Vergangenheit nachtrauerte. Erst dann konnte sie ihr aus dem Loch heraushelfen, in das sie anscheinend gefallen war.

»Bedeutet dir das denn gar nichts?«, versuchte es Kerstin weiter.

»Wär es dir denn lieber, ich würde dich hassen?«

»Was hast du mit dem Geld vor?«, fragte Jeanette und überging das, was Kerstin gesagt hatte.

»Damit zur Polizei gehen«, erwiderte Kerstin.

»Warum haben wir das nicht gleich gemacht, draußen vor der Jagdhütte?«

»Das wäre falsch verstanden, und wir wären verdächtigt worden.«

»Aha«, entgegnete Jeanette gleichgültig.

»Warum bist du so abweisend zu mir, Nettan? Warum können wir uns nicht ganz normal unterhalten?«

Keine Reaktion. Jeannette machte völlig dicht. »Ich muss jetzt gehen«, sagte sie schließlich.

»Musst du wirklich? Du kannst doch auch hier schlafen.«

Aber Jeanette schüttelte den Kopf und wandte sich zum Treppenhaus.

»Ich begleite dich«, sagte Kerstin.

»Nein, das tust du nicht. Sei doch nicht so eine verdammt Klette.«

Das tat weh, richtig weh. Eine Klette – wer wollte das schon sein? Alles andere, bloß das nicht.

»Okay«, sagte Kerstin und musste erst mal schlucken. »Pass auf dich auf, Kleine. Wir sehen uns morgen.«

Jeanette hob die Hand, ohne ihrem Blick zu begegnen, und ging die Stufen hinunter. Kerstin blieb auf der Schwelle stehen, bis sie unten die Tür schlagen hörte.

67

Sandra

Stunden später, als sich die Dunkelheit über die Stadt gesenkt hatte und die Geschäftigkeit in Geruhsamkeit übergegangen war, saß Sandra im Krankenzimmer und hielt Eriks Hand. Zum ersten Mal waren sie allein, und er schlief tief und fest, während die Kochsalzlösung mit Antibiotika über den Zugang in der Armbeuge seinem Körper zugeführt wurde.

Alles wurde wieder gut, das hatte man ihr versprochen: Keine bleibenden körperlichen Schäden, der Flüssigkeitsverlust war rasch wieder behoben, eventuelle Infektionen wurden im Keim erstickt. Er hatte es schön warm und war in Sicherheit, litt weder Hunger noch Durst. Ein Psychologe würde mit ihm sprechen, doch im Hinblick auf Eriks junges Alter, sein vages Zeitgefühl und die bruchstückhaften Erinnerungen, von denen er erzählt hatte, würde alles in dichtem Nebel verschwinden. Er war aus einem Albtraum aufgewacht, aber wenn man nicht versuchte, seine Erinnerungen festzuhalten, würde er seine Erlebnisse bald verdrängen.

Alles, woran Erik sich erinnerte, war ein kalter, dunkler Raum, dass er so hungrig und durstig gewesen war und deshalb das Wasser aus den Pfützen am Erdboden getrunken hatte. Nichts von der Entführung, nichts von der Rettungsaktion. Es gab nur Dunkelheit, Durst und Hunger, die in seinen Albträumen vorkamen, und wer träumte nicht von der Dunkelheit? Hunger und Durst waren Bedürfnisse vorübergehender Natur, schwer auszuhalten für den Moment, aber schwieriger zu fassen, wenn sie gestillt waren. Die Schreckenstage würden irgendwann in seiner Erinnerung verblassen, unwirklich erscheinen und in Vergessenheit geraten. Das konnte bloß gut sein für sein seelisches Wohlbefinden, auch wenn es etwas seltsam war, dass er nicht mehr wusste, wie er im Furulundsskogen seine Gruppe verloren hatte und anschließend von dort weggebracht worden war. War er betäubt worden? Höchstwahrscheinlich, denn wer hätte ihn sonst in seine Gewalt bringen können, ohne dass er sich daran erinnerte?

Die Polizei hatte sich noch nicht gemeldet, vermutlich wollte sie Sandra in der ersten Nacht mit ihrem Sohn nicht behelligen. Sie konnte ohnehin nichts zu den Ermittlungen beitragen, und ihren Verdacht hatte sie bereits geäußert, daran hatte sich auch jetzt nichts geändert. Außerdem mussten die Beamten einen Tatort untersuchen – den Erdkeller, in dem Erik eingesperrt worden war. Die Kleidung, die er bei seinem Verschwinden angehabt hatte, hatte sie nicht zu Gesicht bekommen – vermutlich war sie in der Kriminaltechnik. Irgendwo musste es eine Spur von Hallin geben, und wenn es nur ein einzelnes Haar von ihm war.

Sandra hatte die Umstände, unter denen Erik aufgefunden worden war, nicht genau verstanden, aber offenbar war es eine Privatperson gewesen, die den Notruf abgesetzt hatte. Jemand, der aus reinem Zufall die Tür geöffnet und den Jungen gefunden hatte, schlussgefolgert hatte, dass es sich um Erik handeln musste, und die notwendigen Schritte vorgenommen hatte. Sandra hätte gerne mehr darüber erfahren, war aber gleichzeitig dankbar, dass die Polizei sie einstweilen in Ruhe ließ. Die Einzelheiten würde sie schon noch rechtzeitig erfahren und den Beteiligten ihre Dankbarkeit zum Ausdruck bringen können.

Ihr Handy vibrierte in ihrer Tasche, und sie stellte fest, dass sie eine MMS erhalten hatte. Von Kerstin. Ein extrem unscharfes Bild, auf dem sie so gut wie nichts erkennen konnte. Ohne ein Wort der Erklärung. Das Bild wirkte so zusammengestaucht, als wäre es durch eine Lücke zwischen zwei Brettern oder Ähnlichem aufgenommen worden. Bei genauerem Hinsehen glaubte sie ein Auto auszumachen, blau oder grau. Eventuell war auch noch eine Person zu sehen, die auf den Fotografen zuging. Aber das ließ sich nicht eindeutig sagen, denn zwischen dem Fotografen und seinem Motiv schien Wasser zu fließen. Und auch durch Vergrößern wurde das Bild nicht klarer oder eindeutiger. Sandra schloss daraus, dass Kerstin das Foto aus Versehen an sie geschickt haben musste, und schob das Telefon wieder in ihre Tasche zurück. Dann widmete sie ihre Aufmerksamkeit wieder ihrem Sohn.

Was das Buch betraf, neigte sich die Geschichte allmählich ihrem Ende zu, und Sandra entschied, dass die Zeit gekommen war, um von ihren Erlebnissen des Tages zu berichten. Wie es zugegangen war, Erik wiederzufinden, musste bis morgen warten, aber sie konnte trotzdem alles aus ihrer Perspektive schildern.

Die Gesundheitspflegerinnen waren so freundlich und ließen sie im Krankenzimmer übernachten, sodass sie es sich mit ihrem Laptop im Bett bequem machte und zu schreiben begann.

Nachdem sie ein paar Stunden gearbeitet hatte, wurde sie wieder von ihrem Telefon unterbrochen und stellte fest, dass Kerstin ihr eine Nachricht geschrieben hatte. Willst du reden?, hatte sie getextet. Sandra warf einen Blick auf die Wanduhr, es war kurz nach elf. Sie trat an Eriks Bett, er schlief tief und fest und schien nicht zu träumen. Sein Brustkorb hob und senkte sich, der Inhalt der beiden Infusionsbeutel am Stativ wanderte tröpfchenweise in seinen Körper. Alles schien in Ordnung zu sein, und dennoch beschlich sie ein ungutes Gefühl. Sie setzte sich wieder auf ihr Bett und rief Kerstin an.

»Hallo, Sandra«, sagte Kerstin. »Ich freue mich so für dich.«

»Das hat sich also schon rumgesprochen.« Sandra lachte.

»Sieht ganz so aus«, erwiderte Kerstin. »Wie geht es ihm?«

Eine Pflegerin trat ins Zimmer und hielt Sandra ein Tablett entgegen, auf dem gefüllte Gläser standen. Sandra entschied sich für Blaubeersuppe, die hatte sie als Kind oft gegessen, aber jetzt eigentlich nur noch selten. Die Nacht war noch lang, und obwohl sie nicht besonders durstig war, nahm sie ebenfalls ein Glas Apfelsaft. Sie brauchte Energie, um ein Auge auf Erik zu haben und um zu schreiben. Das war natürlich übertrieben, doch sollte sein Zustand sich wider Erwarten verändern, wollte sie das nicht versäumen. Die Pflegerin lächelte sie hinter ihrer überdimensionalen Brille an, die nicht aus diesem Jahrtausend zu stammen schien.

»Den Umständen entsprechend gut«, meinte Sandra. »Er war unterkühlt und dehydriert, aber er erholt sich schnell. Und seine Erinnerungen sind sehr vage, ich denke, wenn wir mit der Situation richtig umgehen, dann ist er psychisch nicht beeinträchtigt«, sagte Sandra.

Sandra stellte die Gläser auf den Nachttisch und bedankte sich bei der Pflegerin, ehe diese mit ihrem Tablett wieder aus dem Zimmer verschwand.

»Und wie ist es mit dem Geld gelaufen?«, fragte sie Kerstin.

»Das ging alles glatt.«

»Ihr habt das Geld?«, jubelte Sandra. »Ich habt das Geld wirklich?«

»Ja, haben wir. Ich hatte von Anfang an ein gutes Gefühl dabei.«

»Großartig, Kerstin. Das habt ihr echt super gemacht!«

»Wir hatten mehr Glück als Verstand, aber wir mussten auch richtig schuften. Die Taschen waren im Plumpsklo, bedeckt von – das kannst du dir ja denken.«

»Wie seid ihr denn darauf gekommen, ausgerechnet da zu suchen?«

»Genau deswegen«, gab Kerstin zurück. »Weil keiner darauf kommen würde.«

»Ich bin beeindruckt«, sagte Sandra und meinte das auch so. »Wo ist das Geld jetzt?«

»Bei mir zu Hause«, antwortete Kerstin. »Du kannst es holen, wenn du Zeit hast.«

Nun ging die Tür wieder auf, und zwei Krankenschwestern kamen herein. Eine schob einen Wagen vor sich her.

»Ich muss Schluss machen«, sagte Sandra. »Hören wir uns morgen?«

»Machen wir«, entgegnete Kerstin. »Viel Glück für alles.«

Sandra drückte das Gespräch weg und sah die Schwestern an.

»Ich heiße Maria, und ich bin die Nachtschwester«, sagte die eine der beiden. »Ich möchte mich nur vorstellen. Branca ist Schwesternschülerin und wird bei Erik Blutdruck und Temperatur messen. Haben Sie noch etwas Besonderes beobachtet?«

Sandra überlegte, während die Pflegerin das Bett höher stellte und Erik das Thermometer ins Ohr führte.

»Siebenunddreißig Komma zwei«, sagte sie, legte ihm die Blutdruckmanschette um und steckte ihm den Clip an den Finger. »Das normalisiert sich alles wieder.«

Erik ließ sich nicht stören und schlief weiter, er merkte nichts von den Kontrollen.

»Fünfundneunzig zu sechzig«, sagte Branca. »Siebenundneunzig Prozent Sättigung, neunundachtzig Puls.«

»Ausgezeichnete Werte«, fasste Maria zusammen. »Erik ist eindeutig auf dem Weg der Besserung, Sie können heute Nacht beruhigt schlafen.«

Dann verschwanden sie wieder mit ihrem Wagen und ließen Sandra mit ihren offenen Fragen zurück. Eine davon betraf die Sicherheit im Krankenhaus. Konnte sie wirklich beruhigt schlafen heute Nacht? Aus irgendeinem Grund war sie nicht überzeugt davon.

Auf dem Flur war alles still, und draußen vor den Fenstern kam die Stadt langsam zur Ruhe. Erik sah friedlich aus, wie er auf dem Rücken in seinem Bett lag. Der matte Schein der Nachtbeleuchtung warf geheimnisvolle Schatten auf sein Gesicht. Was hatte er wirklich mitgemacht, würde sie das jemals erfahren?

Das spielte im Moment keine Rolle. Erik befand sich wieder unter den Lebenden, er war in Sicherheit und in den Händen von kompetentem, freundlichem Krankenhauspersonal. Sämtliche Blicke Gotlands waren auf Erik gerichtet – dass ihm etwas zustieß, war undenkbar.

Dennoch bäumte sich etwas in ihr auf. Sandra hielt nichts von Vorahnung und Vorboten und nahm ihr ungutes Gefühl nicht so ernst, dass sie etwas dagegen unternahm, um das zu verhindern, was sie befürchtete. Sie rief weder vollkommen hysterisch bei der Polizei an und verlangte Polizeischutz, noch bat sie ihre Eltern, ihr Gesellschaft zu leisten.

Aber sie wollte die Nacht wach bleiben und bei Bedarf die Klingel betätigen. Nach allem, was geschehen war, war sie einfach nur überspannt. Das Schlimmste, was passieren konnte, war schon geschehen, und dieser Fall würde kein zweites Mal eintreten.

Sie schüttelte die unbegründete Beklommenheit ab, setzte sich im Bett zurecht, ihren Laptop auf den Knien, holte tief Luft und schrieb weiter.

68

Kerstin

Stunden später, nachdem Jeanette sich von ihr verabschiedet hatte, tigerte Kerstin in ihrer Wohnung auf und ab und fühlte sich richtig mies. Hatte das Gefühl, nicht zu genügen, zu aufdringlich, zu anstrengend zu sein. Eine Klette, wie Jeanette sie nannte – das war sehr schmerzhaft. Wie das schlechte Gewissen, unmöglich es abzustreifen, unmöglich es beiseitezuschieben und sich davon zu befreien.

Kerstin versuchte zu lesen, fernzusehen, zu kochen, zu essen, auf dem Handy zu spielen – aber sie war einfach nicht bei der Sache, und die Freude über das, was sie erreicht hatte, wollte den Lärm der negativen und eigentlich völlig nichtigen Gefühle nicht übertönen. Was spielte es schon für eine Rolle, wie Jeanette die Erkenntnis verkraftete, dass es Kerstins Mann gewesen war, den sie in dem Autowrack hat sterben lassen vor all den Jahren? Wieso sollte es Kerstins Problem sein, wie Jeanette damit umging, nachdem sie davon erfahren hatte? Wenn Jeanette sich unbedingt selbst quälen wollte, dann sollte sie das doch tun.

Das versuchte Kerstin sich einzureden. Aber sie war nicht so. Sie wollte, dass es den Menschen um sie herum gut ging, und es fühlte sich gar nicht schön an, dass sie in gewisser Weise selbst Schuld hatte an Jeanettes Gemütsschwankungen. Auch wenn sie ganz genau wusste, dass das Problem nicht sie selbst war, sondern Jeanettes Unvernunft. Aber wenn jemand Jeanette helfen konnte, dann war Kerstin es, die die Kraft dazu hatte. Vielleicht war es vermessen, so zu denken, vor allem nach Jeanettes harschen Abschiedsworten, doch Kerstin musste da drüberstehen. Selbst wenn Jeanette eine Egoistin sondergleichen war, unfähig sich zusammenzureißen, obwohl Kerstin ihr großmütig verziehen hatte, war es am besten, sich ganz auf Jeanette einzustellen und ihre eigenen Bedürfnisse hintanzustellen. Wie etwa den Wunsch, nicht übertrieben aufdringlich zu wirken.

Gegen Mitternacht beschloss sie, zu Jeanettes Wohnung zu laufen, eingelassen zu werden und sich nicht von harten Worten und Beleidigungen ins Bockshorn jagen zu lassen. Sie wollte bei Jeanette bleiben, bis sie wieder umgänglich und einigermaßen vernünftig geworden war. Wollte sie daran hindern, noch weiter nach unten zu sinken und sich selbst wehzutun, falls es erneut so weit kommen sollte.

Deshalb stieg sie in ihre Schuhe, zog ihre dünne Daunenjacke über und schlüpfte in die Sommernacht hinaus. Die Nacht war sternenklar, der abnehmende Mond hielt sich zurück, und die Natur sandte ihre satten Düfte aus und hatte die Wassermassen, die wegen Erik in den letzten Tagen aus den Wolken niedergegangen waren, in ihren Kreislauf aufgenommen. Alles war schön: Das Gras, die Bäume und die Büsche, sie schimmerten grün in verschiedenen Nuancen und hoben sogleich ihre Stimmung.

Sie dachte an das, worüber es sich zu freuen lohnte, nicht zuletzt wegen Jeanette. Dass Kerstin und Jeanette mit ihren in jeder Hinsicht begrenzten Möglichkeiten ihr hoffnungsloses Projekt sicher in den Hafen gebracht und das Geld gefunden hatten, glich einem Wunder. Dass sie außerdem Sandras Sohn das Leben gerettet hatten, war natürlich Grund zu noch größerer Freude, auch wenn das nicht ihr eigener Verdienst war, da sie lediglich das Glück gehabt hatten, zur richtigen Zeit am richtigen Ort gewesen zu sein. Und geistesgegenwärtig genug gewesen zu sein, in der Situation das Richtige zu tun, was jeder andere auch getan hätte.

Kerstin sah Jeanette vor sich, wie sie vor Freude gestrahlt hatte, als Kerstin sie gelobt hatte, weil sie bei der Rettung des Jungen aus dem Erdkeller die Initiative ergriffen hatte. Sie dachte an Jeanettes spitzbübischen Blick, als sie sich aus den Fängen der Polizei gewunden hatten, als sie die beiden Sporttaschen geborgen hatten und von dannen geradelt waren, jede mit drei Millionen Kronen über der Schulter. Das alles hatten sie beide zustande gebracht, und währenddessen waren sie einander näher denn je gekommen.

Kerstin hatte schlussendlich entschieden, das Kriegsbeil zu begraben – das war zwar noch milde ausgedrückt, entsprach aber ihrer Haltung –, die verletzenden Worte hinter sich zu lassen und nach vorn zu blicken. Jeanette und Kerstin hatten jeden erdenklichen Grund, sich zu freuen. Dennoch hatte ihr gemeinsamer Tag in einer gefühlsmäßigen Katastrophe geendet, in einer tränenschweren Finsternis, aus der Jeanette sich weder befreien wollte noch konnte.

Aber Kerstin rief sich all das Schöne ins Gedächtnis, was sie umgab: das Himmelszelt, die überbordende Natur mit ihren Düften und Farben. Sie wollte so gerne glauben, dass auch Jeanette all das wahrnahm und schätzte. Dass ihr in der frischen Nachtluft ebenfalls leichter ums Herz wurde. Kerstin wollte sie auf andere Gedanken bringen und war ungeachtet dessen, was sie erwartete, überzeugt, dass sie das Richtige tat.

Ihr Handy mache Pling, aber das würde auch nichts ändern.

69

Sandra

Es war nach Mitternacht, und Sandra hatte die Geschehnisse des Tages bereits in Worte gefasst, oder besser gesagt, sie war darüber im Bilde, was tagsüber passiert war. Da die Polizei sie noch nicht aufgesucht und sie sich umgekehrt auch noch nicht bei den Behörden gemeldet hatte, hatte sie nicht viel darüber in Erfahrung gebracht, wie Erik gefunden worden war und wie er die vergangenen vier Tage und Nächte verbracht hatte. Was sie hingegen wusste, war, wie ihr Tag ausgesehen hatte, wie sie von einem Extrem ins andere katapultiert worden war und schließlich in einem

Krankenbett im Visbyer Krankenhaus gelandet war. Das war immerhin ein Anfang, denn es sollte alles aus jeder einzelnen Sichtweise geschildert werden, auch aus ihrer eigenen. Nun gab es nichts mehr zu schreiben – sie musste abwarten, was der morgige Tag brachte.

Schlafen wollte sie nicht. Sie wollte an Eriks Bett sitzen, um sicherzugehen, dass sein Zustand sich nicht verschlechterte und niemand außer den Nachtschwestern das Zimmer betrat. Denn es bestand auch immer noch die Möglichkeit, dass Erik sich aus freien Stücken von seiner Kindergartengruppe und aus dem Wald entfernt hatte. Aber dass er bei dem anschließenden Aufhebens um seine Person unbemerkt von der Bildfläche verschwunden war, klang doch eher unwahrscheinlich. Kurz gesagt, musste ihm jemand dabei geholfen haben, und dass das bei dem Timing und nach den Drohungen, die Sandra erhalten hatte, jemand anders sein sollte als Hallin, war eigentlich undenkbar. Er hatte nur dann einen Vorteil, wenn Erik nicht mehr am Leben war, und dass der Junge schließlich wider Erwarten gefunden worden war, hatte ihm einen Strich durch die Rechnung gemacht.

Was sollte er dagegen tun? Und wann? Ihr gesunder Menschenverstand sagte ihr, dass er sich in Acht nehmen sollte davor, dort gesehen zu werden, wo auch Sandra und Erik sich aufhielten, aber sie konnte sich einfach nicht entspannen. Alles, was ihnen beiden in der letzten Zeit widerfahren war, nützte Hallin gar nichts, denn Erik war immer noch sein Sohn, und Erik war nach wie vor am Leben.

Das Leben eines Kindes war so zerbrechlich, Erik war so klein und so verletzlich, dass er gar nicht imstande war, um zu überleben, und dennoch hatte er genau das getan: überlebt. Der Tod eines kleinen Menschen war ein Ding der Unmöglichkeit, und das Gegenteil ebenso. Die Vorstellung, was passieren konnte, wenn Sandra aus Versehen einschlief, übermannte sie immer wieder, während sie in der schummrigen Nachtbeleuchtung saß.

Sie versuchte ohne Erfolg, das Worst-Case-Szenario aus ihren Gedanken zu verbannen. Jeder konnte jederzeit ein schwedisches Krankenhaus betreten, in ein Krankenzimmer eindringen und ein paar Schläuche umstecken, ohne dass es jemand merkte.

Eigentlich war es idiotisch, dass sie sich noch nicht bei der Polizei gemeldet hatte, um sich zu erkundigen, ob Hallin für sie als Entführer infrage kam, und um im Krankenhaus Polizeischutz zu fordern. Schließlich hatte der Kidnapper seinen Plan nicht voll und ganz ausführen können. Allerdings war es irgendwie maßlos, sich selbst und den Jungen so wichtig zu nehmen, dass ein uniformierter Beamter das Krankenzimmer bewachen musste, als spielten sie in einem Hollywood-Krimi mit.

Hallin würde jetzt sicher nichts Unüberlegtes tun. Das wäre zu auffällig und würde zu viel Aufmerksamkeit auf seine Person lenken. Sandra würde bestimmt dafür sorgen, dass sämtliche Scheinwerfer auf ihn gerichtet wurden – davon musste er ausgehen. Also hatte Sandra gar nichts zu befürchten, aber trotzdem sah sie sich misstrauisch nach allen Seiten um und zuckte bei dem kleinsten Geräusch auf dem Gang zusammen. Das war nur so ein Gefühl, das sie hatte. Unlogisch, jedoch greifbar. Sie fühlte sich irgendwie schutzlos, und das Dämmerlicht und die Stille um sie herum machten das auch nicht gerade besser. Der morgige Tag war ganz weit weg.

Sandra durchsuchte ihr Smartphone noch einmal, um zu prüfen, ob sie etwas übersehen hatte. Sie hatte irgendwo gelesen, dass das Handy das Letzte war, womit man sich vor dem Einschlafen beschäftigen sollte. Lag es am Licht des Displays oder am Geflimmer – irgendwas aktivierte die falschen Substanzen im Nervensystem, und an Schlafen war für die nächsten Stunden nicht zu denken. Großartig, dachte Sandra, und ihr kam wieder die Nachricht unter, die sie am frühen Abend von Kerstin erhalten hatte. Sie beschloss, ihr eine Chance zu geben, und schickte das Foto über Bluetooth auf ihren Laptop.

Sie lud es in ihr Bildbearbeitungsprogramm, aber noch bevor sie angefangen hatte, wurde ihr klar, dass sie nicht über die notwendigen Mittel und Kenntnisse verfügte, um etwas daraus zu machen. Also schickte sie das Foto an einen ihrer Kollegen in der Zeitungsredaktion, von dem sie wusste, dass er Dienst hatte, und bat ihn, jemanden zu finden, der das Beste aus dem Bild rausholen konnte. Dann tat sie das, was sie selbst bewerkstelligen konnte: vergrößern, Autokorrektur, Helligkeit und Schärfe anwenden, ohne dass sie in Einzelheiten etwas auf dem Foto erkennen konnte, außer ein Auto im Regen und möglicherweise eine Gestalt.

Vermutlich war die Nachricht vollkommen unwichtig, Kerstin hatte die MMS nicht erwähnt, als sie vor einer Weile miteinander gesprochen hatten. Sie hatte auch nichts dazugeschrieben, was dafür sprach, dass sie die Nachricht aus Versehen verschickt hatte. Und das Foto unabsichtlich gemacht hatte. Außerdem wollte Sandra sie nicht stören, nur weil eine versehentlich geschickte MMS sie verwirrte.

Die Tür ging auf, und die Schwester mit dem riesigen Brillengestell schaute herein. Sie strahlte Sandra an, nickte und schloss die Tür wieder. Als kommunizierten sie mithilfe eines wortlosen Codes.

Nun kam ihr die Blaubeersuppe wieder in den Sinn, die sie am frühen Abend vom Tablett genommen hatte. Sie stand mit dem

Apfelsaft auf dem Nachttisch hinter dem Kulturbeutel. Sie nahm das Glas und trank einen großen Schluck. Es schmeckte genauso wie in ihrer Erinnerung: süß, aber nicht zu süß, mit intensivem Blaubeergeschmack, aber ohne die natürliche Säure. Und mit winzigen Kernen, die man mit der Zunge hin und her stupsen konnte. Mit wenigen Schlucken trank sie das Glas leer und bereute schon, dass sie kein zweites Glas genommen hatte. Auf den Apfelsaft hatte sie im Moment keinen Appetit.

Sie warf noch einen hoffnungslosen Blick auf das kryptische Foto auf dem Laptop, spürte die Ungeduld in sich aufsteigen und wollte Kerstin wenigstens fragen, ob sie wach war. Sie schrieb ihr eine SMS und bekam sofort Antwort. Ein Anruf war kein Problem.

»Du schläfst ja gar nicht«, sagte sie.

»Nein, ich bin draußen und gehe spazieren«, erwiderte Kerstin. »Ich wollte bei Jeanette vorbeischauen.«

»Warum das denn?«, fragte Sandra besorgt. »Vertraust du ihr nicht?«

»Nein, das kann man so nicht sagen. Sie hat den Gepäckanhänger mit meinem Foto an einer der beiden Sporttaschen entdeckt. Da hat sie überrissen, dass der Tote am Steilhang mein Mann war. Das hat sie nicht so gut aufgenommen, wenn ich das mal so sagen darf. In unseren Kreisen spielt der richtige Name keine Rolle, sie kannte mich also nur als Muttern. Als mir dann klar wurde, wer sie ist, war ich auch nicht gerade erpicht darauf, ihr die ganze Wahrheit zu sagen.«

»Oh nein! Und du …«

»Ich habe ihr verziehen, Sandra, und das weiß sie auch. Aber sie will es irgendwie nicht wahrhaben, wahrscheinlich kann sie sich einfach selbst nicht verzeihen.«

Sandra seufzte, Kerstin schien Wichtigeres zu tun zu haben, als zum Zeitvertreib ihre Fragen zu beantworten.

»Warum wolltest du mich denn sprechen?«, fragte Kerstin.

»Ich wundere mich nur, dass du mir keine Erklärung für die MMS geschrieben hast, die du mir am frühen Abend geschickt hast«, gestand Sandra.

Es entstand eine Pause.

»Ich weiß gerade nicht, was du meinst«, sagte Kerstin zögerlich.

»Das habe ich mir schon gedacht«, sagte Sandra. »Du wolltest mir wahrscheinlich überhaupt nichts schicken. Auf dem Foto ist ein Auto oder dergleichen zu sehen, durch einen Spalt aufgenommen.«

»Jetzt weiß ich's wieder«, sagte Kerstin. »Das habe ich dir so gegen vier geschickt. Aber dann hatte ich da draußen kein Netz mehr, nachdem wir miteinander geredet hatten. Meine Nachricht muss im Cyberspace hängen geblieben sein und wurde erst dann weitergeschickt, als ich wieder in der Zivilisation war.«

»Ohne Text und mit miserabler Bildqualität«, krittelte Sandra belustigt. »Was wolltest du mir denn damit sagen?«

»Das war kein richtiger Hilferuf, sondern eher ein Fingerzeig«, erklärte Kerstin. »Für den Fall, dass wir nicht zurückkommen.«

»Was sagst du da, Kerstin? Bei der Jagdhütte ist jemand aufgetaucht, der dir so viel Angst gemacht hat, dass ihr vielleicht nicht mehr zurückgekommen wärt?«

Kerstin schwieg, und Sandra hörte ihre Atemzüge und Schritte auf dem Asphalt.

»Hallo?«, fragte Sandra. »Was ist los?«

»Weißt du das wirklich nicht?«, fragte Kerstin zurück.

»So langsam kann ich mir einen Reim drauf machen. Lass mal hören.«

Und Kerstin ließ sich das nicht zweimal sagen. »Ich hatte die Taschen gefunden und auf die Wiese geworfen, da ist plötzlich ein Auto gekommen«, erzählte sie. »In letzter Sekunde habe ich es bemerkt und dachte schon, der Fahrer hätte mich gesehen und käme auf mich zu. Ich stand im Abort, habe nicht gewagt zu atmen und dachte, mein letztes Stündlein hätte geschlagen. Schließlich habe ich ein Foto durch den Schlitz in der Tür gemacht und es dir geschickt.«

»Und dann?«, insistierte Sandra.

»Dann ist etwas passiert«, fuhr Kerstin fort, »aber das hatte nichts mit dem Geld zu tun, was ich ja eigentlich befürchtet hatte.«

»Was hat der Autofahrer denn gemacht?«, wollte Sandra wissen.

»Er hat den Riegel vom Erdkeller zurückgeschoben«, gab Kerstin zurück.

»Das war alles?«, rief Sandra perplex aus. »Sonst nichts?«

»Das war alles.«

»Warum hat er das wohl gemacht?«, hakte Sandra nach.

Sie spürte, dass sie nun ganz entscheidende Einzelheiten erfuhr, konnte jedoch nicht kombinieren, worum es ging.

»Weil es so aussehen sollte, als hätte sich der Junge, der im Erdkeller eingesperrt gewesen war, selbst dorthin verirrt«, erklärte Kerstin.

Sandra begriff nicht und konnte die Information nicht richtig zuordnen. »Der Junge?«, fragte sie tonlos.

»Erik«, ergänzte Kerstin.

Sandra fühlte, wie ihr Puls beschleunigte und ihre Wangen glühten. Was sollte das heißen? »Willst du damit sagen, dass Erik in der Jagdhütte eingesperrt war? Und dass jemand mit dem Auto hingefahren ist, um ihn freizulassen?«

»Ich will damit sagen, dass der Autofahrer hergekommen ist, um vorzutäuschen, dass Erik alleine in den Erdkeller gegangen und dann nicht mehr rausgekommen ist.«

Sandra schwirrte der Kopf. Erik – was hatte er mit der Suche nach dem Geld und der Jagdhütte zu tun?

»War … War er eingeschlossen?«, stammelte Sandra.

»Er war eingeschlossen, hatte nichts zu essen und nichts zu trinken«, bestätigte Kerstin. »Der Entführer hat wohl damit gerechnet, dass er nach so langer Zeit gar nicht mehr am Leben ist, aber durch den Dauerregen konnte er von dem Regenwasser trinken.«

»Und ausgerechnet du hast ihn dann gerettet?«

Das war unbegreiflich, Sandra konnte sich den Zusammenhang nicht erklären.

»Jeanette und ich haben ihn gefunden«, verdeutlichte Kerstin. »Wenn du mal überlegst, ist das gar nicht so abwegig. Hallin wusste nichts von dem Geld, aber er wusste, dass Peter Norlings Jagdhütte leer stand, und er wusste bestimmt auch von dem Erdkeller.«

Sandra ließ Kerstins Worte sacken. Sie hatte so viele Fragen, die sie von Kerstin beantwortet haben wollte, und sie war ihr unendlich dankbar dafür. Trotzdem hatte sie mit Kerstin vor einer Weile schon gesprochen, ohne dass das Thema angeschnitten worden war. Und ohne dass Sandra ein Wort des Dankes geäußert hatte.

»Ich bin total sprachlos, Kerstin. Ich hatte wirklich keine Ahnung … Danke. Was soll ich sagen?«

»Jeder andere hätte genauso gehandelt wie wir«, wehrte Kerstin ab.

»Erzähl«, forderte Sandra sie auf. »Erzähl mir alles.«

Und Kerstin berichtete. Schilderte in allen Einzelheiten, was passiert war, seit sie das Auto in der Auffahrt zur Jagdhütte entdeckt hatte. Als sie geendet hatte, gab es noch immer offene Fragen.

»Dein unscharfes Foto ist der einzige Beweis für Eriks Entführung«, meinte Sandra. »Weiß die Polizei davon?«

»Mein Aussehen ist nicht gerade vorteilhaft«, gab Kerstin zu. »Die Polizei hat uns nicht ernst genommen, und am liebsten hätte sie uns für Eriks Verschwinden verantwortlich gemacht. Ich habe den Beamten das Foto gezeigt, aber sie haben nur abgewinkt.«

»Und was ist auf dem Bild zu sehen?«, erkundigte sich Sandra.

»Hallin natürlich«, entgegnete Kerstin überzeugt. »Wegen des Platzregens haben wir ihn allerdings von unseren Verstecken aus nicht so gut gesehen. Was das Auto betrifft, bin ich mir ziemlich sicher, auch wenn ich mich damit nicht so gut auskenne. Ich meine, es war ein blauer Audi. Aber mit den richtigen Tools kann man doch noch was aus dem Foto rausholen, oder?«

»Ich habe einen Kollegen darum gebeten, ja«, sagte Sandra.

»Du musst die Polizei eben auf die richtige Fährte schubsen. Bei der Jagdhütte gibt es doch bestimmt Reifenspuren und vielleicht auch Schuhabdrücke. Im Erdkeller muss es ja sicher ebenfalls Spuren vom Entführer geben. Das alles habe ich der Polizei auch auseinandergesetzt, aber ich bin für die eben nicht glaubwürdig.« Kerstin lachte bitter auf. Traurig klang das, aber es war immerhin ein Lachen. Trotz allem hatten Jeanette und sie Erik das Leben gerettet, auch wenn die Polizei sie nicht ernst nahm.

»Das ist wirklich ein Armutszeugnis«, meinte Sandra.

»Wie bitte?«

»Wie die Polizei Jeanette und dich behandelt, ist echt erbärmlich«, konkretisierte Sandra.

»Ich habe dich nicht verstanden«, sagte Kerstin. »Redest du so undeutlich? Oder hast du schlechtes Netz?«

Sandra warf einen Blick auf die Balken links oben im Display und zählte vier. Nuschelte sie wirklich so?

»Ich habe guten Empfang«, stellte Sandra fest.

Ja, vielleicht kamen ihr die Worte nicht ganz so selbstverständlich über die Lippen wie sonst. Und Kerstin ignorierte ihren Kommentar völlig. Was war hier eigentlich los?

»Dann mach der Polizei Feuer unterm Hintern, aber gleich morgen früh«, sagte Kerstin. »Damit sie noch einschreiten können, bevor Hallin das Land verlässt. Er soll ruhig spüren, dass sich die Schlinge um seinen Hals enger zieht. Und dann siehst du zu, dass du die restlichen Kapitel des Fortsetzungsromans schnellstmöglich beendest.«

»Mach ich«, stimmte Sandra ihr zu und merkte nun selbst, dass das nicht besonders deutlich klang. »Nuschele ich immer noch?«

»In meinen Ohren schon«, bestätigte Kerstin. »Klingel mal nach der Schwester.«

»Kannst du nicht herkommen?«, bat Sandra.

»Ich kann dich nicht verstehen, und ich muss jetzt auch Schluss machen«, sagte Kerstin. »Ich stehe vor Jeanettes Haus.«

»Komm zu mir!«, insistierte Sandra.

Das sollte kein Befehl sein, sondern sie wollte nur mit wenigen Worten eine klare Botschaft formulieren.

»Du bist doch im Krankenhaus. Drück einfach den Klingelknopf. Ich muss nach Jeanette sehen, und ich bleibe über Nacht. Okay?«

»Okay«, murmelte Sandra, obwohl sie eigentlich etwas anderes sagen wollte.

Sie wünschte Kerstin viel Glück, aber sie bezweifelte, dass sie das noch hörte. Sie beendete die Verbindung und versuchte, ihr Telefon wieder in die Hosentasche zu schieben. Weil das zu mühsam war, legte sie es neben sich aufs Bett und reckte sich nach der Klingel, die an einem Kabel vom Bettgalgen baumelte. Doch auch das gelang ihr nicht, als wollte ihr Körper ihr nicht mehr gehorchen. Sie ruderte mit den Armen, kniff ein Auge zusammen und hoffte, so besser zu fokussieren. Aber eher das Gegenteil war der Fall, ihre Sinne schwanden, und wenn sie versuchen würde aufzustehen, um Hilfe zu holen, würde ihr der Boden unter den Füßen weggezogen.

Sicherheitshalber klappte sie ihren Laptop zu und schob ihn am Fußende unter die Bettdecke. Sie wollte vermeiden, dass sie ihn mit ihren unkoordinierten Bewegungen zu Boden warf. Nun wollte sie sich die paar Schritte bis zur Wand bewegen, wo sich hinter dem Bett eine weitere Notklingel befand. Sie konnte sich am Nachttisch abstützen, der hatte jedoch Rollen und würde wegrollen. Sie musste es so schaffen oder am Boden hinüberkriechen.

Weiter kam sie nicht in ihren Überlegungen, denn die Tür ging auf, und ein langer Schatten fiel ins Zimmer. Sie versuchte, das Gesicht des Eindringlings zu fixieren. Er zog die Tür hinter sich zu und ließ den Blick durch den Raum schweifen, um sicherzugehen, dass sie allein waren. Dann nahm er einen Besucherstuhl von der Wand, klappte ihn auf und trat auf Sandra zu, stellte den Stuhl vors Bett und setzte sich. Erst jetzt gelang es ihrem Blick, den ungebetenen Besucher zu fokussieren, und die Erkenntnis, um wen es sich handelte, machte sie nicht gerade froh.

Die Katastrophe war Fakt. Sie war vollkommen wehrlos – betäubt, unter Drogen vermutlich. Es konnte gar nicht anders sein, schließlich war sie nicht mehr Herr ihrer Sinne. Mehrere Körperfunktionen kollabierten gleichzeitig, aber klar denken konnte sie noch. Der Mann, der in dem Augenblick aufgetaucht war, als sie mit letzter Kraft versuchte, Kontakt mit der Außenwelt aufzunehmen, war kein Geringerer als Jan Hallin.

70

Kerstin

Sie hielt inne, das Telefon in der Hand. Warum war Sandra so komisch? Hatte sie während des Gesprächs einen Infarkt erlitten? Kerstin hoffte, dass dem nicht so war, aber sollte es doch so sein, gab es dafür keinen besseren Ort als das Krankenhaus. Zumindest redete sie sich das ein.

Vorausgesetzt, jemand wurde darüber auch in Kenntnis gesetzt. Wie sie Sandra allerdings schon gesagt hatte, musste sie nur das Pflegepersonal rufen. Die Klingel war ja immer in Reichweite.

Trotzdem war sie hin und her gerissen. Schließlich ging es um Sandra. Sandra, die im Begriff war, vor den Augen sämtlicher Einwohner Gotlands Vergewaltiger, Fahrerflüchtige, Mörder und Entführer zu entlarven. Sandra, deren Sohn Opfer eines Mordversuchs geworden und knapp dem Tod entronnen war. War es zu weit hergeholt, dass die beiden nach wie vor in Gefahr waren und Sandra mithilfe von Medikamenten oder einer Überdosis unschädlich gemacht worden war? Nachdem der Junge nun noch am Leben und auch der Fortsetzungsroman noch nicht weiter gediehen war und noch gestoppt werden konnte, ohne dass die Fragen der wissbegierigen Leser beantwortet waren?

Ja, sie malte bloß den Teufel an die Wand. Sandra war im Krankenhaus und durchaus in der Lage, das Personal zu verständigen. Während Kerstin weit davon entfernt war und nichts für Sandra tun konnte, was das Pflegepersonal nicht genauso gut machen konnte.

Jeanette hatte jedoch keinen Knopf, den sie drücken konnte, wenn sie Hilfe brauchte. Aber sie hatte Kerstin, die für sie da war und der nichts Gutes schwante. Jeanettes störrische Seite kannte sie ja schon, ebenso wie ihre Gleichgültigkeit anderen gegenüber. Deshalb beschloss sie, nicht länger über Sandras nachzugrübeln, sondern sich stattdessen auf Jeanette zu konzentrieren.

Aus irgendeinem Grund prüfte Kerstin den Türknauf, bevor sie klingelte. Die Tür war offen, und das war höchst beunruhigend.

71

Jan

Als am frühen Abend auf seinem Handy die Nachricht einging, dass der verschwundene Junge wiederaufgetaucht war, hatte Jan eine Entscheidung gefällt. Um nach dem zu erwartenden Skandal mit darauffolgender Haft einem einigermaßen erträglichen Leben entgegenzusehen, musste er das sinkende Schiff verlassen. Er wollte die günstige Nachtfähre aufs Festland nehmen, sich, soweit es ging, bedeckt halten, um sich in ein Land abzusetzen, das kein Auslieferungsabkommen mit Schweden hatte, und dort ein neues Leben beginnen. So lautete der Plan, und Gunilla, die auf Jans Anraten hin den Fortsetzungsroman teilweise verfolgt hatte, stand ganz und gar hinter ihm.

Das besagte Buch war das gewählte Mittel, um Rache zu üben, das war Jan klar. Was nicht ganz koscher war, denn es ging darum, die Gesetze zu umschiffen und die Geschehnisse aus der Perspektive des angeblichen Opfers zu schildern, um dann den potenziellen Täter ohne Beweise in den Schmutz zu ziehen und zu verurteilen. In seinen Augen war es eine verzweifelte, aber dennoch nachvollziehbare Maßnahme für diejenige, die sich als Opfer eines Verbrechens betrachtete, für dessen rechtliche Wiedergutmachung sie im Nachhinein nur geringe Chancen sah.

Doch würde das, was im Fortsetzungsroman noch folgen sollte, nicht veröffentlich werden, würde die Sache in einem ganz anderen Licht erscheinen. Dann gäbe es weder einen Prozess noch eine Haftstrafe und auch keine Beschuldigungen wegen Mordes oder Entführung. Der Name Hallin würde nicht in den Schmutz gezogen, und Jan brauchte nicht zu fliehen.

An diesen Strohhalm klammerte er sich, als er kurz nach Mitternacht mit der größten Reisetasche, die er in der Garage hatte finden können, durch den Haupteingang das Krankenhaus betrat und auf die Fahrstühle zusteuerte.

Dass für Sandra der Übergriff einer Vergewaltigung gleichkam, war offensichtlich, und Jan musste einen Kompromiss machen, zugeben, dass er ein Vergewaltiger war. Das klang nicht gut – das klang nach einem Wiederholungstäter, obwohl es sich tatsächlich um einen einzigen, einmaligen Fehltritt handelte. Jan wollte kein Vergewaltiger sein, aber er gab zu, dass er eine Frau vergewaltigt hatte. Ein einziges Mal. Um seinen Ableugnungen Glaubwürdigkeit zu verleihen.

Der Verunglückte am Steilhang war der Verfasserin des Fortsetzungsromans zufolge Opfer eines Verbrechens geworden. Jan war da anderer Meinung. Zwei Autos waren sich auf spiegelglatter Straße begegnet, ein Fahrzeug war den Hang hinabgestürzt. Dass das ganz und gar Jans Schuld sein sollte, konnte keiner beweisen, weder zum Zeitpunkt des Unfalls noch heute. Aber Jan war nicht nüchtern gewesen, er hatte Fahrerflucht begangen, und er hatte keinen Notruf abgesetzt. Darin bestand das Verbrechen, das er begangen hatte, doch er war nicht verantwortlich für den Tod des Mannes. Das absurde Rechtssystem hatte ihn dazu verleitet, sich etwas zuschulden kommen zu lassen, für den Unfall selbst war er allerdings nicht verantwortlich.

Sandra erhob ungerechte und irreführende Anschuldigungen gegen Jan, die er ihr nicht durchgehen lassen konnte. Und aufgrund derer er kurz darauf in das Krankenzimmer trat, in dem sie und der Junge lagen. Er stellte die Tasche ab, schloss die Tür hinter sich und setzte sich auf einen Besucherstuhl, den er absichtlich ganz nah an ihr Bett gestellt hatte.

72

Sandra

»Ich werde mich kurzfassen«, sagte Hallin. »Ich will nicht, dass weitere Kapitel des Fortsetzungsromans erscheinen.«

Verständlicherweise wollte Jan Hallin nicht, dass seine Straftat in einer Form beschrieben wurde, die die Leser dazu beflügelte, Partei zu ergreifen, sich in das Opfer hineinzuversetzen und den Täter zu verteufeln. Sandra wagte nicht zu antworten und konnte das auch gar nicht, sondern wartete nur auf seinen nächsten verbalen Angriff.

»Ihnen ist das sicherlich bewusst«, fuhr er fort, »aber ich will trotzdem noch mal klarstellen, dass ich hier öffentlich angeprangert werde, bloß weil Ihnen das so passt. Vergewaltiger und Fahrerflüchtige werden normalerweise nicht in der Presse hingehängt, deshalb kann ich mit Fug und Recht behaupten, dass Sie Ihre Autorität missbrauchen.«

Hallin hatte damit zwar nicht unrecht, aber es ging hier ja um gravierendere Straftaten, die ungeklärt blieben, wenn Sandra nicht auf diese Weise bewies, wie alles zusammenhing. Was die Polizei niemals fertiggebracht hätte. Außerdem hatte sie Hallin nicht verraten, denn keines der entscheidenden Details bezüglich seiner Person stimmte mit der Wirklichkeit überein. Er schien ihre Gedanken zu lesen.

»Ich weiß, dass Sie weder mich noch die anderen namentlich nennen. Und das Buch ist für Sie so etwas wie eine umfassende und informative Anzeige bei der Polizei. Schlau von Ihnen, wenn Sie das Interesse für den Fall dermaßen anheizen, oder für die Fälle, sollte ich vielleicht besser sagen. Die Leser verfolgen die Geschichte und kombinieren selbst, wer wer ist. Über mich urteilt die Öffentlichkeit besonders hart, weil Sie die Geschehnisse so ausführlich schildern. Daher bitte ich Sie, Sandra, geben Sie mir die Chance, mich zu rechtfertigen, und zerstören Sie nicht mein Leben.«

»Das haben Sie schon selbst erledigt«, bemerkte Sandra.

Sie sagte das gedehnt und betonte jedes Wort, damit ihre Botschaft auch ankam, obwohl sie sprach, als hätte sie eine heiße Kartoffel im Mund.

Hallin runzelte die Stirn und musterte sie misstrauisch. »Ich gebe die Vergewaltigung zu«, sagte er unvermittelt. »Ich entschuldige mich dafür. Das war eine schreckliche Tat, und ich schäme mich. Ich bin bereit, die Unterhaltszahlungen zu leisten und mich von dem Jungen fernzuhalten, wenn es das ist, was Sie wollen. Aber hören Sie mit diesem Fortsetzungsroman auf, schreiben Sie ein Ende, das die Leser mögen und das nichts mit der Realität zu tun hat. Ich nehme auch die Fahrerflucht auf meine Kappe, wenn das wichtig ist für Sie, aber zwingen Sie mich nicht, gelyncht zu werden – es geht schließlich nur um einen einzigen Fehltritt. Geben Sie mir zumindest menschliche Züge.«

Bei seinem letzten Satz beugte er sich leicht nach vorne und sah ihr in die Augen. Dann klopfte er mit der Faust auf den Laptop am Fußende des Bettes; obwohl sie ihn unter die Decke geschoben hatte, hatte er spitzgekriegt, wo sie ihn versteckt hatte. Sandra riss erschrocken die Augen auf und schüttelte den Kopf aus Protest gegen das, was er imstande war zu tun und vermutlich auch tun würde.

»Geben Sie mir verdammt noch mal menschliche Züge«, wiederholte er. »Außerdem sollten Sie wissen, dass Sie allein schon um Ihrer selbst willen ganz genau darüber nachdenken sollten, ob Sie wirklich weitere Kapitel veröffentlichen wollen. Sie sind nämlich ebenfalls kein unbeschriebenes Blatt, im Gegenteil. Ihre Glaubwürdigkeit ist dahin, wenn Sie so weitermachen.«

»Wie meinen Sie das?«, fragte Sandra und begegnete seinem verstörten Blick.

»Dass ich Peter Norling umgebracht haben soll. Ihn vergraben haben soll. Dass ich Trauerblumen geschickt haben und die Bremsen an Ihrem Auto manipuliert haben soll. Ein Kind entführt haben soll. Sollte es sterben? Die Vermutung liegt nahe, ohne dass ich irgendwelche Details darüber weiß. Ich soll versucht haben, einen Dreijährigen umzubringen? Meinen Sohn? Das ist absolut ausgeschlossen, Sandra.«

»Wer sollte das denn sonst gewesen sein?« Sandra lächelte spöttisch.

»Entschuldigung, ich habe Sie nicht verstanden«, sagte Hallin.

»Wer?«, stieß Sandra hervor.

»Wer's war?«, verdeutlichte Hallin misstrauisch. »Das hätten Sie mal selbst rausfinden sollen, bevor Sie mit diesem Fortsetzungsroman angefangen haben.«

Sandra wurde schwarz vor Augen, und sie wusste nicht, ob das an der Betäubung lag oder an der Angst davor, was der Mann mit ihr vorhatte.

»Wer ist der Schuldige?«, beharrte Sandra, obwohl sie gar nicht mehr wahrnahm, mit wem sie sprach.

»Was haben Sie gesagt? Was ist denn mit Ihrer Stimme los?«

Sie verlor das Gleichgewicht, sackte auf dem Bett zusammen und konnte nicht mehr dagegen ankämpfen.

»Was soll denn das, Sandra?«, rief Hallin, erhob sich und packte sie an den Schultern. »Was ist denn hier los?«

Sandra war nicht mehr in der Lage zu antworten, aber das spielte jetzt keine Rolle mehr. Sie konnte weder ihren Sohn noch sich selbst länger beschützen, und ihren Laptop würde sie auch nie wiedersehen. Wenn sie überhaupt jemals wieder aufwachte, was nicht gerade wahrscheinlich war.

Sie schloss die Augen und glitt in die Dunkelheit.

73

Kerstin

Jeanette lag im Bett und sah seltsam friedlich aus, geradezu glücklich. Vielleicht war sie überzeugt gewesen, es würde ihr diesmal gelingen, sie hätte Kerstin abgewimmelt und freie Bahn, um zu sterben. Jeanette hatte sich geirrt, aber Kerstin hatte sich von Jeanettes harschen Worten beeinflussen lassen und sie noch lange im Ohr. Deshalb war sie nun hier und betrachtete die sterbliche Hülle ihrer besten Freundin, ihrer ärgsten Feindin, während ihr die Tränen über die Wangen liefen.

Selbstverständlich hätte sie das verhindern können, wenn sie abgebrühter wäre, weniger empfindlich, wie sie von den anderen gesehen wurde, analytischer in der Beurteilung ihrer Nächsten. Und es war Jeanettes Wunsch gewesen, aus dem Leben zu scheiden, und diesen Wunsch sollte man auch respektieren. Jeanette war niemandem etwas schuldig, sie hatte keine Familie mehr, und auch anderen, die ihr nahestanden, war sie ebenfalls moralisch zu nichts verpflichtet. Kerstin und die anderen Freunde auf der Bank waren Statisten in Jeanettes Leben gewesen. Sie selbst war ihres Glückes Schmied gewesen, und ein schlechter noch dazu, unfähig, mit Herz und Seele Teil einer Gemeinschaft zu sein und fröhlich zu sein. Jeanettes Quell der Freude lag in der Vergangenheit, und das wollte sie ja so haben.

Kerstin berührte ihre Wange, trocknete eine ihrer Tränen, die auf ihr Gesicht getropft war. Sie hob ein wenig die Bettdecke an, Jeanette war hübsch. Sie hatte sich umgezogen und trug nun weiße Jeans und eine weiß gestreifte ärmellose Bluse. Das Zimmer war ordentlich und aufgeräumt, und Kerstin war froh, dass Jeanette beschlossen hatte, schlafend aus dem Leben zu scheiden, anstatt von einem Haken an der Decke zu baumeln oder blutüberströmt in der Badewanne zu liegen, was weitaus mühsamer für denjenigen gewesen wäre, der sie so finden müsste.

Kerstin fuhr mit den Fingern durch Jeanettes Pony, strich die Bettdecke glatt und verließ das Schlafzimmer. Eigentlich wollte sie sich auf den Boden kauern und ihren Tränen freien Lauf lassen, aber sie schluckte nur ein paar Mal, putzte sich die Nase und ging mit einem tiefen, verzweifelten Seufzer in die Küche. Jeanette war nicht mehr, und mit ihr war eine Epoche zu Ende gegangen.

Kerstins verschwommener Blick fiel auf den Tisch, wo Jeanettes Telefon lag. Daneben ein Kuvert, an »Kerstin Barbenius« gerichtet. Spontan wollte sie es in die Jackentasche stecken, um den Brief später zu lesen, aber dann dachte sie, dass sie das nicht aufschieben durfte. Sie rieb sich die Augen, öffnete mit dem Daumen den Umschlag und faltete den handgeschriebenen Briefbogen auf.

Muttern,

ich nehme an, du bist die Erste hier. Es tut mir leid, dass ich Dir diesen Anblick nicht erspart habe. Aber heute war ein guter Tag, um diesen Schritt zu gehen. Wie Du gesagt hast, war es das Beste, was uns passieren konnte, dass wir beide uns kennengelernt haben. So hatte ich die Gelegenheit, mich zu rechtfertigen und mich bei dir für die verantwortungslosen Taten, die ich in der Vergangenheit begangen habe, zu entschuldigen. Du sagst, Du hättest mir verziehen, was ja auch zu stimmen scheint. Dafür bin ich Dir wirklich sehr dankbar, doch wie Du vermutlich weißt, kann ich mir selbst nicht verzeihen oder will es zumindest nicht. Eines weiß ich allerdings mit Sicherheit: Ich will nicht weiterleben. Ich will bei Charlotte sein und vielleicht auch bei Peter.

In Wahrheit bin ich zu faul, um weiterzuleben. Ich habe keine Kraft mehr, neue Freunde zu finden, und glaube auch nicht mehr daran, dass sich in Zukunft solche Möglichkeiten auftun.

Liebe.
Hoffnung.
Lebensfreude.

Nein, Du hörst ja selbst, wie fremd diese Worte klingen, wenn ich sie formuliere. Aber all das wünsche ich Euch, denn Ihr habt mich nie aufgegeben. Du, Lubbe, Jimmy, Micke, Kattis und die anderen. Ihr betrachtet Euch als meine Freunde, doch ich habe keine Freunde und bin niemandes Freund.

Ich danke Euch für Eure Mühe.
Verzeiht, dass ich mich nicht bemüht habe.
Trauert nicht, denn ich liebe keinen.

Grüße, Jeanette

PS: Das Handy ist für Dich. Da sind die Fotos drauf, die ich am Unfallort gemacht habe. Pass gut darauf auf.

Der Text war ungewohnt frei von Zärtlichkeitsbeteuerungen, ehrlich in seiner Schlichtheit. Jeanette wollte sich bedanken und entschuldigen, sie sollten nicht glauben, dass sie ihr etwas bedeutet hatten. Sie hatte ein Dasein ohne Liebe und deshalb auch ohne Sinn hinter sich gelassen, und ihr Leiden hatte nun ein Ende.

Kerstin riss ein Blatt von der Haushaltsrolle ab und trocknete damit ihre Tränen. Dann wählte sie die Notrufnummer.

74

Jan

Jan musterte seinen bewusstlosen Gegenspieler und überlegte, wie er die Situation nutzen sollte. Das hier war so was wie ein Matchball, er musste sich nur den Laptop schnappen und gehen. Dann wären all seine Probleme gelöst, und das Leben könnte wieder seinen gewohnten Gang gehen. Genau das war schließlich von Anfang an seine Absicht mit diesem Besuch gewesen.

Nicht ohne Bitterkeit stellte er fest, dass Sandra ihn der Kindesentführung und des Mordes beschuldigt hatte. Das Haarsträubende daran war ja, dass Jan tatsächlich einen Vorteil davon hätte, wenn es Sandras Sohn nicht mehr gäbe. Er würde dann den Vaterschaftstest umgehen, die Unterhaltsklärung, die Vergewaltigungsvorwürfe und den Verdacht, an dem Unfall am Steilhang beteiligt gewesen zu sein und Fahrerflucht begangen zu haben. Gab es kein Kind, gab es auch all das andere nicht, und Sandra konnte mit ihrem Fortsetzungsroman und ihren Anschuldigungen zusehen, wo sie blieb, denn nichts davon würde sich beweisen lassen.

Doch nun war der Junge gerettet worden, und stattdessen stand Sandras Leben auf dem Spiel. Was Jan noch besser ins Konzept passte, als bloß ihren Laptop verschwinden zu lassen. Dann würde sich die Polizei niemals für Sandras Geschichte interessieren, und Jan würde nie angeklagt werden. Seine Familie würde nicht durch den Dreck gezogen, und seine Frau und er konnten weiter heile Welt spielen.

Am Fußende von Sandras Bett ertönte ein Pling, und Jan wurde aus seinen Gedanken gerissen. Er hob die Decke hoch, nahm den Laptop an sich und klappte ihn auf. Natürlich war er an ihrem Romanmanuskript interessiert und nicht an der gerade eingegangenen Mail, aber trotzdem klickte er sie automatisch an. Auf dem Bildschirm tauchten ein paar Fotos auf, die ein Bild, eine Gestalt und ein Gesicht zeigten.

Allerdings nicht irgendein Gesicht.

Die Mail war von jemandem bei der *Gotlands Allehanda* verschickt worden und beinhaltete die folgende Frage: »Hat das mit Eriks Entführung zu tun?« Jan schnappte nach Luft und erstarrte. So musste es sein, dachte er. Wie hatte er das nur übersehen können?

Das Gesicht war Gunillas.

Und hier lag Sandra bewusstlos vor ihm und rang vielleicht mit dem Tod. Und er hatte ihren Laptop in der Hand.

Wie sollte er damit umgehen?

75

Sandra

Als sie aufwachte, war es dämmrig im Zimmer, von draußen drang kaum Tageslicht herein. Sie lag im Bett und tastete mit den Füßen den unteren Teil der Matratze ab, aber da war nichts. Dieser Hund hatte die Situation ausgenutzt, den Laptop geklaut und sich aus dem Staub gemacht. Hallin hatte sie nicht überreden können, in seinem Sinne zu verfahren, also was blieb ihm da anderes übrig, als eine weitere Straftat zu begehen, um sich gegen die bisherigen Anschuldigungen zur Wehr zu setzen?

Sie schloss die Augen wieder und versuchte sich zu erinnern, wie die Unterhaltung verlaufen war und geendet hatte. Doch sie wusste nur noch, dass ihm sehr viel daran gelegen war, sie mundtot zu machen, dass er behauptet hatte, er habe alle Möglichkeiten, ihren Laptop an sich zu nehmen, und damit auch den Text, der ihn so wütend machte.

Allmählich kam ihr der Verdacht, dass noch etwas anderes, Schlimmeres in der vergangenen Nacht passiert war. War sie plötzlich krank geworden? Warum lag sie sonst mitten am Tag im Bett? Hatte er sie betäubt, um an ihren Laptop zu kommen? Oder sie umzubringen versucht? War das das eigentliche Ziel seines Besuchs gewesen?

An ein Handgemenge konnte sie sich nicht erinnern, aber an die Blaubeersuppe, die ihr angeboten worden war und Kindheitserinnerungen in ihr geweckt hatte. Und an Eriks tiefen Schlaf, an die Ruhe, die er ausgestrahlt hatte, und an seine regelmäßigen Atemzüge.

Erik!, dachte sie. Wie ging es ihm, hatte Hallin ihm wieder etwas angetan? Sie setzte sich im Bett auf und sah sich erschrocken um. Das Zimmer sah nun ganz anders aus; es lagen mehrere schlafende Patienten darin, Erik war allerdings nicht darunter. Wo war er? Instinktiv reckte sie sich nach der Klingel und drückte den Knopf. Registrierte, dass sie an Schläuche und Kabel angeschlossen war, dass ihr Zustand von Maschinen überwacht wurde. Sie ließ den Kopf wieder auf das Kissen sinken und versuchte ihre verworrenen Gedanken zu ordnen.

Sie rief sich Hallins panischen Blick ins Gedächtnis, mit dem er sie angesehen hatte. Wie er sie an den Oberarmen gepackt und angebrüllt hatte. Vielleicht war er in seiner Verzweiflung auf Erik und auf sie losgegangen? Tränen traten ihr in die Augen, doch ehe jemand auf die Klingel reagiert hatte, hatte der Schlaf sie erneut übermannt.

76

Jan

Bei Sonnenaufgang hatte Jan immer noch kein Auge zugemacht. Wegen der Wut und Verwirrung nach dem Schock pochten seine Schläfen, und Adrenalin jagte durch seine Blutbahn. Er ging auf und ab, während er seine Gedanken zu ordnen versuchte.

Der Junge, dachte er. Dass Erik gefunden worden war, machte Jan einen Strich durch die Rechnung, aber natürlich wünschte er einem kleinen Kind nicht den Tod. Was in Sandras Fall wie eine Vergiftung aussah, kam hingegen sowohl Jan als auch seiner Frau zupass, für die die Fassade nach außen hin und das hohe Ansehen noch wichtiger waren als für ihn. Sie, die ihn am Telefon getröstet hatte und ihm ihre volle Unterstützung zugesichert hatte bei der Umsetzung seiner Idee, sich durch Flucht dem bevorstehenden Rufmord zu entziehen und von Gotland, ja aus Schweden zu verschwinden. Dass Jan von der Bildfläche verschwand, würde mit Sicherheit als Geständnis gewertet werden, was es im Grunde genommen durchaus war, jedoch nicht in Bezug auf Mord und Entführung. Aber ein solcher Schachzug würde auch denjenigen aus der Schusslinie nehmen, der hinter den wirklich schwerwiegenden Verbrechen steckte.

Sie, die ihre eigene Haut gerettet hatte, als Jan immer stärker unter Verdacht geraten war. Sie, die ihn von Anfang an unbemerkt manipuliert, ihm den Rücken gestärkt und dabei tatsächlich immer nur eins im Sinn gehabt hatte: das Renommee der Familie. Und den damit verbundenen hohen Lebensstandard.

Ihr rücksichtsloses Vorgehen hatte nichts mit ihrer Liebe zu Jan zu tun. Das mochte auf den ersten Blick zwar so wirken, aber es wurde ihm immer klarer, dass die Frau, mit der er sein Leben teilte, sehr weit zu gehen bereit war, um gut dazustehen und ein finanziell sorgenfreies Leben zu führen. Sie war buchstäblich über Leichen gegangen, und nach all den Jahren sah er seine Frau nun zum ersten Mal in einem neuen und weniger schmeichelhaften Licht.

Gunilla hatte ihn überzeugt, dass es richtig gewesen war, nicht den Steilhang hinunterzuklettern. Jan hatte das so interpretiert, dass sie bei dieser unwiderruflichen Entscheidung zu ihm hielt, statt ihm Vorwürfe zu machen. Aber als es darauf ankam, musste es ihr gelegener gekommen sein, dass er sich vom Unfallort entfernt hatte, ohne den Notruf abzusetzen. Er selbst war aus Gewissensgründen rasch zur gegenteiligen Erkenntnis gelangt, doch da hatte es schon kein Zurück mehr gegeben.

Als am Abend der Erpresserbrief zu Hause eingetroffen war, hatte Gunilla ihn nicht sofort darauf angesprochen, obwohl seine Reaktion, ihrem Blick nach zu urteilen, ihr Misstrauen geweckt hatte. Sie gab ihm Zeit, mit dem Brief ins Arbeitszimmer zu verschwinden, ehe sie ihn zur Rede gestellt hatte. Sie bemerkte, wie er die Fotos zu verbergen versuchte, und verlangte eine Erklärung. Es stellte sich heraus, dass sie bereits ihre eigenen Schlüsse gezogen hatte, was sich an jenem Tag zugetragen hatte, und als Jan nun schilderte, was passiert war, wollte sie eine Lösung für das Problem finden, anstatt ihn mit Vorhaltungen zu überhäufen. »Überleg mal«, drängte sie. »Wenn die Frau unmöglich die Bilder gemacht haben kann, dann muss es jemand anders gewesen sein. Denk nach.« Das hatte Jan schon selbst zustande gebracht, bevor Gunilla auf den Plan getreten war. Er berichtete von Peter Norlings Firmenwagen, den er oberhalb des Steilhangs auf dem Waldweg gesehen hatte, und dass er daraus schloss, Norling würde ihn höchstwahrscheinlich erpressen und drohen, mit den Fotos zur Polizei zu gehen und ihn wegen Fahrerflucht anzuzeigen. Es sei denn, er bekam sechs Millionen Kronen.

Mittlerweile hatte sich herausgestellt – vorausgesetzt, man glaubte Sandras Fortsetzungsroman –, dass Peter Norling sich zwar am Steilhang aufgehalten und den Unfall gesehen hatte, aber nichts mit der Erpressung zu tun hatte. Dennoch war er wenige Tage später verschwunden, und mit ihm auch die Bedrohung. Darüber war Jan ausgesprochen erleichtert, denn er hoffte lediglich das Beste, während er tatenlos die Katastrophe auf sich zukommen sah. Gunilla war dieses Verhalten fremd, und das hätte Jan gleich klar sein müssen. Doch naiv wie er war dachte er nicht, dass Gunilla sich seinetwegen Sorgen machte, weil er wegen Vergewaltigung, Fahrerflucht und so weiter hinter Gitter gebracht werden konnte, sondern er machte sich deswegen selbst Sorgen.

Erst jetzt begann er Gunilla zu durchschauen. Er sah deutlich vor sich, wie sie auf dem Parkplatz von Peter Norlings Autowerkstatt aus den Schatten trat. Unwiderstehliche Gunilla, die Norling dazu überredete, als er aus der Werkstatt kam, um Mittagspause zu machen, in ihr Auto zu steigen und sie Richtung Süden zu begleiten, wo ihr kaputtes Quad stand, das sie ihrem Sohn geliehen hatte, der nicht weit von dort ein Haus hatte. Charmante Gunilla, die ihn trotz ihres dreisten Vorhabens und der Zeitnot die ganze Fahrt bis nach Digerrojr bei Laune hielt und der es ferner irgendwie gelang, sein Handy auszuschalten. Oder zu beschädigen. Unerbittliche Gunilla, die ihn zu seinem Grab im Wald lockte, wo die Grube bereits ausgehoben war und vielleicht das vermeintlich fahruntüchtige Quad stand, der Vorwand, um ihn dorthin zu locken. Abgebrühte Gunilla, die ihm, als er es am allerwenigsten ahnte, die Schaufel übergezogen hatte. Die sämtliche Kräfte mobilisierte und die Bewegung so oft wiederholte, wie es nötig war, damit ihr Leben wie gewohnt weitergehen konnte. Damit Peter Norling in das vorbereitete Grab stürzte oder hineinbefördert wurde und somit verschwand.

Das war schrecklich. Dass Jans Frau, mit der er seit über fünfundzwanzig Jahren verheiratet war, solche Taten ausführen konnte, kam vollkommen überraschend für ihn. Es stellte sich heraus, dass er seine Frau offenbar überhaupt nicht zu kennen schien, während Gunilla ihn besser kannte als er sich selbst. Sie führte ihn an der Nase herum, ohne dass er dies bemerkte, war unaufrichtig und verleitete ihn dazu, nur das zu glauben und zu denken, was sie wollte.

Dass sie neulich am Frühstückstisch in der Zeitung gelesen hatten, dass Peter Norlings Leiche gefunden worden war, hatte Jan nicht weiter gekümmert. Norling war schon seit Langem verschwunden, und Jan hatte ihn ohnehin nie gemocht – warum sollte er damit jetzt hinter dem Berg halten? Gunilla ihrerseits hatte sehr emotional reagiert. Sie hatte gemeint, dass die versuchte Erpressung nicht gerade zu seinen Ruhmestaten zählte, aber dass sie dennoch ihrem ärgsten Feind nicht das Schicksal wünschte, welches Norling ereilt hatte. Von dem der Hinterbliebenen gar nicht zu reden. Ein minutiös geplanter und brutaler Mord, ausgerechnet auf Gotland – was war das für eine Welt?

Nach Sandras unangekündigtem Besuch hatte Gunilla geweint – aus Enttäuschung über die Misere, die Jan ihnen eingebrockt hatte. Und sie hatte ihm vorgeworfen, dass er über Sandra herablassend gesprochen und ihr nicht genügend Respekt entgegengebracht hatte. Gunilla hatte also den Eindruck vermittelt, dass sie mit Sandra mitfühlte, obwohl diese es mit Jan getrieben hatte, während ihm inzwischen klar geworden war, dass sie Sandra gegenüber noch unbarmherziger war als er selbst, respektloser und voreingenommener. Sandra hatte Gunilla nämlich Steine in den Weg gelegt, und das durfte nicht sein.

Familie Hallin durfte nicht in den Schmutz gezogen werden, und große oder unvorhergesehene Posten hatten keinen Platz im Budget. Was das betraf, waren Herr und Frau Hallin einer Meinung, doch auf welchem Weg das erreicht werde sollte, waren sie genau gegenteiliger Ansicht. Alles in allem wollte Jan sich dem Problem nicht stellen, hoffte, dass sich alles irgendwie fügte, wenn er nur laut genug Nein sagte und mit Nachdruck seiner Verachtung gegenüber Schnorrern, Schlampen und anderen herabsetzenden Bezeichnungen für Sandra Ausdruck verlieh.

Während Gunilla einen kleinen Jungen entführte. Mit welcher Absicht?, fragte er sich. Letztendlich mit dem Ziel, den Jungen loszuwerden. Gunilla musste so gedacht haben wie er selbst, aber mit dem bedeutenden Unterschied, dass sie die Absicht, das Kind verschwinden zu lassen, in die Tat umsetzte.

Für eine Frau musste es viel einfacher sein als für einen Mann, mit einem Kind zusammen den Furulundsskogen zu verlassen.

Wenn das Kind dazu noch schlief, würde ein Außenstehender wohl kaum Notiz davon nehmen. Erik musste sich von seiner Kindergartengruppe entfernt haben und Gunilla genau den Spielraum gegeben haben, den sie gebraucht hatte. Schnell eine Spritze mit einem Betäubungsmittel oder Ähnlichem – was eine Krankenschwester mit etwas Fantasie leicht organisieren konnte. Dann musste sie unbemerkt mit ihm weggefahren sein, und darüber, was sie danach mit ihm angestellt hatte, brauchte man nicht mehr zu spekulieren. Bloß, dass der Junge wider Erwarten gefunden wurde. »Entkräftet, aber am Leben«, wie es in den Medien immer hieß – was hieß das genau? War der Junge auf wundersame Weise einem Mordversuch entronnen? Angespült worden am Ufer? Aus einem brennenden Haus gelaufen? Aus der Gefangenschaft entflohen oder eine zu hohe Dosis Betäubungsmittel überlebt?

Letzteres lag durchaus nahe, auch wenn das bedeutete, dass sich der Verdacht gegen jemanden richtete, der im Gesundheitswesen arbeitete, wie beispielsweise Gunilla. Andererseits würde niemand Gunilla verdächtigen, die überall äußerst beliebt war. Und wenn sich Spuren von Erik im Auto von Familie Hallin oder überhaupt an ihrem Besitz finden würden, würde der Verdacht auf Jan fallen. Vermutlich würde ihn sogar Gunilla anschwärzen, selbst wenn sie das äußerst geschickt und auf kaum merkliche Art tun würde. Nach außen hin würde sie mit Zähnen und Klauen kämpfen, um ihren Mann von den Anschuldigungen reinzuwaschen, aber im Verborgenen würde sie in die genau gegengesetzte Richtung arbeiten. Die Würfel waren bereits gefallen, Schande würde über ihre Familie kommen, und Gunilla wollte sich da nicht mit hineinziehen lassen. Seine geplante Flucht hatte sie natürlich nur befürwortet, weil ihr die aktuelle Situation dafür gelegen kam.

Unterm Strich war Gunilla sehr handlungsorientiert, und diese Charaktereigenschaft kannte er an ihr sehr gut. Was ihn hingegen verwunderte, war ihre Risikobereitschaft. Bei dem ganzen Unterfangen, den Jungen zu entführen, konnte sie leicht entdeckt werden. Allein Medikamente auf ihrer Station zu entwenden, stellte ein großes Risiko dar, aber Gunilla hatte vermutlich dafür gesorgt, dass sich der Verdacht gegen jemand anders richten würde, oder den Patienten Kochsalzlösung gegeben oder gar nichts, um die ursprünglich verordneten Medikamente zu behalten.

Peter Norling hatte sie auf dem Parkplatz vor seiner Werkstatt abgefangen und war zu ihrem Glück nicht gesehen worden. Sie hatte weiterhin unbemerkt mit ihm in ihrem – Jans und ihrem – Wagen stadtauswärts fahren können, bis runter nach Garde. Wo möglicherweise der Quad von Familie Hallin geparkt worden war und wo Gunilla eine Grube mit den Maßen eines Grabes ausgehoben hatte. Sie hätte dabei beobachtet werden können, das Auto hätte gesehen werden können, während es dort geparkt war. Das alles hatte ihr jedoch kein Kopfzerbrechen bereitet.

Jan hatte offensichtlich fast dreißig Jahre lang mit einer Psychopathin zusammengelebt. Wie zum Henker hatte er davon nichts bemerken können? Aber sie hatte ihn aus mehr als einer heiklen Situation gerettet, das musste er ihr lassen.

77

Sandra

Als sie wieder wach wurde, war das Licht anders und das Zimmer auch. Es konnte durchaus Eriks Zimmer sein, aber sie schaffte es nicht, sich im Bett aufzusetzen und sich umzusehen. Sie fühlte sich eigenartig kraftlos und fürchtete, erneut entdecken zu müssen, dass er nicht mehr bei ihr war. War das ein Traum, oder war das real? Sandra wollte nicht spekulieren, denn sie war total durcheinander und hatte den Kontakt mit der Wirklichkeit verloren. Also schloss sie die Augen wieder.

Etwas streifte ihren Oberarm. Weich, behutsam und ungezwungen. Vorsichtig drehte sie den Kopf, nahm zuerst nur eine Brille wahr und fuhr zusammen. Eine höchst merkwürdige Reaktion, denn die Trägerin der Brille war ihre Mutter.

»Aber, Liebes, bist du endlich aufgewacht?«

»Was machst du hier?«, fragte Sandra begriffsstutzig. »Wo ist Erik?«

»Erik isst mit Opa im Esszimmer zu Abend.«

»Dann geht es ihm gut?«

»Es geht ihm ausgezeichnet.« Ihre Mutter lächelte. »Wir haben uns mehr Sorgen um dich gemacht.«

»Warum das denn?« Sandra wurde ungeduldig. »Was ist passiert?«

»Du hast irgendwie eine hohe Medikamentendosis eingenommen, es ist noch nicht klar, um welche Substanzen es sich handelt, aber es könnte Rohypnol oder etwas Vergleichbares gewesen sein.

Du bist ohnmächtig geworden, und dir musste der Magen ausgepumpt werden. Kannst du dich denn an irgendwas erinnern?«

»Ich weiß noch, dass ich in einem anderen Zimmer als diesem hier aufgewacht bin«, sagte Sandra zögerlich, unsicher ob die Erinnerung wirklich stimmte.

»Das war der Aufwachraum der Intensivstation. Sie haben dich zur Beobachtung mehrere Stunden lang dort gehabt. Merkst du davon noch was?«

»Ich fühle mich so wie immer. Aber ich habe Halsweh.«

»Das kommt vom Magenauspumpen, da wurde dir ein Schlauch in den Hals gesteckt.«

»Ich habe angefangen zu nuscheln«, begann Sandra sich zu erinnern. »Ich habe mit meiner Freundin Kerstin telefoniert, aber sie konnte mich kaum verstehen.«

»Eine Kerstin war heute Morgen hier«, sagte ihre Mutter mit skeptischer Miene. »Sie wollte sich erkundigen, wie es dir geht. Hat sie gesagt. Aber sie sah nicht so aus, als würde sie zu deinem Freundeskreis gehören.«

Sandra kommentierte diese Bemerkung aus verschiedenen Gründen nicht, unter anderem, da sie Kerstin noch nie begegnet war.

»Entscheidend ist, dass du Besuch hattest, als du das Bewusstsein verloren hast.«

»Das war dann wohl er, der ...«, begann Sandra, unterbrach sich jedoch, weil sie eigentlich nichts dazu sagen konnte.

»Er hat Hilfe geholt«, fuhr ihre Mutter fort. »Wenn er nicht gewesen wäre, dann wärst du wahrscheinlich jetzt nicht mehr am Leben.«

Sandra traute ihren Ohren kaum. Hallin? Was hatte er getan? Abgesehen davon, dass er ihren Laptop eingeschoben hatte, was mit das Schlimmste war, was ihr hatte passieren können.

»Er war total panisch und hat deinetwegen Himmel und Hölle in Bewegung gesetzt. Er hat das Personal zusammengetrommelt, und der diensthabende Arzt war auch sofort da. Er hat behauptet, dass Eriks Leben in Gefahr war und deins auch. Er war überzeugt davon, dass du vergiftet worden warst und aus Versehen die Überdosis eines Wirkstoffs eingenommen hast und dir deshalb umgehend der Magen ausgepumpt werden musste. Er hat sogar die Polizei gerufen und auf Polizeischutz bestanden, außerdem ist der Inhalt der beiden Gläser vom Nachttisch analysiert worden. Offenbar hat auch er dafür gesorgt, dass dein Vater und ich benachrichtigt worden sind.«

»Und …?«, fragte Sandra.

Sie hatte große Mühe, dem Bericht ihrer Mutter zu folgen, denn für sie war er nicht logisch. Warum sollte ausgerechnet Hallin ihr das Leben retten? Nachdem er Norling kaltblütig ermordet hatte und Erik fast auf dem Gewissen gehabt hätte? Was war ihr hier entgangen?

»Und das war's dann auch«, fasste ihre Mutter zusammen. »Er hat das alles angeordnet, und danach ist er verschwunden. Bevor die Polizei eingetroffen ist und ohne seine Personalien anzugeben. Aber das weißt du ja vielleicht noch?«

Offensichtlich war nicht alles so einfach, wie es zu sein schien, das musste man bedenken.

»Ich weiß wirklich gar nichts mehr«, entgegnete sie, und das kam der Wahrheit sogar ziemlich nahe.

»Die Erinnerung kommt wieder, du wirst sehen«, sagte ihre Mutter und berührte mit zwei Fingern ihre Wange.

»Und was ist mit meinem Laptop?«, fragte Sandra, die sich schon auf das Schlimmste gefasst machte.

»Im Schrank, wo du deine Wertsachen aufbewahrst«, gab ihre

Mutter zurück und hielt ihr den Schlüssel vor die Nase. »Soll ich ihn holen?«

»Ja, bitte«, antwortete Sandra, auch wenn sie nicht damit rechnete, dass das Manuskript noch da war.

Doch sie hatte sich geirrt. Die große Word-Datei war seltsamerweise noch vorhanden, und der unveröffentlichte Textteil schien auf den ersten Blick nicht angerührt worden zu sein. Mit einer kleinen Ergänzung am Schluss: »Sehen Sie sich die Fotos im Posteingang an, und vergessen Sie nicht, was ich gesagt habe: Drohungen, Mord und Entführung sind nicht meins. Würde mich wie gesagt freuen, wenn Sie mir menschliche Züge zugestehen würden. Passen Sie auf sich auf.«

Das mit den menschlichen Zügen wusste sie noch. Jetzt dämmerte es ihr allmählich. Bruchstückhafte Erinnerungen an die Minuten, bevor ihr schwarz vor Augen geworden war: Hallins Erscheinen an ihrem Bett, sein überraschendes Geständnis der Vergewaltigung und das Versprechen, reinen Tisch zu machen, sein Wunsch, nicht als Unmensch dargestellt zu werden. Sandra erinnerte sich auch daran, dass er sie bezichtigt hatte, ihre Autorität zu missbrauchen, während er gleichzeitig die übelsten Straftaten in diesem verworrenen Fall geleugnet hatte.

Konnte das wirklich möglich sein, dass sie und vielleicht auch Erik dank des verhassten Hallin noch am Leben waren? Dass er trotz all der negativen Auswirkungen für sich beschlossen hatte, den Text nicht verschwinden zu lassen und Sandra auch nicht? Das war gelinde gesagt ein unerwartetes Ende für seine Rolle in diesem endlosen Drama. Und die Frage war, ob er sich dadurch nicht selbst von seinen schlimmsten Befürchtungen befreit hatte. Denn bei den Vorkommnissen in der vergangenen Nacht hatte er bewiesen, dass er empathisch und mitfühlend war.

Sandra ließ Hallins Mitteilung an sie im Text stehen, schloss das Dokument und klickte ihre Mailbox an. Im Posteingang waren mehrere neue Nachrichten, aber nur eine von ihrem Kollegen, den sie in der Nacht kontaktiert hatte. Sie enthielt ein paar Fotos im Anhang: das ursprüngliche Bild, das Kerstin bei Norlings Jagdhütte gemacht hatte, aber in besserer Qualität. Nun war deutlich ein blauer Audi zu erkennen. Sowie eine Gestalt in strömendem Regen. Schlank und mit hängenden Schultern, eventuell eine Frau, wahrscheinlich nicht der bedeutend breitschultrigere Hallin.

Das zweite Foto zeigte die Vergrößerung der Autokennzeichen. Keine Registrierungsnummer, die Sandra kannte, jedoch eine eindeutige Verbindung zum Fahrzeughalter.

Auf dem dritten Foto war eine Person in Nahaufnahme zu sehen, diesmal ohne Zweifel eine Frau, während das vierte Foto ihr Gesicht zeigte. Ohne scharfe Umrisse, immer noch verschwommen durch den Regen, aber trotzdem bekannt. Wer den Riegel vor dem Erdkeller zurückgeschoben hatte, war glasklar.

Offensichtlich war Jan Hallin unschuldig, und schlussendlich stellte sich heraus, dass seine Frau diejenige war, die die ganze Zeit bereit gewesen war, einen Schritt weiter zu gehen, um ihren sozialen Status zu halten und die Fassade zu wahren. Und genau wie Hallin versucht hatte, Sandra begreiflich zu machen, wurde in ihrem verfluchten Fortsetzungsroman die falsche Person beschuldigt, daran erinnerte sie sich jetzt wieder.

Und Sandra erinnerte sich auch wieder, wer ihr die Blaubeersuppe gebracht hatte. Nahm man der merkwürdigen Krankenschwester die altmodische Brille ab, und das, was, wie ihr nun klar war, eine Perücke gewesen sein musste, wies sie frappante Ähnlichkeiten mit Gunilla Hallin auf. Sie arbeitete als Gesundheitspflegerin, das wusste Sandra ja, dennoch war sie so schlafmützig gewesen und hatte ihren Zusammenbruch nicht mit der Blaubeersuppe, und die bebrillte Schwester nicht mit Gunilla Hallin in Verbindung gebracht.

Das war nachlässig und töricht gewesen von Sandra. Sie hätte sterben können aufgrund ihrer Achtlosigkeit und vorgefassten Ansichten. Wer weiß, was Gunilla sich noch hätte einfallen lassen, wenn Jan nicht alle Hebel in Bewegung gesetzt hätte, um Schlimmeres zu verhindern? Was wäre passiert, wenn Sandra auch den Apfelsaft getrunken hätte? Sandra sollte aus der Welt geschafft werden. Oder Erik. Oder beide. Das musste der Plan gewesen sein. Ein letzter Versuch, alles Übel auszulöschen, diesmal auf einen Streich.

Der Gedanke war unheimlich. Sandra hatte zwar Bedenken gehabt, aber aller Dramatik zum Trotz ihre Angst nicht ernst genug genommen.

Doch sie hatte Glück gehabt und von ungeahnter Seite Hilfe erhalten. Und die eine oder andere wichtige Lehre daraus gezogen, das eigene Wohl und das ihrer Nächsten nicht in die Hände der Vorsehung zu legen: Sie durfte eindeutige Warnsignale nicht so leichtfertig abtun und sich nicht in gefährliche Situationen bringen.

Dieses Versprechen gab Sandra sich, als die Tür aufging und Erik hereinkam. Er sah sie erwartungsvoll an, strahlte dann übers ganze Gesicht und lief schließlich zum Bett und kletterte auf den Schoß seiner Mutter. Die Freude konnte nicht größer sein, bei keinem von ihnen.

78

Kerstin

Sandra hatte angerufen, um sie vorzuwarnen, dass sie auf dem Weg zu Kerstins Wohnung in Bingeby war. Nun würden sie sich endlich einmal persönlich treffen. Kerstin fragte sich, wie Sandra wohl auf sie und die trostlose Mietshausgegend reagieren würde. Sie hoffte, dass sie nicht allzu enttäuscht sein würde und ihr das Misstrauen in ihrem Blick erspart bliebe, was sie in den Blicken ihrer Eltern gesehen hatte.

Ihre Sorge war unbegründet. Sandra begrüßte sie mit einem Lachen und einer Umarmung, ohne sie vorher zu mustern. Das konnte drei Gründe haben, kombinierte Kerstin: Sandra hatte sie bereits aus der Ferne beobachtet, um sich für ihre erste Begegnung zu wappnen, Sandra war bereits auf das Schlimmste gefasst, nach allem, worüber sie beim Telefonieren gesprochen hatten, oder Sandra war es egal, wie Kerstin aussah, weil sie wusste, wer sie war. Kerstin hoffte auf Letzteres.

»Wie schön, dass ich kurz vorbeikommen kann, Kerstin.«

»Entschuldige«, sagte Kerstin unbeholfen, bereits zum dritten oder vierten Mal.

»Mit tut es leid«, sagte Sandra. »Und du musst dich wirklich nicht entschuldigen, schließlich kannst du nicht an zwei Orten gleichzeitig sein. Du hast dich für deine Freundin entschieden, und das war richtig so. Im Gegensatz zu mir war sie nicht von Krankenhauspersonal umgeben und sie konnte sich nicht selbst helfen. Es tut mir leid, dass es Jeanette so ergangen ist.«

»Es ist so gekommen, wie sie es wollte«, erwiderte Kerstin. »Damit tröste ich mich.«

Sandra nickte und ließ ihren Blick durch die kleine Wohnung schweifen. »Wie nett du es hier hast«, bemerkte sie. »Viele Bücher, das mag ich.«

»Danke«, sagte Kerstin. »Und einen riesen Batzen Geld habe ich außerdem.«

Sandra machte einen Schritt auf die Sporttaschen zu und warf sich eine davon über die Schulter. »Und mit diesen Dingern seid ihr Rad gefahren?«, lachte sie. »Das war eine Herausforderung, würde ich sagen.« Dann fiel ihr Blick auf den Gepäckanhänger, der an der Tasche hing, die sie genommen hatte. Sie sah auf und begegnete Kerstins Blick. »Du weißt schon, dass das nur der Tropfen war?«, sagte sie. »Das Fass war schon voll.«

Kerstin war weniger überzeugt, hob die Schultern und kniff den Mund zusammen. »Hätte Jeanette den Gepäckanhänger nicht entdeckt, hätte es einen anderen Tropfen gegeben, der das Fass zum Überlaufen gebracht hätte.«

Möglicherweise hatte Sandra ja recht. Kerstin wollte das gerne glauben, aber sie war sich nicht sicher. Doch der Gedanke, dass Jeanette selbst entschieden hatte und auch im Tod zufrieden aussah mit ihrer Wahl, war tröstlich.

»Jetzt komm schon, Kerstin. Nimm die andere Tasche.«

»Aber ich kann nicht …«

»Doch, du kannst. Das hier bringen wir gemeinsam zu Ende.«

Das hatten sie zwar nicht vereinbart, aber Sandra war so überzeugend, dass Kerstin nicht widersprach. Und vielleicht war es an der Zeit, ein neues und gesünderes Verhältnis zur Ordnungsmacht anzustreben.

Eine halbe Stunde später standen sie an einem Schreibtisch in einer Bürolandschaft der Polizeistation Visby. Sandra hatte ausdrücklich gebeten, mit demselben Ermittler zu sprechen, mit dem sie Kontakt hatte, als Erik verschwunden war, aber auch Kerstin erkannte ihn wieder. Er war einer von den Beamten, die die Nachricht von Karl-Eriks Tod nach seinem Verschwinden überbracht hatten und der dabei gewesen war, als sie ihn identifiziert hatte.

»In dieser Tasche sind drei Millionen Kronen«, sagte Sandra und knallte die Tasche mit voller Wucht auf den Tisch. Die Beute von mehreren Raubzügen, einige Jahre auf dem Buckel.

Auf ein Zeichen von Sandra tat Kerstin es ihr gleich. Nun hatten sich mehrere andere Beamte von ihren Stühlen erhoben und sich mit schlecht verborgener Neugier dem Trio angeschlossen.

»Diese Tasche enthält weitere drei Millionen Kronen«, verkündete Kerstin.

»Nehmen Sie dieses Geld als Beweismaterial«, sagte Sandra. »Als Kulisse für eine Reihe von dramatischen Geschehnissen. Sie entscheiden, wie Sie damit verfahren wollen. Alles wird in diesem Dokument geschildert, das außerdem den unveröffentlichten Schluss des Fortsetzungsromans in der *Gotlands Allehanda* enthält.«

Jetzt donnerte sie das Manuskript auf den Tisch, den Ausdruck aller Worte und Sätze, die die Geschichte der folgenschweren Ereignisse bildeten, die Sandras, Kerstins und das Schicksal einiger anderer Menschen auf immer miteinander verband. Die Polizisten – inzwischen hatte sich ein Dutzend um sie herum versammelt – tauschten vielsagende Blicke, unklar, ob sie sich vor der Arbeit drücken oder voller Eifer dem dicken Wälzer widmen wollten.

»Hier ist das Handy, auf dem die Fotos von dem Unfall am Steilhang in Madvar gespeichert sind«, fuhr Sandra fort. »Auch das ist Beweismaterial. Und hier haben wir ein Dokument, das die korrekten Einzelheiten enthält, die ich im Fortsetzungsroman verfälscht habe. Dabei handelt es sich um Namen, Altersangaben, Angaben von Datum und Jahren, Uhrzeiten, Wettergegebenheiten, Örtlichkeiten, Automarken, Berufen, Vorgehensweisen und so weiter. Alles, was Sie brauchen, um weiter zu ermitteln.«

Unter den Polizeibeamten wurde Gemurmel laut, das zu einem neugierigen Stimmengewirr anschwoll, während das Handy inspiziert, Taschen geöffnet und Manuskriptseiten durchgeblättert wurden.

Es war ein gutes Gefühl, die Reaktionen der Polizisten bei der Übergabe hautnah mitzuerleben, und Kerstin war einigermaßen stolz darauf, dass sie bei der Entstehung dieses umfangreichen Dokuments mitgewirkt hatte. In gewisser Weise zu Karl-Eriks Wiedergutmachung beigetragen hatte, wie auch zu ihrer eigenen. Trotz allem, was es sie gekostet hatte. Und vielleicht noch kosten würde.

Geistreiche Enthüllung des Mörders und Entführers, mit *Gotlands Allehanda* in der Hauptrolle

Eine 52-jährige Frau ist wegen des Verdachts auf Menschenraub, versuchten Mordes und Mordes festgenommen worden. Die Entführung des dreijährigen Erik ist dank unseres beliebten Fortsetzungsromans *Vier Jahre* aufgeklärt worden. Die Autorin will anonym bleiben, steckt aber hinter einer Reihe von Enthüllungen, die die Polizei schließlich zu der Schuldigen geführt hat.

Der Junge verschwand am letzten Freitag im Juni spurlos während eines Kindergartenausflugs in dem idyllischen Furulundsskogen vor den Toren Visbys. Die 52-jährige Frau, die im Gesundheitswesen tätig war, brachte den Jungen vermutlich in einem unbeobachteten Moment in ihre Gewalt, betäubte ihn und verbrachte ihn in ein im Osten Gotlands gelegenes Gebäude. Dort war er in einem unterirdischen Raum vier Tage und Nächte eingesperrt, was als versuchter Mord gewertet wird.

Dank gründlicher Vorarbeit sowohl der Autorin des Fortsetzungsromans als auch der Frau, die den verschwundenen Jungen schließlich fand, hat die Polizei Beweise in Form von Fotos erhalten, die die Schuld der 52-Jährigen an der Entführung belegen.

Die 52-Jährige steht ferner im Verdacht, den Mord an dem 41-jährigen Peter Norling begangen zu haben, der nach über vier Jahren seit seinem Verschwinden diesen Sommer im südlichen Teil Gotlands gefunden wurde. Zu diesem Mordfall steuerte der Ehemann der Frau Beweismaterial bei, da das Blut des Opfers an einem Quad sichergestellt worden war, das den Eheleuten gehört und das der 41-jährige Kfz-Mechaniker zum Zeitpunkt seines Verschwindens reparieren sollte.

Die 52-jährige Gesundheitspflegerin wurde ohne Zwischenfälle an ihrem Arbeitsplatz festgenommen, sie leugnet aber jegliche Beteiligung an den Verbrechen und beschuldigt ihren Ehemann. Der Festgenommenen zufolge soll der Ehemann ihr gegenüber die Taten gestanden haben, bevor er Gotland verlassen hat und untergetaucht ist. Tatsächlich befindet er sich auf der Insel und hat mit der Polizei zusammengearbeitet, um die Ergreifung der Mörderin und Kidnapperin zu ermöglichen.

Gotlands Allehanda und die Verfasserin präsentieren den Lesern eine Reihe von Zwischenfällen und mehr oder weniger schwerwiegenden Straftaten. Der Polizei zufolge konnte die 52-jährige Frau bereits mit den gravierendsten Verbrechen in Verbindung gebracht werden.

»Wir sind überrascht und auch dankbar für die Hilfe, die wir von unerwarteter Seite bekommen haben«, sagt ein Sprecher der Polizei.

Der Oberstaatsanwalt ist überzeugt, dass die Beweise und Zeugenaussagen, die bisher zusammengetragen wurden, für eine Verurteilung ausreichend sind: »Vor dem Hintergrund der minutiösen Planung der Straftaten und der Rücksichtslosigkeit, mit der diese ausgeführt wurden, werde ich auf lebenslänglich plädieren.«

GOTLANDS ALLEHANDA

Dank der Autorin

Nun haben Sie eine fast wahre Geschichte darüber gelesen, was ein bisschen Schnee und Kälte anrichten können und welche Ausmaße das für wenige Menschen haben kann. Ich weiß, dass meine Geschichte mit großem Interesse aufgenommen wurde, dass viele von Ihnen nach Ähnlichkeiten zwischen den Figuren und realen Personen, Zusammenhängen zwischen den Ereignissen im Text und wahren Begebenheiten suchen. Wie gesagt, die Geschichte ist nur fast wahr, sodass die Übereinstimmungen sehr schwer zu finden sind. Das war meine Absicht, und ich nutze an dieser Stelle die Gelegenheit, um mich bei meinen Lesern für ihre Aufmerksamkeit und ihr Engagement zu bedanken.

Ich danke Jeanette Wretberg, weil du eine wichtige Person für meine Freundin Kerstin gewesen bist, weil du ihr dein Herz geöffnet hast und ihr deine tragische Geschichte erzählt hast, die den Grundstein für alles bildet. Für meine Dankbarkeit dafür, dass du zusammen mit Kerstin Erik gerettet hast, finde ich keine Worte. Du bist für immer in meinen Gedanken, ich hoffe, dass du am Ende zur Ruhe gekommen bist.

Peter Norling und Karl-Erik Barbenius – eure Rollen sind in dieser Geschichte ganz entscheidend. Ihr wart nicht mehr unter uns, als ich angefangen habe, mich für die Ereignisse zu interessieren, die euch und uns zusammenschweißen, deshalb habe ich euch leider nicht so eingehend in den Kopf geschaut. Einige eurer Entscheidungen bedaure ich sehr, aber was ihr alles durchmachen musstet, tut mir aufrichtig leid. Das hat niemand verdient. Ich hoffe, ich habe euch rehabilitiert und ihr möget in Frieden ruhen.

Jan Hallin, du hast den Stein ins Rollen gebracht, warst der Auslöser für alles, was ich hier geschildert habe, was äußerst bedauerlich ist. Du bist ein besserer Mensch, und das konntest du auch zeigen. Du hast Reue empfunden, und anstatt dich vor deiner Verantwortung zu drücken, hast du beschlossen, im Land zu bleiben und mit der Polizei zusammenzuarbeiten. Aus verständlichen Gründen bin ich dir nicht dafür dankbar, dass du mir ein Kind gemacht hast, was ohne Zweifel das größte Geschenk überhaupt ist. Aber du hast auch gute Eigenschaften, menschliche, wenn du so willst, Seiten, die ich hoffentlich an Erik ebenfalls sehen werde. Last but not least will ich dir dafür danken, dass du mein Leben wichtiger genommen hast als deine Zukunft. Dieses Verhalten zeugt von Größe, und das werde ich dir für immer hoch anrechnen.

Vor allem möchte ich meiner geschätzten Freundin Kerstin Barbenius danken. Ohne dich hätte ich dieses Buch nie geschrieben. Ohne dich hätte ich auch das Licht meines Lebens verloren, meinen Sohn Erik. Deine Aufrichtigkeit und dein großes Herz haben mir den Anstoß für diese Geschichte gegeben, und ich bin dir außerdem äußerst dankbar für deinen Einsatz im Hinblick auf die Prüfung der Fakten. Meine Wertschätzung für deine und Jeanettes Geistesgegenwart und euer Einfühlungsvermögen, als ihr meinen Sohn gefunden habt, kann ich nicht mit Worten beschreiben. Aber du wirst stets eine wichtige Rolle in meinem Leben spielen, und ich hoffe, du wirst in unseren Leben gegenwärtig sein.

Eure ergebene
Sandra Christoffersson

Elisabeth Norebäck

Deine Tochter verschwindet als Baby. Würdest du sie 20 Jahre später wiedererkennen?

978-3-453-42280-3

Leseprobe unter **www.heyne.de**

Steffen Jacobsen

»Sehr lesenswert und mit überzeugenden Figuren. Das ist TOP-Unterhaltung.«
Flensburg Avis

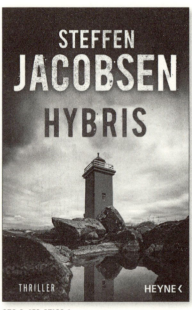

978-3-453-27182-1

Trophäe
978-3-453-43762-3

Bestrafung
978-3-453-43763-0

Lüge
978-3-453-43883-5

Leseproben unter www.heyne.de

HEYNE